Alex S. Judge

Tödliche Abgründe

Vorwort

Inspiriert wurde die Autorin zu diesem Kriminalroman von der 1997 abgebrannten Discothek Savoy in Zellingen – auch als Bunker bekannt. Das Foto unten zeigt die Ruine, bevor sie 2014 abgerissen wurde.
Laut inoffiziellen Aussagen wurde tatsächlich ein Antrag auf Nutzung als Swinger-Club gestellt. Dies wurde jedoch abgelehnt; so wie bei vielen Gebäuden in Bayern.

Alle in diesem Buch charakterisierten Personen entspringen nur der Fantasie der Autorin. Vereinzelte Handlungen einzelner fiktiver Personen haben jedoch wirklich so oder so ähnlich stattgefunden. Ob diese Handlungen und Ereignisse für den vorliegenden Roman noch etwas ausgeschmückt wurden, das bleibt ein Geheimnis des Verfassers.

Homo sum.
Humani nil a me alienum puto.

Ich bin ein Mensch.
Nichts Menschliches ist mir fremd.

aus der Komödie ›Heauton Timorumenos‹
des Dichters Terenz
(2. Jhdt. v. Chr.)

Montag, den 21. März

01 | Kriminalhauptkommissar Peter Pfeiffer gähnte. Warum musste Schreibtischarbeit nur so langweilig sein? Dabei liebte er seinen Job, als wäre dieser eine junge, anbetungswürdige und nie langweilig werdende Brünette. Manchmal sah er ihn auch als Blondine oder Rothaarige; je nachdem, was er gerade im wirklichen Leben bevorzugte. Und das wechselte je nach Lust und Laune – und dem jeweiligen Angebot des Würzburger Nachtlebens.

Doch egal, wie toll seine Liebschaft – genannt Arbeit – ihm in ihrem Facettenreichtum erschien, wie eine echte Frau hatte sie Schattenseiten: Sie hinterließ nervige, trockene Schreibtischarbeit, die er verabscheute.

Pfeiffer legte den ersten abgeschlossenen Bericht auf die freie Seite seines Schreibtisches und schnaufte erleichtert. Er tat sich schwer, dabei fehlten meist nur Kleinigkeiten wie Bemerkungen, Kommentare und letztendlich seine Unterschrift. Dennoch zögerte er permanent die Erledigung heraus, als trügen die Akten den Namen seines Scheidungsanwaltes.

Erneut gähnte er. Verdammt! Die Überstunden vom Wochenende fühlten sich an wie eine durchzechte Nacht. Eine ausufernde Kneipentour hatte er früher besser weggesteckt als heute ein paar Stunden fehlenden Schlafes. Der erschreckende Anblick seines morgendlichen Spiegelbildes hatte ihm zu denken gegeben. Wie oft nahm er sich vor, die Mehrarbeit zu reduzieren? Zu oft. Nur gelang es ihm nicht. An den vergangenen Tagen musste er einen Kollegen von der Sitte bei einer weitläufigen Observation und anschließender Razzia vertreten.

Wobei ›musste‹ nicht stimmte, wenn er ehrlich war. Er hatte sich regelrecht aufgedrängt, damit Oliver mit seiner Familie Kindergeburtstag feiern konnte. Ein Akt der Nächstenliebe, wie es Pfeiffer nannte; ein Angebot unter Zeugen, das Oliver nicht ohne Erklärungsnot ablehnen konnte, sollte seine Frau jemals davon erfahren. Heute Morgen allerdings begrüßte ihn der Kollege mit Worten, die Pfeiffer eindeutig in der Annahme bestärkte, dass das Aufblasen von Luftballons und ein Bespaßen von mit Schokolade verschmierten tobenden Kindern nicht zur Verstärkung ihrer Freundschaft beigetragen hatten. Doch da musste Pfeiffer durch. Alles war besser, als einsam daheim zu warten, bis das Wochenende vorüberging.

Für Gewissensbisse war es eh zu spät. Er würde Oliver die Tage zu einem Kneipenbummel einladen und in die Grundlagen einer pädagogisch wertvollen Kindererziehung einweihen.

Der Aktenstapel glotzte ihn an, als wolle er ihn verhöhnen. Pfeiffer zwang sich, nach dem nächsten Schriftstück zu greifen, damit der zähe Arbeitsfluss nicht noch weiter ins Wanken geriet.

Nina Schätzlein, der jüngste Zuwachs des K1, saß ihm gegenüber. Erst seit einigen Wochen ergänzte sie das Team und hatte sich ausgezeichnet eingearbeitet. Sie beobachtete, wie er die Akten anstarrte.

»Du vermisst Ulf wohl sehr. Weiß er um die Lücke, die er hinterlassen hat?«

Pfeiffer registrierte ihren amüsierten Blick.

Zu allem Überfluss setzte sie nun noch einen mitleidigen Gesichtsausdruck auf. Er lehnte sich zurück und verschränkte die Hände hinter dem Kopf.

»Der geht seit Januar seiner Frau Gisi auf die Nerven. Sie schüttete mir letztens das Herz aus. Loriots ›Pappa ante Portas‹ sei ein Fliegenschiss gegen das, was Ulf daheim abzieht.«

»Oh, die Arme. Bring ihm doch die Akten, dann hat er Beschäftigung.« Nina verkniff sich ein Grinsen.

»Danke für deinen Spott.« Er schnaufte. »Gisi hat sich in der Tat den Übergang einfacher vorgestellt. Im Mai will sie mit ihm eine Kreuzfahrt machen. Sie freut sich darauf, endlich mit ihrem Mann die Welt zu bereisen. Sechzehn Jahre mit mir müssen reichen, meint Gisi.«

Deprimiert schielte er zu den Akten.

»Ihr wart bestimmt ein gutes Team. Perfekt eingespielt.«

»Wie ein altes, eingefahrenes Ehepaar.« Pfeiffer grinste versonnen. »Jeder kannte die Macken des anderen. Und, was noch viel schlimmer war: Jeder wusste, was der andere dachte.« Pfeiffer linste zu ihr hinüber. »Aber ich kann mich nicht beschweren. Er hat eine vortreffliche Nachfolgerin.«

Nina stieß sich vom Tisch ab und rollte mit dem Bürostuhl bis zum Heizkörper. Das Metall schepperte. »Oblitus!«

»Was?«

»Das ist Latein und heißt: Vergiss es! Sicherlich werde ich die Lücke gut schließen, nur ...« Sie zögerte, holte tief Luft und krauste die Nase. »Ich mag Papierkram genauso wenig wie du. Also werden wir diesbezüglich nicht auf einen Nenner kommen.«

»Ich fasse es nicht! Du kommst mir mit Latein!« Pfeiffer lachte und schlug mit der Hand auf den Schreibtisch, dass die Akten verrutschten. »Du bist mir ähnlicher, als es gut für dich ist.« Er richtete den Stapel. »Am Anfang befürchtete ich, du wärst eine dieser anstrengenden Perfektionistinnen von der Schule.«

Nina riss die Augen auf. »Anstrengend? Ich setze Prioritäten.«

Pfeiffer hörte ihr an, dass sie gekränkt war.

»Ach, so nennst du das.« In Zukunft würde er sich vorsichtiger ausdrücken. Ihr außergewöhnlich hartnäckiger und selbstbewusster Arbeitsstil zeugte von getriebenem Ehrgeiz. Er wusste nur noch nicht, was sie so extrem anstachelte.

Insgeheim genoss er den frischen Wind, den die junge Kollegin in die Abteilung brachte. Ihr Äußeres ließ das nicht erahnen.

Wo immer die Kleidung herstammte, aus einem Fachgeschäft für Damenmode jedenfalls nicht. Das fade hellgrüne Sweatshirt glich dem Putzlappen aus seiner früheren Garage und die aus den Achtzigern des letzten Jahrhunderts stammende Karottenjeans schlotterte an den Beinen.

Pfeiffer fragte sich, warum Nina Sachen trug, die aus dem Altkleidercontainer zu kommen schienen. Selbst die honigfarbenen Haare band sie mit einem unansehnlichen Gummi zu etwas, das eher einem ausgefransten Pinsel als einem Zopf glich.

Das Telefonläuten riss ihn aus den Betrachtungen.

»Pfeiffer!« Er zog die Brauen hoch und machte sich Notizen.

Nina kaute an einer Laugenbrezel.

»Was ist?«, fragte sie, nachdem er den Hörer aufgelegt hatte.

»Du wirst nicht glauben, wo uns die Einsatzzentrale soeben hinbeordert hat.«

»Nach deinem Mienenspiel zu urteilen, überrascht es selbst einen alten Fuchs wie dich.«

»Darauf kannst du wetten. Wir müssen nach Zeitlingen.«

»Was ist da?«

»Ein Mord im neuen Swinger-Club.«

»Wo?« Nina verschluckte sich und hustete.

»Im ›White Palace‹.«

»Weißer Palast? Hört sich nach Puff an.«

»Wenn du ihn siehst, verstehst du es.«

Die aufregende Polizeiarbeit aus dem Fernsehen war nur der kleinste Bruchteil dessen, was ein Polizist wirklich tat. Es sei denn, er hieß Bruce Willis. Der ging nie von Haus zu Haus, befragte keine Nachbarn nach seltsamen Gestalten und mysteriösen Geräuschen, wälzte keine Akten, durchwühlte keinen Müll und observierte nicht stundenlang Verdächtige. Für diese Zwecke hatte er ›Handlanger‹.

Als Pfeiffer und Nina das Auto auf dem Parkplatz hinter dem ›White Palace‹ abstellten, hatten genau diese Helfer alles abgesperrt. Die uniformierten Kollegen klingelten an den umliegenden Häusern; die Anwohnerbefragung war bereits in vollem Gange.

»Das ist also der ›White Palace‹?« Nina stemmte die Hände in die Hüfte. Ihr Blick schweifte über den Prachtbau mit den filigranen Türmchen.

»Das war früher eine Disco«, erklärte Pfeiffer. »Eine richtig angesagte sogar. Die Jugendlichen kamen von weit her, um sich hier zu amüsieren. Bis der Besitzer die Versicherung betrügen wollte und den ›Tanzpalast‹ einfach abgefackelt hat. Das war ein Verlust. Ich wusste nicht mehr, wo ich meine Mädels abschleppen sollte.«

Ein träumerisches Lächeln legte sich um seinen Mund und die Augen leuchteten. Mit einem Seitenblick nahm er die außerhalb des Absperrbandes lauernden Presseleute wahr. Das Lächeln verschwand so schnell, wie es erschienen war.

»Komm.« Mit großen Schritten eilte er zum Eingang am östlichen Flügel des Baus. Nina konnte ihm nur mit Mühe folgen.

Mitarbeiter der Spurensicherung liefen zu dem Einsatzfahrzeug, das direkt an der Abriegelung parkte. Mit den hochgezogenen Kapuzen der Tyvek-Anzüge erinnerten sie Nina an eine Invasionsarmee aus dem Weltall.

Sie hielt einen Kollegen fest und deutete auf die Überwachungskamera über dem Eingang. »Ist das eine Attrappe oder haben wir Bilder?«

»Wird gerade überprüft«, antwortete der mit einem unfreundlichen Seitenblick. »Wir übersehen schon nichts.«

Nina sparte sich jeden Kommentar.

»Schau dir die Hyänen an«, zischte Pfeiffer.

Die Reporter hatten sie entdeckt und stürmten rufend heran.

»Mord und Sex – das garantiert steigende Auflagen. Und hier haben sie beides.«

Mühsam bahnte er ihnen einen Weg durch das enger werdende Getümmel. Abwehrend hob Nina die Hand, doch unermüdlich wurden sie beide mit Fragen bombardiert.

Pfeiffer drückte das Absperrband nieder und ließ Nina darüber steigen. Bevor er folgen konnte, stellte sich ein Fotograf *ihm* in den Weg und schoss eine Nahaufnahme.

Geblendet kniff Pfeiffer die Augen zu.

Ein Reporter mit gegeltem Haar drängte von der anderen Seite auf ihn zu.

»Hauptkommissar Pfeiffer! Können Sie unseren Lesern einen ersten Eindruck vermitteln?«, schrie er in das kleine Aufnahmegerät.

Pfeiffer, fast blind vom Blitzlicht, wollte ihn ignorieren. Doch dann erkannte er verschwommen einen Siegelring mit einem Adelswappen an der Hand des Reporters. Er zögerte. So ein Zufall aber auch! Ein Lächeln umspielte Pfeiffers Mund.

Für Sekunden hielt der Reporter Pfeiffers Blick stand, dann schaute er auf das Aufnahmegerät und ließ es sinken.

Pfeiffer nickte. »Na gut, Graf. Du sollst dein Interview bekommen.«

Sofort verstummte die Menge, nur das Summen und Klicken der Kameras war noch zu hören.

»Herr Graf fragte soeben, ob wir etwas zu diesem Fall sagen können.«

Er machte eine Pause. Die Reporter hielten den Atem an. Selbst die Blitzlichter erloschen.

»Wie Sie vielleicht bemerkt haben, sind wir eben erst eingetroffen. Daher haben wir bisher noch keine Möglichkeit gehabt, uns ein Bild von den Geschehnissen vor Ort zu machen. Wie soll ich da in der Lage sein, mich zu der Sache zu äußern? Also Graf, machen Sie sich nicht mit solchen Fragen lächerlich und warten Sie bis zur offiziellen Pressekonferenz. Ich danke Ihnen für Ihre Aufmerksamkeit.«

Grinsend wandte sich Pfeiffer ab und ging mit einer verdutzt dreinblickenden Nina zum Eingang. Der hinter ihm ausbrechende Tumult ließ ihn kalt, obwohl verschiedene Worte keineswegs jugendfrei waren.

»Was machst du da? Was ist los mit dir?«, fragte Nina.

»Das musste jetzt sein. Mit dem hatte ich noch eine Rechnung offen.«

Nina schüttelte den Kopf. »Meinst du nicht, dass wir die noch brauchen?«

»Nein. Und wenn – die sind so erpicht auf jede kleine Information, dass sie das dafür vergessen.«

»Da lernten wir in der Ausbildung etwas anderes!«

Pfeiffer blickte zurück. Der Graf verharrte mit gebeugten Schultern und starrte ihm hasserfüllt nach.

»Da lernen wir vieles, Nina. Aber das hier, das ist die wirkliche Schule.«

Nina und Pfeiffer betraten den Club und gingen durch das großzügige Foyer mit der goldverzierten Rezeption, vorbei an einer mit blauem Teppich ausgelegten Treppe. Ein Schild wies zu den Umkleidekabinen im Untergeschoss – die laute Musik, deren Bässe unangenehm in Ninas Magen vibrierten, zu dem Partybereich im Erdgeschoss. Sie folgten der Musik.

Durch einen Bogen betraten sie den eleganten Tanz- und Barbereich. Lichter strahlten die sich drehende Discokugel an, die zuckende bunte Reflexe durch den Raum jagte. Hinter der hufeisenförmigen Bar fotografierte ein Techniker der Spurensicherung die benutzten Gläser.

»Kann nicht jemand die verdammte Musik abdrehen?«

Pfeiffer winkte dem Techniker, woraufhin dieser mit mürrischer Miene einige Knöpfe an der Anlage bediente, und die Musik verstummte.

»Hier geht's hoch!«, wies ihnen eine Stimme den Weg zum Tatort. Zwei Spusi-Mitarbeiter mit herunterhängendem Mundschutz kamen ihnen entgegen.

»Morgen, Herbert. Wie schaut's aus?«

»Morgen, Peter«, brummte Herbert. »Wir hatten schon bessere Leichen.«

Sein hagerer Kollege lachte. »Aber noch keine in 'nem SM-Raum.« Er bemerkte Pfeiffers Blick und räusperte sich. »Bei dem Toten handelt es sich um den Clubbesitzer, Daniel Kovacek, fünfunddreißig Jahre alt.«

Herbert wischte sich mit dem Ärmel über das verschwitzte Gesicht. »Verdammt warm. Na ja, kein Wunder, bei den Halbnackten hier.«

Pfeiffer zeigte auf die halbvollen Gläser, die an der Theke standen. »Lief die Party noch? Oder habt ihr die Musik aufgedreht?«

»Soweit ich weiß, war keine Menschenseele da, als die Besitzerin eintraf. Laut ihrer Aussage lief die Musik, Lichter und Computer waren an.«

Nina überlegte. »Sieht aus, als hätte man alles steh'n und liegen lassen.«

Herbert grinste. »Vielleicht hatte es das Opfer eilig, hochzukommen?«

Sein Kollege schmunzelte, wurde aber wieder ernst. »Nur die Kerzen von dem großen Leuchter dort auf der Theke waren gelöscht. Da wollte einer wohl auf Nummer sicher gehen, dass die Hütte nicht abbrennt.«

Er schob die schweißnasse Kapuze vom Kopf. »Oben sind wir fertig. Wir haben zwar die Kleidung und das

Messer eingetütet, aber alles exakt so platziert, wie wir es vorgefunden haben. Das Erbrochene im Flur stammt laut eigenen Angaben von der Ehefrau. Zur Sicherheit haben wir noch eine Probe genommen.«

Pfeiffer nickte dankend.

Herbert wies mit dem Kopf zu Nina. »Ist die Kleine schon so weit?«

In Nina kroch die Wut hoch. »Was heißt hier Kleine?« Sie pikte ihm den Zeigefinger in den schwammigen Brustkorb. »Das lass ich mir nicht gefallen!«

Überrascht wich Herbert zurück. »Ich meine ja nur. Am Anfang ist es immer heftig.«

Nina drehte sich um und stolzierte die Treppe hinauf. Hoffentlich bemerkt niemand, wie meine Beine zittern, dachte sie.

»Na, da wünsche ich dir noch viel Spaß mit der Neuen!« Herbert klopfte Pfeiffer mitfühlend auf die Schulter und ging mit dem Hageren hinaus.

Pfeiffer wandte sich um und holte Nina auf der Treppe ein. »Was sollte das? Er hat es doch nur gut gemeint. Du musst nicht mit rein. Wenn Herbert das schon sagt, dann ...«

»Er hat sich über mich lustig gemacht!«

»Wie kommst du auf so was?«

»Ich habe es in seinem Blick gesehen. Er traut es mir nicht zu!«

»Das darfst du nicht persönlich nehmen.«

»Nicht persönlich?« Angriffslustig reckte sie das Kinn. »Das sagt der Mann, der eben aus persönlicher Rache die Reporter vor den Kopf gestoßen hat?«

»Das ist was anderes.«

»Wieso? Weil ich jung, blond und eine Frau bin?«

»Ja.«

Nina blieb der Mund offen stehen. »Du bist ja noch schlimmer als mein Vater!«

»Oh!«

Verdammt! Nina holte tief Luft. »Warum glauben alle Männer, nur weil ich blond bin, springe ich beim Anblick einer Maus kreischend auf einen Tisch und warte auf Rettung? Ich habe meine Ausbildung immerhin mit Auszeichnung abgeschlossen!«

»Hab ich gehört.«

»Ich möchte nicht geschont werden, hörst du? Ich habe mir den Beruf bewusst ausgesucht. Sonst hätte ich auch ...« Sie verstummte und setzte dann leise hinzu: »Wenn es mir zu viel wird, gehe ich raus. Okay?«

Pfeiffer nickte.

»Aber ich werde nicht versagen.«

02

Das Erbrochene war in den blauen Teppich vom Flur eingesickert und verströmte einen säuerlichen Geruch.

Nina schluckte.

Die eigene Frau hatte ihn entdeckt? Die Ärmste! Wenn sie nicht die Täterin war, musste sie sich schrecklich fühlen! Was, wenn sie selbst eines Tages ihren Freund Ritchy verletzt oder tot auffinden würde? Ein beklemmender Druck breitete sich in Ninas Magen aus und die Beine drohten zu versagen.

»Nina?« Pfeiffer klang besorgt.

»Alles gut.« Mühsam würgte sie die grausigen Gedanken hinunter. Mit durchgedrücktem Rücken betrat sie das schwarz getünchte Zimmer. Abrupt blieb sie stehen. Ein Gestank von Urin, Schweiß und Sex füllte den Raum. Vermischt mit etwas, von dem sich Nina einbildete, es sei der Geruch von Angst – die des Opfers?

Kann man Angst wirklich riechen?, fragte sie sich.

Pfeiffer trat neben sie und reichte ihr ein Taschentuch, das sie sich gleich vor die Nase hielt. Er lehnte sich an einen Käfig, der rechts neben der Tür stand, und betrachtete ebenfalls den Raum.

Gegenüber der Tür war ein zwei Meter hohes hölzernes X an die Wand geschraubt, an dem mit festgezurrten Gliedern das nackte Opfer hing; selbst das angelegte schmale Lederhalsband war mit einer Kette am Balken befestigt. Eine Lederkappe bedeckte zur Hälfte das Gesicht. Aus dem Mund ragte die blauschwarz verfärbte Zunge.

Trotz eingeschalteter Beleuchtung und exquisiter Ornament-Tapete wirkte das Zimmer düster und unheimlich. Kein Wunder bei dem nachgestellten Kerkerfenster links neben dem Käfig, dachte Nina und schlang fröstelnd die Arme um sich. Es passte überhaupt nicht in den Raum, in dessen Ecke ein mannshoher silberner Kerzenleuchter für Eleganz sorgen sollte.

Wie von der Spurensicherung erwähnt, lag auf dem Boden die eingetütete Kleidung. Sie wirkte wie hingeworfen, doch obenauf drapiert – ein Obstmesser.

Sorgfältig darauf bedacht, nicht in die Urinlache zu treten, besah sich Pfeiffer die Leiche.

»Die Schultergelenke sind ausgekugelt. Durch das Gewicht des Oberkörpers drückte das Halsband auf den Kehlkopf. Er ist langsam erstickt.«

»Und die Schnitte auf der Brust?«

Pfeiffer beugte sich vor und studierte die Wunden.

»Das sieht nach Buchstaben aus – S-Ü-N-D-E-R«, buchstabierte er.

»Sünder? Das hört sich nach was Persönlichem an.«

»Und damit«, er deutete auf das blutverschmierte Obstmesser, »wurde es ihm höchstwahrscheinlich eingeritzt.« Pfeiffer richtete sich auf. »Das Ganze sieht auch nicht gerade nach einem Sex-Unfall aus.«

»In der Regel wird ein Mord als Unfall inszeniert und nicht andersherum.«

»In Panik wird weit Schlimmeres gemacht«, behauptete eine klangvolle Alt-Stimme hinter ihnen.

Nina drehte sich um. Eine schlanke Frau Mitte fünfzig in Schutzmontur lehnte am Türrahmen. Das markante Gesicht wurde von unnatürlich schwarzen Haaren umspielt und in ihren dunklen Augen brannte das Feuer einer alternden andalusischen Schönheit.

»Guten Morgen«, sagte sie und streckte Nina lächelnd die Hand entgegen. »Ich bin Rita Pekarek, Rechtsmedizinerin oder Doktor Tod, wie mich die Kollegen immer so nett nennen. Wir zwei hatten noch nicht das Vergnügen.«

Nina ergriff die Hand. »Nina Schätzlein, die Neue.«

»Ich weiß.« Die Rechtsmedizinerin sah zu dem mürrisch dreinblickenden Pfeiffer. »Hallo *Peter.*« Sie betonte jeden Buchstaben seines Namens.

»Hallo Rita. Lang nicht gesehen.«

Rita Pekareks Blick ruhte länger als nötig auf ihm. »Jetzt übertreib mal nicht. Gerade mal 'ne Woche.« Sie trat neben Pfeiffer und boxte ihm lachend in die Seite.

Er wich zurück. »Wie geht's dir?«

»Danke der Nachfrage. Tatsächlich fühle ich mich heute Morgen sehr lebendig; im Gegensatz zu unserem jungen Mann hier.« Geschmeidig wie eine Wildkatze schlüpfte Rita aus den Ärmeln des Schutzanzuges und verknotete sie um die Taille. »Peter, du löcherst mich heute gar nicht wegen der Todesursache? Bist du krank?« Übertrieben schwungvoll warf sie die lange Mähne zurück.

Pfeiffer räusperte sich. »Ich sehe keine tödlichen Wunden. Wenn er nicht gerade vor lauter Aufregung an einem Herzstillstand gestorben ist, tippe ich auf Strangulation.«

»Sehr gut, mein Lieber. Ich bin ganz deiner Ansicht. Der ersten Untersuchung zufolge ist das Zungenbein eingedrückt. Der Todeszeitpunkt liegt etwa zwischen zwei und vier Uhr. Wenn man die Kulisse hier betrachtet, könnten meines Erachtens nach Würgespiele zur Steigerung des erotischen Empfindens stattgefunden haben. Oftmals einhergehend mit anschließender Ejakulation. Die ist allerdings in diesem Fall nicht eingetreten. Ob die Situation nur ausuferte oder es zu dem Plan gehörte, kann ich anhand der Symptome nicht unterscheiden.«

»Warum sollte jemand einen Unfall als Mord darstellen?«, wiederholte Nina die Frage.

Die Rechtsmedizinerin spitzte die Lippen, doch es war Pfeiffer, der antwortete.

»Ich glaube, er wurde für seine Sünden an den Pranger gestellt, und dem Mörder ist es wichtig, dass die Welt davon erfährt.«

Pfeiffer und Nina kehrten in den Barbereich zurück. Es war still. Niemand war zu sehen. Die Discokugel drehte sich nicht mehr und die Theke war abgeräumt.

»Sind die schon alle weg?« Nina sah sich suchend um.

»Nicht ganz«, keuchte eine Stimme unter der Bar. Es polterte und Herbert richtete sich hinter der Theke auf, die Anschlusskabel des PCs in der Hand.

»Was Wichtiges da unten gefunden?« Pfeiffer grinste verstohlen.

»Nur den üblichen Staub, aber auf der Bar die gleichen Messer wie das neben der Leiche. Damit schneidet das Personal die Limetten für die Cocktails.«

»Er hat das Messer von hier mitgenommen?«

Pfeiffer starrte auf die Bar. »Die Frage ist: Hat er es mit hochgenommen, als Kovacek noch lebte? Oder nachdem er tot war?«

Nachdem die Spurensicherung grünes Licht gegeben hatte, ließ Pfeiffer zwei Kaffee aus dem Automaten. Er wollte mit Nina alleine sein, um die Wogen zu glätten. Er kam nicht dazu.

»Hi Siggi, wir haben es uns hier gemütlich gemacht. Willst du auch 'nen Kaffee?« Pfeiffer winkte den uniformierten Kollegen heran.

»Gern. I hab scho a paar Stunden hinner mir.« Polizeimeister Siegfried Andermann nahm die Mütze ab. Mit einem Taschentuch wischte er Stirn und Schweißband trocken.

Die Kaffeemaschine ratterte.

»Warst du Klinken putzen?« Pfeiffer kannte Siggi seit vielen Jahren. Manchmal beneidete er den älteren Kollegen um den Dienst im gemächlichen Zeitlingen. Betrachtete er aber dessen Kugelbauch, fand er seinen stressigen Job besser.

Andermann nahm dankend die Tasse entgegen und kippte drei Löffel Zucker hinein. »Hat awwer nix g'scheits ergääwe. Kenner hat was g'sänn und g'hört. Manche dääde den Lade da sofort dicht mach' woll'. Wenn die was wüsste, dääde die mir jede Kleinichkeid erzähl'. Sogar, wenn die Gummis da ausginge.«

Er gluckste über seinen Witz.

»Aber die wisse nix. So was Feindselichs. Die wardde direkt druff. Die hamm doch dadsächlich ä Bürcherinitiative gegründ, die so ä Nutzung verhinner' soll. Aber der Bürchermäster hat des Ding trotzdem durchgezooche.« Er klappte den Block auf und blätterte durch die Notizen.

»Der Weigands Martin iss der Initiator der Geechepartei. Der hat mit dausende von Fluuchblädder und zich Versammlunge versuchd, den Bau zu stobbe. Umsonst. Die Unterschriftesammlung hat nit genuch zusammegebracht. Des hat dem Weigand gar nit g'falle.«

»Gab er Ruhe?« Pfeiffer kippte den letzten Schluck Kaffee hinunter.

»Des konnt mir kenner saach. Bekannt worr'n iss nix. Awwer die hier«, er tippte mit dem Zeigefinger auf seine gewaltige Nase, »die secht mir, dass der enner der ›Menschenfreunde‹ iss, die nedd so leicht klee beigääwe.«

Pfeiffer sah, dass Nina nur mit Mühe Siggis Ausführungen folgen konnte. »An dem Punkt setzen wir an.« Er wandte sich wieder an Siggi. »Und die Ehefrau des Opfers? Was weiß sie? Was für einen Eindruck machte sie auf dich?«

Siggi schüttelte den Kopf und die Hosenbeine wackelten mit. »Die war da droowe auf der Schtuufe gsesse unn hat nur no gebläggt.

Mit dere konnste gar nit reed, so aufgelöst war se. Kann natürlich aa gut g'schauspielert sei, iss awwer in meine Aache sehr weit her g'hoolt.« Er blätterte und las vor: »Alexandra Kovacek, sechsevierzich Jahr alt. Notruf ging heut früh um Siewe Uhr Siewenezwanzich ei. Sie hat g'sacht, dass sie in der Früh aufgewacht iss und es Bett newe ihr war unbenutzt. Sie hat auf sei'm Handy angeruufe, hatt'en awer nit erreicht. Weil er gestern Abend Dienst g'habt hat, hat se als erschtes im Club nachg'schaut und ihn in dem Zustand vorg'funne.«

»Habt ihr das Handy des Opfers gefunden?«

»Kann ich dir nit saach. Müsse mer die Spusi fraach.«

Wie auf ein Stichwort kamen Herbert und dessen Kollege aus dem hinteren Bereich des Clubs; stöhnend und vollbeladen mit Akten und einem PC.

»Kein Handy«, brummte Herbert.

»Mhm.« Pfeiffer hob zum Dank die Hand und richtete sich wieder an Andermann. »Wo ist Frau Kovacek jetzt?«

»Die wird wohl dehemm sinn. Soweit i wäss, wollt' ihr der Arzt was zur Beruhichung gäbb. Sie wollte awwer des Zeuch nit nämm'.«

Pfeiffer trommelte mit den Fingern auf die Theke.

»Was hast du vor?«, fragte Nina.

»Vielleicht treffen wir sie noch, bevor sie es sich anders überlegt und das Mittel nimmt. Aus Erfahrung weiß ich, dass wir dem Umfeld keine Zeit lassen dürfen, um sich Antworten zurechtzulegen. Sonst löst du einen Fall nie.«

»Pfeiffersche Weisheit?«, fragte Nina und grinste ihn an.

»Wenn du es so nennen willst.«
»Okay, dann zuerst die Ehefrau.«

03 | Das Haus hob sich schon von Weitem von der langweiligen Häuserfront der Siedlungsstraße ab. Es war der Zauber des außergewöhnlich angelegten Gartens, der es zu etwas Besonderem machte. Eine knorrige Glyzine rankte sich verwunschen den Anbau hinauf und verwehrte den Blick in den Wintergarten. In einem Labyrinth aus kleinen Buchsbäumen standen verschlungene Körperskulpturen aus Stein und Metall. Auf der linken Seite blühte ein Meer aus gelben Narzissen im Kontrast zu dem Rot der untergemischten frühen Tulpen.

In Gedanken kniete Pfeiffer plötzlich in einem Beet und verbuddelte hunderte von Blumenzwiebeln. Er erinnerte sich, wie er bei dem Projekt die Orientierung verloren hatte. Natürlich gab er es nicht zu und im Jahr darauf lachte Kirsten Tränen, weil aus dem so akkurat geplanten Muster ein blühendes Chaos herausgekommen war. Die bunte Mischung gab es immer noch. Der Anblick schmerzte Pfeiffer jedes Mal, wenn er die Kinder abholte oder …

Nina klingelte an der Haustür und winkte hektisch. »Peter!«

Er benötigte einen Moment, um in der Gegenwart anzukommen.

»Ich komm schon«, antwortete er. Im Stillen dankte er Nina, dass sie seinen Aussetzer nicht kommentierte.

Die Tür wurde von einer Mittvierzigerin mit braunem Pagenkopf geöffnet. »Kommen die Bettler jetzt schon morgens? Wir geben nichts.«

Sie wollte die Tür zuschlagen, nur ein schneller Griff von Pfeiffer an den Türknauf verhinderte es.

»Mordkommission.« Er zückte den Ausweis. »Kriminalhauptkommissar Pfeiffer, meine Kollegin Frau Schätzlein.«

Der Blick der Frau hing eine Sekunde zu lange an seiner abgewetzten Lederjacke und an Ninas Schlabbershirt. Ein verächtlicher Ausdruck huschte über ihr Gesicht, ehe es abweisend wurde. Pfeiffer wurde sich der Bartstoppeln bewusst und ärgerte sich, weil er am Morgen nicht die Zeit für eine Rasur gefunden hatte.

»Frau Kovacek?«

»Frau Kovacek ist für NIEMANDEN zu sprechen.« Erneut wollte die Frau die Tür zudrücken.

»Wir müssen aber mit ihr reden«, rief Pfeiffer.

»Sarah, lass gut sein«, ertönte eine matte Stimme aus dem Hintergrund. Widerstrebend gab die Frau den Eingang frei.

»Vielen Dank für den freundlichen Empfang«, zickte Nina, als sie das Haus betrat.

Pfeiffer schmunzelte. Gemessen an Sarahs finsterem Blick saß die Spitze. Hoffentlich begegnete Nina ihr nie im Dunkeln.

Sie betraten einen überwiegend weiß gehaltenen Wohnraum.

»Guten Tag.«

Alexandra Kovacek saß auf einer hellen Designer-Couch unter einem Wandgemälde, das eine eigenartige Interpretation von Monets ›Spaziergang im Mohnfeld‹ darstellte. Mit einer Handbewegung lud sie zum Sitzen ein. Auf ihrem Schoß hatte sich eine schwarze Katze zusammengerollt, die sie in Zeitlupe streichelte.

Pfeiffer und Nina setzten sich. Sarah hingegen blieb mit dem Argwohn eines pflichtbewussten Dobermanns an der Wohnzimmertür stehen.

Die Besitzerin eines Swinger-Clubs hatte sich Pfeiffer stark geschminkt in hochhackigen Schuhen, Strapsen und knappem Seidenkimono vorgestellt. Doch vor ihm saß eine Frau im hellgrauen Nicki-Hausanzug. Ihr Gesicht war so blass wie der Couch-Bezug und betonte die kupferrote Lockenpracht.

»Ich bin Hauptkommissar Pfeiffer, das ist meine Kollegin Schätzlein«, stellte er vor. »Entschuldigen Sie die Störung.«

»Zuerst sprechen wir Ihnen unser tiefes Mitgefühl aus«, unterbrach ihn Nina.

Das ›Danke‹ hauchte die Ehefrau des Opfers in ein zerknittertes Taschentuch, mit dem sie sich anmutig Tränen abtupfte.

Pfeiffer nickte Nina zu, richtete sich dann aber wieder an die Witwe und räusperte sich. »Sie wohnen sehr schön. Französischer Landhausstil, nicht wahr? Ich habe das Gefühl, bei geöffnetem Fenster würde ich das Meer rauschen hören.«

»Sie sind doch wohl nicht wegen der Inneneinrichtung hier«, blaffte der Dobermann.

»Sarah, bitte.« Die Andeutung eines Lächelns zeichnete sich auf dem Gesicht der Hausherrin ab. Offensichtlich genoss sie die Bewunderung für ihr Haus. »Hier ist mein Ruhepol und nur hier kann ich die für mich lebensnotwendige Kraft schöpfen. Es ist die ›gewollt andere Welt‹. Beim Aufwachen weiß ich dann, dass ich hier zu Hause bin. Sonst verliere ich die Kontrolle.«

»Kontrolle?« Pfeiffer merkte auf. »Hat Ihr Mann schon einmal die Kontrolle verloren?«

In Alexandra Kovaceks von Trauer verschleierten Augen stand Entsetzen.

»Ist das ein ›Ja‹?« Nur der sachte Ton schwächte die harte Frage ab.

»Nein, niemals!« Ihre Stimme klang unerwartet energisch. »Es ist eine reine Vorsichtsmaßnahme. Denn durch die Arbeitszeit wird der Tag zur Nacht und die Nacht zum Tag. Alles, was sie vorher kannten und liebten, ändert sich. Einen Teil verlieren Sie; Freunde wenden sich ab, da man keine Zeit für sie hat ... neue Freunde kommen. Daniel war zu sehr Profi, als dass er sich von all dem beeinflussen ließ.«

Pfeiffer glaubte, ein Zögern zu spüren.

»Und Sie?«, kam Nina ihm zuvor.

Alexandra Kovacek errötete. »Eine Frau ist weicher, emotionaler. Ich finde meinen Ausgleich in der Malerei.« Sie wies auf eine Staffelei im Wintergarten. »Und brauche diese Welt hier. Das ist eine reine Vorkehrung als Gegenpol zur Fiktion, in der wir arbeiten. Wenn Sie in diesem Job gut sein wollen, tun sich unvorstellbare Abgründe auf.«

»Was für Abgründe?«, wollte Pfeiffer wissen.

»Tiefe Abgründe.« Alexandra Kovacek schaute hilfesuchend zu der Frau, die ihnen widerstrebend die Tür geöffnet hatte. Ihr Blick wirkte flehend.

»Darf ich Ihnen etwas anbieten?«, reagierte die Frau prompt.

Pfeiffer war sich sicher, keine einfache Haushaltshilfe vor sich zu haben. Dazu stand ihre Arroganz mit der Unterwürfigkeit zu sehr im Einklang. Jahrelanges Training? Oder angeboren? Auf jeden Fall mussten sie sich mit ihr beschäftigen.

»Ich möchte Ihnen meine Freundin und Mitarbeiterin Sarah Lorenz vorstellen.«

»Wir hatten bereits an der Tür das Vergnügen«, erwiderte Pfeiffer.

»Möchten Sie eine Tasse Kaffee? Oder ein Glas Wasser?«, fragte Sarah Lorenz. Die steile Falte auf ihrer Stirn strafte die freundlichen Worte der Lüge.

»Wasser wäre gut.« Nina schien erleichtert, die Frau aus dem Raum zu bekommen.

Sarah Lorenz verschwand ebenso unbemerkt, wie sie dem Gespräch beigewohnt hatte. Auch ihr Aussehen hatte etwas Unauffälliges; etwas, das einen ihre Anwesenheit sofort vergessen ließ und das im krassen Widerspruch zu dem arroganten Auftreten stand.

Alexandra Kovacek hingegen strahlte selbst in ihrem jetzigen zerbrechlichen Zustand eine Präsenz und Schönheit aus, die ihre Freundin nie besitzen würde.

Pfeiffer überlegte, ob sich Sarah Lorenz in Gegenwart von Alexandra Kovacek mit der Rolle der unscheinbaren Magd abgefunden hatte. Musste wohl so sein, ansonsten würde die Freundschaft nicht funktionieren. Ständig im Schatten eines anderen zu stehen, bekam keiner Beziehung. Oder gab es andere Gründe?

»Sie weichen der Frage meines Kollegen aus, Frau Kovacek. Welche Abgründe meinen Sie?«

Das Zarte, Zerbrechliche verschwand aus Alexandra Kovaceks Gesicht, nun zeugte es von Entschlossenheit und Energie.

»Ich denke, es ist wie in Ihrem Job, Frau Kommissarin. Jeden Tag all die Leichen und das Blut ertragen zu müssen, stelle ich mir furchtbar vor. Sie haben es doch auch bei Ihren Ermittlungen mit Hindernissen jeglicher Art zu tun. Intrigen, Lügen und menschliches Elend – dazu den Hinterbliebenen die Nachricht über den Tod eines geliebten Menschen zu überbringen, nervende Fragen mit dem Wissen zu stellen, unsagbaren Schmerz zu verbreiten. Wie kommen Sie damit klar? Albträume? Schlaflosigkeit? Ich glaube, Sie machen den Job noch nicht lang genug, um da mitreden zu können.«

Nina schluckte.

»Bei mir geht es nur um Sex. Aber auch das muss man verkraften.« Damit wich jegliche Energie aus ihrem Körper und zurück blieb eine ausgezehrte Hülle.

Sarah Lorenz kam mit einem Tablett zurück und goss ihnen aus einem gläsernen Wasserkrug in feingeschliffene Kelche ein. Angespannt blickte sie in die Runde.

Pfeiffer räusperte sich, um die unangenehme Stille zu beenden.

»Worin genau besteht eigentlich Ihre Tätigkeit?«, wandte er sich an Frau Lorenz.

Sarah Lorenz strich eine Haarsträhne hinter das Ohr und nahm steif neben der Freundin Platz.

»Aus Wasser holen zum Beispiel.« Ein kleines ironisches Lächeln umspielte den Mund.

»Sarah«, ermahnte Alexandra Kovacek mit dünner Stimme.

»Entschuldige bitte, aber ich konnte nicht anders.« Sie legte ihre Hand auf die von Alexandra, was die Katze kräftig fauchen ließ.

»Worin meine Arbeit besteht?«, wandte sie sich an die Ermittler.

»Ich helfe an der Rezeption, der Bar, im Büro, mache die Buchhaltung, plane das Catering, kaufe ein ...« Sie machte eine Pause und sah wiederum ihre Freundin an. »Habe ich etwas vergessen?«

»Du weißt, dass ich dir sehr dankbar bin«, erwiderte Alexandra Kovacek.

Sarah Lorenz lächelte verhalten. »Ich weiß. Tut mir leid.«

Nina Schätzlein wandte sich an die Besitzerin des Clubs. »Und worin bestehen Ihre Aufgaben, Frau Kovacek?«

Alexandra schaute perplex auf.

»Der Club ist ein Full-Time-Job, das schafft keiner alleine!« Nervös blickte sie von einem zum anderen. »Das ›White Palace‹ hat sechs Tage die Woche geöffnet. Die Öffnungszeiten müssen abgedeckt werden.« Sie überlegte, als fasse sie die Aufgaben in Gedanken zusammen und sprach entschlossen weiter: »Ich verrichte die gleichen Arbeiten wie Sarah; ergänzend dazu plane ich die Events und das Personal, verwalte die Gästelisten, beantworte die Post, Mails und Anrufe ... ebenso wie Daniel.«

Sie stockte. Es fiel ihr schwer, seinen Namen auszusprechen. Erst jetzt schien sie die ganze Tragweite zu begreifen. Sie verbarg das Gesicht in den Händen und schluchzte: »Mein Gott, Daniel!«

Pfeiffer sah Nina hilflos an. Konnte sie das Weinen stoppen?

Nina holte tief Luft und zog die Augenbrauen hoch.

»Sie erklärten mir eben sehr anschaulich die Abgründe, denen ich in meinem Job ausgeliefert bin«, begann sie. »Mich würde interessieren, welche Abgründe in Ihrem Unternehmen zum Tod von Daniel Kovacek führten.«

Entsetzt riss die Clubbesitzerin den Kopf hoch. »Was ...?«

Pfeiffer schluckte. Wo war Ninas Feingefühl geblieben?

Nina ließ nicht locker. »Entschuldigen Sie bitte, aber wir müssen Sie das fragen. Sie haben heute Morgen das Fehlen Ihres Mannes bemerkt und ihn angerufen?«

Sarah Lorenz fuhr auf. »Muss das jetzt sein? Sie sehen doch, wie erschöpft sie ist!«

Unbeirrt wandte sich Nina wieder an die Clubbesitzerin. »Sie wollen doch auch die Todesumstände geklärt haben, oder?«

Alexandra Kovacek putzte die Nase und nickte langsam.

»Was war dann?«

»Es meldete sich die Mailbox. Auch bei dem Anschluss vom Club ging er nicht ran. Ich wusste mir nicht anders zu helfen und bin hingefahren.« Ihre Stimme klang belegt.

»Haben Sie jemanden gesehen?«

»Nein. Ich habe gerufen und dann alles abgesucht ... bis ich ihn fand.«

»War er öfters ... da oben?«, fragte Pfeiffer gespannt.

Sie schüttelte den Kopf. Tränen liefen über die Wangen.

»Es war das erste Mal?«

»Glaub schon.« Alexandras Unterlippe bebte.

»Und Sie wussten nichts davon?«

Sie schluchzte erneut.

Nina nahm ihr Handy aus der Tasche. »Wir konnten das Handy Ihres Mannes nicht im Club finden. Wissen Sie, wo es sein könnte?«

Alexandra Kovacek hörte abrupt auf zu weinen und schaute sie aus großen Augen an.

»Sie haben es nicht zufällig bei der Suche im Club gefunden?«

Die Witwe schüttelte wie in Trance den Kopf.

»Aber Sie können uns doch sicherlich seine Nummer sagen?«

Mit zitternden Fingern tupfte sie sich die Tränen ab.

»Warten Sie, ich hole mein Handy«, schaltete sich Sarah Lorenz dazwischen und verließ den Raum, um zwei Sekunden später zurückzukommen. Sie drückte konzentriert einige Tasten, dann nannte sie die Nummer.

Nina tippte sie in das Handy ein. »Danke.«

»Dipdediptip – dideta Bonanzaaaaa ...«, erklang der Klingelton gedämpft im Wohnzimmer.

Alexandra Kovacek ruckte auf der Couch umher und lehnte sich dann in die aufgetürmten Kissen. Je lauter das Klingeln wurde, umso mehr versteifte sie sich.

Pfeiffer hielt der Witwe die offene Hand hin. »Darf ich bitten?«

Mit hochrotem Kopf griff sie unter die Kissen, zog ein schwarzes iPhone hervor und reichte es ihm.

Bonanza verstummte.

»Frau Kovacek, auf die Erklärung bin ich jetzt wirklich gespannt.«

Nachdem hinter ihnen die Tür ins Schloss gefallen war, stemmte Nina die Hände in die Hüfte.

»Sie wollte nur Daniels Stimme von der Mailbox hören! Nimmst du ihr das ab? Dazu braucht sie nicht das Handy!«

Pfeiffer schaute auf das glänzende iPhone in seiner Hand. »Ich weiß, es ist eine alberne Erklärung, aber beweis ihr mal das Gegenteil.«

»Wir haben das Handy sichergestellt. Auf ihm befindet sich garantiert die Antwort!« Nina nahm es ihm aus der Hand und steckte es in ihren Umhängebeutel. »Es könnte durchaus sein, dass sie uns bezüglich des Anrufes angelogen hat. Und jetzt können wir es ihr beweisen.«

»Glaubst du das wirklich?« Pfeiffer runzelte die Stirn. »Warum fehlte es dir vorhin plötzlich an Einfühlungsvermögen?«

Die Überraschung in Ninas Augen wandelte sich innerhalb von Sekunden in Trotz. »Ich habe bemerkt, wie sie dich mit ihrem ›Ach-ich-bin-ja-so-anmutig-und-zerbrechlich-Getue‹ um den Finger gewickelt hat. Das konnte ich nicht zulassen.«

»Hat sie nicht!« Verlegen stopfte er die Hände in die Taschen der Lederjacke.

»Hat sie wohl. Aber du bist nur ein Mann, da entgeht dir so was schon mal.« Nina ließ ihn stehen und ging grinsend durch den Vorgarten zur Straße.

Pfeiffer stapfte hinterher. »Ist das deine Retourkutsche?«

»Glaubst du, ich habe das nötig?«

Wütend kickte er ein Steinchen auf die Straße. Reichte es nicht, dass der Dobermann sie nach einem Weinkrampf der Hausherrin höflich hinausgebissen hatte? Nein! Jetzt hielt ihm seine Kollegin auch noch vor, er ließe sich einlullen.

Am meisten ärgerte ihn, dass sie damit recht hatte.

»Mhm«, brummte er. »Du meinst also, sie hat was mit dem Mord zu tun?«

»Warum nicht?«

»Mit welchem Motiv?«

»Da fallen mir mehrere ein.«

»Was ist mit Siggis Eindruck von ihr?«

»Ich kann auch auf Kommando weinen.«

Pfeiffer stöhnte. »Und das Erbrochene hat sie in der Schüssel mitgebracht?«

»Hast du dir noch nie den Finger in den Mund gesteckt?«

»Ach Nina, ist das nicht etwas weit hergeholt?«

Sie schaute ihn an, als hätte sie eine Offenbarung. »Vielleicht hat sie sich auch nach dem Mord vor der eigenen Tat geekelt und übergab sich wirklich. Jetzt weint sie sich vor Selbstekel die Augen aus.«

»Ich weiß nicht.« Pfeiffer kratzte sich am Kopf. »Obwohl ich dir in einem recht geben muss: Sie macht sich mit ihrem Verhalten verdächtig. Dennoch tendiere ich zu der Freundin. Das Verhältnis mit dieser Sarah scheint mir doch ziemlich belastet zu sein. Und DER Grund interessiert mich brennend.«

Nina lachte. »Das Gesicht der Lorenz war köstlich, als du sie ins Kommissariat bestellt hast.«

»Erinnere mich nicht daran. Vor dem Gespräch graut es mir jetzt schon.« Er grinste freudlos. »Aber deine Verschwörungstheorie ist mir zu abenteuerlich.«

»Warten wir mal ab, wer von uns beiden zum Schluss recht behält!«

04

Polizeimeister Siegfried Andermann hatte ihnen die Adressen der Anwohner ausgehändigt. Nun liefen Pfeiffer und Nina, jeder in Gedanken versunken, durch die alte Siedlung zu Martin Weigands Reihenhaus.

Nach Siggis Ausführungen über den Initiator der Bürgerinitiative erwartete Pfeiffer einen gelangweilten Rentner mit Hornbrille und Puschen. Doch zu seiner Überraschung öffnete ihnen ein schlanker, durchtrainierter Mittvierziger in nassgeschwitzten Sportsachen.

»Ja?« Weigand musterte sie durch die randlose Brille.

Pfeiffer stellte sie vor und bat um Informationen.

»Das habe ich doch alles schon erzählt!«, fiel ihm Weigand ins Wort.

»Ich weiß«, beschwichtigte Nina. »Aber es ist wichtig, damit wir uns ein eigenes Bild machen können.«

Weigands Augen verengten sich zu schmalen Schlitzen. »Ach so, Sie wollen beobachten, ob ich mich verrate, um mich dann als Mörder von Herrn Kovacek zu überführen. – Ganz schön schlau.«

»Glückwunsch, Sie haben uns durchschaut.« Nina baute sich vor ihm auf. »Dann passen Sie auf, nicht bei der einen oder anderen Frage zu zucken. Ich achte genau auf die Mimik!«

Mit rotem Kopf setzte Weigand zu einer heftigen Erwiderung an, verschluckte jedoch die Worte. Stattdessen schnappte er: »Kommen Sie halt rein und verschwenden Sie meine Steuergelder!«

Vom Flur aus erhaschte Pfeiffer einen Blick auf das im Stile Gelsenkirchner Barock eingerichtete Wohnzimmer. Doch Nippes, Deckchen und Blumen ließen das Gespür einer Frau erkennen und machten es gemütlicher als seine Absteige.

»Sie waren Joggen?« Pfeiffer zeigte auf die hingeworfenen Laufschuhe neben der Tür. Mit schlechtem Gewissen dachte er an die eigenen Trainingseinheiten, die viel zu lange zurücklagen. Wo befanden sich überhaupt die Sportschuhe? Bestimmt noch in einem der vollen Umzugskartons im Keller.

»Ich trainiere für den Würzburg-Marathon. Mir blieb heute nur Zeit für eine kleine Runde.« Mit dem Finger tippte Weigand auf die Uhr am Handgelenk. »Um zehn muss ich in der Schule sein. Hab dann Unterricht.«

»Lehrer müsste man sein«, erwiderte Pfeiffer.

»Hätten Sie was Gescheit's gelernt!«

Pfeiffer schnaubte. So ein arroganter Arsch!, dachte er. Ein echter Kotzbrocken! Kein Wunder, dass die Bürgerinitiative versagt hatte!

»Was unterrichten Sie? Biologie? Oder Sport? Der Täter ist kräftig und besitzt Anatomiekenntnisse.« Unverhohlen starrte Nina auf Weigands muskulöse Arme. »Kräftig sind Sie ja offensichtlich.«

»Religion! Und? Passt das in Ihr Schubladendenken? Das fünfte Gebot: Du sollst nicht töten?«

»Na ja, bei dem Gebot hat sich die Kirche nicht gerade mit Ruhm bekleckert«, konterte Pfeiffer. »Vielleicht hatten

Sie Kovaceks Tod nicht geplant! Ein kleiner Unfall kann auch einem Gottesmann unterlaufen.«

Weigands Hände ballten sich zu Fäusten. »Das ist eine Frechheit! Ich werde mich über Sie beschweren!«, presste er hervor. »Ich fordere Sie auf, sofort zu gehen.«

Pfeiffer verkniff sich ein: ›Stellen Sie sich hinten an.‹ Stattdessen fragte er: »Was stört Sie an dem Swinger-Club?«

Weigand war irritiert. Er überlegte kurz, dann verschränkte er die Arme vor der Brust. »Dort wird öffentlich der Verfall von Sitte und Moral propagiert. Vor den Augen der Jugend mit behördlichem Segen.«

»Hatten Sie keine Unterstützung von Seiten der Anwohner?« Nina zückte den Notizblock und kritzelte darauf herum.

»Ach die.« Weigand machte eine abwertende Handbewegung »Die sehen bloß das schnelle Geld, das sie durch dieses Etablissement verdienen können.«

»Wie denn?«

»Na, die Zimmervermietung! Den Nackten ist es scheinbar egal, in welcher Dachkammer sie ihre sündhaften Körper schlafen legen.«

»Was ist so schlimm daran? Gibt es einen Anstieg von Ruhestörungen oder Gewalttaten?«

War das ein Blitzen in Weigands Augen? Oder eine Reflexion der Brillengläser? Pfeiffer war sich nicht sicher.

»Es ist die Pflicht des Menschen, nach Gottes Geboten zu leben. Schlimm genug, was in der Welt geschieht; und nun auch noch vor unserer Haustür. Eine Schande! Der Mord heute Nacht war ein Zeichen des Herrn.«

Na toll. Ein Fanatiker! – »Und wie weit würden Sie gehen, um die Moral aufrechtzuerhalten?«, sprach Pfeiffer den nächsten Gedanken aus.

Unter Weigands Auge zuckte ein Muskel. »Auf jeden Fall nicht über Leichen!«

»Über was dann?«

»Ich weiß nicht, was Sie meinen!«

»Wirklich?« Mit gespielter Gleichgültigkeit massierte Pfeiffer sich das Kinn. »Wo waren Sie heute Nacht?«

»In meinem Bett natürlich.«

»Natürlich.« Pfeiffer nickte. »Und das kann wer bezeugen?«

»Meine Frau.«

»Wie heißt sie?«

»Karin.«

»Und wo können wir sie sprechen?« Pfeiffer wurde ungeduldig.

»Sie arbeitet in der Bäckerei im E-Center. Wenn Sie mich jetzt entschuldigen, ich muss mich nun wirklich beeilen.« Er öffnete die Tür.

Als Nina vorbeiging, grinste er überheblich. »Und? Habe ich mich verraten?«

Nina trat an ihn heran. Mit ernster Miene schaute sie ihm in die Augen. »Was glauben Sie? Schönen Tag noch.«

Sie gingen durch den schmalen, mit Schneewittchen und den sieben bunten Gartenzwergen vollgestopften Vorgarten. Grübelnd stand Weigand in der offenen Haustür und sah ihnen lange nach.

Außer Sichtweite von Weigand hielt Nina Pfeiffer am Ärmel fest. »Wenn der nichts zu verbergen hat, fress ich 'nen Besen.«

Pfeiffer lachte. »Eben war es noch die Witwe und nun schießt du dich auf dieses Prachtstück ein?«

Beleidigt ging Nina neben Pfeiffer her. Sie konnte es nicht erklären, aber sie hatte das Gefühl, Weigand habe etwas mit dem Tod des Clubbesitzers zu tun.

Genauso, wie sie vorhin Alexandra Kovacek des Mordes verdächtigte, war sie jetzt von Weigands Schuld überzeugt. War sie paranoid?

»Eins ist jedenfalls sicher: Der vergisst dich so schnell nicht«, riss Pfeiffer sie aus den Grübeleien. Er schloss den Wagen auf.

»Hast du so was schon erlebt? Bei Fanatikern wie Weigand bekomm ich ja regelrecht Angst.« Nina lief ein Schauer über den Rücken. »Kein Wunder, dass der mit der Bürgerinitiative gescheitert ist.«

»Jetzt bin ich auf seine Frau gespannt.« Pfeiffer startete den Motor und fuhr auf die Hauptstraße.

Nach einer Minute Fahrtzeit parkten sie vor dem Einkaufszentrum. Eingekeilt zwischen Hausfrauen und Schnäppchenjägern betraten sie den Einkaufsmarkt. Im Eingangsbereich wies der Duft von warmen Croissants und Brot den Weg in die Bäckerei.

Wie auf Kommando knurrte Pfeiffers Magen.

Erstaunt schaute ihn Nina an. »War das deiner?«

»Mhm, hatte heute keine Zeit zum Frühstücken.«

»Was für ein Zufall, dass wir ausgerechnet hierher mussten.« Nina grinste vergnügt.

»Heute ist mein Glückstag.« Er verband das Angenehme mit dem Nützlichen und kaufte sich ein belegtes Brötchen und zwei warme Apfeltaschen.

Die Verkäuferin mit der strengen schwarzen Kurzhaarfrisur und dem spitzen Gesicht wirkte wie das weibliche Pendant zu Martin Weigand: freundlich, aber kein Sympathieträger.

»Frau Weigand? Kripo Würzburg. Könnten wir Sie einen Moment sprechen?« Pfeiffer sprach leise, um sie nicht vor den Kunden zu brüskieren.

Mit dem Finger schob die Frau ihre rote Brille hoch und verschwand durch eine Tür zwischen den Brotauslagen.

Pfeiffer hörte Getuschel, dann kam sie wieder und bediente, als gäbe es ihn nicht.

Die Frau, die ihr nachfolgte, reichte der Kollegin nur bis zur Nase. Ihre Körperfülle sprach für die leckeren Verführungen der hier verkauften Backwaren. Sie hatte die dunkelblonden krausen Haare zu einem Zopf zurückgenommen, wodurch ihr volles Gesicht zusätzlich betont wurde. Eines war sicher: Die Leidenschaft für das Laufen teilte Frau Weigand nicht mit ihrem Ehemann.

»Da haben wir uns gehörig verschätzt«, raunte Nina Pfeiffer zu.

»Ich hab auf Sie gewartet.« Frau Weigand strahlte etwas Naives aus, was sie für Pfeiffer sehr sympathisch machte.

»Pfeiffer, meine Kollegin Schätzlein, Kripo Würzburg.«

»Warten Sie, ich komme heraus.« Karin Weigand trat hinter der Theke hervor, begrüßte sie mit einem erstaunlich festen Händedruck und ging mit ihnen zum Parkplatz.

»Was kann ich für Sie tun?« Neugierig schaute sie von einem zum anderen und strich dabei die Halbschürze glatt.

»Wie kamen Sie darauf, dass wir mit Ihnen sprechen wollten?«

Karin Weigand zog die Augenbrauen hoch. »Zu wem kommt die Polizei wohl zuerst, wenn jemand umgebracht wurde? Zum Widersacher. Und natürlich zu dessen Ehefrau, um sein Alibi zu überprüfen. Wissen Sie, der Mord ist Gesprächsthema Nummer eins bei der Kundschaft. Es war nur eine Frage der Zeit, wann Sie zu mir kommen würden.«

Pfeiffer nickte. »Frau Weigand, wie stehen Sie zu der Bürgerinitiative Ihres Mannes? Es scheint, er ...«

»Ach der. Der treibt mich noch in den Wahnsinn. Jeder sieht mich jetzt schief an und tuschelt hinter meinem Rücken. Sie wissen ja, wie das mit den Männern ist: stur und besserwisserisch. Ich hab gesagt, Martin, hab ich gesagt, lass es gut sein, hab ich gesagt. Es stört die anderen nicht, dann darf es uns auch nicht stören, hab ich gesagt. Aber nein, er musste sein Ding durchziehen. Und wie stehen wir nun da? Wir werden gemieden. Meine Freundinnen kommen nicht mehr zu Besuch, wenn Martin daheim ist. Der Metzger hat versehentlich unsere Bestellung verlegt, wissen Sie? Just zum vierten Mal. Aber das will mein Martin nicht sehen. Er und sein lieber Gott!«

»War Ihr Mann schon immer so?«, wollte Nina wissen. Sie wich einem Rentner aus, der einen Einkaufswagen stur auf sie zuschob.

»Wissen Sie, er war früher anders. Da war er noch Mathelehrer. Dann kam eine Kollegin aus dem Mutterschutz zurück. Martin, hab ich gesagt, lass dir die Stelle nicht wieder wegnehmen, hab ich gesagt. Sprich mit dem Direktor. Aber nein, das tat er nicht. Er klammerte sich ausschließlich an seinen Religionsunterricht.« Verbitterung schwang in den Worten mit. »Wissen Sie, wie schwer es ein Lehrer hat, eine gute Stelle zu bekommen?«

»Frau Weigand, wo war Ihr Mann letzte Nacht?«

Plötzlich streckte sich Frau Weigand, als wolle sie größer erscheinen. Sie schaute die beiden Ermittler an. »Bei mir zu Hause.« Erneut zupfte sie an der Schürze.

»Er war die ganze Nacht mit Ihnen zusammen und hat das Haus nicht verlassen?«, vergewisserte sich Pfeiffer.

»Ja, wenn der schläft, dann schläft er, wissen Sie. Das ist ja das Ungerechte! Er fängt die Misere an und bringt mich am Ende um meinen Schlaf!«

»Könnte Ihr Mann etwas mit den Vorkommnissen im ›White Palace‹ zu tun haben?«

»Martin? Dass ich nicht lache.« Heftig schüttelte sie den Kopf. »Der hat nur die große Klappe und nichts steckt dahinter, wissen Sie? Reden, ja, er könnte einen totquasseln oder in die Verzweiflung treiben, aber gewalttätig? Nein, nicht mein Martin! Dazu hat er zu viele ethische und religiöse Bedenken.«

»Wie kommt eine Frau wie Sie zu so einem Mann?« Kaum hatte Nina es gesagt, hielt sie sich die Hand vor den Mund.

Pfeiffer zog scharf die Luft ein und deutete ein Kopfschütteln an.

»Verzeihung, aber Ihr Mann und Sie sind so dermaßen verschieden.«

Frau Weigand blickte gedankenverloren an ihr vorbei, als suche sie in der Ferne ein verlorenes Leben. »Martin hat sich in den letzten Jahren sehr verändert. Damals war ich von ihm hingerissen und habe mich in seinen intelligenten Witz und sein ansteckendes Lachen verliebt. Doch heute ist davon nichts mehr vorhanden. Nichts von alldem.«

05

Pfeiffer riss die Tür zum Vernehmungszimmer auf.

»Das wird auch Zeit!«, empfing ihn Sarah Lorenz mit bebenden Nasenflügeln. »Wie lange wollen Sie mich hier noch schmoren lassen? Ist das eine besondere Taktik von Ihnen?«

Im Stillen beglückwünschte sich Pfeiffer für diese Verspätung. »Wir waren noch Essen und konnten uns nicht darauf einigen, zu welcher Imbissbude wir gehen.«

»WAS?« Sarah Lorenz' Gesicht verfärbte sich binnen Sekunden dunkelrot.

Pfeiffer blieb ernst. »Möchten Sie einen Kaffee?« Er nahm ihr gegenüber Platz und schaltete das Aufnahmegerät an.

»Das ... das finden Sie wohl witzig?«, suchte sie nach den passenden Worten.

Nina kam mit drei Kaffeebechern herein und warf Pfeiffer einen verständnislosen Blick zu. »Was mein Kollege sagen wollte, ist, es tut uns leid, dass die anderen Zeugenaussagen mehr Zeit in Anspruch genommen haben als vermutet.«

»Hat sich aber anders angehört.« Sarah Lorenz wischte imaginäre Krümel vom Tisch. »Sie sind wohl auch für die Getränke zuständig?«

Nina lachte und setzte sich. »Ob Wasser oder Kaffee – einen erwischt es immer.«

»Da haben Sie recht.« Das Haar umspielte Sarah Lorenz' Gesicht und ließ es weicher erscheinen.

Nina beugte sich über den Tisch. »Darf ich Sie etwas Persönliches fragen?«

»Was denn?« Sarah Lorenz richtete sich auf.

»Wie haben Frau Kovacek und Sie sich kennengelernt? Sie beide scheinen doch sehr unterschiedlich zu sein.«

Sarah Lorenz entspannte sich sichtlich. »Wir kennen uns seit der Grundschule.« Sie lehnte sich zurück und schlug ein Bein über das andere. »Nach dem Abschluss verloren wir uns für einige Jahre aus den Augen. Sie fing die Ausbildung als Krankenschwester an und ich studierte BWL.«

»Um jetzt Kaffee zu holen?« Pfeiffer konnte sich die Bemerkung nicht verkneifen.

Sarah Lorenz zuckte zusammen. »Mein damaliger Freund war gegen meine Auslandspraktika. Also blieb ich. Was macht man nicht alles, wenn man verliebt ist.« Sie verzog den Mund zu einem bitteren Lächeln. »Mir fehlen dadurch Reputationen, die mein Potenzial in den Bewerbungen hervorheben. Trotz allem hätte ich Karriere machen können, aber damit hatte das Ego meines späteren Mannes Probleme. Ihm zuliebe blieb ich in Würzburg bei einer kleineren Firma kleben. Nicht wirklich ein Traumjob.« Sie holte tief Luft. »Wer nicht in Zahlen aufgeht, wird auf Dauer nicht glücklich, sondern arbeitslos oder fährt Taxi. Da hab ich es doch jetzt gut abbekommen. Oder was meinen Sie?« Die Ironie der Worte war greifbar und die hochgezogenen Augenbrauen untermauerten es.

Pfeiffer empfand plötzlich Mitleid. »Wenn Sie es sagen.«

»Und weiter?«, wollte Nina wissen.

»Nach meiner Scheidung lief ich Alexandra über den Weg. Sie erzählte mir von ihrer verwegenen Idee, einen Swinger-Club zu eröffnen. Ich habe nur den Kopf geschüttelt. Natürlich hatte ich keinerlei Vorstellung von der Szene. Was für Möglichkeiten sich da boten, erkannte ich erst nach einigen Clubbesuchen. Es herrscht eine enorme Nachfrage. Mit dem richtigen Club kann man viel Geld verdienen. Als Alex mir ihr Konzept erläuterte und ich die Zahlen sah, musste ich einfach zusagen. Es war genial. Der Club hob sich damit dermaßen von der Konkurrenz ab, dass es nur eine Frage der Zeit war, bis er die Nummer eins werden würde.«

»Und? Ist er es geworden?«

»Was glauben Sie?«

Nina zog die Schulter hoch. »Keine Ahnung, ich kenne die Szene ebenso wenig wie Sie damals.«

Sarah Lorenz beugte sich verschwörerisch zu ihr vor. »Das ›White Palace‹ wurde vor acht Monaten eröffnet und hat bisher alle Erwartungen übertroffen.«

»Dann brauchen Sie gewiss auch gutes Personal«, holte Pfeiffer sie aus ihrer Schwärmerei zurück.

Sarah Lorenz' Gesichtsausdruck wurde besorgt. »Da sprechen Sie ein heikles Thema an. Unsere Arbeitszeiten sind nicht familienfreundlich. Wir haben lange gesucht. Alexandra und Daniel warben sogar Personal ab.«

»Abwerben? Von wo?«

»Von anderen Clubs natürlich. Miriam Vogel kommt zum Beispiel aus dem ›Kakadu‹.«

»Und das lassen sich die anderen Clubs einfach so gefallen?«, fragte Pfeiffer skeptisch.

Sarah Lorenz wiegte den Kopf. »Eine gewisse Fluktuation beim Personal ist normal. Sie arbeitete vorher als Geringverdienende, aber wegen der veränderten familiären Verhältnisse brauchte sie mehr Geld. Bei uns hat sie eine Vollanstellung bekommen. Job ist Job.«

»Wie viele Personen sind im Club angestellt?«

»Wie gewünscht habe ich Ihnen eine Liste der Angestellten und den Dienstplan für diese Woche mitgebracht.« Sie zog aus der mit DG verzierten Handtasche Papiere und legte sie auf den Tisch.

Pfeiffer warf einen Blick auf die Angestelltenliste. Abgesehen von dem Betreiberpaar und Sarah Lorenz handelte es sich dabei um vier Frauen und einen Mann als Vollzeitkräfte. Gestern Abend arbeiteten Marianne Klein und Eddy Mehling zusammen mit dem Opfer. Außerdem standen auf der Liste noch sechs und mit einer Zeile Abstand drei weitere Namen.

»Was ist mit denen?«, fragte Pfeiffer.

»Die sechs arbeiten auf geringfügiger Basis. Meistens zur Unterstützung bei Events oder als Ersatz im Krankheitsfall. Und unten stehen unsere Putzfrauen und der Hausmeister.«

»Hatte jemand vom Personal Streit mit Herrn Kovacek gehabt?«

Ohne zu überlegen, schüttelte Sarah Lorenz den Kopf. »Da ist mir nichts zu Ohren gekommen. Daniel war ein toller Chef und hat gut bezahlt.«

»Und von den Gästen?«

»Warum? Er war beliebt.«

»Wäre es vorstellbar, dass sich die Konkurrenz rächen wollte?«, spekulierte Nina.

Sarah überlegte. »Nein, das glaube ich nicht. Die wären anders vorgegangen. Zum Beispiel die Speisen mit Salmonellen versetzt oder Ungeziefer im Club platziert. Sie glauben nicht, wie effizient solche Methoden sind.« Sie strich sich die Haare hinter das Ohr. »So etwas spricht sich im Netz und im Land in Windeseile herum und der Ruf ist zerstört.« Sie kräuselte den Mund. »Viele Paare fahren teilweise bis zu fünfhundert Kilometer zu uns in den Club. Das würde sich wie ein Lauffeuer verbreiten. Unser Stern wäre genauso schnell erloschen, wie er aufgestiegen ist. Nein, ein spektakulärer Mord bringt sogar noch Gäste. Das war mit Sicherheit nicht die Konkurrenz«, behauptete sie und schaute von einem zum anderen.

Die nüchterne Analyse erschreckte Pfeiffer. Sarah Lorenz hatte recht. Der Mord an Daniel Kovacek würde die Kundschaft nicht abschrecken.

»Wer könnte den Mord verübt haben?«

Sarah Lorenz überlegte die nächsten Worte sorgsam. »Ich weiß nicht viel darüber, in welchem Zustand Daniel aufgefunden wurde.« Sie stockte. »Alexandra war zu verwirrt, um mir Ausführlicheres zu erzählen. Er muss schrecklich ausgesehen haben. Raubmord war es offensichtlich nicht, das Geld war ja noch da. Eher etwas ... Persönliches, würde ich sagen.«

»Sie weichen aus, Frau Lorenz«, warf Pfeiffer unvermittelt ein. »Beantworten Sie die Frage: Hatte Daniel Kovacek Feinde?«

»Das habe ich doch vorhin schon gesagt! Nein, das kann ich mir nicht vorstellen. Er war eine Frohnatur. Ein Mister Sorglos. Jedem Streit ging er aus dem Weg und jedermann mochte ihn.«

»Wie war seine Ehe? Gab es Probleme wegen des Altersunterschiedes?«

Sarah Lorenz schaute erstaunt auf. »Das fragen Sie Alexandra lieber selbst.«

»Ich frage Sie, als Außenstehende.«

»Ich war nicht im Schlafzimmer dabei.« Die Ironie in der Stimme wuchs.

»Nein, Sie servierten nur den Kaffee«, warf Nina ein.

»Und dabei bemerkt man, ob eine Ehe funktioniert?« Sarah Lorenz hob die Brauen.

»Jetzt stellen Sie sich nicht so an.« Nina ruckte heftig den Kaffeebecher zur Seite. Der Inhalt schwappte über und ergoss sich auf die Platte. »Eine Frau und erst recht eine Freundin hat gewisse Antennen für solche Schwingungen. Bestimmt teilte sie Ihnen Details mit und setzte Sie ins Vertrauen, wenn etwas nicht wie gewünscht lief.«

»Um ihr Privatleben habe ich mich nicht gekümmert.«

Pfeiffer beugte sich vor. »Etwas sagt mir, dass ich Ihnen nicht glauben kann. Immerhin gehen Sie in diesem Hause ein und aus.«

»Was Sie glauben, ist mir egal!«

Nina drückte Pfeiffer beruhigend mit der Hand auf seinen Platz, dann wandte sie sich an die Zeugin. »Es spricht ja für Sie, wenn Sie nicht über Ihre Freundin reden wollen. Aber das bringt uns bei der Suche nach dem Mörder nicht weiter. Sie kennen das Paar, verbrachten viel Zeit mit ihnen – Sie müssen sich doch eine Meinung von deren Ehe bilden können.«

Sarah Lorenz strich fahrig über die Tischplatte. »Sie war normal, würde ich sagen. Sie liebten sich noch. Der Stress machte ihnen nur zu schaffen«, gab sie widerwillig Auskunft.

»Stress? Welcher Stress?«, hakte Pfeiffer nach.

»Na, mit dem Club. Es gibt eine Menge zu tun. Aber Daniel machte sich darüber keine Gedanken. Es würde schon funktionieren. Er hatte ja uns.« Ihre Augen blitzten auf.

»Wem gehört der Club eigentlich?« Pfeiffer trank einen Schluck Kaffee. Er war lauwarm.

»Soweit ich weiß, beiden.« Sarah Lorenz starrte auf die manikürten Fingernägel.

»Woher hatten die Kovaceks das Geld, um das alles zu verwirklichen?«

»Von der Bank.«

»Frau Lorenz!«

»Bitte?«

»Sie wissen, was ich meine.«

»Nein.« Um ihre Mundwinkel zuckte es.

»Keine Bank vergibt ohne Sicherheiten einen so hohen Kredit für eine, sagen wir mal, zweifelhafte Idee. Also?«

»Sie sind selten im World Wide Web unterwegs?« Sie lächelte.

Pfeiffer riss sich zusammen, sonst hätte er ihr das arrogante Grinsen aus dem Gesicht geschüttelt. »Wieso?«

»Dann wüssten Sie, wie viel Geld dort zu holen ist.« Sie neigte den Kopf zur Seite.

»Okay, also von dort haben die Kovaceks ihr Startkapital her?«

»Ja.« Schweigen.

»Wir können ebenso Frau Kovacek fragen, wenn Sie einen weiteren Zusammenbruch riskieren möchten!« Das nervtötende Theater kotzte ihn an. Was dachte diese Frau, wer sie war?

»Nein«, antwortete Sarah Lorenz plötzlich matt.

Der Wandel kam für ihn unerwartet. »Was soll das Ganze dann?«

»Sie spielen gerne Ihre Macht aus, stimmt's?«, fragte Nina.

Sarah Lorenz sah Pfeiffer an. »Wenn Macht das Einzige ist, was man besitzt.«

Pfeiffer verschränkte die Arme. »Und was haben Sie davon?«

»Genugtuung?!« Ob Gegenfrage oder Feststellung wusste nur sie.

»Was haben Ihnen die beiden getan?«

Sarah Lorenz schwieg.

»Frau Lorenz, wir werden es sowieso herausfinden.«

»Das bezweifle ich.«

»Okay, Frau Lorenz.« So kam er nicht weiter. »Wir sind beim Internet stehengeblieben. Woher stammt das Geld? Hatte es etwas mit seinem Beruf zu tun?«

»Sie haben wirklich Talent.« Ihre Worte trieften vor Sarkasmus.

»Stellen Sie sich vor: Ich mach das schon 'ne ganze Weile. Also, war es das Geld von ihm?«

»Nicht ganz. Es war eine Verschmelzung von Alexandras Idee und Daniels Können als Computerspezialist.«

»Und was ist Alexandra Kovaceks Kopf entsprungen? Jetzt lassen Sie sich nicht alles aus der Nase ziehen! Umso länger dauert das hier.«

»Herr Kriminalhauptkommissar, Sie enttäuschen mich.«

»Also, was für eine Idee hatte sie?«

»Ich will dich poppen«, verkündete diese trocken.

»Was?« Pfeiffer verschluckte sich und hustete.

Nina lachte. »Ich wusste nicht, dass er Ihr Typ ist.«

»Ist er auch nicht«, entrüstete sich Sarah Lorenz und hob abwehrend die Hand. »›Ich-will-dich-poppen.de‹ heißt die von Daniel programmierte Internetseite. Wer poppen will, zahlt Geld für die Mitgliedschaft und das nicht zu wenig. Somit hatten sie das Anfangskapital. Aus der einen Idee erwuchs die nächste. Das ›White Palace‹ war geboren.«

»Auf so 'nen Einfall muss man erst kommen«, bemerkte Nina anerkennend.

»Ja, und Daniel besaß die nötigen Fähigkeiten, um das zu bewerkstelligen. Beide machten ihre Obsession zur Einnahmequelle.«

Pfeiffer kratzte sich durch die Bartstoppeln. »Genial.«

»Warum so ein krasser Name?«, fragte Nina.

Sarah Lorenz lachte.

Ein angenehmes, sympathisches Lachen, wie Pfeiffer überrascht feststellte.

»Glauben Sie, ›Ich-will-dich-lieben.de‹ hätte Erfolg gehabt? Männer wollen poppen, ficken ...«

»Lassen Sie's gut sein.« Nina winkte ab. »Ich habe verstanden.«

»Sehr gut. Kann ich endlich gehen?« Sarah Lorenz erhob sich.

»Nein.« Mit einer Handbewegung wies Pfeiffer sie an, wieder Platz zu nehmen. »Eine wichtige Frage bezüglich Ihrer Person ist noch ungeklärt.«

Sarah Lorenz ignorierte die Aufforderung und lächelte. »Ich war zu Hause.«

»Sie wissen doch gar nicht wann?«

»Doch. Zwischen ein und sechs Uhr.«

»Wie kommen Sie darauf?« Pfeiffer runzelte die Stirn.

»Eddy ging um zehn und Marianne meldete sich um null Uhr zwei ab. Von da an war Daniel mit den restlichen Gästen alleine, die laut PC um genau ein Uhr vierzehn auscheckten. Alexandra fand ihn kurz nach sechs. Sie hat im PC die Zeiten gecheckt und es mir gesagt.«

»Sie halten sich wohl für sehr schlau?«

»Eigentlich schon. Aber leider nicht für schlau genug. Sonst hätte ich mir für diese Zeit ein Alibi besorgt. Ich habe geschlafen, und keiner kann es bezeugen.« Sie schaute die Kommissare provokant an.

»Sie leben alleine?« Ein Hauch von Schadenfreude klang in Pfeiffers Worten mit.

»Sieht so aus.«

»Sie sind seit zwei Jahren geschieden«, las er von einem Blatt ab.

»Was Sie nicht alles wissen.« Jegliches Lächeln verschwand aus ihrem Gesicht und ein Zug der Trauer legte sich über den Blick. Anscheinend fehlte ihr das Wichtigste, was niemand mit Geld bezahlen konnte: Liebe, Geborgenheit, ein vertrauter Partner.

Pfeiffer stand auf. »Bitte warten Sie einen Moment draußen, bis das Protokoll getippt ist und Sie es unterzeichnen können. Außerdem benötigen wir noch Ihre Personalien. Bleiben Sie in der Stadt und halten Sie sich zu unserer Verfügung.«

»Jederzeit zu Ihren Diensten, Herr Kriminalhauptkommissar«, hauchte Sarah Lorenz beim Hinausgehen in sein Ohr und brachte ihn damit zum Erröten.

»Noch mehr Befragungen dieser Art und ich geh in Frührente.« Erschöpft lehnte sich Peter Pfeiffer an die Flurwand und sah Sarah Lorenz nach, die zu einer Bank stolzierte und sich setzte.

»Wird da dein Jagdinstinkt geweckt?«, flüsterte Nina.

»Doch nicht bei der!«

»Bei wem funktioniert der Jagdinstinkt nicht? Hab ich was verpasst?« Ellen Müller legte lachend die Arme um Pfeiffer und Nina.

»Das kann man wohl sagen.« Nina tippte lächelnd mit dem Finger auf den Mund und deutete mit dem Kopf in Richtung Wartebank.

»Ach, das ist so ungerecht. Ich muss wegen einer blöden Zeugenaussage von dem Baulöwen-Fall Schmitt zu Gericht, während ihr euch inzwischen die Rosinen aus dem Kuchen pickt.« Sie strich sich durch ihre kurzen blonden Haare.

»Auf diese Rosinen hätte ich gerne verzichtet. Die sind alle verdorben.« Pfeiffer machte ein Gesicht, als wäre sein Mund voll davon und wüsste nicht, wohin er sie spucken sollte.

»Ich dachte, du liebst verdorbene Früchtchen?« Ellen lächelte und um die Augen kräuselten sich kleine Fältchen.

»Im Bett ja, aber nicht als Verdächtige. Da wird's schwieriger«, spottete Pfeiffer, von Ellens guter Laune angesteckt.

Ellen wurde ernst und griff nach seinem Kinn. »Hast du deine Stromrechnung nicht bezahlt?«

»Wieso?«

»Du siehst fürchterlich aus! Was da wuchert, ist kein Bart mehr, das ist ein Urwald.«

Nina grinste. »Hat er nicht Ähnlichkeit mit einem Talibankämpfer?«

»Die würden ihn nicht mehr nehmen. Schau ihn dir doch an: Er ist zu müde! Zu erschöpft!«

»Oh ja, verbündet euch noch.« Pfeiffer klemmte sich die Akte unter den Arm und wandte sich ab.

Ellen zwinkerte Nina zu. »Kommt, wir gehen jetzt erstmal in die Kantine, ich habe einen Mordshunger. Und dann bringt ihr mich auf den neuesten Stand. Ich liefere nur noch schnell meine Unterlagen ab.« Ellen drehte sich um, ging mit wiegenden Hüften den Gang entlang und fuhr sich mit den Fingern durch die kurzen blonden Haare. »Mahlzeit, Jungs«, grüßte sie lachend die Kollegen in einem Büro.

»Mahlzeit, Ellen«, tönte es im Chor zurück.

»Sie ist sehr beliebt.« Gedankenversunken beobachtete Nina sie.

»Sie ist großartig.« Peter Pfeiffer riss sich von Ellens Anblick los und legte den Arm um Ninas Schultern. »Komm, wir holen Andi. Dann müssen wir die Geschichte nur einmal erzählen.«

Sie widersprach nicht.

Sie hatte seinen bewundernden Blick bemerkt.

06

Pfeiffer und Nina betraten das Büro der Kollegen. Andreas Reimer saß vor dem PC und starrte wie hypnotisiert auf den Bildschirm.

»Wir wollen Essen gehen. Kommst du mit?«

Sie erhielten keine Antwort. Andi war zu sehr in die gezeigten Informationen vertieft.

Pfeiffer hielt die Hand vor sein Sichtfeld. »Welt an Andi!«

»Was ... wie?« Andi schob die Nickelbrille den Nasenrücken hinauf und schaute verwirrt auf.

»Wir wollen in die Kantine. Kommst du mit?«

»Logisch«, sagte er zerstreut, rekelte sich und streckte die steifen Glieder. »Ihr glaubt nicht, was ich im Netz gefunden habe.« Die Zunge fuhr genießerisch über die blendend weißen Zähne.

Nina überlegte. »Noch ein Zahnarzt, der dir deine Zähne bleicht?«

»Oder eine neue Freundin?« Pfeiffer grinste.

»Wie witzig seid ihr drauf?«

»Sorry, wir führten heute ein paar erschöpfende Gespräche«, rechtfertigte sich Nina.

»Und das gibt euch das Recht, mich zu demütigen?« Andi trottete über den Gang. Dort stieß er fast mit Ellen zusammen.

»Du bist aber stürmisch, Großer.«

»Haha. Typisch, bei so was haltet ihr Frauen zusammen.«

Peter holte ihn ein. Freundschaftlich tippte er ihm auf die Schulter. »Verschweig uns einfach in Zukunft, wie du deine Freundinnen kennenlernst.«

»Wenn es was Normales ist, kann er das schon. Nur das mit der letzten war echt abgefahren.« Ellen umfasste Andis Gesicht mit beiden Händen und knuddelte es liebevoll.

»Was war mit ihr?« Nina kannte die Geschichte noch nicht.

Ellen klärte sie auf. »Er hat sie kennengelernt, wie sie aus einem Taxi stieg.«

»Und?«

»Die Lady fiel ihm vor die Füße und kotzte ihm direkt auf seine neuen Schuhe.«

»Die hat einen bleibenden Eindruck hinterlassen.«

»Finden wir auch.«

»Mein Gott, das war Zufall«, verteidigte sich Andi halbherzig.

»Und das mit der davor?«, fragte Ellen.

»Auch.«

»Was war mit der?«, bohrte Nina.

Pfeiffer bremste ihren Wissensdrang. »Jetzt nicht.« Er wollte das Thema beenden, ehe es ausuferte. Da Andi ihnen im Schnitt alle drei Monate eine neue Freundin präsentierte, würden sie sonst noch den Abend in der Kantine verbringen. »Was hast du gefunden?«

In der überfüllten Kantine roch es nach Kasslerbraten, Sauerkraut und Grünkohl. Sie luden sich die Speisen auf die Plastiktabletts, wählten Getränke und setzten sich an einen frei werdenden Tisch. Gläserklirren, klapperndes Besteck und Gespräche schwirrten durch den Raum.

»Ich weiß, woher Daniel Kovacek das Geld hat«, sagte Andi, als sie Platz nahmen.

»Wir auch.« Pfeiffer und Nina antworteten gleichzeitig.

»Ach, kommt schon. Lasst mir den Triumph. Ich war stundenlang im World Wide Web unterwegs. Ihr dagegen hattet nur viele erschöpfende Gespräche.« Er schaute wie ein bettelnder Hund.

»Na gut, du darfst.« Pfeiffer war gespannt, wie Ellen auf die Eröffnung reagieren würde.

Andi richtete seine Aufmerksamkeit auf die noch unwissende Ellen. »Ich will dich poppen.«

Ungerührt schob sich Ellen ein Salatblatt in den Mund.

»Ich will dich poppen«, wiederholte Andi mit Nachdruck. Am Nachbartisch stieß jemand ein Glas um, Kollegen tuschelten.

»Du kennst die Seite?« Andi nippte an der Cola. »Heute ist nicht mein Tag.«

Ellen strich ihm tröstend über die Wange. »Nicht traurig sein, Großer.«

»Woher kennst du solche Seiten?« Pfeiffer war fassungslos.

»Ich bin Single.«

»Das hast du doch gar nicht nötig.«

»Was weißt du schon, was ich nötig habe.« Ellen stocherte im Salat.

»Dann brauche ich euch nichts weiter zu erklären. Er macht jedenfalls gutes Geld damit.«

»Machte.« Feixend stieß Nina ihn in die Rippen.

Er lachte, seine leuchtend weißen Zähne blitzten. »Übrigens erbt die Frau alles. Auch die Rechte an der Marke ›Ich-will-dich-poppen.de‹.«

»Stopp! Ich scheine hier der einzige Outsider zu sein. Hättet ihr eventuell die Güte, mich aufzuklären?« Ellen blickte von einem zum anderen.

»Nur weil du so nett fragst«, erwiderte Pfeiffer großzügig und unterrichtete die Kollegen über den derzeitigen Stand der Ermittlungen.

»Was hat sich die Witwe nur dabei gedacht, das Handy zu verstecken und euch anzulügen?« Ellen schüttelte den Kopf.

»Wahrscheinlich, dass sie mit der Anmut-zerbrechlich-Rolle durchkommt.«

»Aber ihr habt sie durchschaut.«

Pfeiffer horchte auf.

Nina musterte ihn. »Wir haben sie sofort durchschaut. Nicht wahr, Peter?«

»Mhm.« Dieses Biest.

»Ich bin gespannt, was wir auf dem Handy finden. Vielleicht sind es wirklich nur persönliche Erinnerungen, die sie nicht verlieren wollte«, meinte Ellen.

»Nacktfotos.« Andi schob sich eine Gabel mit Kartoffelpüree in den Mund.

»Heh!« Ellen verpasste ihm einen Tritt, dass der Tisch wackelte.

Pfeiffer schmunzelte. »Unsere Ellen, stets nach der Devise, unschuldig, bis das Gegenteil bewiesen ist.«

»Du sagst es. Und dich«, sie deutete auf Andi, »werde ich nicht allein mit dem Handy lassen.« Plötzlich wurde sie wieder ernst. »Aber ihr spürt, dass die Kovacek etwas verschweigt?«

»Ja. Sie weiß mehr, als sie zugibt. Vielleicht sogar wer es war. Aber getötet, denke ich, hat sie ihn nicht. Der Verlust scheint sie zu belasten.« Pfeiffer tunkte eine Kartoffel in die Soße.

»Warum schweigt sie dann?«

»Um den Mörder zu schützen?«

»Um sich zu schützen?«

»Beides?«

»Möglich.«

Ellen schob den Salat beiseite. »Und die Freundin, diese Sarah Lorenz? Sie hat kein Alibi.«

»Bei der sehen wir zurzeit kein Motiv.«

»Was war das mit der Genugtuung? Wo sie euch keine Antwort gegeben hat? Das ist schon sehr verdächtig«, warf Andi ein und pickte sich eine Tomate aus Ellens Salat.

»Wir werden sie nicht aus den Augen lassen«, bestimmte Pfeiffer. »Aber vorerst haben wir nichts gegen sie in der Hand. Rein gar nichts.«

»Welche Aufgaben hast du für mich, Peter?« Ellen strotzte vor Tatendrang und setzte sich auf Ninas Stuhl.

»Du hältst dich erst einmal im Hintergrund. Vielleicht brauchen wir zu gegebener Stunde ein unverbrauchtes Gesicht«, erklärte Pfeiffer.

»Danke, mein Lieber.« Sie hauchte einen Kuss über den Schreibtisch.

»Das meinte ich nicht damit, auch wenn ich zugeben muss, dass du dich für dein Alter gut gehalten hast.«

Der Radiergummi verfehlte um Haaresbreite sein Gesicht und landete in der Ecke neben dem Aktenschrank. Zum Glück hatte Ellen nicht nach dem Tacker gegriffen, dachte Pfeiffer.

Sie waren seit Jahren Kollegen. Ellens unerschütterliche Objektivität trieb ihn regelmäßig in den Wahnsinn. Doch er schätzte diese Eigenschaft. Sie zwang alle im Team immer wieder neue Blickwinkel einzunehmen, wenn sie sich mal festgefahren hatten.

Pfeiffer musterte sie. Er hätte ihr Gesicht unter Tausenden erkannt; selbst den kleinen Leberfleck über dem ironisch lächelnden Mund liebte er …

Pfeiffer hielt inne. Eine heiße Welle durchfuhr ihn. Was dachte er da nur? Wieso kamen ihm plötzlich solche Gedanken? Schnell bückte er sich und tat, als suchte er etwas in der untersten Schublade des Schreibtisches.

»Verdonnerst du mich nun zur Untätigkeit?«

»Nein, weit gefehlt«, antwortete er, ohne sich aufzurichten.

»Was dann? Was machst du da unten?«

Pfeiffer atmete tief durch. »Ich hab nur was gesucht.« Endlich bekam er sich so weit in Griff, dass er Ellen wieder ansehen konnte. »Da du ja die Seite sooo gut kennst, legst du dir dort einen Account zu – ach nein, du hast ja bereits einen.«

Ellen streckte die Zunge heraus.

»Also ja.« Er grinste. »Das ist gut. Ein altes Profil fällt weniger auf. Du siehst dir die Profile der gestrigen Gästeliste an. Frau Lorenz mailt sie uns zu.«

»Auf was soll ich achten?«

»Ungereimtheiten, Kommentare – da verlass ich mich ganz auf dein Gespür. Andi besorgt dir die Zugangsdaten vom Kovacek und die seiner Kontakte.«

»Was machst du?«

Pfeiffer stand auf. »Ich? Ich habe einen Termin beim Bürgermeister.«

07

Das Rathaus in Zeitlingen war ein Plattenbau, der nicht nur nach dem Werbeslogan: Quadratisch – Praktisch – Gut, sondern auch durch die, willkürlich in der Außenfassade eingelassenen, verschiedenfarbigen Kieselsteine, kreativ und freundlich wirkte.

Die Vorzimmerdame bat Pfeiffer, sich noch zu gedulden. Bürgermeister Moor würde jeden Moment zurückerwartet. Höflich bot die brünette Mittfünfzigerin Pfeiffer Kaffee an. Schon wieder, dachte Pfeiffer. Selbst wenn jemand Kaffee verabscheute, im Polizeidienst musste er zwangsläufig zum Koffein-Junkie mutieren.

Lächelnd nahm er an.

Nachdem ihm die Vorzimmerdame den Kaffee serviert hatte, setzte sie sich an ihren Schreibtisch. Die Wartezeit vertrieb sich Pfeiffer damit, verstohlen und mit einer gewissen Faszination die Knopflöcher ihrer Bluse zu beobachten. Mit jedem Atemzug wurden sie bis zur Grenze der Belastbarkeit geweitet. Es wunderte ihn, dass die Knöpfe nicht Geschossen gleich durch den Raum flogen.

»Jürgen Moor, ich grüße Sie«, stellte sich wenig später der Bürgermeister vor. Er war einen Kopf größer und doppelt so breit wie Pfeiffer. Mit einer Handbewegung forderte Moor ihn auf, ihm in sein Büro zu folgen.

Pfeiffer nahm seine Tasse und folgte ihm.

»Eine unangenehme Sache, das heute Nacht«, stöhnte Moor. Schwerfällig plumpste er in den Bürosessel hinter dem wuchtigen Schreibtisch. Mit einem überdimensionalen Stofftaschentuch wischte er sich das gerötete Gesicht ab.

Bluthochdruck, schlussfolgerte Pfeiffer.

»Unangenehm? Das bezeichnet die Witwe mit Sicherheit anders.«

»Ja, natürlich. Für Frau Kovacek tut es mir wirklich leid. Sie ist sehr patent und ein richtiger Hingucker. Wir lernten uns kennen, als sie mir ihr neues Konzept bezüglich der Brandruine vorstellte.« Er lehnte sich zurück und presste die Finger gegeneinander, die Pfeiffer in der Form fatal an die Spezialität ›Würzburger Knäudele‹ erinnerten.

»Viele bayrische Städte dulden keine Swinger-Clubs. Da scheitern die Akteure bereits bei der Bauanfrage. Warum waren gerade Sie dafür aufgeschlossen?«

»In den meisten Stadträten sitzen Personen, die nur hinter vorgehaltener Hand über Sex reden. Wenn überhaupt! Zu viele Wichtigmacher und Vorurteile! Die Leute haben keine Ahnung. Die Städte schieben Lärmbeschwerden und Bebauungspläne vor. Derweil scheuen sie nur die Auseinandersetzung mit den Moralaposteln und einen eventuellen Stimmenverlust bei den nächsten Wahlen. Sehen Sie sich doch mal die anderen Bundesländer an. Dort gehen die Verantwortlichen viel offener mit dem Thema um. Und Bayern?« Er donnerte mit der Faust auf den Tisch, dass die Kaffeetasse klirrte.

»Ich bin da toleranter! Zeitlingen braucht die Einnahmen. Warum sollte ich da ablehnen? Geld stinkt nicht! Zudem war die Ruine zu lange ein Schandfleck.« Er schüttelte den Kopf. Selbst als er innehielt, schwabbelte das Doppelkinn noch nach. »Ratten, Penner und Gesindel hatten sich eingenistet; kein einladender Anblick. Bereits vor meinem Amtseintritt war mir die Ruine ein Dorn im Auge. Mit mir traf Frau Kovacek den richtigen Mann. Und jetzt? Schauen Sie es sich an! Was für ein Prunkstück! Meine kühnsten Erwartungen wurden übertroffen. Zeitlingen ist nun bekannt. Wenn im ›Palace‹ ein Event stattfindet, sind alle Hotels im Umkreis belegt. Selbst die Privatzimmervermietung boomt. Das Geschäft floriert. Von den Steuereinnahmen profitieren alle; mehr als bei einer Disco, ohne Lärmbelästigung und besoffenem Pöbel.« Von seinem Vortrag begeistert, lehnte er sich zufrieden zurück. Der Sessel stöhnte.

Pfeiffer trank von dem Kaffee. Eine exzellente Sorte, wie er feststellte. Er musste unbedingt die Sekretärin danach fragen.

»Was ist mit den Zeitlinger Sittenwächtern?«

Moor lupfte die Brauen. »Ah, Sie waren bei Weigand. Lustiger Bursche, was?«

»Wie man's nimmt.«

»Er hat sich redlich bemüht, das Projekt zu verhindern. Doch irgendwann stand er alleine da. Selbst seinen Anhängern ging der fanatische Hass zu weit. Einer nach dem anderen kehrte ihm den Rücken, bis er alleine dastand.« Er pausierte. Eine Schweißperle bildete sich zwischen den buschigen Augenbrauen, so sehr hatte er sich in Rage geredet. »Mir tut nur die Frau leid. Die muss es ausbaden«, fuhr er ruhiger fort. »Sympathische Frau, diese Karin Weigand. Stammt nicht von hier, müssen Sie wissen. Hatte es schwer, hier anerkannt zu werden. Jetzt wird sie gemieden, was das Zeug hält. Sie hat mir mehrmals ihr Leid geklagt. Aber was soll ich tun?« Moor zuckte die Schultern. »Ich kann nur an die Mitbürger appellieren. Mit dem Metzger hab ich bereits gesprochen. Mal sehen, ob es was genützt hat.«

»Glauben Sie, er hat etwas mit der Sache zu tun?«

»Der Metzger?«

»Nein, Weigand.«

»Ich weiß nicht, was in seinem Kopf vorgeht. Aber diese Angelegenheit gefällt mir ganz und gar nicht.«

08

Nina Schätzlein fuhr zu der Angestellten Marianne Klein. Gemeinsam mit Eddy Mehling und dem Opfer hatte sie am gestrigen Abend Dienst gehabt. Marianne Klein wohnte in einem der farbigen Mietblöcke am Rande von Zeitlingen knappe zehn Minuten zu Fuß vom ›White Palace‹ entfernt.

Laut Sarah Lorenz läuteten Besucher morgens vergeblich an Frau Kleins Tür. Sie stelle sowohl die Klingel als auch das Handy ab, um ausschlafen zu können. Wie übrigens alle Mitarbeiter. Nur so konnten sie nach einer Schicht bis in die frühen Morgenstunden auf wohlverdienten Schlaf hoffen.

»Was ist passiert?«, fragte Frau Klein, nachdem sich Nina vorgestellt und den Dienstausweis gezeigt hatte.

Nina sah sich mit einer Ironie des Schicksals konfrontiert, denn Marianne Klein war, wie sie hieß: klein.

Nina unterdrückte ein Lächeln. »Ich habe Fragen zum ›White Palace‹.« Sie schaute den Hausflur entlang zu einer spaltbreit geöffneten Tür. »Darf ich eintreten? Der Flur hat mir zu viele Ohren.«

»Na klar. Die olle Fischer muss nix mitbekommen. Die hat mich sowieso schon auf dem Kieker, seit sie weiß, wo ich arbeite.« Mariannes blonde Locken passten gut zu den verstreuten Sommersprossen auf den Wangen.

Nina war von der behaglichen Wärme der sonnigen Zwei-Zimmer-Wohnung überrascht. Durch die offene Schlafzimmertür sah sie ein schwarzes Metallbett vor einer eisblauen Wand. Das Wohnzimmer, in das sie Frau Klein führte, wurde von einem kräftigen Rot dominiert.

»Sie mögen Farben?«

»Ja, Abwechslung fürs Auge. Sonst ist das Leben doch so trist«, sprudelte Marianne.

»Gefällt mir. Das passt zu Ihnen.«

»Danke. Möchten Sie etwas trinken?«

»Alles, nur keinen Kaffee!«

»Saftschorle?«

»Das wäre prima.« Nina steckte den Kopf in die Küche. Dort war eine Wand in einem beruhigenden Grün gestrichen. Die richtige Farbe für Morgenmuffel, um zwischen Kaffeemaschine und Toaster wach zu werden. Nina nahm sich vor, das Farbkonzept ihrer kleinen Dachwohnung rigoros zu überarbeiten.

»Also, was gibt es, dass die Polizei zu mir kommt? Hat sich jemand beschwert?« Marianne stellte das benutzte Frühstücksgeschirr in die Spüle, holte eine angebrochene Flasche Apfelsaft aus dem fast leeren Kühlschrank und schenkte zwei Gläser ein.

»Wieso beschwert?«

»Na, die Tratschtante am Ende des Flurs erzählt, ich würde da anschaffen.«

»Schaffen Sie an?«

Marianne Klein fuhr entrüstet herum. »Sehe ich so aus?«

»Wie ist es, dort zu arbeiten?« Nina nahm das Glas entgegen.

»Etwas frivol, aber es macht echt Spaß. Ich war vorher Bedienung in der ›Rose‹, daher hat sich kaum etwas geändert. Die Leute sind jetzt netter, entspannter und halbnackt. Keiner schreit nach der Rechnung. Alle sind irgendwie erwartungsvoll, reißen freche Witze. Man darf natürlich nicht zimperlich und auf den Mund gefallen sein. Aber damit hab ich keine Probleme.«

»Das glaub ich sofort.« Nina lachte. »Wie ist das Verhältnis zu Ihren Chefs und den Kollegen untereinander?«

»Gut – was sollen die Fragen?«

»Ist Ihnen gestern Abend etwas Ungewöhnliches aufgefallen?«

»Nein.«

»Denken Sie bitte nach.« Nina sah sie eindringlich an.

»Was soll das Ganze?« Marianne stellte ihr Glas ab. »Wenn Sie mir endlich sagen würden, worum es genau geht, könnte ich gezielter überlegen.«

»Wann haben Sie Daniel Kovacek das letzte Mal gesehen?«

»Daniel? Was ist mit ihm? Ist er verschwunden?« Angst flammte in Mariannes Augen auf.

»Wie kommen Sie darauf?«

»Warum fragen Sie sonst?« Sie verstummte. Dann fragte sie entsetzt: »Von welcher Abteilung waren Sie nochmal?«

»Das erwähnte ich nicht.«

»Sie machen mir Angst.« Sie drehte nervös an ihren Locken.

»Mordkommission.«

Marianne Klein atmete hörbar ein. In Zeitlupe setzte sie sich auf einen der beiden Küchenstühle. »Daniel?«

Nina zog den zweiten Klappstuhl neben Marianne und setzte sich ebenfalls.

Unstet wanderte Mariannes Blick über die Küche; unfähig, irgendwo zu verweilen. »Nein! Nein! Nein!« Schließlich verbarg sie das Gesicht in den Händen und schluchzte. »Warum er? Nicht er! Bitte nicht!«

Nina griff tröstend nach ihrer Hand.

»Nein, nicht Daniel.« Unaufhörlich liefen Tränen über Mariannes Wangen.

»Frau Klein«, Nina wählte die Worte mit Bedacht. »Er hat Ihnen sehr viel bedeutet, nicht wahr?«

Marianne schaute sie mit verweinten Augen an und nickte. »Meine Kollegen haben es sicherlich mitbekommen. Daher sage ich es Ihnen lieber gleich, bevor ich mich verdächtig mache.«

»Also hatten Sie ein Verhältnis.«

»Nein!«

»Sie sagten doch …«

»… dass ich ihn geliebt habe. Aber … Er wusste nichts davon«, entgegnete Marianne mit belegter Stimme.

»Ah«, Nina lehnte sich zurück. »Erzählen Sie mir jetzt, was gestern gewesen ist?«

Marianne Klein riss ein Blatt von der Küchenrolle, schnäuzte sich die Nase und strich sich eine Locke aus dem Gesicht. »Es war ein Abend wie jeder andere. Die Stimmung war gut. Es waren circa zwanzig Paare und ein paar Solos da. Sonntags läuft es gemütlicher. Da wollen die Gäste relaxen, saunieren und poppen.«

»Gab es Streit? Oder haben Sie irgendwas gehört?«

»Nein.« Marianne Klein putzte sich erneut die Nase. Dann stutzte sie: »Mir war allerdings, als würde etwas in der Luft liegen; sich zusammenbrauen. Daniel war durch den Wind. Er schenkte versehentlich zwei Mal ein falsches Getränk aus. Das passierte ihm sonst nie. Er schien abgelenkt. Die Gäste tuschelten, aber niemand sagte etwas. Mehr fällt mir nicht ein.«

»Wann war das?«

»So gegen zweiundzwanzig Uhr. Der größte Ansturm war vorbei und viele Gäste verabschiedeten sich, um für Montagfrüh fit zu sein.«

»Und Ihr Kollege?«

»Eddy?«

»Ja. Was hat der gemacht?«

»Er ist unser Koch.«

»Kocht ihr selber?«

»Natürlich. Wir haben zwei Köche. Eddy und Lisa wechseln sich ab. Alex und Sarah helfen. Sie haben allerdings noch einige Aushilfen an den Wochenenden, wenn für hundert Gäste und mehr ein warmes und kaltes Buffet vorbereitet werden muss. Das Buffet ist ein Highlight. In einem Club wie dem unseren erwartet man das natürlich auch. Es ist wichtig für die Stimmung, dass es allen schmeckt.«

»Gestern war Eddy alleine in der Küche?« Nina wusste anhand der Aufstellung bereits die Antwort, doch sie wollte die Bestätigung von ihr.

»Ja, gestern war nicht viel los. Das macht Eddy mit links.«

»Welche Aufgaben haben Sie?«

»Getränke ausschenken, Cocktails mixen, Tische abräumen, saubermachen. Mit dem Einsammeln der Handtücher und in den Zimmern nach dem Rechten sehen habe ich mich mit Daniel abgewechselt.«

»Was hat Herr Kovacek noch gemacht?«

»Er kümmerte sich hauptsächlich um die Gäste, das Finanzielle, um die Musik, Technik und was sonst noch alles anfällt.«

Nina notierte die Informationen. Sie hielt inne. »Warum wusste er nichts von Ihren Gefühlen?«

Marianne Klein wich Ninas Blick aus. »Das wollte ich nicht. Er war schließlich verheiratet.« Sie knetete das Küchentuch in den Fingern und seufzte. »Und das auch noch glücklich. Glaube ich zumindest. Ich hätte sowieso keine Chance gehabt. Sehen Sie mich an: Mit Alex kann ich nicht mithalten. Haben Sie sie besucht?« Sie sah Nina in die Augen.

Nina nickte.

»Dann wissen Sie ja, was ich meine«, murmelte Marianne Klein resigniert.

»Sie stellen Ihr Licht ganz schön unter den Scheffel. War Herr Kovacek denn nur auf Äußerlichkeiten aus?«

»Nein, er war einfach toll!« Für einen Augenblick erschien ein träumerisches Lächeln auf dem Gesicht.

»Warum sollte er sich nicht in Sie verlieben? Jung, nett und hübsch.« Nina verstand ihre Schüchternheit nicht.

Marianne wurde verlegen. »Es wäre für mich unerträglich gewesen, wenn er mich abgewiesen hätte. So konnte ich wenigstens träumen. Das genügte mir.«

»Für wie lange?«

»Ich habe Geduld. Wenn das mit Alex nicht mehr funktioniert hätte, wäre ich ihm zur Seite gestanden.«

»Unerfüllte Liebe macht krank.«

»Lieber eine unerfüllte als gar keine Liebe«, antwortete Marianne Klein prompt.

»Was ist mit Sex?«

»Den kann ich mit anderen haben. Im Club gibt es genug Solo-Herren, die auf mich scharf sind.«

Hatte die Nachbarin doch recht? »Dürfen Sie als Angestellte überhaupt selbst ...?«

»Früher war Daniel dagegen. Aber wenn ich mich unbedingt amüsieren will, kann ich es genauso gut im Club tun, sagte er einmal. Außerhalb vom Dienst bin ich genauso Gast wie jeder andere. Manche haben Hemmungen, hinter der Theke zu stehen und später auf der Matte gesehen zu werden. Aber das hat mir kein Problem bereitet.«

»Haben Sie auch mit Daniel ...«

»Um Himmels willen!« Marianne Klein schüttelte energisch den Kopf. »Der war Tabu. Außerdem war Alex zu eifersüchtig.«

»Ich habe zwar nur geringe Kenntnisse über dieses Milieu«, eigentlich keine, ergänzte Nina in Gedanken. »Aber darf Eifersucht da überhaupt ein Thema sein?«

»Für viele Paare ist es das nicht. Sie behaupten, frei von Eifersucht zu sein und bumsen, egal mit wem.« Marianne

Klein trank einen Schluck. »Andere Eheleute vermissen nur eine schöne Atmosphäre beim Sex – kein kaltes Schlafzimmer mit dem Bügelbrett in der Ecke. Oder die Kinder, die sie überraschen können. Sie möchten mal was Neues ausprobieren. Sie träumen von Sex mit *ihrem* Partner in einer stimmungsvollen Umgebung oder wo vielleicht auch mal Fremde zuschauen können. Das ist erregend. Wenn die mal tauschen, ist es etwas Besonderes; dann gönnen sie dem Partner fremde Haut.«

»Wie handhabten es die Kovaceks?«

»Ich weiß nicht, was die beiden auf der Spielwiese trieben.«

»Spielwiese?«

Marianne Klein schaute sie erstaunt an. »Sie waren noch nie in einem Club, oder?«

»Gehört das zur Allgemeinbildung?«

»Man wird lockerer, entwickelt eine eigene Sprache und ist verwundert, wenn Außenstehende es nicht verstehen.« Marianne lächelte. »So heißt die ›Vergnügungszone‹. Und mit dem Wort ›spielen‹, verbindet man im Allgemeinen die Vorstellung, sich ›zu vergnügen‹.«

»Das hört sich besser an als ›poppen‹.« Nina lächelte sie an.

»Finde ich auch. Vor allem, wenn sich zwei Damen miteinander vergnügen.«

Nina nippte am Saft und verschluckte sich bei Marianne Kleins Worten. »Lesben?«

»Nein, auf die steh ich nicht. Aber bei Bi-Frauen zuzuschauen oder sie zu verwöhnen, ist was Schönes.«

Nina wurde bei dieser Vorstellung verlegen. An die Variante hatte sie noch nie gedacht. Lesben – ja, das kannte sie. Aber zwei Frauen, die sich anfassten, streichelten und deren Männer daheim warteten? Die Vorstellung erregte sie.

Marianne bemerkte Ninas befangene Reaktion. »Ich bin froh, dass der Club heute Ruhetag hat. Heute Abend könnte ich nicht bedienen. Mir ist jetzt ganz schlecht«, wechselte sie das Thema.

Nina brauchte einen Moment, um zu antworten. »Der Club ist versiegelt.«

»Wieso? Wurde er dort umgebracht?«

Nina bestätigte es.

»Das ist ja schrecklich.« Marianne hielt sich die Hand vor den Mund. »Dann habe ich ihn als eine der Letzten gesehen?«

»Das kann durchaus sein. Wann war das?«

»Es waren nur noch wenige Gäste da.« Sie schluchzte erneut in den Taschentuchersatz. »Es ist meine Schuld, dass ihm das passiert ist. Ich war müde von Samstagnacht. Da entschied er, ich solle früher ins Bett, er würde das auch allein schaffen.«

»Machte er das öfters?«

»Mich nach Hause schicken?« Marianne Klein überlegte. »Selten.«

»War er noch nervös oder wieder normal?«

»Darauf hab ich nicht mehr geachtet. Ich war froh, dass ich gehen konnte.«

»Können Sie mir die Namen der Gäste aufschreiben, die zu der Zeit noch anwesend waren?«

»Ja, allerdings kenne ich nicht jeden.« Sie überlegte. »Im PC müssten alle Anmeldungen hinterlegt sein.«

»Den aus dem Club haben wir bereits sichergestellt.«

»Daniels Büro?«

»Haben wir.«

»Ich meine, aus seinem Haus.«

Nina biss sich verärgert auf die Lippen. »Von dem wussten wir nichts.«

»Er hat ein Programmierzimmer. Dort setzt er die genialen Einfälle um. Oder besser gesagt: Hat er sie umgesetzt«, korrigierte sie sich und riss ein neues Tuch von der Küchenrolle.

»Hat er Sie dorthin mitgenommen?«

»Nein, das war sein Heiligtum. Ich hab's nur von Sarah gehört. Außer ihm durfte es niemand betreten.«

Nina warf einen Blick auf die Uhr. »Vorerst habe ich keine weiteren Fragen, Frau Klein. Falls Ihnen noch etwas einfällt, rufen Sie mich bitte an. Hier ist meine Karte. Egal, wie nebensächlich es Ihnen vorkommt, es könnte für die Ermittlungen von Bedeutung sein.« Sie stand auf und ging zur Tür. Dort blieb sie stehen. »Nur der Vollständigkeit halber: Wo waren Sie zwischen ein und vier Uhr?«

»Ich bin gleich ins Bett gegangen.«

»Hat Sie jemand gesehen?«

»Meine Katze«, scherzte sie bitter. »Aber ich glaube, das zählt nicht.«

»Nein, nicht wirklich.«

»Dann hab ich leider kein Alibi. Aber ich hab ihn nicht umgebracht. Sie müssen mir das glauben.« Verzweiflung lag in Mariannes Blick. »Ich traute mich bisher nicht, zu fragen, doch ich möchte es wissen: Wie ist er gestorben?«

»Alles deutet darauf hin, dass er stranguliert worden ist. Endgültige Gewissheit werden wir erst nach der Obduktion haben.«

Der Hausflur kam Nina noch trister vor, nachdem sie das gemütliche Heim der sympathischen Frau verlassen hatte. Sie wollte gerade zur Treppe gehen, als sie erneut die spaltbreit geöffnete Tür wahrnahm. Einer inneren Stimme folgend ging sie auf die Wohnungstür zu. Sofort wurde die Tür zugeschlagen.

»Dann eben nicht«, sagte Nina laut und verließ das Haus.

09 | Auf dem Rückweg zum Präsidium informierte Nina Pfeiffer über die Existenz eines weiteren PCs in Daniel Kovaceks Haus. Nach einem nicht jugendfreien Fluch versprach der, sofort ein Team der KTU loszuschicken.

Es ärgerte Nina enorm, die Existenz des PCs nicht in Betracht gezogen zu haben. Ob Alexandra Kovacek ihn mit Absicht verschwiegen hat? Oder verstrickte sie sich wieder in Verschwörungsphantasien?

In Gedanken versunken vergaß Nina, abzubiegen. Sie musste eine Schleife fahren, um zum Präsidium zu kommen.

Sie sah rechts und links die Straße entlang. In diesem Viertel war ich noch nie, dachte Nina. Ein grelles Werbeschild erregte ihre Aufmerksamkeit. Nina verlangsamte das Tempo. Warum gerade heute? Das war komisch.

Das Gespräch mit Marianne Klein fiel ihr ein, und verwirrt schüttelte sie den Kopf. Nina betrachtete ihr lächelndes Gesicht im Rückspiegel. Die Idee war absurd – aber machbar.

Nina betrat gemächlich das Büro und stellte den Umhängebeutel ab.

»Hattest du einen schönen Tag?«, fragte Pfeiffer. »Du siehst so verändert aus. Dieses Lächeln hattest du heute Morgen noch nicht.«

»Da gab es auch nichts zum Lachen. Jetzt schon.«

»So? Was denn? Hast du den Mörder gefasst?«

»Nein, noch nicht. Aber ...« Sie zögerte. »Wir haben doch bald Feierabend und ich gehe mit Ritchy essen.«

Pfeiffer musterte Nina aus zusammengekniffenen Augen. »Das ist alles?«

»Ja.« Mit fahrigen Bewegungen räumte sie eine Akte von links nach rechts, klopfte Papiere gerade, um dann wieder die Akte auf den vorherigen Platz zu legen.

Was hatte sie vor? Er hoffte, nichts Törichtes. »Du weißt, dass du jederzeit mit mir reden kannst?«

Lächelnd schaute Nina von den Akten auf. »Danke, das weiß ich. Aber über die Idee muss ich mir erst einmal selbst klarwerden.«

»Interessant.« Pfeiffer sah die Ungeduld in ihren Augen flackern.

»Wenn ich so weit bin, weihe ich dich ein, okay?«

»Darüber würde ich mich freuen, denn dein Ehrgeiz gibt mir zu denken.«

Ninas Lächeln gefror. »Du hast keine Ahnung, was Ehrgeiz wirklich ist.«

Der ungewohnte Ton ließ Pfeiffer aufmerken. »Dann erkläre es mir.«

»Nein, jetzt nicht!« Sie stand auf und fauchte: »Ich habe keinerlei Verlangen, über meinen Vater und seine Erziehungsmethoden zu sprechen.«

»Du bleibst! – Setzen!« Verdammt, heute Morgen der Gefühlsausbruch und nun wieder. Was war mit Nina los? Er musste auf sie achtgeben. »Was glaubst du, wo du hier bist? Im Kindergarten? Dann bist du hier falsch!«

»Wenn es nach meinem Erzeuger ginge, wäre ich auch woanders!«

»Wo wärst du?«

»Ich sollte Ärztin werden.«

Pfeiffer stieß hart die Luft durch die Zähne. »Puh.«

»Genau! Die Szene kannst du dir nicht ausmalen, nachdem er von meiner Bewerbung bei der Polizei erfuhr.«

»Er ist ausgerastet?«

»Ausgerastet? Verzehnfache es.«

»Warum bist du dann nicht Ärztin geworden?«

»Nein, niemals! Verbrecher jagen und dingfest machen – das war mein Traum; von klein auf! Meine Oma hat mich darin bestärkt. Sie hat mir mein Studium bezahlt, da mein Vater mir für diesen erbärmlichen Job, wie er es nannte, keinen Cent geben wollte. Oma verdanke ich, dass ich hier bin. Sie will, dass ich die Beste werde, damit er stolz auf mich ist.« Ihre Stimme brach und sie blinzelte die Tränen fort.

»Jetzt begreife ich einiges.«

»Tut mir leid wegen eben und heut früh«, sagte sie beschämt. »Ich reagiere gereizt, wenn ich an meinen Vater denke. Er hat mich mit dem übertriebenen Ehrgeiz herangezüchtet wie eine EU-genormte Salatgurke. Wäre ich krumm geworden, hätten sie mich aussortiert.«

Pfeiffer fehlten die Worte. Einen jungen intelligenten Menschen derart zu drängen, war schäbig.

Aber Nina war jetzt in seiner Abteilung, er würde ihren Ehrgeiz in die richtigen Bahnen lenken. Sie verfügte über die richtigen Voraussetzungen für den Job. Nina war kein kleiner Wadenkneifer, sondern eine heranwachsende Bulldogge – und das machte seiner Meinung nach einen guten Polizisten aus.

»Das ändert nichts an den Vorschriften, Nina. Wir sind ein Team und da verbieten sich Alleingänge. Begeht einer von uns einen Fehler, weiht er immer die Kollegen ein, damit sie ihm helfen. Hast du verstanden?«

»Verstanden!« Sie atmete tief durch. »Haben wir heute noch eine Besprechung mit dem Chef?«

Pfeiffer schaute auf die Armbanduhr, ein Geschenk seiner Tochter Kati zum fünfundvierzigsten Geburtstag, den er letztes Jahr feierte.

»In zwanzig Minuten. Bis dahin kannst du uns noch berichten, was dein Gespräch mit Marianne Klein gebracht hat.« Er nahm den Telefonhörer und drückte die Zwei. »Kommt ihr bitte rüber?«

Sekunden später befanden sich alle vom Team im Raum und erstatteten Bericht.

Ellen hatte fast alle Angestellten für morgen zu Gesprächen einbestellt, die Fühler im Netz ausgestreckt und einige Kommentare gepostet.

Andi war skeptisch. »Glaubst du wirklich, unser Mörder wird sich darauf melden?«

»Es ist ein Versuch. Ein Schuss ins Blaue. Vielleicht treffe ich ja den Richtigen.« Ellens Miene spiegelte ihre Entschlossenheit. »Wenn der Typ gerne über sich liest, wird er über die Kommentare der anderen stolpern und dazu beitragen. Wir werden es sehen. Sollte er sich still verhalten, meldet sich vielleicht jemand, der etwas gesehen hat.«

Andi setzte gerade zum Sprechen an, als die Tür aufging.

»Peter, ich wol... ach du hast eine Besprechung?« Dienststellenleiter Kriminaloberrat Alfred Baumann stand gebückt in der Tür. Mit seiner imponierenden Größe von zwei Meter drei war er in der Jugend aktiv bei den Würzburger Basketballern und haarscharf an einem Profivertrag vorbeigeschlittert. Sein Gesicht hellte sich beim Anblick der versammelten Mannschaft auf. Nur die Tränensäcke zeugten von Stress und Schlafmangel seit der Beförderung zum Dienststellenleiter. »Das passt mir gut. Dann bleib ich gleich hier, ich muss nachher noch dringend zu einer Sitzung.« Er lehnte sich an die Wand. »Macht einfach weiter.«

»Okay, fasse ich zuerst das Bisherige zusammen, bevor meine Leute weitermachen.« Pfeiffer umriss in groben Zügen die Ergebnisse: beschrieb den Tatort, gab die Essenz der Gespräche mit der Frau des Opfers, Sarah Lorenz, Martin Weigand und dessen Frau wieder sowie seine Eindrücke von diesen Personen. Zuletzt erwähnte er den Besuch bei dem Bürgermeister von Zeitlingen, Jürgen Moor. »Allerdings konnte er nichts Nennenswertes für die Ermittlungen beitragen«, schloss er und gab das Wort an Andi weiter.

»Ich habe bis jetzt nur Zugang zu Daniel Kovaceks ›normalen‹ Computerdaten.« Andi klopfte mit dem Kugelschreiber auf den Holztisch. »Ich brauche unbedingt noch Unterstützung, alleine schaffe ich das nicht. In der Datenbank sind über fünfhunderttausend Mitglieder. Der zweite PC aus dem Haus ist eingetroffen. Alles passwortverschlüsselt. Und wenn ich ›verschlüsselt‹ sage, meine ich das so. Der war richtig einfallsreich. Keine Geburtstage, Hochzeitstag, qwertz oder so was. Nein. Komplexe Codes. Die Ehefrau kennt sie auch nicht. Das Opfer war ein echtes Computer-Genie. Der war fast so gut wie ich.« Er grinste breit.

»Wieso bist du dann hier gelandet und scheffelst keine Millionen wie das Opfer?«

Andi fühlte sich in seiner Ehre verletzt. »Weil in meiner Brust das Herz für die Gerechtigkeit schlägt. Wie sollt ihr denn ohne mich die Verbrecher fangen? Außerdem: Ich bin genügsam. Was soll ich mit Millionen? Mir reicht meine Besoldung nach A 6.«

Alle lachten. Pfeiffer mahnte sie zur Disziplin. »Okay, weiter. Nina, du warst bei der Mitarbeiterin Marianne Klein. Was hat das Gespräch ergeben und wie ist dein Eindruck?«

Nervös sah Nina zu Baumann. Das war ihr erster Rapport in Anwesenheit des Ober-Chefs.

»Beachten Sie mich einfach nicht«, beruhigte Baumann sie.

»Danke«, sagte sie. Dann berichtete sie von dem Gespräch. Mit jedem Wort gewann sie die gewohnte Lockerheit zurück.

»Also eine weitere Tatverdächtige«, resümierte Pfeiffer.

»Nein, das bezweifle ich«, verteidigte Nina die Bardame. »Es war nur eine Schwärmerei. Sie traute sich nicht einmal, sich ihm zu offenbaren, aus Scham, er könne sie abweisen.«

»Zumindest behauptet sie das. Aber ob es die Wahrheit ist?«, gab Ellen zu bedenken.

Nina schüttelte den Kopf. »Hätte sie nicht eher die Ehefrau getötet, damit der Weg zu ihm frei ist?«

»Vielleicht hat er sie abgewiesen, dann hätten wir ein astreines Motiv«, warf Pfeiffer ein.

»Genauso gut könnte Alexandra Kovacek bemerkt haben, dass Marianne hinter ihrem Mann her war, ihn zur Rede gestellt und ermordet haben. Das würde auch das Wort »Sünder« erklären«, konterte Nina.

Baumann bedachte sie mit einem anerkennenden Blick. »Gutes Argument.«

»Danke.«

Pfeiffer schüttelte den Kopf. »Ich bezweifle, dass es die Ehefrau war. Sie ist zu sehr am Boden zerstört. Obwohl wir den Eindruck haben, dass sie uns Informationen vorenthält.«

»Die Freundin scheint auch etwas zu verheimlichen«, fügte Ellen hinzu.

»Wo willst du bei den vielen Verdächtigen ansetzen?«, wandte sich Baumann an Pfeiffer.

»Keine Ahnung. Theoretisch könnte es jeder gewesen sein; einer der Gäste, eine abgewiesene Liebhaberin, ein eifersüchtiger Ehemann. Oder der Moralapostel? Einfach jedermann.« Sich der aufkommenden Arbeit bewusst, rieb sich Pfeiffer seine Stelle zwischen den Augen. »Wir tragen erst sämtliche Informationen zusammen und befragen das restliche Personal. Wir haben sie, soweit auffindbar, für morgen herbestellt. Kannst du mir noch Leute zuweisen? Das schaffen wir in der Besetzung nicht.«

»Vielleicht tötet er nochmal«, warf Ellen schulterzuckend ein.

»Ist ja schon gut, ihr bekommt eure Unterstützung.« Baumann stieß sich von der Wand ab. »Droht mir nicht gleich mit einem Serienkiller.«

Pfeiffer schmunzelte in sich hinein. Auf seine Leute war Verlass. Sie wussten, welche Knöpfe sie bei Baumann drücken mussten. Trotz der Direktive, Überstunden abzubauen und Personal einzusparen, wollte er sich in der Öffentlichkeit nicht für weitere Todesfälle rechtfertigen.

»Ich rufe heute Abend noch Stumpf an. Er soll seine Abteilung mit der deinigen koordinieren. Du hast das Einsatzkommando und weist sie morgen früh ein.«

Alfred Baumann öffnete die Tür. »Und kommt mir nicht nochmal mit dieser verdammten Tour«, warnte er im Hinausgehen.

10

Pfeiffer schlurfte über den Parkplatz zu dem alten grünen Passat. Ein langer Tag ging zur Neige. Er ließ sich auf den Fahrersitz fallen und legte den Kopf auf das Lenkrad.

Eigentlich müsste er der Gerichtsmedizin noch einen Besuch abstatten. Doch das Verlangen, Rita erneut zu begegnen, hielt sich in Grenzen. Er vertagte es auf morgen. Oder sollte er Ellen vorschicken? Besser nicht. Rita würde den Braten riechen und wissen, dass er ihr auswich. Nein, das musste er selbst machen. Morgen würde er als Erstes den Bericht für die Besprechung holen. Er war ein Dummkopf, aber nicht feige.

Eine Hupe schreckte ihn auf. Pfeiffer starrte auf die gleißenden Lichter der vorbeifahrenden Autos.

Scheiße, wo hatte er sich nur hineinmanövriert? Wäre er doch bloß bei den unspektakulären One-Night-Stands geblieben. Da fühlte er sich zwar leer und einsam, aber es gab keine Komplikationen. Höchstens, wenn eine der Damen in seine geflüsterten Worte mehr hineininterpretierte, als er zu geben bereit war.

Nein, er musste ja IHREN Avancen nachgeben. Es schmeichelte seinem Ego: Eine der heißesten Frauen, die er kannte, begehrte ihn. Ihn, Peter Pfeiffer, geschiedenes Wrack.

Jetzt stand er wie ein dummer Junge da und wusste nicht mehr weiter. Wie blöd musste man sein, um nicht die fatalen Konsequenzen einer Handlung abschätzen zu können? Wahrscheinlich hatte sein Schwanz das Denken für ihn übernommen.

Mhm, aber das läuft auf das Gleiche hinaus, gestand sich Pfeiffer ein. Die Sexpraktik hat mich gereizt. Warum? Das Neue, Unbekannte?

Er schüttelte den Kopf. Er musste damit keine Nähe zulassen. Nähe, die er ohnehin nicht ertrug.

Er schluckte den schalen Geschmack der Einsamkeit hinunter.

Was hatte sich verändert? Was war geschehen, dass ihm das, was ihm noch vor Monaten gefiel, so plötzlich zuwider war? Wurde er alt? Warum hatte er es deshalb plötzlich satt, alleine einzuschlafen, aufzustehen, zu frühstücken? Wollte er deshalb mit jemandem lachen und reden?

Oder ... der Gedanke jagte ihm einen Schauer über den Rücken, ist es Neid? Weil Kirsten ein Jahr nach der Trennung einen neuen Kerl hatte und glücklich war, während er immer noch unter dem Verlust von Frau und Kindern litt?

Was war er doch für ein armseliger Jammerlappen! Selbst den nigelnagelneuen A5 von Kirstens Lover konnte er nicht in Rauch aufgehen lassen.

Pfeiffer sah sich zitternd vor Wut in der Auffahrt neben dem Wagen stehen; den Benzinkanister in der einen, das Feuerzeug in der anderen Hand.

Nach einer gefühlten Ewigkeit ging er zu seinem alten Passat und fuhr zurück zu seiner Bruchbude.

War es wirklich Feigheit gewesen?

Vielleicht. Vielleicht war es aber auch das letzte glimmende Fünkchen Verstand gewesen, das verhinderte, dass er sich nach der privaten noch die berufliche Zukunft zerstörte.

Er seufzte, dann drehte er den Schlüssel im Zündschloss. Das Auto gurgelte lange, ehe es ruckelnd ansprang. Pfeiffer fluchte. Hoffentlich stand keine Reparatur an. Der Monat war noch nicht vorbei, das Budget knapp aufgrund von Unterhalts- und Ratenzahlung für das Haus, in dem nun Kirsten mit Kindern und Lover lebte.

Der Appetit war ihm vergangen. Statt Pizza würde es ein Sixpack Bier geben. Er wusste auch schon, an welcher Tanke er es mitnehmen konnte. Die ARAL lag auf dem Weg zu dem Ziel, das er seit Wochen ansteuerte.

Nach fünfzehn Minuten Fahrt stand er vor einem gelben Einfamilienhaus und ließ die Scheibe hinunter. Der Motor brummte leise vor sich hin. Er wagte es nicht, ihn abzustellen. Es wäre zu peinlich, wenn die Karre nicht mehr anspringen würde und er den Abschlepp-Service rufen müsste. Abgesehen von den Kosten, wollte er kein Aufsehen erregen.

Das wirre Tulpen- und Narzissenmeer im Vorgarten verströmte einen süßen Duft und versetzte seinem Herzen einen weiteren Stich.

Wie viele Stiche es wohl noch ertrug? Was folgte, wenn es keinen weiteren Stich ertrug?

Pfeiffer zwang sich zur Ruhe.

Die beleuchteten Fenster verschwammen vor den Augen. Wie oft hatte er mit den Kindern an diesem Tisch gesessen? Hatte sich mit Kirsten gestritten, weil er unpünktlich oder erst gar nicht zum Abendessen gekommen war? Nur, um sich danach wieder versöhnt in den Armen zu liegen.

Bis Kirsten es satthatte, verheiratet und trotzdem ständig allein zu sein. Um schnell Karriere zu machen, ließ er sich jeder erdenklichen Sonderkommission zuteilen. Er hätte es ahnen müssen, und wurde dennoch von der Trennung überrascht. Schlafwandelnd war er direkt auf einen Abgrund zugelaufen und erst aufgewacht, als Kirsten die Drohungen wahr machte. Er war sich ihrer zu sicher. Jetzt hatten ihn die Menschen verlassen, für die er all die Überstunden und Nachtschichten abgerissen hatte. Welche Ironie.

Er beobachtete den Mann an seinem Tisch, der mit seiner Familie das Essen aß, das er bezahlte. Sogar das gemeinsame Lachen glaubte Pfeiffer zu hören. Er fotografierte zum gefühlt millionsten Mal die Personen hinter dem Esszimmerfenster, den Hauseingang und den protzigen A5 vor der Garage mit dem Handy.

Anschließend pfefferte er es schwermütig auf den Beifahrersitz. Er hatte nun, was er brauchte. Das musste genügen.

Er verabscheute sich für das, was er tat. Aber noch mehr verabscheute er ihr Tun. Monat für Monat zahlte er Unterhalt für sie und die Kinder, stemmte den Löwenanteil des Hauskredites, da er den Kindern das häusliche Umfeld erhalten wollte – und erfuhr er von den Kindern durch Zufall, dass ›Onkel Rainer‹ seit über einem Jahr bei ihnen wohnte! Trotzdem strich Kirsten, ohne Gewissensbisse, sein Geld ein! Der Verrat verletzte ihn tiefer als alles andere.

Er fuhr vom Bordstein und die Bierflaschen klimperten.

Mit Sicherheit wusste Kirsten, wie er hauste. Bestimmt hatten es ihr die Kinder erzählt; ebenso, wie sie ihm begeistert vom Pool berichteten, den ›Onkel Rainer‹ im Garten hatte bauen lassen. Er selbst sparte sich jeden Cent vom Mund für die größere Wohnung ab, nur damit Kati und Jacob ein eigenes Zimmer hatten, wenn sie übers Wochenende blieben. Leider kamen sie immer seltener. Ein Garten mit Pool und Grill lockt eben mehr als eine karg möblierte Drei-Zimmer-Wohnung. Ständige Besuche in Freizeitparks oder gar Urlaub waren bei seinen angespannten Finanzen ebenfalls nicht drin.

Wieder einmal wurde ihm schmerzlich bewusst, dass er mit der Familie auch sein schönes Leben verloren hatte.

Schweren Schrittes stieg er die Stufen zu seiner Wohnung hinauf. Froh, sich endlich auf das Sofa legen und den hämmernden Schmerz in der Brust mit dem Bier lindern zu können.

Er roch ihr Parfüm, noch bevor er sie sah.

11

Nina lief vor Freude strahlend durch die Fußgängerzone zum Restaurant und Eisdiele ›Venezia‹. Ricardo Junior, genannt Ritchy, hatte die kleine Eisdiele vor fünf Jahren von seinem Vater übernommen, der aus gesundheitlichen Gründen nach Italien zurückkehrte. Ein halbes Jahr später eröffnete er nebenan noch eine Pizzeria, um auch in den Wintermonaten hier in Deutschland arbeiten zu können. Die Anfangszeit war hart und schwer, doch nun war das florierende Geschäft Ritchys ganzer Stolz.

Oft dachte Nina daran, wie sie ihm in der Eisdiele das erste Mal begegnete. Er warb fast ein Jahr um sie, ehe sie ihn erhörte. Zu groß war ihre Angst, dass Ritchy seinen italienischen Charme auch bei anderen Frauen erproben würde. Doch er meinte es ernst und Nina stellte fest, dass er gewiss keine Zeit für andere Frauen hatte. Manchmal nicht einmal für sie.

Das war heute vor zwei Jahren. Um den Anlass gebührend zu feiern, wollte Ritchy am Abend mit ihr schick essen gehen.

Als Nina den vollbesetzten Außenbereich der beiden Lokale sah, schwante ihr Böses. Sie wusste von Ritchys Ambitionen, die beste Pizza und das beste Eis von Würzburg anbieten zu wollen. Dazu kam, dass er bei diesem Andrang nie den Angestellten das Lokal überließ.

Ritchy eilte von Tisch zu Tisch, verteilte Rechnungen, kassierte und verabschiedete die Gäste. Zwischendurch nahm er die Bestellungen auf, räumte das Geschirr ab und geleitete Wartende zu den freien Plätzen.

Nina war enttäuscht: Er war noch nicht einmal umgezogen.

Ritchy strich sich durch die längeren, gewellten dunklen Haare und blickte sich um. Endlich nahm er sie wahr.

»Ciao mia principessa«, reagierte Ritchy mit einem umwerfenden Lächeln und breitete in einer hilflosen Geste die Arme aus. »Schau nur wie voll … oh … mach nischt so ein traurisches Gesischt … das steht dir nischt. Lächle, es ist so ein primavera bella giornata, wunderschöner Frühlingstag. Die Sonne lacht den ganzen Tag, das Geschäft geht gut und das Eis ist grandioso.« Er presste die Finger zusammen und küsste die Kuppen.

Nina ließ die Schultern hängen. Bis in das kleinste Detail hatte sie sich den Verlauf des Abends ausgemalt. Und nun das! Aber sie konnte ihm nicht böse sein. Immerhin hatte Ritchy die Verabredung nicht vergessen, sondern wurde quasi durch höhere Gewalt verhindert. Das ›Venezia‹ war sein Job, seine Existenz, sein Leben; erst danach kam sie. Sie wusste das von Anfang an und wollte es auch so. Schließlich standen auch bei ihr Job und Karriere an oberster Stelle. Sie würde auch öfters Termine absagen oder verschieben müssen, dann war Ritchys Verständnis gefordert.

Sie küsste ihn auf die Lippen.

»Bella, nischt vor den Gästen.«

»Wieso? Kann doch jeder wissen, dass wir zusammen sind.«

»Ja, aber …«

»Nichts, aber … oder dürfen die anderen Damen nicht wissen, dass du vergeben bist? Ist es schlecht fürs Geschäft?«

»Oh, Bella, wie kannst du das annehmen?« Er stemmte die Fäuste in die Hüften.

Nina sah Ritchy mit dem Blick an, der ihn immer schwach werden ließ. »Na, wenn du sooo bist?«

»Oh mia cara, mein Liebling, nischt schmollen. Du weißt, isch ertrage es nischt, wenn du traurisch bist.«

»Dann küss mich.«

Ritchy sah rundum nur schmunzelnde Gesichter und auffordernde Blicke. Kurzentschlossen nahm er sie ihn den Arm und küsste sie zärtlich.

»Weißt du, was dir entgeht?«, flüsterte ihm Nina heiser in das Ohr.

»Was?«

»Ich habe Lust auf dich.«

Er hielt sie auf Armlänge und sah sie ungläubig an. »Si sono ben? Hast du was getrunken?«

»Wie kommst du darauf?«

»Beh, l'espressione. Na, deine Ausdrucksweise. So kenn isch disch gar nischt«, flüsterte er und zog sie in eine ruhige Ecke.

»Sei doch froh, dass ich Lust auf dich habe.«

Ritchy war irritiert. »No, no ... isch meine natürlisch si, si. Aber, dass du das so dirlo direttamente ..., so direkt sagt?«

»Warum nicht? Du ahnst nicht, was du heute verpasst.«

»Das ischt sooo unfair, Bella Donna.« Er hob hilflos die Arme. »Du siehst doch, was hier los ist. Es ist der erste gute Abend seit Tagen. Ich kann nischt weg, obwohl isch es gerne möchte.« Versöhnlicher fügte er hinzu: »Was verpasse isch denn?« Er zog sie an sich.

»Das wird nicht verraten. Wenn du mich noch wach antriffst, wirst du es sehen«, beharrte sie keck. »Ansonsten hast du Pech.« Nina löste sich von ihm und warf ihm einen Handkuss zu. Sie liebte seinen Akzent und ahmte ihn nach. »Also, mach nischt sooo lange. Sonst gehst du leer aus.« Sie ging und ließ einen verwirrten Ritchy zurück.

12

Der Duft von frisch gebrühtem Kaffee durchzog die Wohnung wie schweres Parfüm und überdeckte die Essensgerüche des vergangenen Abends.

Doch heute tröstete der aromatische Duft nicht Karin Weigands Seele. Im Gegenteil. Mit erschreckender Klarheit öffnete er ihr die Augen; riss den beschönigenden Schleier herunter, den sie über Haus, Leben und Beziehung gelegt hatte. Wohin hatten sich ihre Träume verkrochen? Was war aus dem Mann geworden, in den sie sich einst verliebt hatte? Würde sie so weiterleben wollen? Die letzte Frage löste ein Grauen aus, das sie frösteln ließ.

Die Küche empfand sie geradezu als ein Sinnbild für ihr jetziges Leben: Landhausstil, Eiche dunkel, vor einem Jahrzehnt vom Vorbesitzer des Hauses übernommen.

Karin entdeckte einen Spritzer auf den Kacheln hinter dem Herd. Mit dem Spültuch wischte sie ihn von der blind-stumpfen Kachel ab. Wie sehr wünschte sie sich eine neue Küche. Hell sollte sie sein, aus glänzendem Lack. Die Kühl-Gefrier-Kombination, die Mikrowelle und vielleicht sogar ein Dampfgarer aus blitzendem Chrom. Arbeitsplatte und Rückwand aus silbergrauem Granit. Martin hatte es ihr versprochen. Damals, beim Einzug.

›Sobald sich die finanzielle Klammer lockert, bekommst du deine Traumküche‹, hatte er gesagt und die Worte mit einem langen Kuss bekräftigt.

Dann wurde das Dach undicht. Zwar hatte sich die Klammer dank einer kleinen Erbschaft gelockert, und die Hypothek war bis auf eine vergleichbar lächerliche Summe abgetragen – wobei Karins Verkäuferinnengehalt, ihr sparsames Wirtschaften und das Zurückstellen der eigenen Ansprüche durchaus einen beträchtlichen Anteil daran hatten, doch es änderte sich nichts.

Nur Martin hatte sich geändert.

Statt der Küche musste es letztes Jahr ein fabrikneues Auto sein. Zwar nur ein Fiat Bravo, doch immerhin zu dem Preis IHRER Küche. Dabei lief der alte VW-Kombi noch wie ein Uhrwerk, wies keine Roststellen auf und der TÜV-Techniker lobte, selten ein Fahrzeug dieses Baujahres so gut erhalten gesehen zu haben.

Typisch Mann!

Karin knüllte das Tuch zusammen und warf es in die Spüle.

Wo blieb Martin nur? Er wollte doch früher heimkommen. Sie goss sich Kaffee ein und setze sich an den Tisch mit der geblümten Wachstuchdecke. Trank sie nach drei Uhr Koffein, lag sie in der Nacht stundenlang wach. Dann sah sie, wie sich Martin aus dem Bett stahl und im Keller verschwand. Meist dauerte es bis zu zwei Stunden, ehe er wieder aus seinem sogenannten Fitness-Raum hochkam und neben ihr in ein grunzendes Schnarchen verfiel. Glaubte er wirklich, dass sie es nicht bemerkt? Oder war ihm das bereits egal?

Sie hörte den Schlüssel im Schloss, ihr Kaffee war inzwischen kalt. Karin sprang auf, leerte die Tasse im Ausguss und klapperte mit den Töpfen.

Grußlos betrat Martin Weigand die Küche.

»Du kommst spät.« Es gelang ihr nicht, den vorwurfsvollen Ton in der Stimme zu unterdrücken. »Ich hab extra mit dem Kaffee auf dich gewartet.«

»Ich hab's nicht früher geschafft.« Weigand nahm eine Flasche Wasser aus der Vorratskammer und leerte sie zur Hälfte.

»Hattest du nicht heute Nachmittag frei?«

»Was soll die Fragerei?«

»Wir wollten noch zu ...«

»Na und?«, antworte er barsch.

»Die Polizei war bei mir.«

»Ich weiß. Die waren auch bei mir.«

»Sie wollten wissen, wo du warst.«

»Und was hast du gesagt?« Mit lauerndem Blick beobachtete er sie.

»Was sollte ich denn sagen?« Ihre Stimme zitterte.

»Dass ich bei dir im Bett war.«

Sie schaute auf. »Das warst du nicht.« Stille – und dann: »Wo warst du?«

»In der Küche, was trinken.«

»Drei Stunden?«

Er schwieg. Dann folgte ein »Ja«.

»Komisch, als ich mir Milch mit Honig machte, habe ich dich nicht in der Küche gesehen.«

»Dann haben wir uns eben verpasst und ich war auf dem Klo.«

»Wo warst du?«

»Das geht dich nichts an!«

»Wenn du in deinem verdammten Keller warst, kannst du es doch sagen!«

»Spionierst du mir nach?«

»Ich habe Angst, dass du etwas Dummes gemacht hast!«

»Schmarrn!«

»Sag die Wahrheit.« Flehend presste sie die Hände an ihre Brust.

»Lass mich in Ruhe!«

Karin weinte. »Mein Gott«, schluchzte sie. »Du hast dich so verändert.«

»Du auch.« Abfällig glitt sein Blick über ihren korpulenten Körper. »Ich habe kein Fass geheiratet.«

Ihr Magen krampfte sich zusammen. Was hatte die junge Polizistin sie gefragt? ›Wie kommt eine Frau wie Sie zu so einem Mann?‹ Sie hatte es mit einer Handbewegung abgetan; jetzt versetzte es ihr einen Stich ins Herz. Wie sie ihn hasste. Sein Gehabe, sein Wesen und seine verletzenden Worte.

Es hatte ihr ganzes schauspielerisches Talent erfordert, sich vor den Polizisten nichts anmerken zu lassen.

Was sollte sie tun? Ihn verlassen, die Scheidung einreichen und ein Leben ohne Martin beginnen? Ach, wenn es nur so einfach wäre! Von den paar Euro, die sie in der Bäckerei verdiente, würde sie nicht einmal Miete und Lebenskosten bestreiten können. Von Martin hätte sie nichts zu erwarten. Das Haus gehörte ihm. Von dem Geld, das sie in die Ehe mitgebracht hatte, bezahlten sie die inzwischen alt gewordenen Möbel. Das gemeinsame Geld auf dem Sparbuch wurde auf seltsame Weise weniger und Martin böse, wenn sie ihn darauf ansprach. Bei einer Scheidung stände sie mittellos da.

Er packte ihr Kinn und zwang sie, ihm in die Augen zu sehen. »Überleg dir gut, was du tust«, zischte er und Karin glaubte fast, er hätte ihre Gedanken gelesen. »Die Wahrheit nützt niemandem.«

Karins Tränen versiegten. Eine lang vermisste Ruhe breitete sich in ihr aus.

Vielleicht würde sie ihn verlassen. Aber vielleicht … würde er sie verlassen. Für immer.

13

Zu Hause deckte Nina den Tisch. Sie hatte sich bei Ritchy einen Salat mitgenommen und pellte ein gekochtes Ei, das sie sich in den Mund schob. Dann trank sie ein Glas ›Domina‹. Eine ungewöhnliche Kombination, aber der Kühlschrank war leer.

Obwohl das Verhältnis zu ihrem Vater dem der Ost-West-Mächte in den Sechzigern glich, bewohnte sie ein kleines Appartement im Dachgeschoss des Elternhauses. Nicht gerade die glücklichste Option, denn sie fühlte sich hier oben wie das eingeschlossene Westberlin, aber bei ihrer finanziellen Situation durchaus verständlich.

Die seltenen Begegnungen mit Vater endeten in Gehässigkeiten und sich steigerndem Gebrüll seiner- und unterdrückten Tränen ihrerseits. Also gingen sie sich, soweit es möglich war, aus dem Weg. Hin und wieder verwöhnte Mutter sie mit Schweinebraten und anderen kulinarischen Leckereien. Aber auch das ließ nach, seit Vater den ‚kleinen Grenzverkehr' mitbekommen hatte.

Die einzige Alternative, mit ihrem Anfängergehalt dem Kalten Krieg zu entkommen, wäre für Nina eine WG mit Oma Lotte gewesen. Nach Opas Tod hätte die rüstige Rentnerin sie mit offenen Armen in ihrem Reihenhaus empfangen. Doch Nina wollte nicht. Sie liebte Oma Lotte über alles und verdankte ihr, dass sie letztendlich bei der Kripo arbeitete. Aber zu jeder Tages- und Nachtzeit auf ein Rudel canastasüchtige graue Pantherinnen zu treffen, die Hektoliter von selbstgemachten Lakritz-, Pfefferminz- und Eierlikör verköstigten … bei dem Gedanken schüttelte Nina lächelnd den Kopf. Dann wurden ihre Augen feucht. Mit einem Auszug hätte sie sich auch jede Chance auf eine Versöhnung mit Vater verscherzt.

Zum Glück hatte sie sich vor ihrem Boss beherrscht und nicht losgeflennt. Ein Ergebnis von Vaters Sei-Ein-Mann-Keine-Memme-Erziehung. Nur, sie war kein Mann. Sie war seine Tochter. Oder?

Vielleicht war sie ein Kuckuckskind und Vater ließ sie das spüren. Das würde erklären, warum sein Verhältnis zu ihrem älteren Bruder Markus besser war. Nachdem Markus nach München gezogen war, übernahm sie die Dachwohnung und das Verhältnis zu Vater wurde durch das Fehlen des vermittelnden Bruders stressiger.

Sie trank einen Schluck Wein, schob den Vater auf ein gedankliches Abstellgleis und ging in das Schlafzimmer. Dort breitete sie die Einkäufe vom Mittag auf dem Bett aus, zog sich aus und betrachtete sich von allen Seiten im Spiegel.

»Warum versteckst du deine perfekte Figur unter dem entsetzlichen Schlabberlook«, hörte sie im Geiste Mutter fragen.

»Gutaussehende, erfolgreiche Frauen sind Schlampen, die mit den Chefs ins Bett steigen«, murmelte sie Vaters Mantra. Und der wusste, wovon er redete. Schließlich hatte er einige Sekretärinnen verschlissen. Ihr Erfolg sollte auf harter Arbeit, Können und Wissen beruhen. Selbst ihr Vater sollte das anerkennen müssen. Auch wenn Nina ahnte, dass das nie geschehen würde.

Nina strich über den Po; stellte sich vor, Ritchys zupackende, knetende Hände zu spüren.

Ritchys Reaktion bei ihrem ersten intimen Beisammensein fiel Nina ein, nachdem er ihren Körper Stück für Stück aus der Kleidung geschält hatte. »Bella Donna«, stammelte er und machte Stielaugen, »Bellissima, bischt du schön!«

Danach erkundete er ihren Körper. Mit dem Eifer eines Klassenprimus, der Schillers ‚Glocke' lernte, um den Lehrer zu beeindrucken.

Der Schlabberlook hat auch seine Vorteile, dachte Nina. Ritchy hatte erst in dieser besonderen Nacht ihre perfekte Figur entdeckt, daher war sie sich sicher, dass er den Menschen Nina liebte und nicht nur den schönen Körper.

Nina ließ Badewasser ein und versank in einer nach Bergamotte-Zistrose duftenden Schaumhaube. Sie reckte die Zehen aus dem Wasser. Schade, Ritchy hätte jetzt an jedem einzelnen Zeh geknabbert. Wie sollte sie die Zeit aushalten, bis er kam?

Sie nippte am Wein.

Seit Marianne Kleins Äußerung ›Vor allem, wenn sich zwei Frauen miteinander vergnügen‹ spürte sie ein intensives Kribbeln wie noch nie.

Sie hatte den Sexshop entdeckt, nachdem sie sich verfahren hatte. Neugierig geworden hielt Nina und stieg aus. Sie wollte die blickdicht beklebte Tür öffnen, als sich ein älterer Mann mit schmierigem Grinsen vorbeidrückte. Ihr Mut verabschiedete sich im Schweinsgalopp, doch nach einem weiteren Atemzug gewann ihre Sturheit. Entschlossen betrat sie den Laden.

Eine Verkäuferin erkundigte sich mit einem Lächeln und im freundlichen Plauderton nach ihren Wünschen.

»Da habe ich etwas für Sie«, flötete sie, ging in eine der Regalreihen und zog eine der unzähligen DVDs heraus. »Das ist nicht so simpel gestrickt, wie es die Männer wollen. Das entspricht mehr den Vorstellungen von uns Frauen.«

»Heiße Muschis in Shanghai.« Skeptisch schaute Nina sie an.

»Tja, der Titel stammt anscheinend aus der Feder eines Mannes.« Die Verkäuferin lachte leise. Dann zeigte sie Nina die Outfits.

Ein Catsuit mit offenem Schritt machte Nina neugierig. So etwas sah sie zum ersten Mal. Immerhin hatte sie eine erzkonservative und schwarzkatholische Erziehung genossen. Dort hatte Sex nur zu Fortpflanzungszwecken und hinter geschlossenen Schlafzimmertüren seine Berechtigung. Dafür brauchte es weder frivole Filmchen noch Reizwäsche.

»Den habe ich leider nur noch in Größe S«, entschuldigte sich die Verkäuferin.

»Keine Sorge, ich bin schlanker, als ich aussehe. So etwas zieht die Frau von Welt also an?«

»Reine Geschmackssache und eine Frage des Mutes. Mit Korsage und Stiefeln ein richtiger Hingucker. Aber auch nur Korsage und Stiefel sind angesagt.« Sie deutete auf Overknee-Stiefel mit Fünfzehn-Zentimeter-Absätzen.

»Darin kann ich nicht laufen.«

Die Verkäuferin kicherte »Sollen Sie auch nicht, die sind fürs Bett.«

»Oh. Da habe ich aber entschieden Nachholbedarf.«

»Ich habe noch welche. Mit weniger hohen Absätzen. Welche Schuhgröße haben Sie? Neununddreißig?«

Nina nickte. Die Verkäuferin verschwand im Lager und erschien kurz darauf mit dem gesuchten Stiefelpaar. »Ich wusste, dass noch welche da sind. In denen fühlen Sie sich bestimmt wohler. Und nun probieren Sie die Korsage. Ich helfe Ihnen gleich damit.«

Die Verkäuferin schob Nina in die Kabine. »Ich kassiere erst einmal die Kunden ab. Die verfolgen mir doch zu neugierig unser Gespräch.« Sie zwinkerte Nina spitzbübisch zu.

Durch einen Spalt am Vorhang beobachtete Nina mehrere Männer, die sich an der Kasse umherschlichen und zur Kabine schielten.

»Ich muss Sie enttäuschen. Die Dame wird nicht rauskommen. In der Kabine ist ein Spiegel.« In der Stimme der Verkäuferin schwang Schadenfreude.

Sie kassierte ab und kam zu Nina. Nur mit Slip und Stiefeln bekleidet hielt Nina die Korsage in den Händen.

»Wow!«, entfuhr es der Verkäuferin. »Dass eine Frau so einen Körper versteckt, habe ich noch nie erlebt!« Ihr bewundernder Blick begegnete im Spiegel Ninas.

Ein leichter, angenehmer Duft nach Seife und Parfüm stieg Nina in die Nase, während die Verkäuferin geschickt die verworrenen Bänder einfädelte. Wie zufällig berührte die Verkäuferin Ninas Brust beim Anlegen der Korsage. Ein Stromschlag durchfuhr Nina. Ihr Körper reagierte und die Brustwarzen richteten sich auf.

Ohne den Blickkontakt zu unterbrechen, schnürte die Verkäuferin die Korsage. Ihr Atem liebkoste Ninas Hals.

»Ist hier niemand?« Eine mürrische Männerstimme zerstörte den Bann.

»Doch, doch! Ich komme sofort!« Seufzend schlüpfte die Verkäuferin aus der Kabine.

Nina bebte.

Puh, die Erinnerung daran jagte einen heißen Schauer durch Ninas Körper. Wohlig rekelte sie sich im warmen Wasser.

Ihre Finger umkreisten die kleinen Brüste, zupften an den hart werdenden Nippeln. Sie stellte sich vor, eine Frau – nein, die Verkäuferin – würde sie dort berühren und die seit dem Nachmittag latent vorhandene Begierde steigerte sich zu einem schmerzhaften Ziehen im Unterleib. Nina stöhnte vor Lust.

Die rechte Hand glitt tiefer. Verharrte auf dem Unterbauch, strich über den Oberschenkel, ehe sich ihre Fingerkuppen sanft kreisend der Scham näherten. Sie teilten die Lippen, verwöhnten ihren intimsten Bereich.

Behutsam erhöhte sie den Druck auf ihre Perle. Hitze staute sich im Unterleib und überrollte den übrigen Körper. Die Bewegungen wurden heftiger, der Atem abgehackter, die Spannung unerträglich. Dann – Nina bäumte sich schreiend auf.

Mit geschlossenen Augen sank sie zurück. In Wellen klang die Erregung ab und Nina genoss die sich in ihr ausbreitende Leichtigkeit.

Das Wasser kühlte ab. Noch trunken von den Empfindungen trocknete sie sich ab und schlüpfte in den schwarzen Catsuit.

Sie drehte und bewegte sich vor dem Spiegel, fuhr mit den Händen ihre Figur nach. Tatsächlich fühlte sie sich kraftvoll und geschmeidig wie eine Katze auf Beutefang. Und wer ihre Beute werden sollte, wusste sie.

Das wird Ritchy gefallen, dachte Nina. Die Stiefel und Korsage versteckte sie im Schrank. Die Überraschung hob sie sich für einen anderen Anlass auf.

Im Wohnzimmer zündete sie Kerzen an und legte die DVD ein. Nun wollte Nina sehen, was Frauen miteinander in Shanghai trieben. Fasziniert und mit neu erwachender Erregung sah sie zu, wie sich die Frauen gegenseitig unter die knappen Röckchen griffen, befingerten, leckten und sich stöhnend die unterschiedlichsten Dildos in die Körperöffnungen einführten.

Sie streichelte sich. Ein seltsamer Laut ließ sie aufsehen. Ritchy stand in der Tür. Langsam glitt seine Jeans zu Boden. Eine Beule in den Shorts zeigte seine Erregung.

Nina wollte von der Couch aufstehen. »Wie lang …?«

»Bleib liegen«, befahl Ritchy heiser. »Das ischt deine Überraschung? Sex mit drei Frauen?« Mit einem Grinsen deutete er auf den Bildschirm, wo sich die zwei Frauen vergnügten. »Du bischt unglaublisch! Bin isch froh, dass isch nieścht zu spät komme.«

Nina sank zurück in die Polster. »Dann komm endlich.«

Mit einem »Lei è incredibile, einfach unglaublisch!« versank Ritchy in ihrem Schoß.

14

»Verdammt!« Ellen zog den Topf mit den übergekochten Spaghetti von der Platte. »Könntest du bitte endlich den Tisch decken, Gab?«

»Jaaa, gleich.«

Ellen wischte den Herd trocken und klatschte den nassen Lappen ins Spülbecken. Erst stand sie ewig im überfüllten Supermarkt an und jetzt schuftete sie in der Küche, damit ihre Tochter etwas zu essen bekam. Und nun das! Erschöpft stützte sie sich auf der Küchenplatte ab.

»Oh Mann, gibt's schon wieder Nudeln?« Widerwillig stand Gabriele vom Sofa auf und zog die Nase hoch. Die glatten blonden Haare und die schlanke Figur hatte sie von Ellen geerbt. Sie war wirklich hübsch. Im Gegensatz zu Ellen in dem Alter mochte Gab ihr Aussehen und wusste die Vorzüge zu nutzen. Nur den aufbrausenden Charakter hatte sie von ihrem Erzeuger. Dazu kam bei der Fünfzehnjährigen noch die Pubertät.

»Seit wann magst du keine Nudeln mehr?« Ellen stellte die Soße mit Schinken und Champignons auf den Tisch und schaute Gabriele überrascht an.

»Ich mag sie schon. Nur nicht jeden zweiten Tag. Ich bin im Wachstum und hab ein Recht auf gesunde und ausgewogene Ernährung!«

»Etwa Burger, Pizza und Cola? – Wenn du heimkommst, könntest du ja auch mal etwas machen. Salat putzen, Gemüse herrichten, dann sparen wir Zeit und du hast deine gesunde Ernährung.«

Gabriele schaute sie an, als hätte Ellen von ihr verlangt, eine Ratte zu essen. »Kinderarbeit ist in Deutschland verboten.«

»Das ist keine Kinderarbeit. Das nennt sich Unterstützung! Sollte im Zusammenleben für jemanden, der immer auf das Fast-Volljährig-sein pocht, selbstverständlich sein. Aber diese Wörter kennst du nicht.«

»Und wer unterstützt mich bei der Schule? Das muss ich auch alles alleine machen!«

»Dann mach es auch gescheit! Den Dreier letztens hättest du dir schenken können.«

»Ach, jetzt interessiert es dich plötzlich?« Gabriele zog eine Grimasse.

»Mein liebes Kind, mich interessiert alles, was du machst.«

»So?« Gabriele lauerte. »Du weißt ja noch nicht einmal, wie mein Freund heißt.«

»Natürlich. David.« Ellen war fassungslos.

»Nein. Er heißt Christoph. Mit David ist seit zwei Monaten Schluss.« Sie schaute ihre Mutter herausfordernd an. Dass sie ihr nicht noch die Zunge herausstreckte, war ein Wunder. »Siehst du, du weißt nichts! Papa hat mich wenigstens danach gefragt. Du nicht!«

»Weißt du, ich habe deine Launen langsam satt. Wenn ich frage, behauptest du, ich würde dich kontrollieren! Und wenn ich nicht frage, habe ich kein Interesse an dir. Toll!«

»Ich kann ja gehen, wenn du das willst!«

»Was?!«

»Ich kann zu Papa ziehen, wenn ich dich nerve.«

»Ach?« Das war also die Erklärung, warum in den letzten Wochen Eiszeit zwischen Gab und ihr herrschte. »Ist es das, was du willst? Hat er dir diesen Floh ins Ohr gesetzt? Super, wirklich super! Dann kannst du nämlich auf deine Stiefgeschwister aufpassen. Er spart sich das Geld für den Babysitter und kann wieder um die Häuser ziehen!«

»Dann bin ich wenigstens nicht den Tag über alleine«, trotzte Gabriele.

»Nein, weil die Zwillinge dich nicht mehr zur Ruhe kommen lassen. Was du momentan nur am Wochenende hast, musst du dann jeden Tag aushalten. Da kannst du deine ganzen Freiheiten vergessen! Dort lernst du das Wort ›Unterstützung‹ buchstabieren!« Die Teller, die Ellen in der Hand hielt, schepperten auf den Tisch. »Ich fasse es nicht! Erst warst du ihm lästig und jetzt, wo du in sein Lebenskonzept passt, will er dich mir wegnehmen.«

»Er wollte mich nicht?« Gabriele taumelte zurück.

Mist, dachte Ellen, verdammter Mist! Das wollte ich ihr doch nie sagen. So weit hatte Gab sie gebracht. Sie biss sich auf die Lippen und ärgerte sich über sich selbst.

»Ist das wahr?« Gabrieles Augen füllten sich mit Tränen.

Ellen schaute sie an. Wie verletzlich sie trotz der ganzen Energie und des Zorns war. »Entschuldige Gab, vergiss es!«

Als Ellen sie umarmen wollte, wich Gabriele zurück.

»Bitte – sag mir die Wahrheit! Ich habe ein Recht darauf!«, fauchte sie. »Ich bin kein kleines Mädchen mehr, das du schützen musst.«

Ellen ließ sich auf den Stuhl fallen. »Als Familienvater fühlte er sich an die Kette gelegt. Kastriert, hatte er es genannt. Keine Freiheiten mehr, keine Sauftouren, kein Mit-den-Kumpels-auf-Tour-gehen und Die-Nacht-zum-Tag-machen.«

»Aber ... aber ... die Zwillinge?« Gabriele verstand die Welt nicht mehr. »Warum hat er uns verlassen und dann eine neue Familie gegründet?«

»Jutta hat ihn reingelegt.«

»Und warum hat er sie nicht sitzen lassen?«

»Dann hätte er für drei Kinder und Jutta Unterhalt bezahlen müssen. So nur für dich.«

»Für dich nicht?«

»Da hätte ich mir lieber die Hand abgehackt. Nein, ich hab das allein geschafft. Ich hab ja dich. Du gibst mir die Kraft.« Ellen strich liebevoll eine Strähne aus Gabrieles Gesicht. »Ein tolles und hübsches Mädchen.«

Gabriele drehte den Kopf weg, aber die Bewegung besaß nicht mehr die Aggressivität von eben. »Lass das.« Sie legte das Besteck aus der Hand und verließ die Küche.

»Gab, bitte bleib doch.«

»Und nenn mich nicht immer Gab. Ich heiße Gabriele!« Dann flog die Tür ihres Zimmers ins Schloss.

Ellen stützte den Kopf in die Hände. »Ich möchte aber meine kleine Gab zurückhaben«, flüsterte sie unter Tränen.

Es war kurz vor zehn, als sich Ellen mit einer Flasche Rotwein vor den PC setzte und die Seite ›Ich-will-dich-poppen.de‹ öffnete. Eigentlich war ihr nach der Auseinandersetzung mit Gab die Lust auf Konversation vergangen. Zu sehr kreisten die Gedanken um die Tatsache, dass Gab zu ihrem Vater wollte. Aber sie musste sich zusammenreißen, denn nur um diese Zeit konnte sie viele der Swinger erreichen. Ellen loggte sich in ihr Profil ein.

Wie lange war es her, seit sie das Profil eröffnet hatte? Ein, zwei Jahre? Und fast genauso lange hatte sie sich dort nicht mehr eingeloggt. Sich nur zum schnellen Sex zu verabreden, war alles andere als ihre Welt. Ellen brauchte Gefühle. Altmodisch, wie sie war, glaubte sie noch an die Liebe.

Ellen überflog den Inhalt des Postfachs. Seit heute Mittag, als sie dem Profil wieder Leben eingehaucht hatte, landeten vierundzwanzig Mails notgeiler Männer im Briefkasten. Drei von ihnen schickten Fotos von ihren angeblich langen Schwänzen mit. Angewidert löschte sie die Mails. Ältere Anschreiben wurden automatisch bei einer monatelangen Abwesenheit entfernt, da das Postfach sonst überquellen würde.

Ellen rief ihr Posting auf. Mit der Behauptung, es gäbe einen Zeugen und die Polizei verfolge eine heiße Spur, hatte sie sich weit hinausgelehnt. Sie hoffte auf entsprechende Reaktionen. Doch die sich meldenden User waren nur entsetzt und bedauerten Daniels Tod. Manche stellten Fotos online, auf denen sie mit ihm auf Partys oder beim Tanzen zu sehen waren. Andere wünschten ihm im Swinger-Himmel alles Gute und hofften, der Mörder würde schnell gefasst.

Enttäuscht lehnte sich Ellen zurück. Nur positive Kommentare. Keine Hassparolen, nichts, das ihr einen Ansatz bot.

Kling.

Eine Einladung zum Chat.

Ellen schaute sich das Profil an: Männlich, dreiundvierzig Jahre, Widder, blond, ein Meter vierundachtzig, achtundachtzig Kilo – ohne Bild, ungeprüftes Mitglied. Hoffentlich wusste der was Interessantes und wollte nicht nur mit der Schwanzgröße hausieren gehen.

»Hi.«

»Hallo schöne Frau, ich habe dich vermisst«, begann der virtuelle Gegenüber das Gespräch.

Oh Gott, wer war das? »Das ist aber nett«, tippte Ellen. Nur schön allgemein bleiben.

Es dauerte, bis eine Antwort kam. »Ich bin immer nett.«

Mist, wieder allgemein. Er tastet das Terrain genauso ab, wie ich, dachte Ellen und drangsalierte die Tastatur.

»Was willst du?« Sie hielt den Atem an.

»Mit dir reden. Ich habe dich da noch nie gesehen.«

»Wo?«

»Na, bei Daniel.«

Ellens Puls beschleunigte sich. »Du kannst nicht jeden Tag im ›White Palace‹ sein. Das wäre ja langweilig.«

»Mir nicht.«

Ellen tippte: »Arbeitest du da?«

Das war vielleicht zu auffällig. Besser, sie schob noch eine unverfängliche Bemerkung nach: »Kannst du mich kostenlos mit rein nehmen?«

»Nein. Aber wir könnten als Paar gehen. Dann muss ich nicht so viel bezahlen und lade dich ein.«

»Das muss ich mir noch überlegen. Ich weiß ja nicht, wie du aussiehst.« Ellen trank vom Wein.

»Ihr Frauen seid immer nur auf das Äußere fixiert.«

»Natürlich, die Männer gucken sich als erstes die Hässlichen raus. Also, warum wird es dir da nicht jeden Tag langweilig?«

»Du bist neugierig.«

Verdammt. »Lieber neugierig als langweilig. Außerdem wolltest du was von mir.«

Pause.

War das zu arg gewesen? Sie füllte das Glas erneut und trank in kleinen Schlucken. Wenn das der Mörder war, würde er sich kaum abschrecken lassen. Dann wollte er wissen, was sie über die Ermittlungen der Polizei wusste.

»Sorry, war kurz auf dem Klo.«

Ah, da ist er. »Kein Problem.«

»Warst du gestern Abend im Club?«

»Wieso fragst du?«

»Na, weil du das mit der Polizei weißt.«

Hab ich dich! Cool bleiben. »Ich habe meine Beziehungen.«

Pause.

Ellen hörte die Rädchen in seinem Kopf regelrecht rattern.

»Beziehungen sind das halbe Leben. Und, was hat man dir zugeflüstert?«

»Die Polizei verfolgt eine heiße Spur. Ich hoffe, sie fangen bald das Dreckschwein und schneiden ihm den Schwanz ab. Daniel war echt nett.« Ellen nagte an der Lippe. War das zu übertrieben?

»Das fand ich nicht.«

»Was? Dass Daniel nett war?« Ellens Finger zitterten beim Tippen.

»Er war ein großes, arrogantes Arschloch.«

»Zu mir war er immer nett.«

»Du bist ja auch eine Frau! Die hat er eingelullt.«

Das Gespräch führte in eine Sackgasse. Ellen rieb sich die Augen. »Ich werde jetzt ins Bett gehen«, versuchte sie, ihn aus der Reserve zu locken.

Pause.

Hatte er genug?

Ellen fluchte. Hatte ihre Ungeduld alles zunichtegemacht? Müdigkeit übermannte sie. Gähnend registrierte sie den roten Bodensatz im Glas in ihrer Hand und schaute überrascht auf die leere Flasche auf dem Schreibtisch. Vielleicht war es doch etwas zu viel Wein gewesen, fragte sie sich. Noch fünf Minuten, dann würde sie ins Bett gehen.

Ellen schlief am PC ein. Der Alkohol hatte sie in einen ruhigen, tiefen Schlaf geführt. Der Bildschirmschoner lief gleichmäßige Bahnen.

Kling!

Ellens Unterbewusstsein reagierte und sie veränderte die Haltung. Durch die Berührung der Tastatur erhellte sich der Bildschirm. Auf dem Bildschirm blinkten die letzten Worte des Chats:

»Tod dem Sünder!!!!«

Dienstag, den 22. März

15 | »Morgen.« Pfeiffer betrat das Büro und warf die Akte auf den Schreibtisch, als brenne sie in den Fingern.

»Einen wunderschönen guten Morgen«, begrüßte ihn Nina. »Oh, du siehst aber nicht gut aus.«

»Danke. Das wollte ich aber nicht wissen.«

»Ich weiß.«

Pfeiffer grinste. »Du dafür umso besser.«

»Ich hatte auch eine tolle Nacht.« Sie lächelte versonnen. »Hast du überhaupt geschlafen?«

Pfeiffer fühlte sich ertappt. »Die Nachbarn haben 'ne Party gefeiert«, log er.

»Unter der Woche?«

Pfeiffer zog nur die Schultern hoch.

»Aber wenigstens hast du dich rasiert.« Nina griff nach dem Obduktionsbericht. »Neue Erkenntnisse?«

»Nein. Strangulation, wie wir vermuteten.«

»Also kommen wir da nicht weiter.«

»Ich hol mir 'nen Kaffee. Willst du auch einen?«

Nina schüttelte nur den Kopf. Sie war bereits in den Bericht vertieft.

Pfeiffer war froh, keine weiteren Erklärungen geben zu müssen. Am Kaffeeautomaten sah er Stumpf stehen. Nein, für einen morgendlichen Plausch hatte er keinen Nerv. Er brauchte einen Moment für sich alleine. Der Kaffee musste warten.

Pfeiffer ging zum Herren-WC. Erleichtert stellte er fest, dass er alleine im Raum war. Am Waschbecken drehte er das Wasser auf und betrachtete sein Gesicht im Spiegel.

Nina hatte recht. Er sah beschissen aus. Warum war er wieder schwach geworden? Wenn das jemand wüsste!

Am Abend zuvor – im Treppenhaus

Bevor Pfeiffer sie sah, nahm er ihr verführerisches Parfüm wahr. Er blieb auf dem Treppenabsatz stehen. Rita Pekarek lehnte an der Wand und hielt den Kopf leicht geneigt. Den Kragen des schwarzen Mantels hatte sie hochgeschlagen, doch der offene Ausschnitt zeigte die Ansätze ihrer Brüste. Ihre langen Beine waren in schwarze Nylons gehüllt. Sie trug Stiefeletten mit zehn Zentimeter hohen Absätzen.

Warum war er nicht überrascht?

»Du kommst spät.« In ihrer rauen Stimme schwang Neugierde mit. Sie stieß sich von der Wand ab und stöckelte zu ihm.

»Ich musste noch was erledigen.« Pfeiffer wusste, sie würde sich damit nicht zufriedengeben. Es war ihm egal. Langsam stieg er die Treppe empor.

Rita starrte auf das Sixpack Bier. »Wolltest du es dir heute Abend alleine bequem machen?«

»Eigentlich schon.«

Sie versperrte ihm den Weg.

Pfeiffer schaute ihr direkt in die dunklen Augen. Hinter der Maske der Sittsamkeit verbarg sich pures Verlangen.

Ihr Knie rieb sich in seinem Schritt. Sein Widerstand schmolz und die Begierde erwachte.

Rita lächelte, als sie das Resultat zu spüren bekam. »Oh, was haben wir denn da?«

»Lass das, ich hatte keinen guten Tag.« Pfeiffer drängte an ihr vorbei, um an die Wohnungstür zu gelangen. Er ärgerte sich darüber, wie sein Körper reagierte.

»Bist du mir deswegen heute aus dem Weg gegangen?«

»Ist dir das aufgefallen?«

»Natürlich!« Sie streichelte von hinten seinen Po, während er aufschloss. »Hattest du keine Sehnsucht nach mir?«

»Nein.«

Ihre Antwort war ein kräftiger Klaps auf seinen Hintern.

»Hör auf damit, sonst gehst du gleich wieder.«

Doch Rita schlüpfte bereits durch die soeben geöffnete Tür.

»Hast du auch was Richtiges zu trinken da?« Das Klackern der High Heels entfernte sich Richtung Wohnzimmer.

»Du weißt, wo es steht, bediene dich.« Fast hätte er noch hinzugefügt: Fühle dich wie zu Hause. Doch das schluckte er im letzten Moment hinunter. Pfeiffer öffnete ein Bier und stellte die restlichen Flaschen in den Kühlschrank.

»Hast du Eis?« Sie stand in der Küchentür und hielt ihm ein Glas Whisky hin.

Er holte die Tüte aus dem Eisfach und reichte sie ihr.

Rita schaute ihn erstaunt an. »Du bist heute wirklich sehr nett und zuvorkommend.«

»Bist du hergekommen, um einen netten Mann anzutreffen?« Pfeiffer wusste, auf was sie abfuhr. Auch wenn es nicht unbedingt das war, was er bevorzugte, kam er im Endeffekt fast immer auf seine Kosten.

»Das ist wahr.« Ein Lächeln huschte über ihr Gesicht.

Er trank die Flasche Bier leer und ging ins Bad. Die heiße Dusche weckte die Lebensgeister.

Während er das Wasser abdrehte, hörte er Rita nörgeln: »Du lässt mich lange warten.«

»Das ist mir egal«, murrte er. Nur mit einem Handtuch um die Lenden betrat er das Schlafzimmer. Rita lag mit geschlossenem Mantel auf dem Bett und blätterte in einer Akte. Pfeiffer erkannte die Tatort-Fotos vom ›White Palace‹. »Was hast du da? Ist das dein neues Vorspiel?«

»Ist das der Dank, dass ich dir deinen Bericht für die morgendliche Besprechung vorbeibringe?«

»Dank ist das Letzte, was du von mir bekommst. Du hättest ihn mir im Büro auf meinen Schreibtisch legen können.«

»Dann hätte ich keinen Grund gehabt, zu dir zu kommen«, säuselte sie und reichte ihm demütig die Akte.

»Du brauchst also Schläge?«

Pure Lust blitzte in ihren Augen, als er die Akte zusammenrollte und damit ungeduldig in seine offene Hand schlug.

»Wieso erwartest du mich dann nicht schon, wie es sich für dich gebührt? Los! Ausziehen!« Pfeiffer kannte ihren Fetisch, aber daran würde er sich nie gewöhnen. Nur wegen der Aussicht auf hemmungslosen, harten Sex ohne jegliche Verpflichtungen hatte er sich darauf eingelassen.

Langsam knöpfte Rita den Mantel auf und ließ ihn auf das Bett gleiten. Die schwarze Spitzen-Hebe bedeckte nur den unteren Teil der Brüste und die Nippel reckten sich ihm entgegen.

»Den kenne ich noch gar nicht.«

»Extra für dich gekauft, Herr.« Mit diesem Wort begann das Spiel.

»Aber da fehlt das Höschen!«, brüllte Pfeiffer.

Rita schaute an sich herunter und zupfte am Strapsgürtel. »Tut mir leid, Herr.«

»Du weißt doch, wie ich es mag, dir deinen Slip vom Leib zu reißen!«

»Bitte, nicht böse sein«, flehte Rita.

»Ich soll nicht böse sein? Du Miststück willst mir Vorschriften machen?« Ohne Vorankündigung warf Pfeiffer sie auf das Bett und drückte ihr Gesicht in die Kissen. Er holte aus und schlug auf die rechte Pobacke. »Das ist für das Fehlen deines Höschens. Und das ...« Der nächste Schlag traf die andere Pobacke. »Damit du das nächste Mal nicht unangemeldet vor meiner Tür stehst! Ich bestimme, wann wir uns treffen!« Die Akte hinterließ zwei hässliche rote Streifen auf dem Hintern.

Rita stöhnte laut auf. Nicht vor Schmerz, sondern vor Lust, was ihn heute besonders irritierte. Pfeiffer strich mit dem Daumen über die Striemen, die sich deutlich von dem weißen Po abzeichneten, und der Körper zuckte vor Begierde.

Ihr zuliebe schlug er erneut zu.

Stöhnend griff sich Rita zwischen die Beine und rubbelte ihre Perle.

»Hab ich dir das erlaubt?« Mit der Akte schlug er ihr zwischen die Beine.

Rita stöhnte kehlig. »Bitte Herr – ich will. Ich …«

»Du wagst es, zu widersprechen? Du schreist regelrecht nach Züchtigung!«

Pfeiffer schlug ein weiteres Mal zu. Härter.

Jetzt nahm sie die Hand weg.

Er drückte ihre Beine auseinander, drang hart in sie ein und stieß mehrmals heftig zu.

Bei jedem Stoß stöhnte sie lauter. »Oh ja, fester, bitte.«

Wie ein Schauspieler in einem miserablen Porno spulte er Worte und Taten ab. »Fester? Das kannst du haben!«

Pfeiffer packte ihre Hüften und rammte seinen Schwanz regelrecht in sie hinein. Rita jaulte vor Wollust und er war erleichtert, dass sie seinem Gesicht abgewandt war.

Ein Blick sagte mehr als tausend Worte und Rita war vieles, nur nicht dumm.

Als Pfeiffer erwachte, saß Rita am Laptop. Nur das Licht des Bildschirms erleuchtete das konzentrierte Gesicht.

»Du arbeitest noch? Jetzt? Nachdem wir …?« Pfeiffer verstummte und ließ sich enttäuscht zurück ins Laken fallen.

»Mir ist noch etwas eingefallen, was du für deinen Bericht morgen Früh benötigst und das hab ich schnell erledigt. Ich muss gleich gehen. Bertram fragt sich sonst, wo ich bleibe.«

Rita hackte mit den langen Nägeln auf der Tastatur herum und Pfeiffer fragte sich, wie sie mit den Krallen überhaupt schreiben konnte.

»Es ist wirklich ärgerlich, dass ich morgen nicht dabei sein kann. Aber den Arzttermin kann ich nicht noch einmal

verschieben.« Sie sah ihn bekümmert über die Lesebrille hinweg an. »Ich habe dir so weit alles ausgearbeitet, damit du morgen vorbereitet bist und meine Abwesenheit keine Verzögerung in dem Fall bedeutet.«

»Danke.« Pfeiffer knipste die Nachttischlampe an. »Wie geht es dir eigentlich?«

»Heute war ein guter Tag.« Rita lächelte ihn an und er sah das erste Mal ihre verwundbare Seite.

»Was sagt Bertram?«

»Was soll er schon sagen? Er denkt, es ist ein kleines Magengeschwür.« Der Laptop spuckte eine CD aus, die sie in eine Hülle packte und auf einen Stapel Blätter legte. »Fertig. Die restlichen Resultate bekommst du im Laufe der Tage, sobald ich vom LKA die Ergebnisse habe.«

Rita klappte den Laptop zu und ließ ihn in der Aktentasche verschwinden. Dann drehte sie sich zu ihm herum. Mit weit gespreizten Beinen saß sie auf dem Stuhl.

Wie in ›Basic Instinct‹, dachte Pfeiffer. Nur reizte es ihn nicht mehr.

»Wird Bertram nicht stutzig, wenn du in so einem Outfit von der Arbeit kommst?«, konnte sich Pfeiffer nicht verkneifen.

»Peter, Peter.« Rita schnackte mit der Zunge und schüttelte den Kopf, als wäre Pfeiffer ein kleines Kind, das eine dumme Frage gestellt hat. »Glaubst du allen Ernstes, er bekäme mich so zu sehen? Ich zieh mich natürlich im Auto um.« Spöttisch lächelnd stand sie langsam auf und setzte sich zu ihm auf das Bett. Unvermittelt griff sie unter die Decke. Die Hand fand, was sie suchte. »Genauso wenig, wie ich das bei Bertram zu Gesicht bekomme«, raunte sie.

Trotz ihrer Anwesenheit fühlte er sich einsam. »Warum tust du das?«

»Was?«

»Alles.«

»Ach Peter, sei kein Narr. Das haben wir schon tausendmal durchgekaut.« Rita stand genervt auf und griff nach der Aktentasche. »Gute Nacht. Bis morgen.«

Ihre High Heels klangen auf dem Laminat wie das Stakkato von Schüssen, die im Flur verklangen. Dann fiel die Tür ins Schloss.

Die Stille im Raum wurde greifbar und unerträglich.

Pfeiffer blickte noch immer gedankenverloren in den Spiegel in der Herrentoilette und wusste, was er tun würde. Ohne zu zögern, drehte er den Wasserhahn zu. Der Entschluss stand fest. Es gab kein Zurück mehr.

16

Pfeiffer stellte sich im Versammlungsraum vor die Tafel mit den Tatortbildern und der Auflistung der zurzeit bekannten Verdächtigen und schaltete den Beamer an. Das Stimmengemurmel verstummte augenblicklich. Jürgen Stumpf saß mit vier Mitarbeitern aus seinem Team an der Stirnseite des Tisches und schaute ihn erwartungsvoll an.

Pfeiffer verscheuchte die Bilder der letzten Nacht, die sich vor seinem inneren Auge breitmachten, und las den vorläufigen Obduktionsbericht vor: »Tod durch Strangulation.«

Er machte eine Pause, räusperte sich und deutete mit dem Laserpointer auf die Tatortfotos, die der Beamer an die Leinwand projizierte.

»Der Druck wurde passiv durch die Schwere des hängenden Körpers erreicht. Der pathophysiologische Geschehensablauf ist beim Erhängen völlig anders als beim Erwürgen oder Erdrosseln. Im Regelfall wird durch die Zuschnürung des Halses die Blutversorgung des Kopfes und damit des Gehirns abrupt gestoppt. Die akute Ischämie des

Gehirns hat eine praktisch momentane Bewusstlosigkeit zur Folge.«

Pfeiffer räusperte sich erneut. Er verabscheute diesen hochtrabenden medizinischen Kauderwelsch. Das war die Aufgabe der Rechtsmedizinerin.

»Das könnte der Grund dafür sein, dass unser Opfer sich nicht mehr aufrichten konnte. Er war bereits bewusstlos, als er sich strangulierte.«

Der Laserpointer zeigte ein Foto des Opfers von der Seite.

»Also doch ein Unfall?«, fragte Stumpf ungläubig. »Wenn man all das hört, möchte man es meinen.«

»Ja, – aber«, Pfeiffer drückte die Fotos weiter, um den Anwesenden die dazugehörigen Tatortfotos zu zeigen. »Wie ihr sehen könnt, war der Körper nackt und die Kleidung lag zerschnitten auf dem Boden. Das würde wiederum heißen, dass er unfreiwillig am Kreuz stand und der Täter ihm Hemd und Jeans am Körper aufschnitt, um ihn zu entkleiden. Warum sollte er das tun, wenn er sich doch vorher der Sachen entledigen könnte?«

»Vielleicht gehörte es zum Spiel?«, warf Nina ein.

Andi zog die Augenbrauen hoch. »Wäre untypisch, aber nicht auszuschließen.«

»Gab es Abwehrspuren?«, wollte Ellen wissen.

»Negativ.«

»Wenn er allerdings betäubt war, würde es das Fehlen von Kampfspuren oder DNA unter den Fingern des Opfers erklären«, überlegte Ellen.

»Der toxikologische Befund liegt erst in den nächsten Tagen vor. München ist etwas überlastet.« Pfeiffer wandte sich wieder der Leinwand zu. »Wie die Röntgenaufnahmen zeigen, liegt bei dem Toten eine Schultereckgelenk-Luxation vor.«

Er blickte auf, da er an dem Murren im Raum eine gewisse Erklärungsnot feststellte. »Beide Schultergelenke waren ausgekugelt«, erklärte er und las weiter den Text ab. »Entweder wehrte sich Kovacek zu heftig oder es war Teil der Folter, so die Gerichtsmedizin.«

»Sind solche Schmerzen nicht unspezifisch für Sadomaso?« Andi sah fragend in die Runde. »Ich bin ja nun kein Spezialist auf diesem Gebiet, aber hat das nicht eher etwas mit unterordnen und dominieren zu tun? Wenn schon Schmerzen, dann wohl eher lustvoll. Er hat aber keinerlei Spuren sonstiger SM-Spielereien. Keine Nippelklemmen, keine Peitsche oder weiß der Geier. Also, wieso die Arme ausgerenkt? Folter?«

Nina nahm den angekauten Kuli aus dem Mund. »Wie kam er aber an das Kreuz, wenn er betäubt war?«

»Das ergibt alles keinen Sinn! Wo sollen wir nur ansetzen?« Stumpf hörte sich bereits mutlos an.

»Leute, Leute!« Pfeiffer verstand ihre Ratlosigkeit, doch er durfte sich nicht beirren lassen. »Lasst uns doch erst einmal die Fakten zusammentragen.«

»Du meinst die, die nicht zusammenpassen?«, brummte Stumpf.

Beharrlich las er weiter aus dem Bericht. »Auch wenn es so aussieht, als wäre er nach vorne ausgewichen, gab es auf der Körperrückseite keine Spuren von Gewalteinwirkungen. Die einzige Tatsache, um auf ein Gewaltdelikt zu schließen, wurde in seinen Oberkörper postmortal eingeschnitten. Das Wort ›Sünder‹.«

»Was ist mit Faserresten und Fingerabdrücken? Hat der Täter überhaupt etwas hinterlassen?«, meldete sich Klinge zu Wort.

»Nichts dergleichen. Als wäre nichts passiert. Kein Kampf, kein Täter, kein Mord. Wären nicht die zerschnittene Kleidung und das Wort ›Sünder‹, könnten wir wirklich von einem Unfall ausgehen.«

Ein Raunen ging durch den Raum. Mit der Erläuterung der derzeitigen Ermittlungsergebnisse und dem weiteren Vorgehen brachte Pfeiffer wieder Ruhe rein.

»Jürgen – du übernimmst die Überprüfung der Alibis der Angestellten. Vielleicht wurde jemand gekündigt oder ist verschmäht worden und rächt sich nun.

Julia und Ellen, ihr übernehmt die Gäste. Tragt alle Hintergrundinformationen zusammen. Ich will einen präzisen Ablauf von Sonntagnacht.

Klinge, du gräbst mir sämtliche Information über unser Opfer und die Witwe aus. Ich will *alles* wissen. Jeden verdammten Friseurtermin. Die Statistik besagt: Fast siebzig Prozent der Täter kommen aus dem unmittelbaren Umfeld der Opfer.«

Pfeiffer sah die Kollegen der Reihe nach an. »Du, Georg, nimmst diesen Weigand unter die Lupe. Der ist mir zu schmierig. Sarah Lorenz hat bereits zugegeben, kein Alibi für die Zeit zu haben. Schau, was du über die beiden ausgraben kannst.

Andi und Wolle, ihr knackt den PC. Jede Verabredung, jede Mail wird überprüft, alle Postings.«

Pfeiffer stütze sich mit beiden Armen auf dem Tisch ab und atmete durch. »Das wäre doch gelacht, wenn wir den Typ nicht fänden.«

Danach fassten Nina und Andi die bisherigen Ergebnisse zusammen, um die Neuen im Team auf den gleichen Stand zu bringen.

Als Ellen an der Reihe war, legte sie ihre Unterlagen bereit. »Wie ihr wisst, postete ich auf ›Ich-will-dich-poppen.de‹ verschiedene Kommentare zu dem Mord, um vielleicht weitere Zeugen oder gar den Mörder aufzuschrecken. Ich schrieb, die Polizei habe einen Zeugen, der den Mörder gesehen haben will.«

In den Gesichtern der Kollegen sah sie die Anspannung. Nun hatte sie die Aufmerksamkeit aller. Selbst Pfeiffers Miene zeigte Neugier.

»Er hat sich heute Nacht bei mir gemeldet«, ließ sie die Bombe platzen.

»Was?«

»Wie das?«

»Was hat er geschrieben?«

»Das sagst du uns erst jetzt?«

Ellen schnitt eine entschuldigende Miene und erzählte von dem Chat. Den Ausdruck des Gesprächs heftete sie an die Tafel.

»Tod dem Sünder!!!«, las Klinge. »Das kann kein Zufall sein.«

Pfeiffer nickte. »Andi, check die IP-Adresse des Typen.«

»Okay Boss, ich häng mich gleich rein.« Andi verließ den Raum.

»Warte Andi, ich komm mit.« Ellen ging hinterher.

»Jürgen, du gehst zur KTU und fragst, wie weit sie mit dem Tatort sind. Mach ihnen Feuer unterm Hintern, sie sollen den Tatort freigeben. Meinetwegen kann der SM-Raum noch versiegelt bleiben. Aber ich will, dass der Club so schnell wie möglich öffnet. Uns läuft die Zeit davon.«

»Was hast du vor?« Jürgen Stumpf sah ihn vielsagend an. »Doch nicht das, was ich denke?«

Pfeiffer legte die Hand auf dessen Schulter. »Es ist ein besonderer Fall, bei dem wir ohne außergewöhnliche Ermittlungspraktiken nicht auskommen werden.«

»Und Baumann?«, gab sein alter Kollege zu bedenken.

»Für ihn zählen Ergebnisse; solange sie im rechtlichen Rahmen erreicht werden, ist es ihm egal, wie ich dazu komme. Und was ich in meiner Freizeit mache, hat mir keiner vorzuschreiben.«

»Du bist verrückt.«

»Ich weiß.«

Kurze Zeit später saß Pfeiffer in Baumanns Büro.

»Nein.«

»Alf…« Die auf dem Regal stehenden Sportpokale reflektierten die Morgensonne und blendeten Pfeiffer. Er kniff die Augen zusammen.

»Ich sagte: Nein. Das bekomme ich nie beim Staatsanwalt durch. Weißt du, was so eine Überwachung kostet? Und wie viele Überstunden da zusammenkommen?«

»Das darf doch wohl nicht wahr sein! Soll ich vielleicht sammeln gehen? Ich will den Fall lösen, verstehst du? Sag ihm, mich braucht er nicht zu bezahlen, ich schenke ihm die Stunden! Ich gehe in meiner Freizeit in den Club.«

»Untersteh dich! Du siehst jetzt schon aus, als würdest du nachts alles andere machen außer Schlafen!«

»Dann erklär ihm die Situation. Er wird wohl kaum die Augen davor verschließen können. Der Fall ist brisant. Wir brauchen Informationen und ich weiß nicht, wie wir an die kommen sollen. Überall treffen wir auf Widersprüche und eine Mauer des Schweigens.«

»Das weiß ich selber!« Baumann warf ihm die Zeitung in den Schoß. »Mir sitzt die Öffentlichkeit im Genick! Nachdem du gestern die Presse so charmant behandelt hast, schießen sie sich auf uns ein und machen Stimmung. ›Unfähige Polizei‹ ist noch die netteste Umschreibung!«

»Du hast ein schlechtes Gedächtnis.« Pfeiffer faltete die Zeitung zusammen und legte sie auf den Schreibtisch. Er ignorierte die Presse, seit ihm der Graf einen Fall mit der sogenannten Pressefreiheit verpfuscht hatte. Dadurch konnte sich der Hauptverdächtige rechtzeitig ins Ausland absetzen. Er war bis heute flüchtig.

»Ach, lass doch die ollen Kamellen. Die haben daraus gelernt. Und du solltest auch noch lernfähig sein.«

»Dann soll mir der Arsch auch keine hirnverbrannten Fragen stellen.«

»Peter! Mensch, du alter Sturkopf!«

»Bekomme ich jetzt deine Erlaubnis?«

»Raus hier!«

Pfeiffer lächelte, er hatte gewonnen. Frohgelaunt lief er den langen Flur zurück zu seinem Büro.

»Verdammte Schei...!«, schrie Nina den PC an.

»Hier wird nicht geflucht.« Doch die sorgenvolle Miene seiner Kollegin ließ ihn aufhorchen. »Was ist los?«

»Schlechte Nachrichten, Peter. Es wurden alle Veranstaltungen bis auf Weiteres abgesagt.«

»Woher ...?« Pfeiffer verstummte. Er sah das Logo des ›White Palace‹ auf Ninas Bildschirm. Darunter stand: »Wegen Trauerfall werden die Veranstaltungen bis auf Weiteres abgesagt. Infos, wann der Club wieder öffnet, werden hier eingestellt. Das White-Palace-Team dankt für Ihr Verständnis.«

»Verdammt!« Er hatte damit gerechnet, Alexandra Kovacek würde Druck machen, um den Club schnellstens wieder öffnen zu können. Eine lange Schließung hieß Verzicht auf Einnahmen. Oder war das ein perfekter Schachzug, um die Nachfrage anzukurbeln?

»Heute hätte der Club sowieso nicht mehr öffnen können. Es war ›Tagesfreizeit.‹«

»Tages-was?«

»Es wäre von zehn Uhr bis fünfzehn Uhr geöffnet gewesen. Für diejenigen, die sich mit einer Liebsten, einer Sekretärin oder einer anderen Person aus einer der vielen Seitensprungagenturen verabreden wollen«, erklärte Nina.

Pfeiffer strich sich über das glattrasierte Kinn. Wie schnell er sich an den Bart gewöhnt hatte. »Was es nicht alles gibt.«

»Ist doch praktisch.« Nina drehte sich mit dem Bürostuhl hin und her. »Viele können abends nicht aus dem Haus, weil Ehepartner oder Kinder Fragen stellen würden.«

Pfeiffer hielt genervt Ninas Stuhl fest. »Woher weißt du das alles?«

»Das steht hier.« Sie deutete auf den Bildschirm. »Wenn ich zum Beispiel Ritchy mit dir betrügen wollte ...«

»Ich habe meine Wohnung.« Pfeiffer grinste.

»Okay, du bist ein schlechtes Beispiel. Aber dort ist es viel gemütlicher und atmosphärischer.«

»Woher kennst du meine Wohnung?«

Sie grinste. »Du bist Single.«

»Haha.« Pfeiffer verzog das Gesicht zu einer mürrischen Grimasse. »Und was willst du mir damit sagen?« Er deutete auf den Bildschirm.

Mit einer Unschuldsmiene zog Nina die Schultern hoch. »Dass wir heute Abend nicht dorthin gehen können?«

»Nina!«

»Tu nicht so entrüstet! Du hattest schließlich den gleichen Gedanken.«

»Das ist was anderes. Ich bin ein Mann!«

»Was hat das damit zu tun?«

»Für dich ist das viel zu gefährlich.«

»Mein Gott – fängt das wieder an.« Nina schnappte nach Luft.

»Vergiss es.«

»Werde ich nicht! Ich bekomme eine Schelle nach der andern! Erst dieser Herbert und jetzt du.«

»Nimm doch nicht alles persönlich. Stell dir nur mal vor, du bist im Club – halbnackt – und du brauchst deine Waffe.« Er grinste. »Wo zauberst du sie her?«

»Keine Angst, da fällt mir schon was ein. Aber für dich sehe ich Probleme. Deine Knarre passt nicht in deinen String-Tanga.«

»So was ziehe ich nicht an. Das ist was für Schwule.«

»Eben.« Nina lächelte siegessicher. »Schau selbst.«

»Was?« Pfeiffer beugte sich zum Bildschirm und las laut: »Mittwoch: Man-Night. Verdammt. Was soll das? Haben die nicht was für normale Heteros?« Er ging um den Schreibtisch und ließ sich in den Stuhl fallen. »Aber für dich ist das auch nichts. Obwohl du dich wie ein Kerl kleidest.«

»Ego potest non credere!« Nina war fassungslos. »Danke für das Kompliment.« Gekränkt schaute sie auf das weite grünkarierte Herrenhemd.

»'Tschuldigung. Aber warum ziehst du auch solche Klamotten an?«

Damit hatte sie nicht gerechnet. »Seit wann bist du Experte für Damenmode?«

»Bin ich nicht. Aber wie du bereits vorhin festgestellt hast, bin ich ein Mann und sehe, dass du deine Figur nicht verstecken musst.«

»Ich will mit Leistung Karriere machen, nicht mit gutem Aussehen.«

Was sollte Pfeiffer dazu sagen? Dann fiel ihm das richtige Argument ein. »Hältst du Ellen für kompetent?«

Nina war erstaunt. »Natürlich, aber was hat das mit mir zu tun?«

Pfeiffer schmunzelte. Sie war clever, aber was sie selbst betraf, checkte sie nicht. »Hast du den Eindruck, jemand aus der Abteilung würde sie auf ihren Körper reduzieren?«

»Du meinst, Ellen ist das beste Beispiel für kompetent und sexy zugleich? Der Vergleich ist gut«, gab Nina anerkennend zu. Sie stand auf und nahm ihren Umhängebeutel.

Er richtete sich auf. »Wo willst du hin?«

»Ich brauche etwas Zeit für mich!«

»Während der Arbeit?«, neckte er.

»Ich bummle die Überstunden ab, die ich morgen Abend machen werde.«

»Bei der Man-Night?«

»Nein.« Provokant grinste sie ihn an. »Jeder zweite und vierte Mittwoch im Monat ist Lady-Bi-Night.«

Eine Minute später griff Pfeiffer zum Telefonhörer. Er wollte für heute Mittag einen Besuch bei Alexandra Kovacek ankündigen. Wenn sie unter Beruhigungsmitteln stand, nutzte sie ihm wenig. Niemand nahm ab. Wo steckte sie?

Pfeiffer wählte die Nummer der Kollegen vor Ort, damit sie eine Wache vorbeischickten und seinen Besuch für zwölf Uhr ankündigten.

Er hatte einen Plan, aber dazu musste der Club öffnen.

Wen konnte er einweihen? Alexandra Kovacek? Pfeiffer seufzte. Was, wenn Nina recht hatte und die Clubbesitzerin ihren Mann wegen Marianne zur Rede gestellt hatte – Eifersucht war immer noch der Bestseller unter den Mordmotiven. Auf jeden Fall verschwieg sie etwas. Wusste sie vielleicht, wer der Mörder war und deckte ihn? Oder erpresste sie ihn sogar?

Das könnte ein Grund sein, warum sie keine Anstalten machte, der Polizei zu helfen. Konnte er ihr unter diesen Voraussetzungen überhaupt trauen?

Oder sollte er Sarah Lorenz einweihen?

Pfeiffer bekam Migräne bei dem Gedanken. Zugegeben, sie war durchtrieben – aber eine Mörderin? Warum aber dann diese Gehässigkeiten gegenüber Alexandra? War das Interesse an Daniel anderer Art gewesen, als es einer Freundin zustand? Pfeiffer schüttelte den Kopf. Ihm fehlten die Ansatzpunkte, solange die Clubbesitzerin keinen derartigen Verdacht äußerte. Ein sehr mageres Mordmotiv.

Egal, er musste es wagen. Hinein in die Schlangengrube. Nur so konnte er an Informationen gelangen, die ihm diese Bagage vorenthielt.

Pfeiffer massierte die Schläfen. Die Gedanken schwirrten wie ein Hornissenschwarm auf Ecstasy.

17

»Hauptkommissar Pfeiffer? Wir haben Edwin Mehling. Er hat sich der Festnahme widersetzt. Er wartet im Vernehmungszimmer Zwei. Hier, die Akte.« Der Polizeimeister verschwand.

Pfeiffer warf einen Blick auf den Bericht und schüttelte den Kopf. Was hat sich dieser Mehling nur dabei gedacht, sich durch halb Würzburg jagen zu lassen? Nach dem Dienst im ›White Palace‹ war der gelernte Koch wie vom Erdboden verschluckt gewesen. Das Handy war deaktiviert und niemand wusste, wo er sich aufhielt. Schließlich ließ ihn die Abteilung zur Fahndung ausschreiben und eine Streife erwartete ihn vor dem Haus seiner Freundin. Als die Beamten ihn ansprachen, floh er über einen Hinterhof.

Grußlos betrat Pfeiffer das Vernehmungszimmer und setzte sich. Er schaltete das Aufnahmegerät an und versuchte den Zeugen einzuschätzen.

Mehling war Ende zwanzig, trug das dunkelblonde Haar kurz, ohne erkennbaren Schnitt und wog geschätzte neunzig Kilo bei einem Meter achtzig. Er trug vergraute Jeans und ein fleckiges T-Shirt. Nicht gerade der sportliche Typ, dem ich eine erfolgreiche Flucht über drei Stunden zutraue, dachte Pfeiffer.

Pfeiffers Schweigen ließ Mehling sichtlich nervös werden. Ständig wischte er mit den Handflächen über die Oberschenkel.

»Herr Mehling, Sie haben sich nicht gerade vorbildlich verhalten, als meine Kollegen mit Ihnen sprechen wollten. Warum sind Sie weggelaufen?«

»Ich dachte, das wäre ein Überfall und da habe ich mich in Sicherheit gebracht.«

»Ein Überfall? Ein Überfall von uniformierten Beamten? Was Dümmeres fällt Ihnen nicht ein?«

»Nein.«

»Warum sind Sie weggelaufen?«

»Ich sagte doch schon, dass ...«

Pfeiffer sprang auf und beugte sich über den Tisch. »Hören Sie auf, mich für dumm zu verkaufen!«

»Sie machen mir Angst. Bitte hören *Sie* damit auf.« Ein Hauch von Röte überzog Mehlings blasses Gesicht.

»Was!?«

»Sie machen mir Angst.«

»Ich hab Sie schon verstanden. Ich finde nur Ihre Worte unverfroren.«

Mehling schluckte, der Adamsapfel zuckte. »Ich weiß nicht, warum Sie mich so behandeln. Ich habe mir nichts zuschulden kommen lassen.«

»Das glaube ich Ihnen nicht!«

»Das ist ihr Problem.« Mehling lehnte sich zurück und verschränkte trotzig die Arme.

Pfeiffer zwang sich zur Ruhe und zog erneut den Stuhl heran. »Ist Ihnen am Sonntag etwas Besonderes aufgefallen? Personen oder Gespräche, die nicht so waren wie sonst?«

»Nee, ich war in der Küche und ab und zu im Essbereich. Wissen Sie, was ich mitbekomme? Nichts! Da fragen Sie am besten Marianne, die war vorne bei Daniel und den Gästen.«

»Sie wissen, was passiert ist?«

»Ich habe es gestern Abend im Radio gehört. Hat man deshalb meine Fingerabdrücke genommen? Im Club werden Sie die überall finden.«

»Auch im SM-Zimmer?«

Mehling riss die glasigen Augen auf, doch dann hatte er sich wieder im Griff »Ist nicht mein bevorzugter Raum, aber ich möchte es nicht abstreiten, dass ich da mal drin war.« Er griente dümmlich.

Was zog er nur für eine Show ab? Pfeiffer wurde aus dem Typ nicht schlau. »Am Sonntag?«

»Nee, die letzten Wochen nicht.«

»Das werden wir ja sehen.«

Mehling zuckte nur mit den Schultern.

»Was haben Sie nach Dienstschluss gemacht?«

»Was machen Sie nach einem anstrengenden Tag? Sich mit 'nem Bier vor die Glotze hocken.«

Pfeiffer nickte. Das machte er auch – wenn er nicht gerade Besuch bekam. »Was kam?«

»Rambo. Da, wo er in Afghanistan ist.«

»Hat ein Nachbar Sie gesehen?«

»Wissen Sie, wann ich heimgekommen bin? Da schlafen doch schon alle! Glauben Sie etwa, ich hab was mit Daniels Tod zu tun? Das ist doch eh Schmarrn!«

»Wir ermitteln in alle Richtungen.«

»Also ich sag Ihnen gleich, ich hab kein Motiv. Ich hab erst 'ne Lohnerhöhung bekommen.« Er grinste plötzlich selbstsicher. »Hab gut verhandelt.«

»Und wer hat Ihrer Meinung nach ein Motiv?«

»Oh, da fallen mir genügend ein.« Mehling lehnte sich zurück und streckte die Beine aus. In seinen Augen blitzte es. »Das können Sie mir glauben.«

»Gut. Ich bin gleich wieder da.«

Als Peter Pfeiffer aus dem Vernehmungszimmer in sein Büro kam, roch er einen unbekannten frischen Duft. Am Schreibtisch saß eine junge blonde Frau im braunen Hosenanzug und blätterte ungeniert in einer Akte.

»Was machen Sie hier?«

»Arbeiten.« Sie drehte sich zu ihm um.

»Nina?«

»Jepp.« Elegant schlug sie die Beine übereinander, die in schicken Wildlederpumps steckten.

»Donnerwetter. Jetzt macht es gleich noch mehr Spaß, mit dir zu arbeiten.«

Nina errötete und winkte ab.

»Du wirst sehen, die Verdächtigen nehmen dich anders wahr.« Pfeiffer blieb an der Tür stehen und winkte sie heraus. »Der erste wartet schon. Darf ich bitten?« Zuvorkommend hielt er die Tür auf.

Erhaben stolzierte Nina vorbei und ermöglichte Pfeiffer einen weiteren anerkennenden Blick auf ihre Erscheinung.

Über den Bildschirm im Nebenzimmer des Verhörraumes beobachtete Nina Mehling. Der flegelte sich auf dem Stuhl, reinigte die Fingernägel und gähnte provokativ gelangweilt in die Kamera.

»Der gibt sich ziemlich cool«, stellte sie fest.

»Alles nur aufgesetzt«, behauptete Pfeiffer. »Wird Zeit, dass ich ihm den Zahn ziehe. Du bleibst hier. Dann haben wir noch ein unverbranntes Gesicht.«

»Ich hätte schwören können, Sie kommen mit Verstärkung!« Mehling schaute von seinen Fingernägeln hoch.

»Mit Ihnen werde ich auch alleine fertig.« Wer glaubte dieser Blödmann, wer er war? Charles Manson?

Irritiert setzte sich Mehling gerade hin und strich mit den Händen über die Hose.

»Prima. So können wir arbeiten«, sagte Pfeiffer. »Sie erwähnten eben andere Personen mit Motiven. Wen meinten Sie?«

»Marianne Klein war in den Chef verknallt.«

Pfeiffer kniff die Augen zusammen. »Und da glauben Sie, sie hat ihren Chef ermordet.«

»Warum nicht? Er zeigte kein Interesse an ihr ... weiß ich, was in ihrem Hirn vorgeht?«

»Weiter.«

»Was?« Edwin Mehling grinste. »So arbeiten Sie also? Kein Wunder, dass die Steuergelder nicht reichen. Wie sind Sie überhaupt zur Kripo gekommen?«

»Sie sollten sich eher Gedanken machen, wie Sie wieder hier herauskommen, statt darüber, wie ich zur Kripo gekommen bin.«

Mehling knurrte vor sich hin.

»Sie versprachen mir Informationen über ›einige‹ Mordverdächtige. Bisher höre ich von Ihnen nur Gewäsch.«

»Okay, okay.« Beschwichtigend hob Mehling die Hände. »Ich habe mal von einem Paar gehört, mit dem Alex und der Chef rumgemacht haben soll'n. Das ging irgendwann in die Binsen und man hörte nie wieder von denen.«

Pfeiffer wurde hellhörig. »Sie haben nicht zufällig Namen von den beiden?« Er notierte sich: A.Kovacek nach dem befreundeten Paar fragen!

»Ich doch nicht. Aber fragen Sie mal Alex. Die muss wissen mit wem sie da ...«

Pfeiffer warf ihm einen unmissverständlichen Blick zu, und Mehling blieb der Kommentar im Halse stecken.

»Herr Mehling, Sie beschweren sich über die Steuergelder und selber verschwenden Sie sie.«

»Wollen Sie mich verarschen? Ich liefere Ihnen astreine Motive. Wenn Sie den Mörder nicht finden können, machen Sie mich nicht dafür verantwortlich!«

Pfeiffer stand auf.

»Wo wollen Sie hin?«

»Wir sind fertig.«

»Aber ich hab doch noch was. Hab das Beste zum Schluss aufgehoben.« Mehling grinste ihn an, als kenne er Kennedys wahren Mörder. »Bekomm ich eigentlich eine Belohnung, wenn ich Ihnen den Täter liefere?«

Pfeiffer schüttelte über Mehlings Abgebrühtheit nur den Kopf. »Sie könnten der Ehefrau Gewissheit geben.«

Der Zeuge verzog den Mund. »Alex? Wer weiß, ob die nicht mit drin steckt.«

»Bei dem Mord?« Pfeiffer setzte sich wieder.

»Nee, bei der Vertuschung.«

»Vertuschung? Erzählen Sie. Ich bin ganz Ohr.« Er musste sich zusammenreißen, um nicht über den Tisch zu springen und ihm alles eigenhändig aus der Nase zu ziehen.

Mehling war jetzt konzentriert. »Bekomme ich Probleme, wenn ich von einer Straftat wusste und sie nicht gemeldet habe?«

»Kommt darauf an.«

»Ich sag erst was, wenn Sie mir Straffreiheit zusichern.«

»Ich werde sehen, was ich machen kann. Nun erzählen Sie schon!«

»Also gut.« Mehling wischte mit den Händen über die Hose und rutschte nach vorn. »Vor vier Monaten hatte ich eine sehr hübsche junge Kollegin namens Barbara Seitz ...«

4 Monate zuvor

Nachdem Barbara den letzten Schalter umlegte, war es dunkel. Stockfinster. Die Taschenlampe lag auch nicht an ihrem Platz. Wie oft hatte sie Daniel schon gebeten, ein Nachtlicht anzubringen. Doch veranlasste er es? Nein! Da wurden werweiß-wie-viele Millionen in den Club gesteckt, aber für eine personalfreundliche Beleuchtung war kein Geld übrig. Wie konnten sie nur den Hauptschalter an das gegenüberliegende Ende des Ausgangs setzen? – Wer kam schon auf so eine hirnrissige Idee?

Bevor die Chefetage aufwachte, musste immer erst was passieren. Letzte Woche schlug sich Eddy den Kopf an, weil er über einen Barhocker fiel. Aber eine kleine Beule ohne Krankmeldung reichte nicht aus. Sie wünschte, Daniel würde mal über einen Stuhl fallen und sich den Arm brechen. Aber der war selten der Letzte und musste sich daher nicht wie blind durch den Club zum Ausgang tasten. Morgen. Ja, morgen würde sie ihm ein Ultimatum stellen. Entweder er schaltete die Lichter anders, oder er musste in Zukunft selbst bis zum Schluss bleiben.

Die Stille und diese undurchdringliche Dunkelheit konnte sie fast körperlich spüren. Sie hielt die Luft an: Nichts wie raus!

Was war das? Barbara lauschte.

Schritte? Ein Klacken? Erschrocken wirbelte sie herum. Dann lachte sie auf. In der Bar war nur der Getränkekühlschrank angesprungen.

Sie ging weiter. Da! Sie vernahm es erneut. Doch es veränderte sich – jemand schlurfte über den Marmorboden.

»Wer ist da?« Ihre Stimme zitterte. Niemand antwortete. Die Stille rauschte in den Ohren. Mit angehaltenem Atem tastete sie sich an der Bar entlang.

»Aua, verdammt.« Barbara war gegen einen der aufgereihten Hocker gestoßen und rieb sich das schmerzende Schienbein.

Dann schnupperte sie. Ein Hauch von billigem Rasierwasser mit schwerer Moschusnote, der von Sekunde zu Sekunde intensiver wurde, lag mit einem Mal in der Luft.

Wie in Zeitlupe richtete sie sich auf. Sie spürte das wilde Klopfen ihres Herzens bis zum Hals und zwang sich, ruhiger zu atmen. Vergebens. Tausend Gedanken jagten in ihrem Kopf und drohten, ihn bersten zu lassen. Wer war das? Wie konnte das sein? Penibel achtete sie immer darauf, dass alle Gäste das Gebäude verließen, die Rechnungen für zusätzliche Massagen bezahlten und alle Spindschlüssel abgaben. Wo kam er also her? Der Duft ... der Mann.

Sein Atem ging hastig, fast schon erregt und streifte warm ihren Nacken.

Starr vor Angst spürte sie das stechende Kribbeln der Furcht bis in die Fingerkuppen. Was hatte der Unbekannte vor?

Barbara versuchte, sich zu orientieren. Hinter ihr stand ER, links war die Theke mit den Barhockern und ungefähr sechs Meter vor ihr befand sich das Foyer und dahinter der rettende Ausgang. Sie brauchte einen Vorsprung.

Das kalte Leder des Barhockers klebte an der schweißnassen Hand. Ihre Finger umkrampften die Kante des Polsters.

ER stand hinter ihr, sie spürte seinen Atem im Nacken und der starke Geruch des Rasierwassers schnürte ihr den Hals zu. Worauf wartete er? Wollte er seine Macht auskosten? Ihre Angst genießen? Oder überlegte er, was sie als Nächstes tat?

Das war die Chance. Mit aller Kraft stieß sie den schweren Hocker gegen die Gestalt.

Er fluchte.

Barbara flüchtete Richtung Ausgang.

BUMM.

Im Foyer knallte sie gegen den harten Vorbau der Rezeption und flog nach hinten. Auf dem Rücken liegend japste sie nach Luft. Tränen schossen ihr in die Augen. Nein! Das durfte nicht sein! Sie musste weiter! Nur raus hier!

Röchelnd hielt sie die Hände vor die schmerzende Brust und rappelte sich mühsam auf die Knie. Wo war der Ausgang? Orientierungslos tastete sie die Umgebung ab.

»Du blöde Fotze! Du blöde Fotze, du! Das machst du nie wieder!« Er stürzte sich auf sie und riss sie herum. Die Fäuste trafen sie wieder und wieder im Gesicht.

Barbara verschluckte sich am Blut und bekam keine Luft. Schützend hob sie die Arme über den Kopf.

Plötzlich ließ er von ihr ab. Sie spürte das Blut in den Adern rauschen. Wie von Weitem hörte sie Laute, deren Ursache sie nicht definieren konnte. Reißverschluss, Papier, Folie? Rascheln, schaben. Wie sollte sie die Geräusche zuordnen, wenn der Kopf von den Schlägen dröhnte? Irritiert verpasste sie die kostbare Chance, zu fliehen.

Erneut spürte sie seine schier unerschöpfliche Kraft, einen sehnigen Körper, der sich an sie drängte; Hände, die an ihrer Jeans zerrten.

Nein! Verzweifelt trat sie um sich. Durchhalten! Diesen Triumph würde sie ihm nicht gönnen. Niemals!

Wieder schlug er zu. Dieses Mal mit der flachen Hand. Einmal. Zweimal. Dreimal. Dann hielt er ihre rudernden Arme und legte sich über ihr Bein. Barbara konnte sich nicht mehr rühren. Das Blut lief in ihrem Mund zusammen und sie spuckte es ihm entgegen.

»Schlampe!«

Gut, sie hatte ihn also getroffen.

Doch er boxte ihr in den Magen, dass sie nach Luft schnappte.

Mit der freien Hand zerrte er weiter an ihrer Hose, der Knopf sprang ab. Er riss sie zur Seite und zog ihr die Hose über das Gesäß. Seine Finger umkrallten ihren Slip und rissen ihn entzwei.

Dann drückte er ihr die Beine auseinander und stieß hart in sie hinein.

Heiser vor Schmerz schrie sie auf, bettelte um Gnade. Doch er ließ nicht ab. Schonungslos stieß er wieder und wieder zu, bis er unvermittelt grunzte und verharrte. Dann zog er sich zurück und stand auf.

Wimmernd und reglos lag sie am Boden und hörte erneut das Ratschen des Reißverschlusses.

»Ich bin fertig mit dir«, presste er schwer atmend heraus und öffnete die Eingangstür. Das matte Licht der Straßenlaterne erleuchtete das mit ihrem Blut besudelte Gesicht.

»Jetzt kannst du die Polizei holen«, sagte er und drehte sich zu ihr um. Lächelnd formte er die Lippen zu einem Kuss.

Seine Fratze prägte sich für ewig in ihr Gedächtnis ein.

Hart fiel die Tür ins Schloss. Die Stille der Einsamkeit kam ihr noch schmerzlicher vor als die Qual der Wunden.

In wenigen Stunden würden die beiden Putzfrauen kommen und in dem Zustand wollte sie nicht gesehen werden. Ihr Körper pulsierte unerträglich, als sie sich mühsam die Hose hochzog. Die Glieder schmerzten und bei der kleinsten Bewegung glaubte sie, ihr Unterleib würde zerreißen. Mit letzter Kraft kroch sie Richtung Ausgang. Dann tauchte sie in einen dichten Nebel ein und brach bewusstlos zusammen.

18

Nina war froh, ihre Kollegen hinzugerufen zu haben. Alle waren starr vor Entsetzen und versuchten, das Gehörte zu verarbeiten.

»Ich werde nach ihr schicken lassen«, durchbrach Baumann die Stille. Sein Gesicht war eingefallen und um Jahre gealtert.

»Nein«, bestimmte Ellen. »Dafür haben wir keine Zeit. Wir fahren sofort zu Barbara Seitz und machen uns einen Eindruck vor Ort.«

Baumann stimmte zu. »Ist gut. Ihr beiden fahrt zu der Frau, ich bleibe bei Peter.«

»Moment noch, ich muss was holen.« Nina sprang auf und lief in ihr Büro. Nach einigen Minuten kam sie mit einem Blatt Papier zurück.

Ellen kam ihr entgegen. »Was hast du vor?«

Nina hakte sich unter und zog sie mit. »Ich erzähl es dir unterwegs, ich habe da eine Vermutung.«

Nachdem Nina der Kollegin ihren Verdacht erklärt hatte, war das darauffolgende Schweigen unerträglich.

Konzentriert lenkte Ellen den Wagen durch den Mittagsverkehr. Seitdem der Zellerbock, ein Nadelöhr direkt am Main, gesperrt war, mussten sie einen riesigen Umweg über die andere Mainseite in Kauf nehmen, um nach Zell zu gelangen, wo die Wohnung von Barbara Seitz lag.

»Wenn du Recht behalten solltest, wäre das wirklich der Hammer.« Sie schüttelte den Kopf.

»Das wäre es«, stimmte Nina traurig zu.

Sie bogen in eine Stichstraße ein und parkten vor einer langen Häuserfront. »Hier muss es sein. Nummer dreiundzwanzig.«

»Eine nette Gegend«, meinte Nina, als sie die frisch renovierten Häuser betrachtete.

Mit dem Zeigefinger fuhr Ellen die Klingelschilder entlang. »Seitz, da ist sie.«

Die Putzfrauen fanden sie nicht zuerst.

Daniel Kovaceks Schlaflosigkeit brachte ihn dazu, um sechs Uhr in der Früh Brötchen zu holen. Wie immer fuhr er am Palace vorbei, um sein Werk in der Dämmerung zu bewundern. Die Außenstrahler erhellten das imposante Eingangsportal bis in die Morgenstunden. Jedes Mal aufs Neue erfasste ihn Stolz bei dem Anblick. Es war ein hartes Stück Arbeit gewesen, um so weit zu kommen. Nun konnten er und Alex das Resultat genießen. Der Club lief hervorragend.

Er ließ das Gebäude hinter sich, stutzte und brachte den Wagen abrupt zum Stehen. Der Fahrer des dahinter bremsenden BMWs hupte lautstark und fuhr Stinkefinger zeigend an ihm vorbei.

Daniel nahm es nur am Rande wahr, etwas anderes forderte seine volle Aufmerksamkeit. Hatte er nicht eben noch Barbaras kleinen roten Corsa auf dem Parkplatz hinter dem ›Palace‹ stehen sehen? Wie konnte das sein?

Daniel wendete und der Schotter spritze auf, als das Auto unvermittelt vor dem Eingang zum Stehen kam. Tatsächlich. Der Corsa stand noch auf dem gleichen Platz wie gestern Abend. War das Auto nicht angesprungen und Barbara musste sich ein Taxi nehmen?

Daniel stieg aus und öffnete die Tür.

Erwin Hagenauer, ein Mann um die siebzig, öffnete ihnen nach dem ersten Klingeln und ließ sie in das Haus. Er war der Mieter unter Barbara Seitz' Wohnung und erzählte Ellen, die junge Frau hätte seit Tagen die Wohnung nicht verlassen. Den Geräuschen und dem Fernseher nach müsse sie jedoch zu Hause sein.

Ninas Finger gönnte der Klingel keine Pause. Dennoch öffnete niemand.

»Frau Seitz! Wir wissen, dass Sie da sind. Machen Sie auf, sonst lassen wir die Tür aufbrechen!«, rief Ellen.

Der Rentner warf ihr einen empörten Blick zu.

Entschuldigend zog Ellen die Schultern hoch. »Das motiviert.«

Es dauerte eine weitere Minute, bis sich die Tür öffnete.

Hinter Nina lauerte der Rentner, um einen Blick in Barbara Seitz' Wohnung zu erhaschen.

Ellen schob ihn weg. »Vielen Dank für Ihre Hilfe, Herr Hagenauer. Sie können unten in Ihrer Wohnung warten. Wenn wir noch Fragen haben, werden wir zu Ihnen kommen.«

Enttäuscht zog der alte Mann ab.

Vorsichtig betraten die beiden Kommissarinnen die Wohnung.

Barbara Seitz wankte durch den Flur ins Wohnzimmer und fiel torkelnd auf die Couch. Es dauerte einige Zeit, bis es ihr gelang, eine Zigarette anzuzünden. Das Feuerzeug warf sie auf den Tisch, wo es zwischen verschimmeltem China-Essen und Joghurtbechern neben dem überquellenden Aschenbecher landete.

Im Fernseher lief eine Doku-Soap, in der seltsame Gestalten ihr erbärmliches Leben offenbarten.

Ellen warf ihrer Kollegin einen entsetzten Blick zu und sah, wie Nina schockiert die Hände vor den Mund hielt. Derartiges hatten sie beide noch nie gesehen. Die Wohnung war zugemüllt und verbreitete einen fauligen Gestank. Pizzakartons mit vertrockneten Essensresten lagen auf Tisch und Teppich, soweit sie noch vor Plastikflaschen, Tüten, Chips und Dreck zu erkennen und so genannt werden konnten. Flaschen und Dosen mit verschimmelten Inhalten sorgten mit hingeworfenen Kleidungsstücken, Tüten und Zeitungen für ein buntes, stinkendes Chaos, das von Zigarettenqualm überlagert wurde.

Nina öffnete ein Fenster und lehnte sich hinaus, um frische Luft einzuatmen. Als Nichtraucherin und Ordnungsfanatikerin waren der Anblick und Gestank unerträglich.

»Hab auf Sie gewartet«, lallte Barbara Seitz und nahm einen Schluck aus der Bierdose.

»Wieso?« Ellen räumte die unzähligen Zeitungen von einem der Sessel. Nachdem sie jedoch auf dem Sitz eine undefinierbare klebrige Masse fand, blieb sie lieber stehen.

»Ach, hören Sie doch auf. Ich bin zwar besoffen, aber nicht blöd.« Sie zog an der Zigarette. Barbara Seitz sah erbärmlich aus. Das sollte die hübsche Kollegin von Eddy Mehling sein? Die grünen Augen lagen tief in dunklen Höhlen, die blassen Wangen waren eingefallen, das schmale Gesicht übersät mit Mitessern und Pickeln. Ihr braunes Haar hing strähnig in das Gesicht und ließ sie noch trauriger aussehen. Die Kleidung triefte vor Dreck und stank nach Schweiß und altem Bier.

»Gut, dann lesen wir Ihnen Ihre Rechte vor und Sie kommen mit uns.«

»Verdammte Scheiße! Was soll der Quatsch?« Sie wollte sich aufrichten, verlor das Gleichgewicht und fiel zurück auf die Couch.

Nina ging in die Küche. »Ich mach uns 'nen Kaffee und dann erzählen Sie uns alles von Anfang an.«

Jemand rief Worte, deren Bedeutung sie nicht verstand. Die Stimme drang nur schwach durch den Nebel in ihrem Kopf, der auf erholsame Art die Leiden linderte. Licht schmerzte in den Augen, als sie die Lider öffnete. Langsam erkannte sie die Gestalt.

Daniel starrte sie an, sein Gesicht war kreidebleich.

»Barbara! Was ist geschehen?« Er richtete sie in seinen Armen auf.

Die verkrusteten Wunden im Gesicht rissen bei der kleinsten Bewegung erneut auf.

»Weißt du, wer es war?«

Sie schloss die Augen und wollte den Kopf schütteln. Es ging nicht. «Nein«, hauchte sie. »Polizei holen.« Tränen liefen ihr über die Wangen.

Daniel strich ihr eine Haarsträhne aus dem Gesicht. «Tut mir leid, Kleines, das geht nicht.«

Barbara fühlte sich, als hätte sie erneut eine Ohrfeige bekommen. »W...wieso?«

»Pssss, nicht reden. Es wird alles wieder gut.« Er zog das Handy aus der Hosentasche, wählte und sprach: »Komm sofort ins ›Palace‹. Bring Verbandszeug und was zum Anziehen für Barbara mit. Sie wurde überfallen.«

Während Nina in der Küche nach einer sauberen Kanne und Filtertüten suchte, stellte Ellen die Zeugin unter die Dusche. Erst kalt, um sie wach zu bekommen; dann heiß, um den Dreck abzuwaschen. Sie fand Shampoo und Duschgel, das Problem war nur, anschließend saubere Handtücher und Kleidung zu finden. Letztendlich entdeckte sie im Schrank Shirt und Jeans, die noch einigermaßen sauber rochen.

Nach dieser Tortur setzten sie Barbara Seitz auf die Couch und machten den Fernseher aus.

»Mein Leben war früher nicht so, das müssen Sie wissen.« Barbara strich sich die nassen, nun nach Pfirsich duftenden Haare hinters Ohr.

Ellen berührte ihren Arm. »Das wissen wir.«

»Von wem?«

»Edwin Mehling.«

»Eddy?«

»Er erzählte uns von einem Gespräch zwischen Daniel Kovacek und Ihnen.«

»Ach Eddy.« Ein müdes Lächeln erschien auf ihrem Gesicht, als sie sich seiner erinnerte. »Arbeitet er noch im Club?«

Ellen nickte und hielt Barbara erneut eine Tasse Kaffee hin, damit sie trinken konnte.

»Frau Seitz, wo waren Sie in der Nacht von Sonntag auf Montag?«, fragte Nina.

Barbara Seitz nippte am Kaffee und stellte die Tasse auf eine der wenigen freien Stellen des Tisches zurück. Dann sah sie von Nina auf Ellen. Ihre Augen waren immer noch gerötet. »Was haben wir heute für einen Tag?«

»Dienstag.«

Ellen war fassungslos. In dieser erbärmlichen körperlichen und seelischen Verfassung konnte die Frau niemals einen Mann mit einundachtzig Kilo überwältigen und festbinden. Selbst, wenn sie ihren ganzen Hass schüren würde, könnte sie kaum so viel Kraft und Energie aufbringen.

»Ich glaube, ich war hier. Wissen Sie, ich gehe selten aus.« Sie kicherte, verstummte jedoch, als sie die Blicke der beiden Kommissarinnen sah.

»Haben Sie eine Ahnung, was in jener Nacht passiert ist?«, hakte Ellen nach.

»Nein. Nicht genau.« Sie schaute auf die Hände, die Nägel waren abgenagt.

»Wieso haben Sie dann auf uns gewartet?«

»Sarah hat es mir gesagt.«

Alexandra Kovacek tastete Barbaras geschundenen Körper ab und verschaffte sich einen Überblick über die Verletzungen. »Das kannst du nicht machen! Sie braucht dringend ärztliche Versorgung!«, sagte sie eindringlich. Der Anruf hatte sie aus dem Bett geholt. Unter dem blauen Jogginganzug trug sie noch das Nachthemd.

Daniel lief im Foyer auf und ab. Er blickte auf die Uhr. »Sei still, ich muss überlegen! Mach du lieber deine Arbeit, das hast du doch gelernt!«

»Ich war Krankenschwester und kein Notarzt! Sie muss untersucht und geröntgt werden!«

Daniel blieb stehen. »Erzähl mir jetzt keinen Mist. Das können wir uns nicht leisten! Das will er doch gerade!«

»Daniel, nein! Das darfst du nicht tun. Wir müssen die Polizei holen. Barbara hat ein Recht darauf, dass man das Schwein findet!« Alexandra Kovacek wusch mit warmem Wasser das Gesicht der Verwundeten.

»Hast du nicht gehört, was seine letzten Worte waren? Er wartet darauf, dass wir die Polizei holen. Und was soll die machen? Er hat keinerlei Spur hinterlassen! Er hat ein Kondom benutzt, das er zudem noch mitgenommen hat. Nach wem sollen sie suchen? Einem Phantom?«

Er wischte sich den Schweiß von der Stirn und schüttelte den Kopf. »Die einzigen, die verlieren werden, sind wir. Unser Club wird von der Presse in der Luft zerrissen. Sie werden sich auf uns stürzen! Jeder wird Angst bekommen und somit werden die Gäste ausbleiben. Vielleicht nicht alle, aber wir werden die Kosten nicht mehr decken können. Die Bank ist dann die Erste, die auf der Matte steht. Wir würden alles, aber auch alles verlieren.«

Auf dem Boden liegend schaute Barbara fassungslos von einem zum anderen. Sie spürte, wie Alexandras Widerstand bröckelte und Panik stieg in ihr hoch. »Nein, das könnt ihr nicht machen!«

»Barbara!« Daniel kniete sich neben sie und nahm ihre Hände. Verzweiflung brannte in seinen Augen. »Ich werde es gutmachen, ich schwöre es dir. Ich werde mich um dich kümmern, doch versprich mir bitte: Geh nicht zur Polizei. Sie wird dir nicht helfen können, und WIR würden alles verlieren.«

Als Alexandra Kovacek ihren Mann ansah, liefen ihm Tränen der Verzweiflung über die Wangen.

»Sie haben mich ins Auto getragen und zu sich nach Hause gefahren. Dort verbrachte ich die nächsten zwei, drei Wochen. Ich weiß das nicht mehr genau. Alex pflegte mich aufopferungsvoll. Sie brachte mich sogar zu einem Arzt, einem Freund von früher, wie sie sagte, der mich röntgte, ohne Fragen zu stellen.«

Barbara trank einen Schluck Kaffee. Der Alkohol verflog allmählich.

»Kurze Zeit später müssen die beiden Putzfrauen im Club eingetroffen sein, Daniel meinte noch, dass er Glück gehabt hätte. Das Schweigen der beiden Frauen zu erkaufen, wäre ins Unendliche gegangen.«

Sprachlos schloss Nina die Augen.

»Hat er Wort gehalten?«, fragte Ellen.

»Das hat er. Er bezahlt mir die Wohnung hier und was ich sonst noch zum Leben brauche.«

Barbara Seitz sah sich in der Wohnung um und schien entsetzt darüber, wie es hier aussah.

Ellen folgte ihrem Blick. »Und was ist hier geschehen?«

»Keine Ahnung. Ich will vergessen und trinke seitdem hin und wieder.« Beschämt sah sie nach unten.

Ellen streichelte ihre Hand. »Brauchen Sie Hilfe?«

Barbara zögerte, dann nickte sie und Tränen tropften auf das frische T-Shirt. Zum ersten Mal seit der Tat konnte sie weinen.

19

Nina fuhr alleine zur Dienststelle und erstattete Baumann und Pfeiffer Bericht.

»Ellen ist bei ihr geblieben und unterstützt sie beim Aufräumen und Wäsche waschen.«

»Das ist nicht unsere Aufgabe!«, warf Baumann kopfschüttelnd ein.

»Das hätten Sie sehen müssen. Ich kann dieses Elend nicht beschreiben. Wir konnten sie nicht alleine lassen.« Nina biss sich auf die Lippen, bevor ihr etwas herausrutschte, das gegenüber dem Vorgesetzten unangemessen war. Dieser Mann hier, mit den glänzend polierten und akkurat aufgereihten Pokalen, konnte sich solch einen katastrophalen Zustand nicht vorstellen.

»Wie bringt uns das mit unserem Opfer weiter? So, wie du sie beschreibst, kann sie unmöglich unser Mörder sein.« Pfeiffer schlug die Beine übereinander und lehnte sich nachdenklich zurück.

»Nein, das zwar nicht. Aber ich habe das Ende eines der vielen wirren Fäden in diesem Knäuel gefunden.« Aus der Jackentasche zog Nina drei Fotografien.

»Ich zeigte Barbara Seitz Fotos von Männern.« Als Erstes konnten sie einen dunkelhaarigen Mann mit Dreitagebart erkennen.

Pfeiffer riss ihr das Foto aus der Hand. »Das bin ja ich! Auf dem Polizeiball!«

»Genau, ich musste improvisieren.« Sie lächelte schelmisch. »Ich brauchte eine gewisse Auswahl. Der hier ...« Das nächste Foto zeigte einen Südländer. »Ist mein Freund. Auch er hinterließ keinerlei Regung bei Barbara Seitz. Doch bei dem hier«, Nina hielt einen Fotoausdruck aus dem Internet hoch, »wurde sie still und zitterte.«

»Du weißt, dass es sich hierbei um Indizien handelt?« Pfeiffer warf der Kollegin einen Seitenblick zu. Er hatte darauf bestanden, zu fahren, sie war emotional zu aufgewühlt. Als sie weiter schwieg, fügte er hinzu: »Wir haben nichts gegen ihn in der Hand. Solange Barbara Seitz keine Aussage macht und Anzeige erstattet, können wir ihn nicht festnehmen.«

»Das weiß ich doch!« Nina war sauer, denn sie konnte Barbara nicht dazu bewegen, Anzeige zu erstatten. »Aber wir können ihm auf die Füße treten«, machte sie sich Mut.

»Da musst du aufpassen, dass er keine Beschwerde einreicht. Solange wir keinerlei Beweise haben, handelt es sich bei allem, was wir behaupten, um Verleumdung.«

»Fuck!« Sie schlug auf das Armaturenbrett und schaute aus dem Fenster. Durch den Anblick der vorbeifliegenden Bäume und Häuser wurde ihr noch übler zumute.

Pfeiffer ließ sie in Ruhe. So eine Phase durchlebte jeder Polizist. Dem Täter die Tat nicht nachweisen zu können, obwohl man von seiner Schuld überzeugt war, entmutigte so manchen Kollegen. Oder, was für ihn noch schlimmer war, wenn die Gerichte die Täter wegen Verfahrensfehler gehen ließen. Die Machtlosigkeit ließ erst mit den Jahren nach. Verschwinden würde sie nie.

Pfeiffer hielt vor dem Haus mit den Gartenzwergen und wandte sich an seine Beifahrerin.

»Du wirst dich benehmen oder dich still verhalten, verstanden?«

Als sie schwieg, wiederholte er eindringlicher: »Haben wir uns verstanden?«

Sie schaute langsam zu ihm. »Ja.«

»Okay, wir werden ihn etwas aufscheuchen. Mal sehen, ob er sich verrät.« Er stieg aus und wartete auf Nina. »Wenn du dich jetzt nicht zusammenreißt, bleibst du gleich im Auto!«

Anscheinend hatte Nina die Zurechtweisung gebraucht, um einen klaren Kopf zu bekommen. Sie straffte sich, brachte den Blazer in Ordnung und atmete tief durch. Nina war bereit.

»Sie schon wieder?«

Neugierig und gleichzeitig besorgt empfing sie Weigand an der Tür. Heute trug er ein blaukariertes Hemd, das in einer Bluejeans ohne Gürtel steckte. Er musste gerade nach Hause gekommen sein, denn die Aktentasche stand noch im Flur.

»Dürfen wir reinkommen? Es muss nicht gleich morgen in der Presse zu lesen sein, was wir Ihnen zu sagen haben.« Pfeiffer deutete auf den weißen Kastenwagen mit Antenne, der schräg gegenüber in der nächsten Straße stand.

Ohne den Blick von dem Auto abzuwenden, stimmte Weigand zu. »Ja, ja kommen Sie.« Schnell schloss er die Tür hinter ihnen und schaute verwirrt durch die Gardine des angrenzenden Fensters hinaus zum Wagen. »Was wollen die von mir?«

»Antworten – genau wie wir.«

»Nur mit dem Unterschied, dass sie es richtig ausschlachten werden.«

»Ich weiß doch nichts.«

»Da sind wir anderer Meinung.«

Nun hatten sie Weigands Aufmerksamkeit. Der kurze Moment der Schwäche war aus den Augen verschwunden; sein Körper wies die gleiche arrogante Haltung auf, die er bereits bei dem gestrigen Besuch an den Tag legte. Nur die pochende Ader an der Schläfe verriet seine Erregung.

»Wollen Sie behaupten, ich verschweige etwas?«

»Wenn Sie das so bezeichnen wollen?« Pfeiffer schaute von dem Notizblock auf.

»Ich verbitte mir solche Unterstellungen!«, wurde Weigand laut.

»Wir unterstellen Ihnen doch nichts. Wir haben nur viele Fragen auf viele verwirrende Dinge«, beschwichtigte Pfeiffer.

»Dann hätten Sie besser in der Schule aufpassen müssen!«

Diese Unverschämtheit hatten sie beide nicht erwartet.

Nina konnte sich nicht mehr zurückhalten und wandte sich ebenso frech an Weigand: »Gut, dass Sie die Schule ansprechen. Da werden wir uns gleich mit Ihrem Direktor unterhalten müssen. Es ist sicher interessant zu erfahren, was Ihre Vorgesetzten von Ihnen halten. An welcher Schule sind Sie noch einmal?« Lächelnd zückte sie ebenfalls den Notizblock und wartete demonstrativ auf eine Antwort.

Mit finsterer Miene starrte Weigand auf Ninas Kuli. »Was wollen Sie wissen?«

Pfeiffer verkniff sich ein Lächeln. Das war ein gelungener Schachzug gewesen: Tiefschlag ohne Verleumdung.

»Wir fragen uns zum Beispiel, wieso ein Vergewaltigungsopfer, auf Vorzeigen mehrerer Fotos, bei dem Ihren einen Zusammenbruch erleidet?«

Aus Weigands Gesicht wich jegliche Farbe. »Das ist Rufmord«, stammelte er fassungslos. »Teil einer Kampagne gegen mich! Verleumdung!« Er stürzte an ihnen vorbei ins Wohnzimmer und rang nach weiteren Worten. Wankend ließ er sich in einen der beiden beigefarbenen Ohrensessel fallen.

»Sie sind der Meinung, dass das Opfer einer Vergewaltigung in diesem Moment die Absicht verfolgt, genau Sie zu verleumden?« Nina formulierte jedes Wort klar und deutlich.

»Ja.« Hoffnung schwang in dem einen Wort.

»Ausgerechnet Sie, einen Religionslehrer? Einen ehrenwerten Mann, der standfest den christlichen Glauben verteidigt? Warum sollte sie das tun?« Pfeiffer tat ahnungslos.

»Das ist doch offensichtlich! Alle wollen mich zerstören, indem sie meinen Ruf schädigen! Ich bin jedem ein Dorn im Auge! Die dreckige, verfallene Moral schließt sich zusammen und sieht mich als ihren Gegner.« Weigand schaute von einem zum anderen, als versuchte er einzuschätzen, ob sie ihm Glauben schenkten.

»Wer will das?«, fragte Nina.

Die Antwort, die sie erhielten, kam nicht von Weigand.

»Na, wer wohl?« Mit versteinerter Miene kam Karin Weigand die Treppe herunter und betrat den Raum.

Pfeiffer fuhr erschrocken herum. »Frau Weigand, guten Tag. Wir wussten nicht, dass Sie daheim sind.«

»Du bist hier?«, fragte auch Weigand überrascht.

»Ja, ich habe mich heute krankgemeldet, mir ging es nicht gut. Ich habe bis eben geschlafen.« Der versteinerte

Gesichtsausdruck änderte sich, als sie sich den beiden Gästen zuwandte. »Guten Tag«, grüßte sie ebenso freundlich lächelnd wie gestern, doch heute fehlte das Strahlen in den Augen. Wie am Vortag zupfte sie bei jedem Wort an der Kleidung; einem orangefarbenen T-Shirt, dessen runder Ausschnitt ihr Gesicht noch voller erscheinen ließ, und einen weiten geblümten Rock.

»Um Ihre Frage zu beantworten: Die Antwort liegt doch auf der Hand, das müssten selbst Sie erkennen. Wer hat ein Motiv, meinem Mann zu schaden?« Ihre Stimme wurde immer leiser und bedrohlicher. »Na, die ehemaligen Widersacher.«

Pfeiffer durchschaute ihre Taktik. »Nach so langer Zeit?«

Sein leicht ironischer Tonfall bewirkte, dass sie die Augen zu einem schmalen Schlitz formte und einen Schritt auf ihn zu ging. Ihr Finger schoss nach vorn, hielt aber kurz vor Pfeiffers Brust inne.

»Genau. Deshalb vermutet auch keiner einen Zusammenhang.« Selbstsicherheit sprach aus ihren Worten. »Und der Grund ist Rache. Sie soll bekanntlich süß sein und sie ist denen wahrlich erst jetzt zu diesem passenden Zeitpunkt eingefallen.« Sie machte eine kurze Pause. »Sie können meinem Mann den Mord nicht nachweisen, da versuchen Sie es mit einer Vergewaltigung! Pfui Teufel!«

Nina war verwirrt. Der Ton, in dem Frau Weigand sprach, hatte nichts mehr mit dem der sympathischen Frau gemein, die sie gestern kennengelernt hatte. Nein, diese Frau hier stand felsenfest zu ihrem Mann, egal, wie er sich verändert haben sollte. Sie beschützte ihr Heim vor Angreifern und Gefahren – mit allen Mitteln.

»Das ist weit hergeholt«, konnte sich Nina nicht verkneifen.

»Genauso wie Ihr Verdacht.« Karin Weigand schaute sie herausfordernd an.

»Sei still!«, zischte Weigand.

»Willst du für etwas ins Gefängnis, was du nicht getan hast?«, fuhr sie ihn mit einer Mischung aus Zorn und Verzweiflung an.

Pfeiffer war gespannt, was dem noch folgen sollte.

»Mein Mann kann niemanden vergewaltigt haben«, beharrte sie mit fester Stimme. »Er ist impotent.«

Während sie zu dem nächsten Termin bei Alexandra Kovacek fuhren, saßen Pfeiffer und Nina schweigend nebeneinander und versuchten, das Gehörte in Gedanken zu sortieren.

Stumm schüttelte Pfeiffer den Kopf. Er hatte gehofft, der Witwe gute Nachrichten überbringen und Resultate vorzeigen zu können, doch daraus wurde nun nichts.

»Ich war mir so sicher«, unterbrach Nina die Stille.

»Ich auch«, gab Pfeiffer zu. »Ich auch. Alles schien perfekt zu passen.«

»Ich hätte schwören können, die Frau lügt uns an. Doch dieser Dr. Lukovski hat alles bestätigt. Ich dachte, mir zieht's die Beine weg!«

»Es wäre ihr zuzutrauen gewesen. Ganz verändert kam sie mir vor. Sie hat ihn regelrecht beschützt.«

»Sie hat Angst«, schlussfolgerte Nina. »Sie hält zwar nicht viel von ihrem Mann, aber wenn wir ihn verhaften würden, fiele es auch auf sie zurück.«

Pfeiffer schaute skeptisch zu ihr herüber. Doch er gab ihr recht, es klang logisch.

»Und was machen wir jetzt?«, fragte Nina seufzend und schaute aus dem Fenster.

»Nehmen wir uns den nächsten Faden aus diesem verwirrten Knäuel vor.«

20

Die Klingel war abgeschaltet.

»Wir sind es, Kripo Würzburg.« Pfeiffer klopfte energisch gegen die Eingangstür, bis ein »Moment bitte« zu hören war.

»Sie kommen spät, ließen Sie nicht zwölf Uhr ausrichten?« Alexandra Kovaceks Begrüßung fiel knapp aus. Es war ein kurzes Nicken, während sie die beiden Ermittler durch einen schmalen Spalt der Tür ins Haus hinein ließ. »Der eine Übertragungswagen da draußen ist echt hartnäckig. Mit der großen Schüssel auf dem Dach erliege ich der Vorstellung, sie würden jedes Wort hier erlauschen können.« Die Witwe zog fröstelnd die Schultern hoch. Ihre Haare waren am Hinterkopf lässig mit einer Spange hochgesteckt und sie trug einen Malerkittel über dem Hausanzug, auf dem viele bunte Farbkleckse zu sehen waren. Sie sah blass, aber gefasst aus.

»Das geht nicht, oder?«

»Was?«

»Das mit dem Abhören.«

Pfeiffer hatte bei der Ankunft den Sendewagen eines bekannten privaten Fernsehsenders gesehen und missmutig zur Kenntnis genommen, wie sie ihre Ankunft filmten. »Wenn die Herren von der NSA sind, dann schon.« Pfeiffer wollte sie mit diesem Scherz beruhigen, erreichte aber das Gegenteil.

Alexandra Kovacek sah ihn aus weit aufgerissenen Augen an. Dann legte sich ein Schleier über ihre Pupillen. »Sie haben mir ein erstaunliches Sümmchen geboten, um über Daniels Tod und den Club zu berichten«, erklärte sie mit Kratzen im Halse und räusperte sich. »Nun warten sie darauf, dass ich meine Meinung ändere.«

»Es wäre eine unbezahlbare Publicity für den Club«, erwiderte Pfeiffer.

»Niemals!« Alexandra Kovacek drehte sich um und schritt erhobenen Hauptes ins Wohnzimmer, ohne ihre Gäste zu beachten. »Das alles geht keinen was an!«

Pfeiffer deutete Nina, der Witwe ins Wohnzimmer zu folgen. »Ihre Einstellung lob ich mir.«

Der süße Duft der weißen Lilien reizte seine Atemwege. Pfeiffer hustete.

Alexandra Kovacek drehte sich um. Als würde sie sich erst jetzt wieder an die Aufgaben einer Gastgeberin erinnern, bat sie die Kommissare im Wohnzimmer Platz zu nehmen.

»Was kann ich heute für Sie tun?« Sie streifte den Kittel ab und setzte sich ebenfalls. Ihre aufrechte Haltung mit der geraden Schulter signalisierte, dass sie den ersten Schock überwunden hatte.

»Wir haben gestern die Möglichkeit bekommen, uns einen Eindruck von dem Verhältnis zwischen Ihnen und Ihrer Freundin Sarah Lorenz zu machen. Das scheint uns nicht unbelastet zu sein.« Er räusperte sich. »Nun sind uns weitere Fakten zu Ohren gekommen.«

»So?« Unruhig strich Alexandra Kovacek die Hose glatt, obwohl diese keinerlei Fältchen aufwies.

»Wir wissen, warum Sie erschraken, als wir Sie nach einem Mordmotiv an Ihrem Mann befragten.«

Die Angesprochene schaute plötzlich ängstlich zur Seite.

»Wir wissen auch, Sie stecken bis zum Hals in dieser Sache mit drin.«

Nina beugte sich vor und stützte sich mit den Ellenbogen auf den Oberschenkeln ab. Sie wollte die volle Aufmerksamkeit der Witwe erzwingen. »Haben Sie wirklich gedacht, wir bekommen das nicht heraus?«

»Vor allem, dass Sarah Lorenz Sie deshalb erpresst?«, ergänzte Pfeiffer.

Alexandra Kovacek schlug die Hände vor das Gesicht. »Das habe ich alles nicht gewollt, das müssen Sie mir glauben!« Ihre Stimme war voller Schmerz, der ihre Augen mit Tränen füllte. Dadurch sah sie auch Ninas überraschtes Gesicht nicht, mit dem diese Pfeiffer anstarrte. Ihre Lippen formten die Frage: ›Woher wusstest du das?‹

Lächelnd zuckte Pfeiffer mit den Schultern. Er wandte sich an die Zeugin: »Warum haben Sie uns nichts gesagt? Ist es nicht Ihr Wunsch, den Mörder Ihres Mannes zu finden?«

»Doch! Natürlich!« Sie zog ein Taschentuch aus einer Box, die auf dem Sofa stand, und tupfte sich damit das Gesicht. »Ich habe nicht geglaubt, das hätte etwas mit dem Mord zu tun.«

»Vielleicht nicht direkt, aber die Sache selbst könnte ein Motiv liefern. Ein Starkes zudem«, gab Pfeiffer zu bedenken und blätterte in den Notizen. »Was wollte Sarah Lorenz für ihr Schweigen?«

»Sie wollte zwanzig Prozent des Gewinns aus dem ›White Palace‹.« Alexandra Kovacek putzte sich die Nase und schaute ihn abwartend an.

»Und?«

Beschämt senkte sie die Lider. »Ich litt durch diese ganze Sache mit Barbara längere Zeit unter Schlafproblemen mit Albträumen bis hin zu Depressionen. Als es mir zunehmend schlechter ging, wollte sie dreißig Prozent, da sie angeblich mehr Verantwortung übernahm.«

»Haben Sie bezahlt?«

»Was glauben Sie? Natürlich!«

»Da soll einer mal sagen, ein BWL-Studium zahlt sich nicht aus.« Ninas trockener Kommentar erntete Missfallen bei dem Kollegen, der ihr einen mahnenden Blick zuwarf.

»Was? Ich darf doch mal überlegen.« Sie brachte das allzu Offensichtliche auf einen Nenner: »Frau Lorenz wird daher nicht den Goldesel getötet haben.«

»Obwohl – sie könnte ihn umgebracht haben, weil er nicht mehr zahlen wollte und mit der Polizei drohte«, warf Pfeiffer ein.

»Um den Skandal an die Öffentlichkeit zu zerren und damit dem Club zu schaden? Und …«, Nina fiel ein weiteres Argument ein, »den eigenen Job zu riskieren?«

Wie bei einem Tennismatch blickte die Witwe von einem zum anderen und erbleichte. »Nein, das glaube ich nicht! Weder das mit Daniel noch das mit Sarah!« Ihr Gesicht spiegelte all die Fragen wider, die ihr durch den Kopf wirbelten. »Sie hätte ihn niemals getötet, eher er sie ...« Entsetzt verstummte sie.

Die Kommissare schauten sie an. »Ja? Was? Meinen Sie, er wollte nicht mehr zahlen?«

»Oder ist sie ihm nur zuvorgekommen?«

»Nein, das Ganze ist abwegig!«, behauptete Alexandra Kovacek.

»Das finden wir nicht. Im Gegenteil. Es eröffnet eine neue Perspektive.«

»Niemals!«

»Wieso glauben Sie das?«

»Weil Sie Daniel nicht gekannt haben!« Sie verlor sich in einer Welle der Verzweiflung und weinte in das Taschentuch.

Seufzend fuhr sich Pfeiffer mit den Händen über das Gesicht.

Nina gab ihm ein Zeichen, dass sie es noch einmal versuchen wollte.

»Frau Kovacek.« Nina setzte sich neben die aufgewühlte Frau auf die Couch. »Sie haben recht, wir kannten Daniel nicht. Und wir wissen nicht, wer als Mörder infrage kommt. Es kann jeder sein, hören Sie? Deshalb müssen Sie uns helfen, damit Daniels Mörder nicht straffrei ausgeht.«

»Ich will Ihnen ja helfen«, versprach Alexandra Kovacek leise und schaute dabei die Kommissare schüchtern an.

»Gut.« Nina warf Pfeiffer einen erleichterten Blick zu. »Sie müssen uns alles erzählen, was Sie wissen. Haben Sie irgendwelche Probleme mit Personal oder Gästen, woraus wir eventuell ein Mordmotiv konstruieren können?«

Alexandra Kovacek überlegte und schüttelte nach einiger Zeit resigniert den Kopf. »Mir fällt nichts weiter ein.«

Pfeiffer hielt ihr ein Blatt hin. »Das ist eine Liste der Gäste, die am besagten Abend noch zusammen mit Ihrem Mann anwesend waren, nachdem Marianne Klein den Club verließ. Können Sie uns was zu ihnen sagen?«

Sie nahm die Liste und fuhr mit dem Finger über die Namen. »Ja, zwei der Paare kenne ich persönlich. Sehr nette, umgängliche Menschen, bei denen ich mir nicht vorstellen kann, dass sie aus irgendwelchen Gründen Probleme mit Daniel hatten. Die zwei Männer sind mir ebenso bekannt, sind Stammgäste, wie die zwei Paare übrigens auch. Die anderen sagen mir nichts.« Sie gab die Liste zurück. »Ich merke mir schlecht Namen, eher Gesichter.«

»Da könnten wir bei den anderen Angestellten nachfragen«, bemerkte Pfeiffer und machte sich diesbezüglich eine Notiz. »Nebenbei haben wir uns gedacht, Sie könnten den Club bereits morgen öffnen, damit wir ermitteln können.«

Trotz der Tränen lächelte sie. »Sie wollen was?«

Pfeiffer zuckte hilflos mit der Schulter. »Uns unter die Gäste mischen.«

»Undercover?« Das Lächeln erreichte die grünen Augen und Pfeiffer konnte die ganze Ausstrahlung und Schönheit der Frau erkennen. Jetzt wusste er, warum sie erfolgreich war. Es war die Wärme oder sollte er sagen, das Feuer in ihren Augen?

»Haben Sie zu viele Krimis gesehen?«

»Wir müssen jede Möglichkeit ausschöpfen.«

Staunend schaute sie ihren Gegenüber an. »Sie sind mutig.« Anerkennung schwang in ihrer Stimme.

»Das ist unser Job«, erwiderte er lapidar.

»Das meine ich nicht.« Ihr Lächeln vertiefte sich.

»Was dann?«

»Sie sehen zu gut aus. Sie würden in Bedrängnis geraten.«

Pfeiffer hustete. »Wie, in Bedrängnis?«

»Alle Single-Frauen würden sich auf Sie stürzen.« Die Clubbesitzerin lächelte schelmisch und biss sich leicht auf die Lippen.

Pfeiffer starrte sie mit offenem Mund an.

Nina verkniff sich das Lachen.

»Also, so habe ich die Sache noch gar nicht gesehen«, stotterte er.

»Das glaube ich Ihnen.« Alexandra Kovacek hatte sich wieder unter Kontrolle. »Entschuldigen Sie bitte den kleinen Scherz.«

Pfeiffer legte sich erleichtert die Hand auf die Brust.

»Das ändert nichts an der Tatsache, dass Sie sich nicht der Frauen erwehren können.«

»Was würden Sie uns raten?«, fragte Nina.

Alexandra Kovacek überlegte einen kurzen Moment. »Sie könnten bei mir als Thekenpersonal arbeiten. Dadurch sind Sie für die Gäste tabu und wären in der Lage, ungehindert Augen und Ohren offenzuhalten.« Sie nickte zufrieden. »Was halten Sie davon?«

Das kann ja lustig werden, dachte Pfeiffer, schluckte jedoch die Bemerkung herunter. Stattdessen sagte er: »Die Variante gefällt mir viel besser. Ich bin einverstanden. Trommeln Sie Ihre vertrauenswürdigsten Mitarbeiter zusammen. Morgen werden Sie den Club öffnen.«

»Morgen schon? Das bekomme ich nicht hin!«

Resigniert sackte Pfeiffer zusammen. »Mist.«

Alexandra Kovacek zog die Stirn kraus. »Ist das wirklich so wichtig?«

Nina antwortete für Pfeiffer. »Wir haben einige Ansätze.«

Alexandra reckte das Kinn vor. »Wirklich? Welche?«

»Sie müssen verstehen, dass wir keine Ermittlungsergebnisse preisgeben können.«

»Ach.«

»Aber die Öffnung des Clubs wäre von unschätzbarem ...«

»Ist schon gut«, unterbrach Alexandra Nina und hob die Hand. »Ich werde gleich beim Catering anrufen und alles veranlassen.«

»Prima. Danke.«

Bevor der neue Barkeeper mit seiner Chefin auf Zeit verschiedene Abläufe besprechen konnte, unterbrach Nina die beiden. »Wenn Sie mir sagen, wo das Programmierzimmer Ihres Mannes ist, kann ich einen kurzen Blick hineinwerfen.«

»Das zweite Zimmer rechts, wenn Sie die Treppe hinauf gehen«, erklärte Alexandra Kovacek überrascht, jedoch freundlich. »Aber Ihre Leute waren doch schon da.«

»Ich wollte mir nur einen persönlichen Eindruck verschaffen.«

Froh, dieser Barkeeperbesprechung entfliehen zu können, machte sich Nina auf den Weg und lief die weiße Holztreppe hoch. Im oberen Flur war mehr Farbe als im Erdgeschoss verwendet worden, wo sie langsam das Gefühl bekommen hatte, an Schneeblindheit zu erkranken. Der Boden bestand aus edlen braunen Holzplanken und verbreitete eine angenehme Wärme. Auf einem weißen Schränkchen an der fliederfarbenen Wand stand ein Blumenstrauß mit rosafarbenen englischen Rosen. Sie roch daran. Künstlich, dachte sie, dennoch schön.

Sie fand die beschriebene Tür, die mit dem Schild ›Kein Zutritt‹ versehen war. Nina öffnete sie und trat überrascht einen Schritt zurück. Der Raum von cirka drei mal drei Meter war rot gestrichen. An zwei Wänden standen Holzregale, beladen mit verschiedenen Aktenordnern, Büchern, CDs und sonstigem Kleinkram. Am Fenster hing ein dunkles Bambusrollo, um die Blicke der neugierigen Nachbarn abzuwehren. Neben der Tür entdeckte Nina ein Plakat einer aufreizenden Domina in einem Zorro-Kostüm. Nina pfiff durch die Zähne. Neben dem Fenster stand ein L-förmiger Schreibtisch mit einem Bildschirm. Der Rechner fehlte.

Nina durchsuchte den Schreibtisch und danach zog sie die Ordner aus dem Regal heraus. Obwohl sie wusste, die KTU hatte hier schon alles Wichtige mitgenommen, ließ sie die Idee nicht los, etwas Bestimmtes zu finden. Als sie den zweiundzwanzigsten Ordner vorziehen wollte, ging das schwerer als bei den Vorgängern.

»Also doch.« Sie hatte gefunden, was sie vermutete. Auf dem Ordner stand ›Heizungsabrechnung‹ aber innen klemmte ein Laptop. Der Vollständigkeit halber überprüfte sie die restlichen Ordner genauso, ohne etwas Interessantes zu entdecken. Mit dem Fund ging sie in das Erdgeschoss.

»Sie sollten doch den Kollegen alle Computer und Handys aushändigen.«

»Das hab ich.« Alexandra Kovacek war sich keiner Schuld bewusst.

»Und der hier?« Nina hob den Laptop hoch. »Der sieht ziemlich neu aus.«

»Woher stammt der?«

»Aus dem Zimmer ihres Mannes.«

»Der gehört uns nicht.«

»Sind Sie sicher? Ihr Mann hat ihn im Ordner für die Heizungsabrechnung versteckt.«

Alexandra starrte auf das Gerät. »Versteckt? Vor wem?« Erschrocken von der sich ergebenen Antwort, hielt sie sich die schmalen Hände vor den zitternden Mund. »Warum?«

»Hervorragend«, kommentierte Pfeiffer, während sie ins Auto stiegen. »Du scheinst einen guten Riecher zu haben.«

Nina tippte auf ihre Nase. »Jahrelanges Training mit meiner Oma. Sie hat immer die Süßigkeiten vor mir versteckt. Zwecklos.«

»Ach so.« Pfeiffer lachte und lenkte den Dienstwagen an einen Baumarkt, auf dessen Parkplatz eine stark frequentierte Imbissbude stand. Sie stärkten sich, denn bis sie im Präsidium waren, hatte die Kantine schon geschlossen. Ihnen stand noch ein langer Tag bevor, denn verschiedene Zeugen waren vorgeladen, um ihre Aussagen zu machen. Und das konnte sich hinziehen.

21

»Ihr kommt gerade richtig«, empfing Ellen sie an der Bürotür.

»Zum Kaffee?« Pfeiffer schnupperte. »Riecht nach frisch aufgebrühtem Bohnenkaffee ...«

»Unser Automat streikt mal wieder. Der Duft kommt von der Sitten-Conny. Sie hat als Einzige die Kaffeemaschine behalten. Ich schau mal, was ich machen kann. – Übrigens. Das eine Paar aus dem Club ist eingetroffen.«

»Welches Paar?«

Ellen grinste.

»Was ist so lustig?«

»Der Nickname, unter dem sie sich über ›ich-will-dich-poppen.de‹ beim Club angemeldet haben, ist lustig. Fragt sie selbst. Im Bürgerlichen heißen sie Sieglinde und Gustav Schott. Sie warten im Verhörraum Eins auf euch.« Sie drückte ihnen eine Akte in die Hand und verschwand kichernd in ihrem Büro.

Pfeiffer blätterte in der Akte. »Das zweite Paar unter den Gästen stammt aus der Gegend um Nürnberg. Die dortigen Kollegen haben das Protokoll der Aussagen gemailt ... wie ich hier lese, hat es nichts Nennenswertes ergeben.« Er überflog den Text. »Sie waren das erste Mal in diesem Club und mit einer der Solodamen beschäftigt. Von irgendwelchen Problemen oder Anspannungen zwischen dem Mordopfer und den Gästen haben sie nichts mitbekommen. Die anderen Paare kannten sie nicht.« Pfeiffer schaute Nina resigniert an. »Sackgasse.«

Nina klopfte Pfeiffer aufmunternd auf den Rücken. »Na dann nehmen wir uns die zwei hier zur Brust. Vielleicht waren sie nicht so beschäftigt wie die Nürnberger und haben mehr mitbekommen.« Sie zwinkerte ihm zu.

»Du bist mir vielleicht eine.«

»Das behauptet meine Großmutter auch.«

Sie brachten die Unterlagen ins Büro und Nina griff begierig nach der Wasserflasche. Das Schaschlik von der Bude war richtig feurig gewesen. Der Chili brannte immer noch in ihrer Kehle. »Wir können jetzt«, hauchte sie erleichtert, nachdem sie die Flasche abgesetzt hatte.

»Du wolltest mir nicht glauben, dass es gut gewürzt ist«, grinste Pfeiffer.

»Ist ja gut. Das nächste Mal vertraue ich deiner jahrelangen PIE.«

»Meiner was?« Pfeiffer schaute sie irritiert an.

»Na, deiner Polizei-Imbissbuden-Erfahrung.« Nina lachte und ging zum Verhörraum Eins.

»Herr und Frau Schott?« Pfeiffer betrat den Verhörraum. »Guten Tag. Ich bin Hauptkommissar Pfeiffer, das ist meine Kollegin Schätzlein. Danke fürs Kommen.«

Das Ehepaar war über fünfzig und untersetzt. Sie kauerten aneinander wie verängstigte Karnickel. Gustav Schotts graue Haare waren so kurz geschoren, dass Pfeiffer sie erst auf den zweiten Blick wahrnahm. Die kleinen flinken Augen waren wachsam auf die Kommissare gerichtet und seine schmalen Lippen zuckten nervös. Er hielt die Hände der Ehefrau in den seinen und streichelte sie, was ihm mit den Wurstfingern sichtlich schwerfiel.

Sieglinde Schott passte figürlich zu ihm, obwohl sie, Pfeiffers Meinung nach, ihre üppige Figur in ein viel zu aufreizendes T-Shirt mit viel zu tiefem Dekolleté gepresst hatte. Ihre Frisur erinnerte Pfeiffer an seine Mutter.

»Sie sind vermutlich die Letzten, die das Opfer Daniel Kovacek lebendig gesehen haben«, begann Pfeiffer nach der Vorstellung die Vernehmung.

»Meinen Sie?« Die Schotts schauten sich gegenseitig an, wie um die Meinung des anderen abzuklären. „Ja, kann sein", antworteten sie dann wie aus einem Munde.

»Wann haben Sie den Club verlassen?«

Erneut schaute sich das Paar an und bescheinigte einstimmig: »Null Uhr fünfzehn.«

Nina fühlte sich an ein befreundetes Zwillingspaar aus der Kindheit erinnert. Die sprachen auch ganze Sätze parallel. Zuerst fand sie es spaßig, doch dann nervte es nur noch. »Ich bitte Sie, jeder für sich zu antworten und sich nicht erst die Bestätigung des anderen einzuholen«, bat Nina das Ehepaar.

Wie auf Kommando sahen sich die beiden erneut an und nickten sich zu.

»Ansonsten sehen wir uns veranlasst, Sie in getrennten Räumen zu vernehmen«, ergänzt Pfeiffer vorsorglich den Satz der Kollegin.

Die Haltung des Ehepaares versteifte sich augenblicklich bei dem Versuch, den Blickkontakt zu vermeiden.

»Gut, dass wir das geklärt haben. Erzählen Sie, was Sie am Sonntagabend im Club beobachtet haben. Wer hat sich mit wem unterhalten«, Pfeiffer räusperte sich, »oder vergnügt?«

Verlegen senkten die Schotts die Augen und schwiegen.

„Herr Schott", richtete sich nun Pfeiffer direkt an den Mann, da sich keiner zu antworten traute. „Ist Ihnen etwas aufgefallen?"

»Wir waren schätzungsweise gegen sieben da. Wir folgten einer spontanen Eingebung.«

»Ja, sehr spontan«, fiel ihm seine Frau ins Wort und lächelte Nina an.

»Jetzt weiß ich nicht mehr, was ich sagen wollte. Unterbrich mich nicht immer«, reagierte Gustav Schott ungehalten. »Andauernd bringst du mich aus dem Konzept.«

»Ja, mein Bärli.« Sie lächelte süß und klimperte mit den falschen Wimpern.

Nina rechnete damit, dass sich eine der Wimpernwellen löste und wegflog.

»Also, als wir ankamen, war Daniel einige Zeit nicht da. Die Kleine hat gemeint, er würde in den Zimmern nach dem Rechten sehen und hat uns persönlich eingecheckt.«

»Die ›Kleine‹?«

Schott lächelte gönnerhaft. »Na, die Marianne. Die ist so klein, und heißt auch noch klein – na, da müssen wir sie natürlich so nennen.«

»Das ist mal ein Nickname, was?«, gurrte seine Frau abermals dazwischen. »Passender geht's nicht.«

Ehe ihr Mann sie zurechtstutzte, fragte Nina: »Wie lautet denn Ihr Nickname?«

»Oh.« Das Gurren fiel ihr förmlich aus dem Gesicht.

»Muss ich den jetzt hier nennen? Das ist doch nicht wichtig?«

»Warum nicht?« Pfeiffer spitzte die Lippen.

»Mhm ja eh …«

»Der hat nichts mit dem Tod von Daniel zu tun«, bemerkte Gustav Schott.

»Woher wollen Sie das wissen? Außerdem müssen wir doch wissen, unter welchen Namen die anderen Gäste Sie kennen«, entgegnete Pfeiffer trocken.

»Ja, aber …«

»Sehen Sie ein Problem?«

»Nein.«

»Zarte Versuchung«, stieß Sieglinde Schott wütend hervor. »Jetzt wissen Sie es.«

Nina erstickte ein aufkeimendes Aufschreien gerade noch mit einem Hustenanfall und stieß den Kollegen mit ihrem Fuß unterm Tisch an. Wie mussten sich potenzielle Angeschriebene fühlen, wenn ihnen ›zarte Versuchung‹ schrieb und diese beiden Schwergewichte zum Date erschienen.

»Sehen Sie, war nicht schwer.« Pfeiffer schaute auf die vor ihm ausgebreiteten Unterlagen. »Ach, da steht's ja auch.«

Und als wäre nichts gewesen, kam er zur Ausgangsfrage zurück. »Ist Ihnen etwas aufgefallen? War etwas seltsam? Verhielt sich Daniel Kovacek anders als sonst?«

Immer noch wütend über die kleine Bloßstellung, schnaubte Schott.

Pfeiffer überhörte es geflissentlich und wartete demonstrativ auf eine Antwort.

Schott blieb nichts anderes übrig, als zu antworten. »Mhm, lassen Sie mich überlegen.« Er kratzte sich am Hinterkopf, dass es schabte. »Ich würde sagen, nein. Er war etwas durcheinander. Wie sagt man? Fahrig.«

»Ja, fahrig, das ist das richtige Wort, Bärli.« Die Gurrende strich Bärli lobend über den Arm.

»Fiel einem das gleich auf?«, fragte Nina zweifelnd.

»Oh ja«, antworteten beide aus einem Mund, schauten sich an und lachten.

»Er war der Geschäftsmann schlechthin«, sagte Sieglinde Schott plötzlich ernst. »Korrekt, pingelig, dennoch charmant und lustig. Wenn die Gäste bei ihm einen Drink bestellten, bekamen sie ihn gleich darauf mit einem netten, charmanten Spruch serviert.« Sie strich sich nachdenklich über das Doppelkinn. »Aber an diesem Abend stellte er mir meinen ›Swimmingpool‹ wortlos hin.«

»Und mein alkoholfreies Weizen vergaß er komplett!« Schott nickte zur Unterstützung der Worte. »Das müssen Sie sich vorstellen. Komplett vergessen. Der Kleinen war das total peinlich. Sie versuchte natürlich, die ganze Situation spaßig zu überspielen. Es gelang ihr nicht.«

»Eigentlich war das kein Weltuntergang; das passiert in vielen Gaststätten ständig. Aber für diesen Mann war es außergewöhnlich.« Sieglinde Schott stutzte.

»Du«, wandte sie sich an Bärli, »weißt du noch, als sich die Blondine an die Bar gesetzt hat? Die mit dem schwarzen Leder? Da ist er ganz blass geworden und hat das Glas von Stefan umgeschmissen.«

»Jetzt, wo du es sagst.«

»Was für eine Blondine?« Das Interesse der Kommissare war geweckt. Jetzt kam Schwung in den Fall.

»Na, 'ne Blondine halt.«

Schotts lapidare Art missfiel Pfeiffer. »Herr Schott. Sie wissen, was ich meine. Geht's genauer?«

»Fragen Sie einen Mann nie nach Einzelheiten«, mischte sich Frau Schott ein und offenbarte ihre Kenntnisse: »Die sehen nur, wo die langen Beine enden und wie groß die Möpse sind. Mehr sehen die nicht. Schau mich nicht so an oder weißt du, wie alt sie in etwa war?«, wandte sie sich an ihren Mann.

»Ähm, ich meine so ... ja, schwer zu sagen, mit der Maske, ... aber ich glaube ...«

»Ach, hör doch auf.« Sie winkte ab. »Wenn ich das schon höre. Du kannst den Kommissaren höchstens sagen, welche Körbchengröße sie vor sich hertrug.«

Der schmale Mund des Zeugen zuckte nervös. »Mir war sie zu mager. Viel zu mager. Da war nichts dran.« Er hob die Hände, als würde er an der Mischbatterie einer Badewanne schrauben.

Sogleich schlug ihm seine Frau die Hände herunter. »Lass das, benimm dich hier.«

»Na, ich wollte nur verdeutlichen ...«

»Ich glaube, wir haben verstanden, Herr Schott«, entschärfte Pfeiffer die Situation und richtete den Blick auf die Ehefrau.

Frau Schott nahm den Faden auf: »Ich hatte sie bis dahin noch nie im Club gesehen.«

»Woher wollen Sie das wissen?«, hinterfragte Nina die Aussage. »Wenn sie doch eine Maske trug.«

»Glauben Sie mir, an die könnte ich mich erinnern.«

»Genau, was für eine Maske? Haben alle eine getragen?«, fragte Pfeiffer.

»Nein, nicht alle. Nur wer seine Persönlichkeit schützen möchte, also wer nicht erkannt werden will, trägt eine Maske. Daniel hat dies angeboten, um die ansässige Polit- und Geschäftsprominenz zu locken. Wenn die sich der Diskretion sicher sind, lassen sie auch gutes Geld da. Das war einmalig im Swinger-Milieu.«

»Und was war Besonderes an ihr?«

Das Ehepaar schaute sich an. Dieses Mal wollte Pfeiffer ihre Reaktion beobachten.

»Wärst du mit ihr auf die Matte gegangen?«, fragte Frau Schott ihren Mann mit nüchternem Ton.

Der verzog den Mund und schüttelte den Kopf. »Nein, und wenn es die einzige Frau im Club gewesen wäre.«

»Hab ich mir gedacht – an ihr war nichts Erotisches«, erklärte sie den Kommissaren.

»Ich denke, sie trug Leder?«, fragte Nina.

»Oh, das Outfit und die Figur waren sexy ... Aber ihre Ausstrahlung!« Frau Schott rollte mit den Augen. »Verschlossen und kalt wie Gletschereis«, bestätigte die erfahrene Swingerin.

»Nun ja, Dominas sind unnahbar«, ergänzte nun Bärli.

»Sie war eine Domina?«, fragte Pfeiffer.

»Richtig.«

»Und weiter?«

»Sie saß an der Bar und wartete.«

»Haben Sie gesehen, auf wen?«

»Nein, da kam keiner. Ich meinte das nicht wörtlich. Sie schien nicht angesprochen werden zu wollen. Gerry startete mal einen Versuch. Aber sie hob nur die Peitsche und scheuchte ihn weg. Danach traute sich keiner mehr. Jeder machte einen Bogen um sie.«

»Saß sie noch da, als Sie sich verabschiedet haben?«

Erneut schauten sich die beiden an. »Ich hab sie nicht mehr gesehen. Du?«

Bärli schüttelte den Kopf. »Ich hab nicht darauf geachtet, wann sie gegangen ist. Als wir in die Umkleide sind, war mir, als hätte ich sie nicht mehr gesehen. Aber das hat nichts zu heißen.«

»Nein?«

»Nein, ich habe mich auch mit anderen Paaren unterhalten.«

»Wie war die Stimmung unter den anderen Gästen?«, wollte Nina wissen.

»Gut. Da gab es nichts auszusetzen.«

»Was hat Stefan gemacht, nachdem er ein neues Bier bekam?«

Sieglinde Schott blieb überraschend schweigsam.

»Sie können uns das ruhig sagen, wir bekommen das ohnehin heraus.«

»Er ist mit nach oben gegangen.« Die Verlegenheit in der Stimme klang gar nicht glaubhaft.

»Mit Ihnen?« Nina fixierte sie mit ihrem Blick.

»Nein, mit uns beiden«, stellte Gustav Schott schroff klar.

Pfeiffer hakte nach. »Und wie lange haben sie von den Geschehnissen an der Bar nichts mitbekommen?«

»Ich glaube, es war Mitternacht, als wir von oben kamen.«

»Haben Sie Marianne Klein da noch gesehen?«, fiel Nina ein.

»Ja, sie hat sich kurze Zeit später von uns verabschiedet. Es waren nur noch ein paar Hansel da, die wollte Daniel alleine bewirten. Die meisten waren vor uns gegangen. Na ja, montags müssen immer alle zeitig raus.« Er brabbelte noch eine abfällige Bemerkung hinterher, die keiner verstand oder hinterfragte.

»Und die Kleine machte schon einen ganz müden Eindruck.«

»Von der vorherigen Nacht«, pflichtete ihr Mann bei.

»Wie lange waren Sie oben? Nur, um ein Zeitfenster zu bekommen«, fügte Pfeiffer hinzu.

»Eine gute Stunde?«

»Ich glaube, es war länger.«

»Das glaubst du nur. Wir waren vorher noch im Whirlpool, wo ich mit der ›Sie‹ vom ›Strapspaar‹ …« Schott lächelte verträumt.

»Ach stimmt«, pflichtete sie ihm bei.

Das genannte Paar stand auf der Liste und wurde von Alexandra Kovacek als ›persönlich bekannt‹ bezeichnet.

»Gemäß meinen Aufzeichnungen haben Sie gemeinsam mit dem Strapspaar den Club verlassen.«

»Mein Gott, Sie wissen bestens Bescheid.«

»Willkommen im Zeitalter des Computers«, stellte Nina mit nachdenklichem Ton fest.

»Na toll, vielleicht hat Daniel eine Liste geführt, wer mit wem …«, spekulierte Sieglinde Schott und sah ihren Mann bestürzt an.

Schott schnappte fassungslos nach Luft.

»Da können wir Sie beruhigen. Solche Aufzeichnungen haben wir nicht gefunden«, erklärte Pfeiffer.

Sieglinde Schott fasste sich schneller. »Also, wenn Sie bereits wissen, wann jeder Einzelne gegangen ist, was wollen Sie dann noch von uns?«

»Wir brauchen eine sogenannte Personenzuordnung, damit wir wissen, wer zu welcher Abmeldung gehört. Dank Ihnen können wir verschiedene Personen zuordnen. Was ist mit den Nürnbergern? Unterhielten Sie sich mit denen?«

»Nürnberger? Sagt mir nichts.«

»Sie waren angeblich das erste Mal im ›White Palace‹. Beide um die vierzig.«

»Ach die.« Sieglinde Schott stieß ihrem Mann aufgeregt den Ellenbogen in die Seite.

»Lass das«, grunzte der ärgerlich.

»Du, das waren die, die du angesprochen hast, die aber so schnell aufs Zimmer verschwunden sind.«

Das Gesicht Schotts hellte sich auf. »Die hatten sich Bea gekrallt und das Zimmer abgeschlossen. Spielverderber!«

Auf Ninas fragenden Blick hin erläuterte er: »Keiner konnte zuschauen. Es war nicht viel los, und dann ziehen sie sich noch in den geschützten Bereich zurück. Da hab ich mich ein bisschen geärgert.«

»Wann sind die Nürnberger und diese Bea gegangen?«, fragte Nina.

»Die waren schon weg, als wir wieder runter kamen.«

»Haben Sie ein Erkennungsmerkmal für uns, damit wir diese Bea einer der zwei Solodamen zuordnen können? Und von den anderen Gästen ebenfalls?«

»Oder kennen Sie deren Nickname?«

»Zwei Solodamen? Mit der Domina waren es drei.«

Besorgt blickte Pfeiffer zu Nina und überprüfte die Liste. »Nein, zwei.«

»Jetzt sagen Sie nicht, wir hatten einen blinden Passagier?«, frotzelte Gustav Schott, wurde sich aber nach einem erneuten Stoß des Ellenbogens seiner Frau dem Ernst der Situation bewusst.

»Nun der Reihe nach: Sie sind ›zarte Versuchung‹.«

»Ja«, brummte Schott.

»Bea ist wer?«

»Sie ist unser ›Supergirl‹.«

»Okay.« Pfeiffer hakte den Namen ab.

»Die Nürnberger sind die aus Nürnberg«, erklärte Nina laut.

»Stefan, ist – glaube, irgendwas mit ›Boy‹, überlegte Sieglinde Schott.

»Loveboy?« Pfeiffer fand den Namen eines Vierundzwanzigjährigen auf der Liste.

»Genau, mein ›Loveboy‹.« Sie lächelte.

Pfeiffer schaute auf. »Sie erwähnten noch das ›Strapspaar‹.« Wieder folgte ein Haken hinter dem Namen.

»Wen kannten Sie noch?«

»›Gerry‹. Er heißt Gerald«, ergänzte Gustav Schott.

»Okay.« Wieder folgte ein Haken. »Wer fehlt uns?« Pfeiffer schaut das Paar auffordernd an.

»Zum einen die Blonde von der Theke und dann die Brünette, die später in der Lounge mit ›Gerry‹ saß«, bestätigte Sieglinde Schott Pfeiffers böse Ahnung.

»Genau.«

»Aber welche ist jetzt welche?«, warf Nina ein.

»Zuordnungsmerkmale?« Pfeiffer zernagte fast seinen Stift.

»Das Alter«, warf Gustav Schott aufgeregt in die Runde und platzte fast vor Stolz über die Eingebung.

»Der Hals der Blondine hatte trotz Unterernährung verhältnismäßig wenig Falten – ich würde sagen, sie war etwas jünger wie ich, so um die vierzig, fünfundvierzig, würde ich sagen«, erklärte Sieglinde Schott den Kommissaren.

Pfeiffer schaute auf die Liste. »Und unsere ›Miss Freudenreich‹ war erst achtundzwanzig. Bingo. Unsere Blondine war nicht angemeldet!«

22

Pfeiffer saß mit Nina in Ellens und Andis Büro und ordnete die Zeugenaussagen.

»Da wir heute Abend zum Nichtstun gezwungen sind, lade ich euch ins ›Venezia‹ ein, um endlich meinen überfälligen Einstand zu geben«, verkündete Nina. Bisher hatten sich die Kollegen nie auf einen Termin einigen können. Einer war immer verhindert. »Und sagt nicht wieder, ihr könnt nicht! Die Frist ist dann abgelaufen und die Einladung verfällt.«

Pfeiffer lehnte sich zurück und verschränkte die Arme hinter seinen Kopf. »Ich bin dabei. Wie schaut's bei dir aus?«

Andi grinste und streckte wortlos den Daumen nach oben.

»Prima«, freute sich Nina. »Und du?«

Ellen zögerte. »Ich hatte erst gestern Abend Zoff mit Gab, da kann ich nicht weg.«

»Wieso denn? Frag, ob sie mitkommt«, schlug Nina vor.

»Ist das kein Problem für dich?«

»Iwo. Vielleicht kannst du dadurch bei ihr punkten«, munterte Nina sie auf und verließ mit Andi das Zimmer, um weitere Unterlagen zu holen.

»Das wäre super. Danke!«, rief Ellen ihr nach. Sie nahm das Handy aus der Tasche und tippte auf das Foto ihrer Tochter.

»Hallo Gab, was hältst du heute Abend von Pizza und einem leckeren Eis? Unsere Kollegin gibt ihren Einstand und Peter ist ... ach, du gehst zu Lea ... der Vortrag für morgen ... Okay ... nein, kein Problem. Die Schule geht vor ... du bleibst zum Essen ... na ja ... klar, gegen einen gesunden Blumenkohlauflauf komme ich nicht an ... ich habe nicht so viel Zeit wie Leas Mut... nein, nein, ich will nicht streiten ... wirklich ... kein Problem ... ist gut ... ja, bis später ... ich weiß noch nicht ... ich hab dich lieb.« Verdutzt schaute sie das Mobiltelefon an. »Aufgelegt.«

Pfeiffer legte den Arm um ihre Schulter. »Lass dich nicht unterkriegen, du bist eine tolle Mutter.«

»Wie willst du das beurteilen?« Ellen befreite sich mürrisch aus der Umarmung.

»Das letzte Mal, als ich Gab sah, war sie sauber angezogen, hatte noch all ihre Haare und weder Tattoos noch Piercings im Gesicht. Das spricht für deine Erziehung, oder nicht?«

Pfeiffer konnte sich das Feixen nicht verkneifen.

»Oh, du!« Spielerisch boxte ihn Ellen in die Seite.

»Nein, im Ernst. Ich sehe doch, wie du dich aufopferst. Du machst sowohl im Dienst als auch als Mutter einen famosen Job. Gabriele geht aufs Gymnasium und hat respektable Zensuren. Hallo? Das ist doch super! Was willst du mehr?«

»Einen Kochkurs? Damit ich ihr gesundes Essen servieren kann?« Ellen kämpfte mit den Tränen. Sie schob die Unterlippe leicht vor und wirkte derart unglücklich, dass Pfeiffer sie erneut in den Arm nahm und über den blonden Schopf strich. »Du musst nicht an dir zweifeln. Du bist die tollste Frau, die ich kenne.« Er zog den Duft von Ellens Shampoo ein.

»Wirklich?« Ellen entspannte sich sichtlich.

»Ja, wirklich.« Der warme Körper weckte eine Sehnsucht in Pfeiffer, die schmerzte. Mit düsterem Blick presste er die Lippen zusammen.

»Das tut gut.« Ellen blinzelte die Tränen fort.

»Ich weiß«, stimmte er mit kratziger Stimme zu und war froh, dass ihr seine Veränderung entgangen war. Er hielt sie einfach nur im Arm und sie schmiegte sich noch fester an seine Brust.

Pfeiffer sah Nina mit einem Stapel Akten kommen, doch bei dem sich ihr bietenden Anblick machte sie kehrt.

»Glaubst du, wir wären heute noch zusammen, wenn wir zwei damals einander geheiratet hätten?«, fragte Pfeiffer und biss sich sogleich auf die Lippe. Wie kam er nur auf so einen Gedanken und sprach ihn auch noch aus?

Ellen befreite sich aus der Umarmung und sah ihn ungläubig an. »Wie kommst du nur darauf? Wir zwei? Dass ich nicht lache.«

Pfeiffer räusperte sich. »Mhm, ich mein ja nur. War nur rein hypothetisch.«

»Rein hypothetisch wären wir zwei auch geschieden. Wir hätten uns bestimmt die Köpfe eingeschlagen, wenn wir Abend für Abend auf dem Sofa unsere Fälle diskutiert hätten.«

Scheiße! Pfeiffer schluckte. Was war plötzlich mit ihm los? Ellen war doch nur eine Kollegin! Oder nicht? Warum jetzt? Er kannte sie doch schon seit ewiger Zeit und nie hatte er solche Gedanken.

Und nun? Jetzt hatte er mit seiner plumpen Offenbarung die tolle Stimmung zunichtegemacht. Schlagartig fühlte er sich noch einsamer.

»Wahrscheinlich hast du recht.« Jetzt nur nichts anmerken lassen. »Bloß gut, dass wir kein bisschen füreinander empfinden, sonst wäre das jetzt peinlich geworden.« Er trank seinen Kaffee, bitter und kalt – Gerade so, wie er sich fühlte.

Ellen tat, als sortiere sie Akten und beobachtete Pfeiffer dabei heimlich von der Seite. Was hatte sie gerade in seinem Blick gesehen? Empfand der alte Schwerenöter mehr für sie als Kollegialität? Das war geradezu grotesk!

Sie erinnerte sich an einen von ihm erzählten Witz. Die Frau fragt ihren Mann: Wollen wir nicht heiraten? Und der Mann meint: Meinst du, uns nimmt noch jemand? Alle lachten, nur sie fand den Witz blöd und zwang sich zu einem schiefen Lächeln. Und genauso guckte Peter, als er soeben fluchtartig das Büro verließ. Im Büro nebenan hielt er Smalltalk mit Nina. Aber es klang aufgesetzt.

Mit zitternden Knien setzte sie sich auf den Stuhl. Verdammt, was hatte sie getan? Sie war so sehr mit sich und der Rolle als alleinerziehende Mutter beschäftigt, dass sie nie in Erwägung gezogen hatte, Pfeiffer und sie könnte mehr als nur Freundschaft verbinden.

Während sich in der Eisdiele die Gäste die leckeren Eiskreationen schmecken ließen, herrschte in der Pizzeria nebenan eine heitere Stimmung. Pfeiffer und Andi bestellten sich Ritchys berühmt-berüchtigte extrascharfe Pizza, während sich die Frauen Lasagne und Salat kommen ließen.

Dienstliche Themen waren in stillschweigender Übereinkunft tabu und so waren sie von heiteren Episoden aus dem Privatleben bis hin zu Witzen das ganze Repertoire belangloser Konversation durchgegangen. Ehe der Vorrat an trivialer Unterhaltung ausging, servierte Ritchy mit einem breiten Grinsen das Dessert: die berühmten Ritchy-Spezial-Becher.

»Amici di Nina sono i miei amici. Daaas Dessert geht aufs Haus. Freunde von bella donna sind auch meeeine Freunde.«

»Wow!« Begeistert bedankten sie sich bei ihm.

Ellen und Nina stöhnten. »Wie sollen wir das noch schaffen?«

»Waaas Süßes geht immer.« Ritchy bedachte Nina mit einem vielsagenden Lächeln. Doch Nina schüttelte nur lächelnd den Kopf.

Wenig später ging Nina auf die Toilette, gefolgt von Ellen, die sie alleine sprechen wollte.

»Na, wie läuft es im Büro vom Chef?«, gab sich Ellen unbekümmert. Sie blickte in den Spiegel und korrigierte ihr Augen-Make-up.

»Gut. Und wie läuft's mit dir und dem Chef?«

Ellen erstarrte in der Bewegung. »Woher…?«

»Ich sehe doch, wie er dich ansieht.«

Ellen verzog den Mund zu einem gequälten Lächeln. »Aber ich hab's verbockt.«

»Wie meinst du das? Du lagst doch in seinen Armen.«

Entsetzt riss Ellen die Augen auf. »Du hast uns gesehen?«

»Mhm.«

»Aber … er hat mich mit den Worten derart überrascht … mir war erst klar, dass das eine Liebeserklärung war, als ich es in seinen Augen sah … da war es zu spät.«

»Das bekommst du wieder hin.«

Ellen schüttelte den Kopf.

»Doch! Du musst es nur wollen.«

Die Stimmung hatte ihre ungezwungene Atmosphäre eingebüßt. Nina schäkerte zwar mit Andi und ihrem Freund Ritchy, doch die Ältesten im Team hingen ihren Gedanken nach und verloren sich in Einsilbigkeit.

Beim Abschied nahm Pfeiffer Nina zur Seite. »Das vorhin im Büro, war echt anständig von dir gewesen.«

Nina lächelte. »Ich habe schon immer gern Amor gespielt.«

Mittwoch, den 23. März

23 | In der Abteilung herrschte aus unterschiedlichen Gründen schlechte Laune.

Das Team überprüfte die Profile und Alibis und nahm die noch fehlenden Zeugenaussagen von den übrigen Angestellten und Gästen auf. Diese Ermittlungen waren mühsam, ermüdend und vor allen Dingen zeitraubend. Von jedem vernahmen sie in der Quintessenz dasselbe: ›Ich habe nichts gehört oder gesehen.‹

Alle Fäden liefen bei Pfeiffer zusammen. Da sein Büro zu klein war, trennte das Team einen Teil des Versammlungsraumes ab und stellte die Tafel mit Fotografien und Grafiken dort auf. Pfeiffer starrte die Tatortfotos an und schüttelte den Kopf.

Heute Morgen konnten sie den ersten Durchbruch verzeichnen und Hoffnung erfüllte die Mordkommission:

Andi hatte die Daten von Ellens Chatpartner analysiert und Baumann schickte ein Team an die ermittelte Adresse in Pommersfelden, einer kleinen Gemeinde Richtung Nürnberg. Wie konnten sie nur annehmen, der Chatpartner würde wirklich seine tatsächlichen Daten verwenden? Stattdessen jagten die Kollegen einem vierundsiebzigjährigen Rentner solch einen Schrecken ein, dass sie den Notarzt rufen mussten. Inzwischen war er wieder zu Hause und konnte seinen Enkeln von diesem aufregenden Erlebnis berichten.

Pfeiffer schnaufte wütend.

Aus den Augenwinkeln heraus sah er, wie Ellen den Raum betrat, und versteifte sich. *Ja nicht hinsehen.*

Sie blieb stehen, so, als warte sie, dass er den ersten Schritt tat.

Nein, er konnte jetzt nicht mit ihr reden. Er musste sich auf den Fall konzentrieren.

Ellen legte ihm etwas auf den Tisch und verließ den Raum.

Pfeiffer schloss die Augen. Ihm war zum Weinen zumute.

Ellen stand verloren auf dem Flur. Pfeiffer muss gespürt haben, dass sie es war, da war sie sich sicher. Sie hatte gesehen, wie er sich versteifte. Aber er drehte sich nicht zu ihr um.

Sie war gekränkt. Warum tat er das? Hatte er plötzlich kalte Füße bekommen? Nein, überlegte Ellen. Sie allein trug die Schuld. Sie hatte ihm gestern signalisiert, dass sie nicht interessiert war. Deshalb ging er ihr aus dem Weg – zum Selbstschutz. Oh, hatte sie ihn gestern damit verletzt? Sicher. Auch er war nur ein Mann.

Seit dem Gespräch war nichts mehr, wie es war. Gedanken und Gefühle kreisten um die Wette. Es hatte ›Zoom‹ gemacht. Wie im Text von ›Tausendmal berührt‹ kannten Peter und sie sich schon eine Ewigkeit. Nicht im Traum hätte sie daran gedacht, es könnte mehr als nur berufliche Freundschaft sein. Und nun das.

Zoom.

›Wären wir noch zusammen, wenn wir damals geheiratet hätten?‹, klang ständig die Frage in ihr nach. Ja, was wäre gewesen – all die Jahre? Wären sie noch zusammen oder wäre es so gekommen, wie sie es so entschlossen behauptet hatte?

»Verdammter Mist!«, fluchte sie, als sie sich der verlorenen Chance bewusst wurde. Was hatte sie Peter für einen Mist erzählt. Er hatte ihr signalisiert, ein zuverlässiger, liebevoller Partner zu sein. Wieso war ihr das vorher nie aufgefallen? Nahm sie alles für selbstverständlich?

Jetzt, wo sie darüber nachdachte, wurde ihr bewusst, wie viel ihr die Freundschaft mit ihm bedeutete und dass es schon lange mehr war. Sie mochte ihn, sie achtete ihn. *Wow*. Es war das, was sie suchte.

Doch was tat sie? Ohne zu überlegen, hatte sie die Tür zugeschlagen.

Warum nur hatte sie die Liebe in seinem Blick zu spät erkannt?

Ellen streckte die Brust vor. Pfeiffer hatte mit seiner Reaktion recht. Die Arbeit hatte oberste Priorität. Sie mussten sich auf den Fall konzentrieren.

»Sie müssen langsamer machen«, hörte Ellen die Stimme der Rechtsmedizinerin Rita Pekarek im Rücken. »Sie sehen abgehetzt aus. Das ist nicht gut für die Gesundheit.«

Ellen blieb im Türrahmen zu ihrem Büro stehen.

»Hallo Frau Doktor. Gesundheit? Sie haben vollkommen recht, aber nicht bei diesem Fall. Bin froh, wenn wir das Rätsel endlich knacken. Danach brauch ich allerdings ein paar Tage frei.« Ellen wunderte sich. Das Thema Gesundheit wurde sonst immer von Rita Pekarek gemieden.

»Es ist wirklich ein schwieriger Fall. Der Mörder hat so gut wie keine Spuren hinterlassen. Und dabei wäre es doch für Peter überaus wichtig, endlich Resultate vorzulegen.«

»Für Peter?« Ellen drehte sich ihr zu. »Was meinen Sie damit?«

»Er steht seit Montag ziemlich unter Beschuss der Presse. Er braucht Ergebnisse.«

»Beschuss?«

»Haben Sie das nicht mitbekommen? Er hat sich mal wieder mit einem von der Presse angelegt.«

»Oh, typisch für ihn.«

»Und nun braucht Alfred Baumann Unterstützung. Dank Peter schießen sie sich auf ihn ein und fordern seinen Rücktritt. Es reicht nicht, dass es ein schwieriger Fall ist, nein, Peter muss es sich mit allen verscherzen und erschweren.« In ihrer Stimme schwang keinerlei Vorwurf mit.

Ellen nagte an der Unterlippe. »Ich wusste gar nicht, dass Peter Sie informiert hat.«

»Nun ja, er freut sich über jeden Freund. Feinde hat er genug. Ich muss dann mal wieder. Wir sehen uns später bei der Versammlung.«

Für Nina zog sich der Tag wie Kaugummi und sie fieberte dem Abend entgegen. Sie vertiefte sich zwar in die Arbeit, doch sie konnte nicht verhindern, dass sich ihre Gedanken verselbständigten und immer wieder abschweiften. Ihr war, als hätte sie sich nie gekannt.

Vor diesem Fall waren für sie Swinger suspekt, Swinger-Clubs und Pornos eklig, und Shoppen in einem Erotik-Shop undenkbar gewesen. Ganz zu schweigen von sexuellen Gedanken an eine Frau.

Doch die Swinger entpuppten sich als absolut normale Menschen, die sich im Alltagsleben kaum vom Durchschnitt abhoben. Und der Gedanke, am heutigen Abend aus ermittlungstechnischen Gründen als Gast getarnt den Club zu besuchen, erregte sie.

Dazu die letzte Nacht mit Ritchy – Ninas Wangen begannen zu glühen. Angeheizt von den ›Heißen Shanghai-Muschis‹ und dem sexy Catsuit hatte sie Dinge ausprobiert, für die sie nach ihrer anerzogenen Weltsicht in der Hölle schmoren würde.

»Zum Teufel mit der Hölle«, murmelte Nina. Es hat Spaß gemacht. Und die Hölle muss sich ab dem heutigen Tag jemand anderen suchen.

Andi brummte der Kopf. Die letzten Tage hatte er vor dem flimmernden Bildschirm des PCs verbracht und zusammen mit zwei weiteren Kollegen aus Stumpfs Team sämtliche Daten der Überwachungskamera, des Handys und der Computer des Opfers sichergestellt und analysiert.

Die meisten zu prüfenden PCs knackte Andi innerhalb von Stunden. Doch das waren die Computer eines – wie Andi zähneknirschend zugestand – genialen IT-Spezialisten, der zudem noch mit zwei arbeitsaufwendigen Internetseiten vertreten war, denn die Seite des Clubs war auch umfangreich gestaltet. Das stachelte Andis Ehrgeiz an. Solange er noch die Augen aufhalten und einen logischen Gedanken fassen konnte, gab er nicht auf.

So trieb er die Kollegen zu einer Höchstleistung an, die seinesgleichen suchte, mit dem Resultat, dass seine Augen vom Licht des PCs rot wie die eines Kaninchens waren und die Kollegen sich bei Stumpf über die Sklaventreiberei beschwerten.

Doch was sollte Stumpf ausrichten, solange Andi an vorderster Front den emsigsten Sklaven selbst darstellte? Er konnte nur an den Ehrgeiz der Kollegen appellieren, sich Andi als Vorbild zu nehmen und diesen höchst brisanten Fall endlich zu lösen.

Ellen betrat das Büro. Andi brütete vor dem PC und tippte hin und wieder etwas ein.

Wie in Trance setzte sich Ellen. Was sollte sie von der Bemerkung halten? Wieso wusste die Rechtsmedizinerin Bescheid und sie hatte kein Wort davon gehört? Wieso hatte Peter versäumt, sie einzuweihen? Was hatte das zu bedeuten? Hatte es überhaupt etwas zu bedeuten? Oder spann sie sich gerade wieder etwas zusammen?

Sie schluckte. Oh, Eifersucht konnte sie jetzt am wenigsten gebrauchen. Aber seit wann duzte sich Peter mit der Rechtsmedizinerin? Sicher täuschte sie sich und es war Baumann, der die Frau Doktor informiert hatte und den seltsamen Unterton in ihrer Stimme hatte sie sich nur eingebildet.

Scheiß Nerven!

Spielten sie ihr nur einen Streich? Ellen seufzte. Sie waren momentan nicht die besten.

»Was ist passiert? Gibt`s was Neues?« Andis Fragen rissen sie aus ihren Gedanken.

»Nein.« Ellen hatte keine Lust auf Diskussionen.

»Erzähl.«

Das liebte sie an Andi: Er gab nie auf.

Ellen massierte sich die Schläfen. »Der Abgleich der Gäste hat keine Ungereimtheiten ergeben.« Sie hatte den Vormittag damit verbracht, zwischen den Verhörräumen und dem PC hin und her zu hetzen und alle Protokolle und Daten zusammenzutragen und aufzuarbeiten. »Sie haben weder was Interessantes gepostet, noch gibt's was Außergewöhnliches in den Freundeslisten.« Sie hämmerte auf die Tastatur ein. »Und mein geheimnisvoller Chatpartner meldet sich auch nicht mehr. Er hat meine Mails noch nicht einmal gelesen.« Resigniert ließ sie sich in den Sessel zurückfallen.

»Die Fangschaltung zur Lokalisierung des Standortes ist geschaltet, doch solange er sich nicht mehr einloggt, können wir nichts ausrichten.«

»Hat er den Braten gerochen?«

»Er ist schlau.«

Ellen raufte sich die Haare. »Der sitzt bestimmt in irgendeinem Kellerloch und lacht sich über unseren Einsatz heute Morgen scheckig.«

Andi sah mit geröteten Augen auf. »Danke, dass du mich nochmals daran erinnerst.«

»Tut mir leid, Großer. Aber das darfst du nicht persönlich nehmen.«

»Wie soll das gehen? Ich nehme alles persönlich. Es war meine Arbeit, ich hätte es wissen müssen.«

»Ich weiß. Ich hab gut reden.« Ellen legte den Kopf schräg und starrte ihn an. »Du schaust aus, als könntest du eine Pause vertragen.«

»Keine Zeit.«

»Oh doch. Sonst sitzen wir nach diesem Fall bei Brossmann auf der Couch.«

Als hätte Ellen mit der Beulenpest gedroht, sprang Andi auf. »Dann aber raus hier!«

»Ich sag den anderen Bescheid.«

24

»ABP in der Cafeteria!«, rief Ellen im Vorbeigehen.

»Wir kommen!«, antworte Pfeiffer und erhob sich.

»ABP? Was ist das schon wieder?«, wollte Nina wissen.

»Ach das kennst du ja noch gar nicht.« Pfeiffer grinste.

»Was?!«

Er drehte sich um und erklärte beim Hinausgehen: »Der gute Dr. Brossmann ist unser Polizeipsychologe. Er hat die Theorie, dass Körper und Geist aufnahmefähiger sind und effizienter arbeiten, wenn wir bei stressigen Fällen öfters kleine Pausen machen.«

»Der Mann ist mir sympathisch.« Nina griff nach dem Portemonnaie und folgte Pfeiffer in den Flur.

»Und damit Baumann nicht behaupten kann, wir würden einfach nur Kaffeepause machen, nennen wir sie ABP, ›Anti-Brossmann-Pause‹.«

»Wenn man vom Teufel spricht«, raunte Nina Pfeiffer zu, als Baumann um die Ecke bog.

»Geht ihr in die Cafeteria? Dann komm ich mit. Ich wollte dich sowieso noch sprechen.«

»Es handelt sich hier um eine hochoffizielle ABP, da wird nichts über den Fall diskutiert, sondern nur dummes Zeug gelabert.«

Baumann rollte mit den Augen, was bei der Körpergröße überaus komisch wirkte.

»Nein, wirklich. Meine Leute laufen am Limit. Gönn uns das, okay? Ich bin in zehn Minuten bei dir.«

»Gut, dann machen wir es anders. Sechzehn Uhr, Besprechung. Alle Mann im Versammlungsraum.«

»Hast du schon was auf dem Handy gefunden?«, wollte Nina als Erstes von Andi wissen, nachdem alle im Versammlungsraum Platz genommen hatten.

»Nichts, was auf die Tat oder deren Verschleierung schließen lässt.«

»Warum hat sie es dann vor uns versteckt?«

»Ich fand diverse Nacktfotos in der Galerie. Das war wahrscheinlich der Grund, weshalb sie das Handy nahm.«

»Nur Nacktfotos?«

»Na ja, solche von der Art, die man nicht jedem zeigt. Wenn ihr wisst, was ich meine.« Andi grinste, wurde aber sofort wieder ernst. »Ihre Aussage über die Telefonate entsprach der Wahrheit – auf der Mailbox sind Aufzeichnungen ihrer Anrufe. Klingt sorgenvoll. Meiner Meinung nach sind die echt.«

»Das wäre auch zu schön gewesen, wenn wir die Witwe hätten verhaften können«, ergriff Baumann das Wort. »Wir gehen in die nächste Runde. Ich habe mich beim Staatsanwalt weit rausgelehnt. Er hat dem Einsatz des Abhörwagens zugestimmt. Ungern, aber er konnte sich der Lage nicht verschließen. Also Männer, das heißt dann Nachtschicht.«

Mit einer energischen Handbewegung unterband Baumann das aufkommende Raunen. »Heute Nacht könnt ihr noch ausschlafen. So, wie die Sache steht, gibt es heute Abend eine Veranstaltung, die nicht in die Rubrik unseres Täterprofils hineinfällt.«

»Mein Chatpartner benutzte die Adressdaten eines alten Mannes. Wer sagt uns, dass es sich nicht um eine Frau handelt?«, warf Ellen ein.

Wieder keimte Unruhe auf, da jeder dem Nachbarn seine Gedanken mitteilte.

»Wenn ich bitten darf«, verschaffte sich Dr. Brossmanns heisere Stimme in der Diskussion Gehör. »Laut meiner Analyse können wir dem Täter keine sexuelle Abnormität zuordnen. Er hat zwar seinen Fetisch, seine Vorlieben, aber es handelt sich eindeutig um einen Hetero, egal, welchen Geschlechts.«

Er räusperte sich. »Da es sich bei der heutigen Veranstaltung um einen Frauen-Bi-Abend handelt, vermute ich ihn nicht vor Ort. Es ist überhaupt fraglich, ob der Täter nochmals an den Tatort zurückkehrt. Bei einer personenbezogenen Tat hat er keinen Grund, nach Daniel Kovaceks Tod nochmals zu erscheinen. Ich sehe darin eher die Möglichkeit, Zeugen zu finden, statt den Täter selbst aufzuspüren.«

Baumann ergriff erneut das Wort: »Solange wir keine anderen Ansatzpunkte haben, besteht damit die Möglichkeit, in dieses verworrene System einzutauchen und an Informationen zu gelangen. Mit Absprache der Besitzerin tritt Peter morgen seinen neuen Nebenjob als Barkeeper im ›White Palace‹ an.«

Gelächter löste die Anspannung.

Georg Finte streckte Pfeiffer die Faust mit Daumen nach oben hin. »Du suchst dir immer die besten Jobs raus.«

Pfeiffer zuckte mit den Schultern. Er ersparte sich einen Kommentar, mit dem er nur Öl ins Feuer gießen würde. »Dafür darf ich nun Cocktailrezepte büffeln. Das hab ich mir auch anders vorgestellt.«

Die neidvollen Stimmen verklangen allmählich. »Na, dann mach nicht aus der ›Bloody Mary‹ einen ›Sex on the Beach‹«, stichelte Andi.

»Ich versuche, niemanden zu vergiften«, antwortete Pfeiffer lachend.

»Streng dich an, sonst müssen wir dich noch verhaften!«, johlte einer am anderen Tischende.

»Jetzt kriegt euch alle wieder ein!« Pfeiffer machte eine beschwichtigende Handbewegung. »Wir wollen heute schließlich noch nach Hause, oder?«

Alle Augen richteten sich auf Pfeiffer und es wurde so still, dass sogar die Geräusche des Kopierers am Ende des Flurs zu hören waren.

Pfeiffer nickte und gab den Anwesenden einen Überblick über die bisherige Ermittlungstätigkeit. Aufgrund der Aussagen rekonstruierten sie die Aufstellung der einzelnen Zeugen in den Räumen des ›White Palace‹ in der Mordnacht.

»Die Überprüfung der Überwachungskamera hat nichts gebracht, da die Aufzeichnungen für diesen Abend gelöscht wurden.«

Resignation breitete sich auf den Gesichtern aus. »Wäre auch zu leicht gewesen«, machte einer aus der Mannschaft seiner Enttäuschung Luft.

»Sieh es positiv«, gab Klinge zurück. »Das erhält unsere Jobs.«

»Außerdem liebt unser IT-Genie Andi die Herausforderung, nicht wahr?«, meinte Ellen.

Der Gelobte wurde so rot wie seine Augen und lächelte stolz. »Ich ... also mein Team und ich«, Andi machte eine Handbewegung zu den beiden neben ihm sitzenden Kollegen, deren Augen ebenso rot geädert waren wie die seinen. »Wir haben die Datei wiederhergestellt. Wer uns ans Bein pink... ähm«, sein Blick huschte zu den anwesenden Kolleginnen, »treten will ...«

»Gut gerettet«, gab Ellen zurück.

»Ja ... also ...« Hektisch hackte er auf die Tastatur des Laptops und auf dem Wandbildschirm erschien ein schwarz-weißes Grieseln.

»Warum ist das Bild so schlecht?«

Andi schob die Nickelbrille den Nasenrücken hoch. »Liegt nicht an mir, ist die Kamera.«

Im Schnelldurchgang wurden die an- und abfahrenden Fahrzeuge auf dem Club-Parkplatz gezeigt und die Personen, die an der Tür klingelten. »Leider konnten wir die Nummernschilder nicht erkennen, aber wir konnten alle zur entsprechenden Zeit anwesenden Gäste identifizieren. Nur diese Person«, er hielt den Film an, »kennen wir nicht.«

Auf dem Standbild war eine Person zu sehen, deren Gesicht von einer überdimensionalen Kapuze verdeckt war.

Andi spulte den Film zurück, um zu zeigen, dass sie erst kurz vor der Tür erschien, wo die Kamera sie unvermeidlich erfasste. Dann setzte er sich und klappte den Laptop zu.

»Wir können nicht erkennen, ob es sich um eine Frau oder einen Mann handelt«, warf Stumpf ein.

Pfeiffer stand auf. »Nur auf Grund von Zeugenaussagen können wir davon ausgehen, dass es sich tatsächlich um eine Frau handelt. Eine schmale Blondine Mitte – Ende vierzig.«

»Was macht uns sicher, dass diese Frau etwas mit unserem Täter zu tun hat? Vielleicht war sie nur ein seltsamer Gast und unser Mörder kam erst später oder hat ihn an der Tür abgefangen?«, fragte Julia Zimmermann aus dem Stumpf-Team. Den ganzen Tag hatte sie Zeugenaussagen aufgenommen und überprüft.

»Berechtigter Einwand.« Pfeiffer wandte sich an Andi. »Was meinst du?«

Andi öffnete den Laptop und nach ein paar Klicks erschien wieder der Überwachungsfilm im Schnellvorlauf. »Hier sehen wir, wie die Gäste den Club verlassen und wegfahren. Es steht kein Auto mehr da. Und dann, um zwei Uhr vierundvierzig …«

Der Bildschirm wurde weiß.

»Kamera aus?«

»Genau. Die Spurensicherung entdeckte am nächsten Tag ein durchtrenntes Kabel.«

»Es war alles geplant«, schlussfolgerte jemand.

»Vermutlich.«

»Da hat sich jemand viel Mühe gemacht.«

»Ein Killer?«

»Jetzt malt nicht den Teufel an die Wand!« Baumann hob beide Hände in die Höhe.

Julia Zimmermann schüttelte den Kopf. »Wir haben die Konten von Sarah Lorenz und Alexandra Kovacek überprüft. Wenn sie einen Mörder beauftragt hätten, gäbe es eine Geldspur.«

»Was ist mit Bargeld?«

»Genau. Bei den Eintrittsgeldern zum Beispiel könnte man leicht etwas abzweigen und unter der Matratze sammeln.«

»Zu viel James Bond gesehen, was?«

»Beruhigt euch wieder!« Mit Klopfen auf den Tisch unterband Pfeiffer die aufkommende Unruhe. »Sollte sich das mit dem Bargeld bewahrheiten, können wir es sowieso nicht beweisen. Konzentrieren wir uns auf Fakten und den nächsten Punkt. Machen wir bei Klinge weiter.«

Ralf Klinge erhob sich. »Daniel und Alexandra Kovacek sind nie polizeilich aufgefallen. Ganz normale Bürger bis zweitausendundzehn. Da rief er die Internetbörse ich-will-dich-poppen.de ins Leben. Die Einnahmen waren ein spitzenmäßiger Grundstein für den Club. Wisst ihr, warum sie den Club unbedingt wollten?« Klinge schaute in die schweigende Runde. »Es gab keinen Club, der ihnen zusagte! Also machten sie ihren eigenen auf.«

»Woher hast du die Informationen?«

»Auf deren Internetseite ist ein Interview mit Daniel Kovacek. Ein echt charismatischer Typ, das Opfer. Schade um ihn, schien nett zu sein. Wenn ich ihn so sehe, kann ich nicht glauben, dass jemand einen Grund hatte, ihn zu töten.«

»Stille Wasser sind tief und schmutzig.«

»Und unser Job ist es, den Schmutz aufzuwirbeln. Also weiter.«

»Laut Testament erbt der überlebende Partner.«

»Damit hätte Alexandra Kovacek ein Motiv«, resümierte Nina.

Pfeiffer schüttelte den Kopf. »Sehe ich nicht so. Das ist die übliche Vorgehensweise, hat fast jedes Ehepaar.«

Hatte ich auch.

»Aber trotzdem ein Motiv. Vielleicht wollte sie nicht so lange warten. Er war ja schließlich viele Jahre jünger als sie.«

»Was wäre der Grund?«, fragte Ellen. »Sie haben genug Geld und der Club läuft gut, die Schulden wären schnell abbezahlt. Wäre die Ehefrau in die Tat involviert, hätte sie momentan nur Nachteile.«

»Sie hätte die sprudelnde Goldquelle für sich alleine ...«, beharrte Nina.

»Und die doppelte Arbeit und Stress, bis der Club abbezahlt ist. Würdest du dir das aufhalsen? Logischer wäre doch dann, dass sie mit dem Mord abwarten würde, bis die Verbindlichkeiten weitgehend abbezahlt sind. Dann könnte sie zum Beispiel den Club mit Gewinn verkaufen.«

»Zumal sich jetzt niemand mehr um die Internetbörse kümmern kann«, erklärte Wolle, einer von Andis Sklaven. »Ich habe mich mal mit dieser Seite beschäftigt. Einfach und pflegeleicht aufgebaut. Er hatte zwar drei Angestellte, doch der Kreativ-Director war Kovacek. Im Übrigen sitzen sie in verschiedenen Städten: Hamburg, Cham und Mainaschaff.«

»Das ist ja gleich hier um die Ecke!«

»Und das in Mainaschaff ist eine Frau!«

»Herbringen!«

»Ist schon veranlasst.«

Pfeiffer schickte dem Kollegen einen anerkennenden Blick. »Gut. Checkt, ob sie mit den Kovaceks persönlichen Kontakt hatte. Vielleicht ist sie ja mit ihrem Arbeitgeber aneinandergeraten.«

Pfeiffer lehnte sich zurück und sah zu Ellen. »Um nochmal auf unsere Witwe zu kommen. Wir übersehen da etwas. Ellen hat vollkommen recht. Geld, aus der momentanen Sicht heraus, gibt kein genügendes Motiv. Aber vielleicht in einer anderen Kombination.«

Mit gekräuselten Lippen wandte sich Pfeiffer an Klinge. »Was hat die Überprüfung der Witwe gebracht?«

»Keinerlei Ungereimtheiten bei ihren Friseurterminen.«

Pfeiffer grinste. »Okay. Danke. Und sonst?«

»Nichts, alles unauffällig. Bezüglich Testament: Bei einem gleichzeitigen Tod der Eheleute Kovacek sind die Eltern von Alexandra Kovacek und die Freundin Sarah Lorenz zu gleichen Teilen als Erben eingesetzt. Die Eltern des Opfers sind bereits vor Jahren verstorben. Alles in allem keine Unklarheiten.«

»Wie schaut es mit einer Lebensversicherung aus?«

»Da bekomme ich morgen Rückmeldung.«

Ellen meldete sich. »Was ist mit meinem Chatpartner? Sollen wir diese Spur weiter verfolgen?«

»Du bleibst da auf jeden Fall am Ball. Dass Kovacek ›Sünder‹ eingeritzt wurde, haben wir nicht bekanntgegeben und ist meines Wissens nicht durchgesickert. Also muss er etwas gesehen haben oder der Täter sein.«

»Was sagt unsere Rechtsmedizin dazu?«

Rita Pekarek stand auf. Sie sah blass aus und hielt sich seitlich den Bauch. Die langen Haare hatte sie mit einem Steckkamm aus der Stirn verbannt.

»Der toxikologische Befund, den ich heute vom LKA München zugestellt bekam, besagt, dass das Opfer mit Gammahydroxybutyrat – kurz GHB – betäubt war, vielen auch bekannt als Partydroge ›Liquid Ecstasy‹.

»Ist es dann überhaupt möglich, dass es eine Frau war?«, fragte Nina.

»Wie meinen Sie das?«

»Na, das Opfer wog mindestens achtzig Kilo und war in den oberen Räumen am Kreuz aufgehängt. Selbst wird er sich nicht angebunden haben. Oder etwa doch?«

»Frau Dr. Pekarek?«, gab der Dezernatsleiter nachdenklich die Frage an die Rechtsmedizinerin weiter.

Sie wartete, bis ihr die volle Aufmerksamkeit zu Teil wurde, und beantwortete die Frage: »Das Opfer wog exakt 82,3 Kilo. Er war einen Meter zweiundachtzig groß. Für eine Frau ist es praktisch unmöglich, einen leblosen Körper mit diesem Gewicht die Treppen zum SM-Raum hochzuschleppen. Geschweige, ihn hochzuheben und am Kreuz festzubinden. Ich habe es an meinem Mann ausprobiert, und der hat nur sechsundsiebzig Kilo. Vergessen Sie's, sag ich da nur. Höchstens, es wäre eine Gewichtheberin.« Sie lächelte und erntete einige Lacher.

Nur Pfeiffer war nicht nach Lachen zumute, als er an den gehörnten Ehemann dachte.

»Das darf doch nicht wahr sein!«

»Das verstehe ich nicht!«

»Ruhe, Leute! Ruhe!«, beschwichtigte Pfeiffer.

Die Medizinerin hob den Arm, um erneut die Aufmerksamkeit zurückzubekommen. »Das Erbrochene ist nachweislich von der Witwe«, ergänzte sie. Dann nahm sie wieder Platz.

Resigniert lehnte sich Andi zurück. »Ich weiß nicht mehr, was ich davon halten soll. Kaum haben wir einen Anhaltspunkt, ist er nutzlos.«

Baumann war erneut aufgestanden und motivierte die Mitarbeiter mit einer Stimme wie ein Prediger einer afro-amerikanischen Kirchengemeinde. »Nicht aufgeben, Leute. Wir haben schon ganz andere Fälle geknackt!« Es fehlte nur noch, dass jemand »Halleluja« rief.

»Können Sie sagen, wann das Opfer die Tropfen nahm, oder ob sie ihm als Injektion verabreicht wurden?«, fragte Nina.

Die Gerichtsmedizinerin schob die Akte auf dem Tisch zurück und schüttelte den Kopf. »Injektionen sind in solchen Fällen äußerst selten, da dem Opfer ja diese sogenannten K.O.-Tropfen heimlich zugeführt werden. Ich überprüfte den Mageninhalt sowie Blut und Urin. Wann die Droge genau vor dem Tod eingenommen wurde, kann ich nicht mit Bestimmtheit sagen. Die kurzen Eliminationshalbwertzeiten der Substanzen lassen dies nicht zu. Der Todeszeitpunkt liegt zwischen zwei und drei Uhr. Der Abbauvorgang von Gammahydroxybuttersäure benötigt zirka acht bis zehn Stunden. Dieser Vorgang wurde durch den Exitus nicht unterbrochen. Auf was möchten Sie hinaus?«

»Könnten wir es vielleicht mit zwei Tätern zu tun haben?«, spann Nina den Gedanken weiter.

Alle horchten auf.

»Was meinst du?«, fragte Pfeiffer.

»Überlegt doch mal. Eine Frau kommt als Domina in den Club. Das Opfer scheint sie zu erwarten und ist nervös. Vielleicht sein erstes Date mit solch einer Dame. Um Hemmungen abzulegen, nimmt er ›Liquid Ecstasy‹. Ein paar Tropfen zu viel ... das Opfer setzt sich selbst k.o. und ... plötzlich läuft das Spiel aus dem Ruder. Schmerzunempfindlich kugelt er sich im Spiel die Arme aus und erdrosselt sich versehentlich, weil er nicht mehr hochkommt.«

Die Stille im Raum wurde greifbar. Alle blickten auf Nina.

»Die Domina flieht. Wenig später kommt Alexandra Kovacek. Sie sieht ihren Mann nackt und gefesselt in dieser Stellung und ist sauer. Verdammt sauer. Er hat sie schließlich betrogen. Aber er ist bereits tot. Sie nimmt ein Messer von der Bar und ritzt ihm vor Wut SÜNDER in die Brust. Im Flur übergibt sie sich. Sie reißt das Kabel aus der Überwachungskamera und löscht die Dateien. Sie weiß schließlich, wo der Zugang ist. Dann fährt sie nach Hause, ruft ihren Mann an und spricht die Nachrichten auf die Mailbox. Schließlich fährt sie wieder in den Club, um die Polizei zu rufen.«

»Krass.«

»Frau Doktor? Könnte es sich so zugetragen haben?«, fragte Baumann.

Rita Pekarek nickte. »Das könnte hinkommen. Postmortale Wunden lassen sich nicht exakt bestimmen. Ob ein oder drei Stunden nach dem Tod, kann ich nicht sagen.«

Baumann erhob sich. »Dann müssen wir es nur noch beweisen, also findet die Domina!«

25

Nina saß abseits von den anderen Frauen an der Bar vom ›White Palace‹ und ließ den Blick durch den Raum schweifen. Sie hatte mehrere Versuche benötigt, um in den hohen Stiefeln auf den Barhocker zu klettern. Nun schlug sie die Beine übereinander und nippte an ihrem Sekt. Montagmorgen hatte sie keine Augen für die Räumlichkeiten gehabt. Doch jetzt wollte sie sich einen Überblick verschaffen, sich hineinfühlen.

Rings um die Tanzfläche waren gemütliche Lounge-Sofas in intimen Nischen eingelassen, in denen Frauen saßen, redeten oder sich befummelten. In der Mitte stand ein goldenes Podest mit glänzender Stange. Direkt über der Tanzfläche mit der drehenden Discokugel hingen geraffte Stoffbahnen, die den Blick hinauf auf die Emporen erschweren sollten. Da die gedimmten Lichter sich in einem gefälligen Rotton verloren, wirkten die Stoffbahnen darüber wie die Wolken in einem glühenden Sonnenuntergang. Es war beeindruckend.

Doch das absolute Prunkstück, fand Nina, war die riesige ovale Bar, die seitlich der Tanzfläche einen optimalen Platz hatte. Sie überschlug die Anzahl der Barhocker auf ihrer Seite und verdoppelte es mit der gegenüberliegenden Seite. Es müssten zirka dreißig Sitzplätze direkt an der Bar sein. Klasse Design fand Nina. Man konnte Augenkontakt mit dem Gegenüber halten und ... upps. Nina bemerkte die Blicke zweier gegenübersitzender Frauen, die sie anlächelten und ihr wurde es heiß. Nervös fingerte sie an der schwarzen Korsage. Sie hatte auf einmal das Gefühl, dass es ihr die Luft abdrückte. Was sollte sie machen? Zurücklächeln? Verlegen drehte sie den Frauen den Rücken zu.

Was hatte sie nur geritten, hierher zu kommen? Was wollte sie eigentlich? Den Mörder finden? Ausgerechnet heute, wo scharfe, sich anhimmelnde Frauen umeinander schwirrten? Brauchte sie das Alibi, um sich zu beruhigen? Oder ging es darum, die katholische Erziehung zum Schweigen zu bringen?

Konnte sie sich nicht einfach ihre Neugierde eingestehen? Sie nahm einen großen Schluck von dem warmwerdenden Begrüßungssekt und spülte damit die Gedanken herunter.

Im Hintergrund lief coole Discomusik und leichtbekleidete Frauen wiegten sich aufreizend zum Takt. Selbstvergessen versuchte sich eine der Frauen mit ungelenken Bewegungen an der Stange. Niemand nahm Anstoß daran. Was zählte, war der Spaß.

Nina bewunderte deren Mut und Unbeschwertheit. Sie würde sich das nie trauen.

»Darf ich dir nachschenken?«, riss die Bardame sie aus den Beobachtungen.

Nina sah das leere Glas in der Hand. Wann hatte sie es ausgetrunken? Eigentlich sollte sie nicht ... »Ja, gerne«, wischte sie die Bedenken beiseite und beobachtete, wie der aufsteigende Schaum kurz vor dem Glasrand zum Stillstand kam.

Nina musterte die junge Frau hinter der Theke genauer. Das musste laut Beschreibung eines vernommenen Gastes Miriam Vogel sein. Die kurzen dunkelrot gefärbten Haare waren an einer Seite bis auf die Kopfhaut abgeschoren. Ein Totenkopf-Piercing zierte ihren linken Nasenflügel. Sie wirkte streng, fast unnahbar. Ob das beabsichtigt war?

Nina kontrollierte den Sitz ihrer zur Tarnung aufgesetzten dunkelhaarigen Perücke in Pagenschnitt. Die Vorstellung, ihre Haarpracht würde sich wie in einem Slapstick in einem unpassenden Moment selbstständig machen, ließ sie lächeln.

»Bist du das erste Mal hier?«

»Wie man's nimmt.« Sie dachte an die Tatortbesichtigung vom Montag.

»Du wirst dich wohlfühlen. Es ist ein wundervoller Club und es sind nette Ladys da.«

»Ich hatte gehofft, Marianne zu treffen«, meinte Nina.

Miriams Miene wurde abweisend. »Personal ist tabu!«

»Aber nur während der Arbeitszeit«, entgegnete Nina schnippisch. Dann überlegte sie es sich anders. Auf diese Art erfuhr sie nichts von der Bardame. »Deswegen frage ich nicht«, beeilte sich Nina. »Marianne hat mir von dem Club vorgeschwärmt und es wäre nett gewesen, ein bekanntes Gesicht zu sehen.«

»Ach so«, seufzte die Barfrau und schenkte einer zwei Barhocker entfernten attraktiven Fünfzigjährigen Sekt nach. »Die Kleine hat sich krankgemeldet.«

»Ja, ein gemeiner Virus soll herumgehen«, stellte sich Nina dumm.

Miriam kam wieder zu Nina. »Eher ein gemeiner Mörder.«

»Ein *was*?«

Miriam Vogel schaute nach links und rechts und beugte sich über die Theke. »Marianne war in unseren Chef verknallt und den haben sie ...« Sie deutete mit der Hand einen Schnitt am Hals an.

»Tot?« Nina schluckte und schüttelte ungläubig den Kopf ob dieser Taktlosigkeit.

»Mausetot. Hast du nichts davon gehört?« Miriam sah sie verwundert an.

»Nein. Das ist entsetzlich. Und hat die Polizei schon den Mörder? Oder einen Verdacht?«

»Ach i wo. Das bekommt die Polizei nie heraus!«

»Wieso?«

Doch Miriam blieb die Antwort schuldig und bediente neue Gäste am anderen Ende der Theke.

Mist.

»Diese Figur in dem Outfit kenne ich. Es steht dir ausgezeichnet, du hattest eine gute Beratung«, hauchte eine bekannte Stimme in Ninas Ohr und jagte ihr einen Schauer über den Rücken.

Langsam drehte sich Nina um und blickte in das hübsche Gesicht der Verkäuferin aus dem Erotikladen.

»Du?« Nina war gleichzeitig überrascht und erfreut.

»Hallo Nina«, raunte die Verkäuferin. »Wow, du siehst fantastisch aus.«

Ninas Herzschlag stockte. »Wo...her weißt du meinen Namen?«

Ihr Gegenüber schmunzelte verführerisch. »Schon vergessen? Du hast mit EC-Karte bezahlt.«

Ach ja. »Und wie heißt du?«

»Angelika. Kannst Angie zu mir sagen.«

Nina ergriff die dargebotene Hand und schüttelte sie zaghaft. Bei der Berührung richteten sich die Nackenhaare auf. »Freut mich, dich hier zu treffen«, flüsterte sie verlegen und schaute sich um, da gerade eine Gruppe sich amüsierender Damen laut lachte. »Bist du öfter hier?«

»Das eine oder andere Mal schon«, gab Angie zu. »Und du?«

»Ich muss gestehen, dies ist mein erster Besuch.« Nina spielte an dem Bändchen, das den Ausschnitt der Korsage verschloss. Die Schleife öffnete sich und gab ungewollt einen tiefen Einblick frei. Hastig versuchte Nina die Schleife erneut zu binden, als Angies Finger die ihren umschlossen.

»Lass mich das machen.«

Angies Stimme streichelte sie, umschmeichelte die Sinne und erregte sie. Nina ließ die Hände sinken. Geschickt band Angie die Schleife und berührte dabei Ninas Busen. Zu gezielt, um beiläufig zu sein, zu zärtlich, um anzüglich zu wirken. Als Angie die Hände fortnahm, sehnte sich Nina beinahe schmerzhaft nach mehr.

»Ich hatte gehofft, du würdest kommen.«

»Und ich habe mir gewünscht, dass du da bist«, erwiderte Nina.

»Du bist neugierig geworden, stimmt's?« Angie legte den Kopf schief. Ihr Blick versank in Ninas Augen, scannte ihre Seele. »Nein, da ist mehr als nur oberflächliche Neugier.« Die Stimme sank zu einem Flüstern herab, das nur noch Nina vernahm. »Du fühlst es. Die Spannung ... es kribbelt ... du sehnst dich ...« Ihr Gesicht näherte sich, dann berührten sich die Lippen; weich, zärtlich, der Hauch eines Versprechens. »Nach mehr«, vollendete Angie den Satz, als sie sich von Nina löste. »Wie waren übrigens die ›Heißen Muschis in Shanghai‹?«, fragte sie dann in einem neckenden Tonfall, der auf Nina wie eine Wechseldusche wirkte, kühlend und anregend zugleich.

»Heiß.« Nina lachte die Verlegenheit weg.

Angie schmunzelte. »Komm mit!« Sie nahm Ninas Hand, zog sie vom Stuhl und geleitete sie in das Obergeschoss.

Dabei lag die Hand locker auf Ninas Hüfte, fremd und trotzdem seltsam vertraut. Heftig atmend überließ sich Nina ihrer Führung. Betäubt von all den Eindrücken, die ihre Sinne überfluteten, und verwirrt von den eigenen Gefühlen. Manche Türen standen offen und sie erhaschte Bilder von Frauen jeglichen Alters und Statur in den verschiedensten Stadien des intimen Beisammenseins. Aus den geschlossen Räumen drang Keuchen, Stöhnen und spitze Schreie der Lust.

Nina zögerte. War es das, was sie wollte?

Angies Griff wurde bestimmter. »Fürchte dich nicht. Sie sind alle glücklich. Sehr glücklich sogar. Überzeuge dich selbst davon. Vertrau mir – und wenn du dann noch willst, kannst du gehen. Jederzeit und sofort.« Leiser setzte sie hinzu: »Ich würde es respektieren. Bedauern, aber respektieren und niemals ein Wort darüber verlieren.« Es klang wie ein Versprechen, aufrichtig und ehrlich. Nina vertraute ihr. Sie wollte vertrauen.

Sie betraten einen großen Raum. Beleuchtete Salzkristalle, Mosaiklampen und elektrische Fackeln verbreiteten ein heimeliges, diskretes Licht. Ein Teil des Bodens war gepolstert und mit Kelim Kissen übersät. Darauf tummelten sich mehrere Frauen. Teilweise auf einer Fläche, teilweise hinter transparenten Vorhängen, die kleinere Separees abteilten. Angie führte sie zu einem Podest mit orientalischer Sitzecke, Wasserpfeifen und plätscherndem Brunnen. Von hier aus konnten sie das Treiben im Raum beobachten. Frauen küssten, streichelten und verwöhnten sich gegenseitig mit Zunge, Hand und Dildos. Leiber zuckten in Ekstase oder genossen entspannt die empfangenen Zärtlichkeiten. Stöhnen, geflüsterte Worte und hin und wieder leises Kichern erfüllte den Raum.

»Gefällt es dir?«

Nina konnte nur nicken, zu sehr nahm das ganze Szenario sie gefangen.

Angies Finger strichen wie der Flügelschlag eines Schmetterlings über ihre Wange und kreisten langsam tiefer bis zum Dekolleté.

»Warst du noch nie mit einer Frau zusammen?«, raunte Angie ihr mit heiserer Stimme ins Ohr und knabberte vorsichtig an dem Läppchen, während die Finger den Weg in die Spalte zwischen Ninas Busen fanden.

»Nein«, krächzte Nina. Ihre Erregung steigerte sich ins Unermessliche. Sie hatte das Gefühl, vor Lust platzen zu müssen …

Plötzlich versteifte sich Nina. *Was tue ich hier?* Ritchy huschte durch ihre Gedanken. Das konnte doch nicht gutgehen, oder?

Angie spürte ihr Zögern. »Lass dich fallen, Süße«, hauchte sie. »Lass dich von deiner Lust tragen.«

Nina schob das schlechte Gewissen beiseite und überließ sich den Empfindungen.

Angie öffnete die Korsage. »Wow, deine Brüste haben mir am Montag schon gefallen.« Mit der Rückseite der Hand fuhr sie langsam über die Wölbungen.

Bei Nina stellten sich alle Härchen auf. »Ja«, stöhnte Nina und lehnte sich zurück.

Angies Finger wanderte über den Bauch nach unten. Ein kleiner String versperrte den Weg. Angie schob die Finger unter das Gummiband und zog ihn langsam herunter. Nina hob erst das eine Bein und dann das andere, um aus dem Slip zu steigen.

Eine dunkelhaarige Frau löste sich von der Gruppe auf der Spielwiese, lächelte und kniete sich zwischen Ninas Beine. Voller Bewunderung strich sie mit den Fingerspitzen über Ninas frisch rasierte Schamlippen.

Nina wollte protestieren und sich am liebsten vor Verlegenheit abwenden, doch der Gedanke, andere Frauen finden ihren Körper anziehend und erregend, ließ ihren Puls schneller schlagen.

Angie sah Ninas Blick und küsste sie zärtlich.» Schließ die Augen«, befahl sie leise und Nina gehorchte. Dann zeichnete Angie mit der Zungenspitze die zarten Konturen der Brust nach; knabberte an den Brustwarzen, die sich hart aufrichteten. Sie sog an ihnen und hörte unvermittelt auf. »Sollen wir aufhören?«

Nina wusste nicht, wie ihr geschah. »Nein!«

»Ich hatte also recht?«, hauchte Angie.

Die dunkelhaarige Frau leckte am Finger, bevor sie über Ninas Klitoris strich.

Nina stöhnte auf und reckte ihr das Becken entgegen. »Womit?«, presste sie lustvoll hervor, als sie eine Zunge in ihrem Schoß tänzeln spürte. Sie konnte nicht mehr die

Hände zuordnen, die sie berührten. Kopfüber stürzte sie in das Nichts und von vielen Händen aufgefangen und getragen.

»Dass du bereit bist.«

Als sie kam, und das heftig, entfuhr ihrer Kehle ein lauter Jubelschrei.

Erschöpft, glücklich und befriedigt schlenderte Nina danach noch einmal über das Stockwerk, spitzelte durch die geöffneten Türen der kleineren Zimmer und blieb an einer weiteren Spielwiese stehen.

Im Halbdunkeln konnte sie zwei Frauen erkennen. Eine mollige Frau wurde von einer schlanken Brünetten hingebungsvoll geleckt. Als die Mollige stöhnend den Kopf hin und her warf, erkannte Nina das Gesicht.

War das wirklich Karin Weigand? Doch, sie war es, mit einem entrückten Lächeln auf ihren Zügen. Sie war weit weg. Und glücklich.

Interessant, fand Nina, die Ehefrau eines Moralisten und des größten Widersachers des Clubs hier vorzufinden.

Donnerstag, den 24. März

26 »Das darf doch wohl nicht wahr sein!«, schrie Pfeiffer und knallte das Foto auf den Schreibtisch. »Habt ihr euch persönlich davon überzeugt?«

Stumpf stemmte die Arme in die Hüfte und stellte sich zwischen Pfeiffer und Wolle, als müsse er seinen jungen Kollegen beschützen. »Wir machen den Job auch nicht erst seit gestern!«

Pfeiffer knurrte etwas vor sich hin, das wie eine Entschuldigung klang. Dann nahm er erneut das Foto in die Hand und schüttelte den Kopf. Dieses unförmige Etwas sollte die IT-Spezialistin aus Mainaschaff sein? Pfeiffer hatte große Hoffnung in diese Spur gesetzt. »Wie kann man nur so fett sein?«

»Das haben wir uns auch gefragt. Wolle hat extra das Foto vor Ort gemacht. Sie hat seit Jahren das Haus nicht verlassen. Sie wiegt so über zweihundertachtzig Kilo. Ihr Doktor erschien und hat erklärt, dass sie nicht in der Lage ist, länger als fünf Minuten auf eigenen Beinen zu stehen. Dann ist sie derart erschöpft, dass sie sich wieder hinlegt und essen muss.«

»Ach du Scheiße.«

Wolle schob Stumpf zur Seite. »Sie war erschüttert, als ich ihr von Kovaceks Tod erzählte. Sie hatte sich schon gewundert, warum er sich nicht meldet. Sie sagt aus, sie liebe den Job und hat sich super mit Daniel verstanden. Obwohl sie nur einige Stunden am Tag arbeitete, war er mit ihrer Arbeit sehr zufrieden.«

»War Kovacek schon mal bei ihr?«

»Nein, sie hatten miteinander nur telefoniert oder geskypt. Geschäftlich bekam sie die Aufträge per Mail.«

»So wie die anderen Mitarbeiter ebenfalls«, schob Stumpf ein. »Sie bestätigen ihre Aussage – alle hatten untereinander ein ausgeglichenes Verhältnis. Ihnen waren keine Differenzen bekannt.«

»Zudem gewährte sie mir anstandslos Zugriff auf ihren Rechner. Ich überprüfte auch die Mails und habe entsprechende Kopien gemacht. Gelöschte Dateien fand ich keine relevanten, hat aber bei einer, die mit Programmierung ihr Geld verdient, nichts zu heißen. Allein aus ihrem körperlichen Befinden würde ich sie als Täterin ausschließen.«

Pfeiffer stand auf und legte Stumpf die Hand auf die Schulter. »Danke, gute Arbeit.«

Als die Kollegen aus dem Büro waren, griff er zu dem Gesetzbuch und biss hinein. Das Buch dämpfte dabei den Schrei, der seiner Kehle entwich.

Wenig später kam Ellen zu ihm ins Büro. »Was ist los?«

Pfeiffer zeigte ihr das Foto.

»Und da denke ich, ich hätte Gewichtsprobleme. Wer ist das?«

»Wer ist wer?« Nina stürmte ins Büro und warf ihre Handtasche auf die Fensterbank.

Pfeiffer erzählte von Stumpfs und Wolles Bericht.

»Schade, war eine vielversprechende Spur gewesen.«

»Vielleicht habe ich eine neue?« Nina strahlte ihre Kollegen an.

»Spur? Hast du geträumt?«

»Ihr werdet nicht glauben, wen ich gestern Nacht im ›White Palace‹ gesehen habe.«

»Ich fasse es nicht! Du warst da?« Aus Ellens Augen sprach der blanke Unglaube. »Bist du verrückt?«

»Keineswegs. Was sollte denn schon passieren? Ihr habt doch gestern Dr. Brossmann gehört: Der Täter ist eindeutig ein Hetero.«

»Aber ...«

»Ach papperlapapp. Ihr seht doch, dass mir nichts passiert ist.« Nina gähnte und wischte die Sorge der Kollegen mit einer lapidaren Handbewegung weg.

Ellen warf Pfeiffer einen hilfesuchenden Blick zu. Der winkte resigniert ab.

»Da haben sich zwei Sturköpfe gefunden!«, klagte Ellen und setzte sich auf Ninas Stuhl. »Also wen?«

»Karin Weigand.«

»Ach nein. Wer hätte das gedacht«, rief Pfeiffer.

Nina zuckte zusammen und spürte, wie ihr Gesicht heiß wurde. Wahrscheinlich hätte Pfeiffer auch für sie ein fassungsloses ›Wer hätte das gedacht‹ übrig, wenn er von ihrem gestrigen Erlebnis mit Angie wüsste.

»Ausgerechnet Misses Bürgerinitiative.«

»Was wohl ihr Mann dazu sagen würde?«

»Wer soll es ihm sagen?«

»Da hast du auch wieder recht. Wir werden nicht noch zusätzlich Öl in die Flammen gießen.«

»Könnte sie die Blondine von der Bar sein?«, warf Ellen ein.

Nina kicherte. »Na ja, Frau Weigand fällt nicht unter die Gattung unterernährt.«

»Ach so, ich hab sie noch nie gesehen.«

Nina zwinkerte ihr zu und richtete sich an Pfeiffer. »Und Marianne Klein hat es heftiger erwischt, als sie zugegeben hat. Sie hat sich krankgemeldet. Ich möchte nochmal mit ihr sprechen, vielleicht hat sie mir doch nicht alles gesagt.«

»Ist gut. Und bei der Gelegenheit kann sie gleich ihre Aussage unterzeichnen.« Pfeiffer zögerte einen Moment, bevor er antwortete. »Diesmal nimmst du Ellen mit. Es gibt keine Alleingänge mehr.«

Es schien ihr endlos, bis sich jemand am anderen Ende der Leitung meldete. Ihr Herz klopft laut zwischen den Freizeichen.

»Notrufzentrale«, sagte eine tiefe Männerstimme.

»Unfall!«, rief sie atemlos ins Telefon. »Bitte schicken Sie sofort einen Notarzt vorbei, mein Mann hatte einen Unfall!«

»Ist er noch ansprechbar?«

»Ansprechbar?« Sie schüttelte den Kopf.

»Hallo? Ist Ihr Mann noch ansprechbar?«

»Was? Nein, ist er nicht.«

»Wo befindet er sich?«

»Zu Hause.«

»Wo ist das?«

»Oh, Entschuldigung.« Sie schluckte. »Sanderstraße 17, Zeitlingen.«

»Und wie ist Ihr Name?«

»Weigand, Karin Weigand.«

Ellen war froh, die Lauerposition vor dem Laptop aufgeben zu können und aktiv am Fall mitzuarbeiten.

Als Nina und sie bei Marianne Klein klingelten, öffnete niemand. »Vielleicht schläft sie noch«

»Dann haben wir keine Chance, sie stellt immer die Klingel ab.«

Ein Schulkind rannte mit wippendem Ranzen aus dem Haus und die Kommissarinnen schlüpften durch die Tür, bevor sie ins Schloss fallen konnte. Die erste Hürde hatten sie genommen.

An der Wohnung angelangt, stellten sie verwundert fest, dass die Klingel funktionierte. Sie klopften. Vergebens.

»Wo kann sie sein?«

»Beim Einkaufen?«

Resigniert wandten sie sich ab.

Doch da bemerkte Nina die spaltbreit geöffnete Nachbarstür.

»Da ist jemand.«

Die Tür ging zu.

»Wo?«

Nina steuerte auf die Tür der Nachbarin zu und läutete.

»Frau Fischer, kann ich Sie mal sprechen?«, rief Nina, nachdem die Nachbarin nicht auf das Klingeln reagierte. Wieder rührte sich nichts. »Ich weiß, dass Sie da sind.«

»Verschwinden Sie! Ich rufe die Polizei, wenn Sie nicht gehen!«, keifte eine heißere Stimme.

»Wir sind die Polizei. Kripo Würzburg, wir möchten Sie nur etwas fragen.«

»Ich weiß nichts.«

»Woher wissen Sie, was wir fragen wollen?«

»Verhaften Sie jetzt die Klein?«

»Sollen wir das?«

Die Tür wurde aufgezogen und eine alte Frau mit frisch dauergelocktem weißem Haar zeigte sich. Das Gesicht war übersät mit Falten und Runzeln, jedoch wollten die lebhaften Augen das greise Alter nicht bestätigen. »Ja, dann würde Ruhe einkehren.«

»Dürfen wir reinkommen?«, fragte Ellen.

»Nur, wenn Sie die Schuhe ausziehen!«

Sie kamen dieser freundlichen Aufforderung nach und Nina schaute sich um. Der Grundriss glich dem der Wohnung Marianne Kleins, nur seitenverkehrt und düster. Die Luft roch nach Körperausdünstungen, was sich auch mit Unmengen von 4711 nicht überdecken ließ.

Frau Fischer watschelte in viel zu großen Filzschuhen voran in das Wohnzimmer und hieß ihre Gäste, auf dem geblümten Sofa Platz zu nehmen.

Die alte Dame beschoss Nina mit einem zornigen Blick, als sie sich auf eines der Kissen setzte. »Nehmen Sie doch das Kissen zur Seite! Es stammt noch aus meiner Aussteuer und wurde eigenhändig von meiner Mutter bestickt.«

»Oh, Entschuldigung.« Ehrfürchtig legte Nina die Antiquität zur Seite.

»Was wollen Sie wissen? Sie verplempern hier meine kostbare Zeit.«

»Sie erwähnten vorhin, ob wir Frau Klein verhaften würden. Wie kommen Sie darauf?«, fragte Ellen.

»Warum, wenn nicht wegen ihr, sind Sie da? Sie klingeln doch laufend bei der Klein«, giftete Frau Fischer.

Ellen lächelte. Verbitterte alte Leute waren gegen pubertierende Großmäuler ein Klacks. »Deshalb müssen wir nicht gleich jemanden verhaften. Wir befragen die Leute auch nur, ob sie etwas gesehen oder gehört haben. Das gehört zu unserer Arbeit.« Ellen musste aufpassen, nicht in den Ton zu verfallen, in dem sie einer dreijährigen Gabriele erklärt hatte, warum sie Spaghetti nicht mit den Fingern essen durfte.

»Was unterstellen Sie mir? Dass ich eine neugierige alte ...«

»Nein, natürlich nicht!« Ellen tat entrüstet. »Ich wollte nur hervorheben, dass Sie eine aufmerksame Nachbarin sind. In der heutigen Zeit ist es wichtig, dass jemand im Haus die Augen aufhält. Zu viele zwielichtige Gestalten laufen herum. Wir sind auch einfach so ins Haus hineingekommen. Aufmerksame Nachbarn wie Sie erleichtern uns die Arbeit. Die moderne Gesellschaft krankt doch an der allgemeinen Gleichgültigkeit der Menschen.«

Bei den Worten richtete sich Frau Fischer im Sessel auf und die verbitterte Miene wurde weicher.

»Schade, dass Sie nicht hier im Haus wohnen.«

Gott sei Dank. »Haben Sie etwas beobachtet, was für uns interessant sein könnte?«

»Ihre Männerbesuche«, platzte Frau Fischer heraus und das locker sitzende Gebiss klapperte vor Entrüstung. »Das ist unmoralisch. Früher in meiner Jugend hätte es das nicht gegeben.«

»Leider dürfen wir heutzutage nicht mehr alleinstehende Frauen mit unmoralischem Lebenswandel verhaften.«

Frau Fischer machte eine wegwerfende Handbewegung. »Ja, ich weiß.«

»Was meinten Sie vorhin mit: Ruhe einkehren?«, hakte Nina nach.

»Den Krach, den die beiden gemacht haben.«

»Die beiden?«

»Na, die Klein und ihr Liebhaber«, behauptete Frau Fischer mit blitzenden Augen.

»Ihr Liebhaber? Wieso sagen Sie nicht Freund?«

Die Dauerlocken wippten auf dem Kopf der alten Dame, als sie lachte. »Der Mann von 'ner anderen kann keiner Frau Freund sein.«

»Er ist verheiratet?«

Frau Fischer grinste.

»Und woher wollen Sie wissen, dass die beiden ... Na, Sie wissen schon.« Nina suchte nach einer passenden Umschreibung, was die alte Dame schier belustigte.

»Sie meinen, dass die beiden Laken verwühlten?« Ihre Zunge fuhr über die runzeligen Lippen.

Ellen schmunzelte. »Ja, das meint meine Kollegin.«

»Was würden Sie sagen: An einem Tag küsst er sie zum Abschied und beim nächsten Treffen wirft sie ihm eine Vase hinterher ...«

»Kennen Sie den Mann, weil Sie wissen, dass er verheiratet ist?«

»Nicht persönlich.« Frau Fischer sprang flink wie ein Teenager auf. Sie watschelte zu einem schäbigen, aus grober Wolle gestrickten Zeitungsständer, der dem Aussehen nach ein Überbleibsel aus Kaiser Wilhelms Zeiten war.

»Ah, da hab ich es.« Frau Fischer zog die ›MainPost‹ hervor, richtete sich stöhnend auf und reichte ihnen die Zeitung. »Schlagen Sie auf, Seite zwei, Regionalteil, das Bild – da steht's, dass er verheiratet ist.«

Ellen tat, wie geheißen.

Frau Fischer pikste die knorrigen Finger auf ein Bild, wobei sie das Papier fast durchbohrte.

»Ich fasse es nicht …«, sagte Ellen.

Nina schaute ihr über die Schulter und stieß einen leisen Pfiff aus. »Da hat jetzt jemand einen großen Erklärungsbedarf.«

Frau Fischer ließ sich wieder in den Sessel plumpsen. »Auch wenn die Knochen und Gelenke eingerostet sind, aber da oben«, sie tippte sich mit dem knorrigen Zeigefinger an den Kopf, »ist noch alles frisch.«

Nina und Ellen lasen den Artikel.

Das hämische Grinsen der alten Frau bemerkten sie nicht.

27

Als sie im Auto saßen, klingelte Ellens Mobiltelefon. Die ersten Takte von ›Tausendmal berührt …‹ ertönten.

»Das Lied geht mir nicht mehr aus dem Kopf. Dachte, so bekomm ich den Ohrwurm am schnellsten los«, murmelte Ellen verlegen und kramte in der Handtasche nach dem Handy. »Was gibt's, Peter? …« Ellens Gesicht lief rot an. »Sorry, wir hatten die Handys im Auto vergessen … ja, beide. Okay … Wir sind auf dem Weg.« Sie legte auf.

»Was wollte er?«

»Wir sollen ihn in der Sanderstraße 17 treffen – und jetzt hör auf, diese dämliche Melodie zu summen.«

Pfeiffer wartete bereits auf sie. »Na endlich. Das nächste Mal hängt ihr euch die Handys um!«

Nina und Ellen schwiegen betreten, doch dann erkannte Nina das Schneewittchen vorm Haus wieder. »Was ist hier los? Das ist doch Weigands Haus?«

»Karin Weigand hat den Notruf angerufen.«

»Unser Mr. Sympathie …?«

Pfeiffer warf Nina einen warnenden Blick zu. »Ja, er ist tot.«

»Verdammt! Ich hatte mich so auf das Gesicht gefreut, wenn wir ihm den Haftbefehl unter die Nase reiben. Und jetzt macht sich der Feigling aus dem Staub. Ich fasse es nicht.« Wütend kickte sie einen Stein ins Gebüsch.

»Es sieht nicht wie Suizid aus.«

»Kein Suizid? Wie erklärt es die Ehefrau?«, wollte Ellen wissen.

»Ich habe noch nicht mit ihr gesprochen. Deshalb hab ich auf euch gewartet. Sie meldete einen Unfall mit Todesfolge.«

»Und du glaubst ihr nicht?«, fragte Ellen.

»Es sind mir zu viele Zufälle.«

»Was sagt unsere Frau Doktor?« Nina deutete mit dem Kopf zu Rita Pekarek, die mit einem Kollegen von der Spurensicherung aus dem Haus trat.

Pfeiffer verspannte sich bei ihrem Anblick zusehends.

»Soll ich das übernehmen? Muss ich ja auch lernen.« Ohne eine Antwort abzuwarten, lief Nina zu der Rechtsmedizinerin und begrüßte sie.

Ellen starrte Pfeiffer an. »Ich hoffe inständig, dass mich meine Wahrnehmung eben getäuscht hat.«

»Kann dir doch egal sein.« Pfeiffer wich ihrem Blick aus und drehte ihr den Rücken zu.

»Was bist du nur? Mir etwas von Liebe ins Ohr flüstern, und derweil hast du was mit einer verheirateten Frau«, hörte er Ellen leise sagen.

»Na und? Willst ausgerechnet du Moralapostel spielen? Andere melden sich bei ich-will-dich-poppen.de an.« Selbst in seinen Ohren klirrte die Stimme vor Eiseskälte.

»Hornochse! Manche Männer verdienen es nicht anders«, zischte Ellen. Dann schlug eine Autotür zu und ein Motor startete. Er wirbelte herum und sah gerade noch, wie Ellen mit dem Dienstwagen um die Kurve raste.

»Verdammt …«

»Ärger im Paradies? Schickst du mir deswegen dein Fußvolk auf die Pelle?« Rita Pekarek zupfte an seinem Kragen und ließ in einer vertraulichen Geste die Hand auf seiner Schulter ruhen.

»Wir sind im Dienst.«

»Keine Sorge, ich bin nicht eifersüchtig.« Rita lächelte süffisant. »Aber neugierig. Vögelst du dein Schätzlein auch?«

Pfeiffer wischte ihre Hand von der Schulter. »Du kotzt mich an.« Damit ließ er Rita stehen und ging zum Haus.

»Ich weiß zwar nicht, was zwischen euch läuft. Aber was du eben gesagt hast, hat ihr nicht gefallen. Dr. Tod sieht so aus, als hätte sie dich mit Vergnügen auf dem Seziertisch liegen – lebend«, stellte Nina mit einem Blick auf die Medizinerin fest.

»Sie kommt darüber weg.« Pfeiffer ging zur Haustür. »Und jetzt konzentrieren wir uns auf unsere Arbeit. Der Fall ist kompliziert genug.«

»Da sagst du was. Jetzt, wo unser Hauptverdächtiger …« Sie verstummte, als sie Karin Weigand starr auf dem Sofa sitzen sah. Nur die Hände waren unablässig in Bewegung; zerknüllten ein Taschentuch, glätteten es, nur um es im nächsten Augenblick wieder zu zwirbeln.

Pfeiffer winkte Nina. »Wir gehen erst nach unten«, flüsterte er und stieg die Kellertreppe hinunter.

»Sorry, hier wartet wieder starker Tobak auf uns. Bist du bereit?«

Nina seufzte. »Kann es noch schlimmer als bei Kovacek werden?«

»Es ist immer wieder anders.«

Kurz- und Langhanteln lagen nach Gewichten sortiert in einem Gestell neben der verspiegelten Wand. Mitten im Raum standen eine Trainingsbank und ein Laufband und in der gegenüberliegenden Ecke ein Spinning-Rad.

Nina war enttäuscht. Nach Pfeiffers Worten hatte sie ... ja, was erwartet? Ein Blutbad? Eine zerhackte Leiche? Auf jeden Fall keinen scheinbar steril-sauberen Trainingsraum.

»Sicher, dass sich Weigand nicht beim Training übernommen hat? Denke, dass er genauso fanatisch trainiert hat, wie er gegen das ›White Palace‹ Stimmung machte ... Ach du heilige Scheiße ...«

Pfeiffer war einen Schritt zur Seite getreten und hatte den Blick auf Weigand freigegeben.

Der saß nackt auf einem grobgezimmerten Stuhl, den rechten Arm mit einem Gurt an der Lehne festgezurrt, der linke hing herab.

Doch was Nina die Sprache verschlug, waren die Metallklemmen an den Brustwarzen, den Hoden und am Penis. Drähte führten von den Klemmen zu einem Kasten neben dem Stuhl, der wie ein Trafo mit Knöpfen und Schalter aussah.

»Der Schalter steht auf zweihundertzwanzig Volt. Egal, was er trainiert hat, übernommen hat er sich bestimmt«, kommentierte Pfeiffer.

»Was ist das für ein Gerät?«, stieß Nina hervor.

»Manche Camper benutzen hin und wieder so einen Transformator, um den häuslichen Luxus wie Mikrowelle und Fernseher nicht draußen missen zu müssen.«

»Und er hat sich damit sexuell stimuliert?« Nina konnte es nicht glauben.

»Viagra hat's wohl nicht mehr gebracht. Seine Frau meinte, dass er es schon seit einigen Monaten praktizierte, immer auf zwölf Volt.«

»Und jetzt haben ihm die Zwölf nicht mehr gereicht. Ein Versehen? Ein Unfall?«

»Möglich. Frau Weigand kann es sich nicht erklären.« Pfeiffer zuckte mit der Schulter. »Es gibt nichts, was es nicht gibt. Vor Jahren hatte ich einen ähnlichen Fall. Manche Männer kommen mit Erektionsproblemen nicht klar und verfallen in immer größere Extreme.«

»Aber ausgerechnet Weigand? Von dem Biedermann hätte ich das nie gedacht.«

»Gestern haben wir ihn noch für einen Vergewaltiger gehalten«, gab Pfeiffer zu bedenken.

Nina schaute ihn schweigend an und kräuselte, wie immer wenn sie überlegte, die Nase. »Ich glaube immer noch, dass er es war.«

»Nina. Steigere dich nicht in was hinein!« Pfeiffer schüttelte den Kopf. »Er kann es nicht gewesen sein.«

»Und wenn er sich mit dem Trans-Dingsda vorher stimuliert hat? Ist so was möglich?«

»Das glaube ich nicht.« Er schob sie in den Kellergang. »Wir müssen jetzt die Vergewaltigung fürs Erste zur Seite legen. Der Mord an Kovacek und Weigands Tod haben oberste Priorität.«

»Das hängt doch alles zusammen!« Nina wollte nicht aufgeben. Widerwillig folgte sie ihm die Treppe zur Wohnung hinauf.

»Das mag sein. Und dann werden wir das Rätsel auch lösen«, lenkte Pfeiffer ein. Er trat vor die Tür und rief die Mitarbeiter, die für den Abtransport der Leiche zuständig waren.

»Wir sind fertig, ihr könnt ihn mitnehmen.«

Es erschienen zwei kräftige Männer mit einer geschlossenen Zink-Trage und gingen die Kellertreppe hinab.

Pfeiffer und Nina betraten leise das Wohnzimmer. Karin Weigand blickte aus dem Fenster. In diesem Blick lag alles, nur keine Trauer.

Nina räusperte sich.

Erschrocken fuhr Karin Weigand herum. »Ach, Sie sind es.«

»Dürfen wir Sie nochmals stören?«

»Wenn's sein muss.«

»Hatte Ihr Mann irgendwelche gesundheitlichen Probleme?«

Karin Weigand schaute ihn verständnislos an. »Er war impotent. Sie sprachen doch bereits mit dem Arzt.«

Pfeiffer schüttelte den Kopf. »Ich meinte was anderes. Diabetes oder hoher Blutdruck zum Beispiel.«

Die Witwe schaute ihn mit großen Augen an. »Er hatte in der Jugend was mit der Herzklappe oder dem Muskel oder so. Da war er noch in der Pubertät. Er sprach nie davon, wissen Sie? Er sollte Sport treiben, damit er das Herz stärkt.«

»Und aus der einfachen Fitness wurde dann der Marathon? Ist das nicht ein wenig zu viel des Guten?«

»Er kannte nur Extreme. Wie bei allem.« Ihre Stimme klang bitter. »Ich dachte, das mit dem Herzen hätte sich verwachsen. Er bestimmt auch, sonst hätte er nicht mit dem Ding da rumgespielt. Ich hatte immer so ein ungutes Gefühl, wenn ich wusste, dass er da unten war.«

»Sie sagten, dass Sie ihn heute Morgen erst gefunden haben. Wieso nicht in der Nacht?«

»Als ich nach Hause kam, lag er nicht im Bett. Ich dachte mir gleich, dass er wieder ... Es war mir recht. Und dann bin ich eingeschlafen.«

»Wie wollten Sie Ihrem Mann eigentlich den Clubbesuch erklären?«, fragte Nina wie nebenbei.

Aus Karin Weigands Gesicht wich jegliche Farbe. Sie brauchte einige Sekunden, um sich wieder zu fangen. »Gar nicht. Ich wollte ihm sagen, dass ich bei einer Freundin war und wir die Zeit beim Tratschen vergessen hätten.«

»Wie fing das eigentlich mit der Einschränkung an? Wann hatten Sie das letzte Mal sexuellen Verkehr ... mit Ihrem Ehemann?«, ergänzte sie schnell.

»Warum wollen Sie so etwas Intimes wissen? Wissen Sie, mir geht es nicht gut. Wenn Sie jetzt bitte gehen könnten?« Ihre Stimme klang kraftlos.

»Bitte, Frau Weigand. Wir müssen die Zusammenhänge besser verstehen!«

»Das ist eine halbe Ewigkeit her«, gab Karin Weigand widerwillig Auskunft. Sie knetete angestrengt das Taschentuch zwischen den Fingern.

»Das heißt?«

Sie überlegte. »Einige Zeit vor Umbau des Swinger-Clubs fing es bereits an. Ärger in der Schule, Stress. Dann kamen die Probleme, nicht permanent, sondern hin und wieder. Es steigerte sich enorm, als er von Kovaceks Plänen erfuhr. Deshalb war er so gegen den Club, weil es ihm die eigene Unzulänglichkeit aufgezeigt hat. All die Männer dort hatten Sex und Spaß. Etwas, zu dem er nicht mehr imstande war. Er wurde neidisch. Immer verbitterter und aggressiver.«

»Und Sie?«

Betreten schaute sie auf die Hände. »Ich war meinem Mann keine Hilfe«, flüsterte sie beschämt.

»Inwiefern?«

»Ich konnte nicht immer verständnisvoll reagieren, wenn er mich verletzen wollte. Zuerst benutzte er widerliche Worte und dann diese Maschine.« Sie spuckte die Worte heraus, als hätte sie auf eine ranzige Nuss gebissen. »Irgendwann war es mir egal, was er da unten macht. Ich wollte auch meinen Spaß!«

»Das glaube ich Ihnen gern.« Pfeiffer rieb sich die Augen, um Zeit zum Nachdenken zu haben.

»Waren Sie öfters in einem Swinger-Club?«, kam ihm Nina zuvor.

Sie starrte auf die Füße. »Nein.«

»Warum gerade jetzt?«

Sie blieb ihnen die Antwort schuldig, denn auf der Kellertreppe polterte es.

»Verdammt! Wäre ja auch zu schön, wenn wir die Toten nicht immer über enge Treppen abholen müssten.

Verfluchte Hasenställe.« Dann wurde die Trage an der geöffneten Wohnzimmertür vorbeigetragen.

Bei dem Anblick brach Karin Weigand in Tränen aus. »Mein Gott!! Was soll ich jetzt machen?«, schluchzte sie.

Nina hatte Mitleid mit der Witwe. »Wir haben Fachleute, die Angehörige in solchen Fällen betreuen. Wenn Sie das in Anspruch nehmen wollen ...«

»Danke. Das werde ich brauchen.«

»Nun, wir werden Sie jetzt zur Ruhe kommen lassen. Wenn Ihnen noch etwas einfällt, dann können Sie uns jederzeit erreichen.« Pfeiffer erhob sich und Nina folgte ihm. »Wir schicken Ihnen einen Kollegen zur Trauerbegleitung vorbei ...« Er wandte sich zum Gehen, als ihm noch etwas einfiel. »Könnten Sie mir bitte noch den Namen und die Adresse von der Freundin aufschreiben, die Sie Ihrem Mann als Alibi nennen wollten?«

Karin Weigands Schluchzen erstarb und sie erblasste erneut.

»Wie heißt Sie denn, die Freundin?«, hakte er sachte nach.

Sie kaute auf der Lippe.

»Wie wollten Sie ihm erklären, warum Sie so spät heimkommen?«

»Ehrlich gesagt, darüber hatte ich mir keine Gedanken gemacht«, rang sie sich endlich zu einer Antwort durch und bestätigte damit Pfeiffers Verdacht.

»Ehrlich gesagt«, äffte Nina im Auto die Witwe nach und zog die Augenbrauen hoch. »Wenn ich das höre, da könnt ich kotzen!«

Pfeiffer lächelte in sich hinein.

»Wie bist du da drauf gekommen? Sie hätte wirklich eine Freundin haben können, die ihr ein falsches Alibi gibt, damit sie sich amüsieren kann.«

»Schon, aber Jürgen Moor, der Bürgermeister hier, vermittelte mir den Eindruck einer einsamen Frau. Daher hatte ich den Verdacht, dass sie log.«

»Es war ein Volltreffer. Du hast sie völlig aus dem Konzept gebracht. Hah, von wegen ›trauernde Witwe‹!«

»Ist es nicht ein seltsamer Zufall, dass sie ausgerechnet gestern in diesem Club war?«

»Sie wollte ein Alibi!«, rief Nina.

»Wenn der Mann nicht im Keller gewesen wäre, wäre sie in Erklärungsnot geraten.«

»Sie wusste also, dass er ihr keine Schwierigkeiten machen konnte«, schlussfolgerte Nina.

»Mit Sicherheit.«

»Apropos, warum hast du Frau Weigand nicht noch einmal auf die Vergewaltigung angesprochen? Jetzt hätte sie es vielleicht zugegeben. Schließlich hat sie keinen Grund mehr, ihren Mann zu schützen?«

»Glaubst du?«

»Du nicht?«

»Nein, sie muss zwar ihn nicht mehr schützen ...«

»Aber?«

»Überleg mal: Wärst du gerne die Frau eines Vergewaltigers in einem Kaff, wo dich jeder kennt?« Pfeiffer sah zu Nina. »Sie muss sich schützen!«

28

Im Kommissariat empfing sie ein über das ganze Gesicht strahlender Andi.

»Egal, was es ist, erzähl es mir bei einer Tasse Kaffee. Die habe ich jetzt nötig.«

»Ich würde behaupten, eine ganze Kanne«, sagte Andi und lachte.

»Deine gute Laune macht mich neugierig.« Durch die geöffnete Bürotür sah Pfeiffer Ellen an dem Schreibtisch sitzen. »Bestell schon mal 'ne Kanne. Ich komme gleich nach.«

Pfeiffer betrat Ellens Büro und schloss die Tür. »Es tut mir leid wegen vorhin.«

»Muss es nicht. Du bist niemandem Rechenschaft schuldig«, antwortete Ellen schnippisch.

»Doch.«

»Wem? Mir etwa?«

»Mach es mir nicht so schwer. Du weißt, was ich für dich empfinde.«

»Ich weiß nichts mehr«, erwiderte Ellen trotzig und versuchte die Tränen wegzublinzeln, die ihr in die Augen traten. Die Eingeweide verkrampften sich zu einem schweren Knoten, wenn sie nur an Rita dachte. In den Bemühungen, das zu ignorieren, versagte sie kläglich.

»Raus!«

»Ellen bitte.« Pfeiffer öffnete die Tür.

»Zwei Eisen im Feuer zu halten, ist sogar für dich schäbig!«

Pfeiffer schluckte. »Nein, so ist das nicht. Ich bin da so reingerutscht. Glaube mir, ich bin gerade dabei es zu beenden. Rita ist ... es ist nicht so einfach.«

Draußen im Gang stand wie versteinert Rita Pekarek. Hatte sie eben richtig gehört? Sagte er: ›reingerutscht‹ und ›Beenden‹? So ein Mistkerl! Er wollte sie abservieren.

Die verkrampften Hände zerdrückten den Bericht, den sie Peter vorbeibringen wollte. Im Augenblick hatten diese Unterlagen hier noch Zeit. Sollte er die sich selber holen, wenn er sie brauchte.

Schnell kehrte sie dem Büro den Rücken und verließ ungesehen das Gebäude.

Alle nahmen auf den Stühlen Platz und warteten auf Andis Ausführungen. Der genoss die ihm zuteilwerdende Aufmerksamkeit, rückte den Stuhl mehrmals zurecht und trank einen Schluck aus der Kaffeetasse.

»Jetzt spann uns nicht auf die Folter, Andi«, nörgelte Ellen. Ihre Nerven waren angespannter, als sie sich eingestehen wollte. Das Gespräch mit Peter hatte Spuren hinterlassen. Sie fühlte seinen Blick auf sich. Spürte, wie er sie musterte, genau studierte und konnte dem nicht entfliehen.

Alle, nur nicht Rita Pekarek!, durchfuhr es sie. Aber wieso ließ es sie nicht kalt? Bis heute mochte sie die Frau und hatte ein gutes Arbeitsverhältnis mit ihr. Oder lag es an Peter? Was er machte, konnte ihr doch gleichgültig sein.

Andis Stimme holte sie in die Gegenwart zurück. »Daniel Kovacek hütete ein Geheimnis vor seiner Ehefrau.«

»Doch nicht eine Geliebte?«

»Fast.«

»Ich habe Daniel Kovaceks Einzelprofil geknackt und bezweifle, dass das, was dort zu lesen ist, der Ehefrau gefallen wird.« Selbstsicher lehnte sich Andi zurück und zeigte beim Lächeln strahlende Zähne.

»Was hat er verbrochen?«, wollte Stumpf wissen.

»Er sehnte sich nach Unterwerfung.«

Die Kollegen schauten einander an.

»Und bestraft zu werden wünschte er ebenfalls«, ergänzte Andi grinsend.

»Er suchte also eine Domina«, schlussfolgerte Pfeiffer.

»Du scheinst dich ja auszukennen!«, spottete Ellen.

Pfeiffer quittierte die Bemerkung mit einem grimmigen Kopfschütteln.

»Ihr würdet überrascht sein, wie viele Persönlichkeiten aus der Geschäftswelt das Verlangen treibt, hin und wieder Verantwortung und Kontrolle abzugeben und sich zu unterwerfen. Nur zu gehorchen, nimmt ihnen eine enorme Last ab.«

Andi klopfte den Stapel der Blätter, die vor ihm lagen, gerade. Nach der Menge zu urteilen, hatte er sich ausführlich informiert. »Ernest Borneman hat den Masochismus in drei Untergruppen eingeteilt:

Es gibt den nichtsexuellen oder psychischen Masochismus: Das sind Menschen, die sich nach beruflichen oder gesellschaftlichen Niederlagen nach Bestrafung sehnen und im Leid und Schmerz schwelgen. Dann gibt es den sexuellen oder Konjunktions-Masochismus. Die wollen Geschlechtsverkehr und dabei Schmerz und Demütigung durch den Partner. Und zu guter Letzt noch der perverse oder Kompensations-Masochist: Bei denen ersetzen Schmerz und Demütigung den eigentlichen Geschlechtsverkehr.«

»Und unser Opfer fällt in Kategorie eins?«, fragte Ellen.

»Das nehme ich an. Kovacek schrieb in den Mails nicht über Sex, sondern von Misserfolg und Bestrafen, Träumen ausleben und seinem Fetisch. Wie schnell jemand allerdings in die zweite Kategorie abrutscht, weiß ich nicht.«

»Welchen Fetisch hat er gemeint?« Nina war bleich geworden. Unwirsch zeigte sie auf Andis Unterlagen. »Ob sie das gemeint hat?«

»Wer?«, fragten Ellen und Andi wie aus einem Munde.

»Na, Alexandra Kovacek. Sie sprach von Abgründen, die sich auftun, wenn man gut in dem Job sein will. Waren das nicht ihre Worte?«, wandte Nina sich an Pfeiffer.

»Ja, das sagte sie. Nina, ist alles okay mit dir? Du bist ja schneeweiß«, besorgt griff Pfeiffer nach ihrer Hand.

Nina lächelte gequält. »Der Fall hat es echt in sich, nicht wahr? Von Foltermord, über Vergewaltigung, sexuelle Überstimulation mit Todesfolge und nun auch noch das hier: Sado-Maso.«

Pfeiffer kniff die Lippen aufeinander und seufzte.

»Alles gut.« Nina schnaufte durch. »Ich wollte damit nur sagen, dass ich jetzt verstehe, warum sie sich eine Parallelwelt aufbaut. Man muss wirklich aufpassen, dass man einen klaren Kopf behält.« Sie tätschelte Pfeiffers Hand. »Wo waren wir stehen geblieben?«

»Bei Daniels Fetisch«, antwortete Andi sichtlich irritiert.

»Genau. Was könnte er gemeint haben? Wohl kaum hochhackige Schuhe und Nylons, oder?«, zwang sich Nina, klar zu denken.

»Alles, was jemanden sexuell erregt. Vielleicht stand er auf Lack und Leder ... Latex und Ganzkörperanzüge und konnte somit zwei Fliegen mit einer Klappe schlagen«, erklärte Pfeiffer.

»Das dürfte der Ehefrau wirklich nicht gefallen.«

»Das steht nicht fest. Vielleicht hat sie mitgemacht?«, meinte Stumpf.

»Warum hat er es dann vor ihr verheimlicht?« Julia Zimmermann schüttelte den Kopf.

»Auch wieder wahr.«

»Steht etwas in dem Profil, was darauf schließen lässt, wie er auf diese Idee gekommen ist?«, fragte Ellen.

»Nein. Vielleicht hat ihm jemand im Club davon erzählt oder er hat so eine Szene mit angesehen, die ihn dazu animiert hat. In den Mails findet sich keine Erklärung. Er suchte nur eine Domina für Bestrafung und Unterwerfung. Wir können aber annehmen, dass es durch die Geschichte mit Barbara Seitz hervorgerufen wurde.«

»Seine Frau wird aus allen Wolken fallen, wenn sie es erfährt«, schlussfolgerte Ellen, und dachte an die Verarbeitung ihrer eigenen Probleme.

»Oder sie ist schon ›rausgefallen‹ ... und hat sich an ihm gerächt«, gab Nina zu bedenken.

»Oder es ging schief, als sie ihn auf Art einer Domina bestrafte.«

»Du meinst, Alexandra war die Domina? Hätte ihr Mann sie da nicht erkannt?« Stumpf schenkte sich erneut Kaffee ein.

»Gehörte vielleicht zum Rollenspiel.«

»Und das Wort ›SÜNDER‹?«

»Genau.«

»Mhm.«

»Aber was mir gerade auffällt: Warum hat die geheimnisvolle Domina ihr Gesicht vor der Kamera und vor den Gästen versteckt, wenn sie nur einen ›normalen‹ Job machte?«, überlegte Ellen.

Nina zuckte mit den Schultern. »Diskretion?«

»Oder sie ist die ansässige Schulrätin und es soll keiner von dem delikaten Nebenjob erfahren«, gab Pfeiffer grinsend zu bedenken. »Dann würde das auch mit Ninas gestriger Ausführung mit dem Unfall passen.«

»Und wenn es kein Unfall war? Gemeinsame Sache der Ehefrau mit der Domina?«

»Nina!« Pfeiffers Stimme klang empört. »Meinst du, Alexandra Kovacek hat die Domina engagiert, um ihren Mann zu töten?«

»Warum nicht?«

»Und der Grund?«

»Natürlich Eifersucht, Habsucht, sie ist gekränkt ... such dir was aus. Sie will den Club für sich alleine haben. Oder sie hatte es satt, von ihm so hintergangen zu werden.«

»Dann wäre ich an ihrer Stelle lieber den Blutsauger Sarah Lorenz losgeworden. Außerdem hatte ich den Eindruck, sie würde wirklich um ihren Mann trauern.«

»Wir hatten bereits viele gute Schauspieler hier«, entgegnete Ellen trocken mit einem Seitenblick auf Pfeiffer.

Pfeiffer schluckte. »Mag sein. Aber mein Bauch sagt mir, dass wir Sarah Lorenz nicht aus den Augen lassen sollten. Sie hat ein starkes Motiv und kein Alibi.«

»Meinst du wirklich, das Opfer hätte riskiert, dass sie tratscht?«, fragte Andi.

»Tratschen? Das hätte sie nie getan. Nein! Sie ist eine selbstverliebte und selbstgefällige Kuh, aber mit Sicherheit nicht blöd.« Ninas krasse Einschätzung honorierte Pfeiffer mit hochgezogenen Augenbrauen. Nina ließ sich davon nicht irritieren.

Die Kollegen raunten, bis sich Ellen Gehör verschaffte.

»Mein Bauch sagt ...«

»Jetzt lass den Mist.«

»Nein wieso? Ich find's witzig. Wenn du uns solch eine Steilvorlage gibst, musst du auch damit klarkommen.« Sie erntete von den anderen feixende Gesichter. »Also mein Bauch sagt: Marianne Klein. Am Anfang hielt ich sie für unschuldig. Aber mit der Lüge, kein Verhältnis mit dem Opfer zu haben, hat sie sich auf den ersten Platz katapultiert.«

»Ja, das ist wirklich verdächtig.«

»Was hatte sie eigentlich zu der Domina gesagt?«

»Da war sie schon weg.«

»Also könnte sie es durchaus gewesen sein.«

»Du meinst, sie verabschiedet sich, geht runter, zieht sich um und kommt als Domina wieder?« Andi sah ungläubig in die Runde.

»Sie ist zwar blond, aber nicht mager. Zumal die Schotts von keiner jungen Frau redeten.«

»Vielleicht war sie der Auftraggeber. Daniel wurde von Marianne Klein so manipuliert, dass er sie in dieser Nacht heimschickte. Haben wir ihre Konten überprüft?«

Andi blätterte in einer Akte. »Soweit ich sehe, nein. «

»Holt das nach! Hört euch um, wir müssen diese Domina finden!«

»Haben wir sie, haben wir den Mörder?«

»Vielleicht. Irgendwo müssen wir beginnen. Momentan picken wir eh nur nach Brotkrumen.«

»Na dann auf, damit du endlich was zu essen bekommst.«

29

»Ich bedanke mich recht herzlich bei Ihnen. Ja, ist gut ... ich werd es ihr gleich sagen, Wiederhören.« Nina drückte das Handy aus, kritzelte etwas auf einen Zettel und steckte beides in die Tasche.

Zeitgleich kam Ellen in das Büro gestürmt und setzte sich auf Pfeiffers Stuhl. »Die Kollegen aus Zeitlingen haben gerade angerufen. Marianne Klein ist immer noch nicht zu Hause anzutreffen! Wollen wir Frau Kovacek auf den Zahn fühlen und ein paar Fragen zu ihrer Mitarbeiterin stellen? Vielleicht weiß sie, wo wir die Klein finden können.«

»Gute Idee.« Unbemerkt war Pfeiffer hinzugekommen und lehnte mit verschränkten Armen am Türpfosten. »Erzählt Frau Kovacek aber noch nichts von dem Verhältnis. Solange es nicht definitiv bestätigt ist, möchte ich die Frau nicht unnötig damit beunruhigen. Sie hat jetzt genug Probleme, den Verlust des Mannes zu verkraften.«

»Unser Chef hat ein Herz«, kommentierte Ellen ungewohnt bissig. »Ich warte drüben auf dich, Nina. Hier ist es mir zu stickig.« Ohne Pfeiffer eines Blickes zu würdigen, ging sie hinaus.

Nina spitzte die Lippen, entgegnete aber nichts.

In einer ratlosen Geste breitete Pfeiffer die Arme aus. »Frag nicht. Ich weiß, ich hab alles vermasselt.« Wütend stapfte er in das Zimmer und ließ sich auf den Stuhl fallen.

»Das glaube ich mittlerweile auch.«

»Was soll ich denn tun? Sie blockt total ab, seit sie weiß, dass ich und …«

»Eigentlich ein gutes Zeichen«, überlegte Nina.

»Ein gutes Zeichen wäre, wenn sie mir 'ne Chance gäbe.«

»Mensch, Peter, lass ihr doch Zeit. Sie muss sich jetzt erst klar werden, was sie für dich empfindet. Und dass sie etwas für dich empfindet, ist ja wohl offensichtlich.«

»Das sieht man!« Resigniert lehnte er sich auf dem Stuhl zurück.

»Genau. Sie ist sauer auf dich. Vielleicht sogar eifersüchtig. Hallo? Wenn das nicht positiv ist?«

»Meinst du wirklich?«

»Wenn du ihr egal wärst, könntest du verzweifelt sein, aber so? Gib ihr Zeit und sei nett.« Sie stand auf und nahm ihre Handtasche. »Übrigens, wir werden auch noch mal bei Barbara Seitz vorbeischauen.«

»Das bringt doch nichts mehr. Weigand ist tot!«

Nina sah ihn eindringlich an. »Genau deshalb. Es wird ihr guttun, zu hören, dass er tot ist. Vielleicht spricht sie dann mit uns. Und ich habe wenigstens die Gewissheit, ob ich richtig gelegen habe.«

»Du lässt nie locker. Gut, einverstanden. Würde mich selbst interessieren, ob Weigand der Vergewaltiger war. Und die Wahrscheinlichkeit ist höher, von Barbara Seitz die Wahrheit zu erfahren als von Weigands Frau.«

Auch diesmal ließ sie Barbara Seitz' Nachbar, Erwin Hagenauer, in das Haus. In seinen Augen leuchtete die Hoffnung, interessante Neuigkeiten zu erfahren.

»Ich höre Geräusche, sehr seltsame Geräusche!« Vor Aufregung verhaspelte er sich und schob die abgewetzte Schildkappe auf dem kahlen Schädel hin und her.

»Was hören Sie?«

»Die ganzen Monate war es ruhig, aber seit Ihrem Besuch, quiekt und winselt es und riecht es so seltsam.«

»Scheiße!« Ellen blickte besorgt zu Nina und betätigte die Klingel.

Niemand reagierte.

Abermals drückte sie den Klingelknopf, diesmal länger. Wieder nichts.

»Ob sie sich etwas angetan hat?«

Beunruhigt horchte Nina an der Tür. »Stimmt, hört sich an wie ein Winseln.«

Unbemerkt tat es der Nachbar nach. »Ja! Das sind die seltsamen Laute, die ich meine!«, bestätigte Hagenauer selbstzufrieden.

»Lauschen Sie öfters an den Türen der Nachbarn?«, sagte Ellen voller Abscheu.

»Nein, niemals! Das war das erste Mal! Glauben Sie mir«, verteidigte sich Hagenauer entrüstet. »Das Geräusch war schon so laut, da musste ich nicht lauschen.«

»Was kann passiert sein?«

Nina hämmerte auf die Tür ein. »Barbara, machen Sie auf!«

Keine Reaktion.

Sie sah sich das Schloss an. »Sicherheitsschloss, Mist. Keine Chance ohne Schlüsseldienst.«

»Gibt es im Haus eine zentrale Schließanlage?«, wandte sich Ellen an den alten Herrn.

Hagenauer zuckte mit der Schulter. »Weiß ich nicht. Wir bekommen unsere Schlüssel vom Hausmeister.«

»Hausmeister? Mann, dann holen Sie ihn her!« Ellen verdrehte die Augen.

Minuten später kehrte Hagenauer mit einem bierbäuchigen Mitfünfziger zurück.

»Können Sie sich ausweisen?« Demonstrativ stellte er sich vor sie hin.

»Was?«

»Da könnte ja jeder behaupten, er ist von der Polizei und ich hab dann den Ärger.«

»Jetzt machen Sie schon – Ärger bekommen Sie garantiert, wenn da drin was passiert ist. Unterlassene Hilfeleistung wäre zum Beispiel ein Punkt!«

»Mag sein, aber ich hab auch meine Vorschriften.«

Nina hielt ihm den Dienstausweis unter die Nase und zerrte ihn vor die Tür. Der Hausmeister öffnete die Tür.

»Danke, Sie können jetzt beide gehen!«

Vorsichtig drückten die Kommissarinnen die Tür auf. Nur ein kleiner Lichtspalt aus dem Wohnzimmer fiel in den dunklen Flur. Ein beißender Duft schlug ihnen entgegen und sie verzogen angewidert die Gesichter.

Langsam tasteten sie sich vorwärts. Plötzlich raschelte es. Erschrocken fuhr Nina auf.

»Das war ich«, flüsterte Ellen. »Ich bin gegen einen ... Müllsack getreten.«

Erneut hörten sie ein ungewöhnliches schrilles Jaulen, als würde jemand einen Hund quälen.

»Verdammt, was ist das nur?«, raunte Nina.

Ellen zog ratlos die Schultern hoch.

Behutsam drückte Nina die Wohnzimmertür auf und entspannte sich.

Mitten im Zimmer stand Barbara Seitz, ein Kopftuch à la Trümmerfrau von 1945 umgebunden, die Kopfhörer-Stöpsel des Handys steckten in den Ohren und mit einem umgedrehten Wischmopp in der Hand, den sie als Mikrofon benutzte. Aus ihrem Mund kamen gerade die jaulenden Töne, die sie vernommen hatten.

Barbara Seitz wirbelte um die eigene Achse und ließ schreiend den Mopp fallen.

Ellen nahm die Arme entschuldigend hoch. »Sorry, wir wollten Sie nicht erschrecken.«

Barbara Seitz riss sich die Ohrstöpsel heraus. »Was soll der Scheiß? Sind Sie verrückt, einfach so reinzukommen? Das ist Hausfriedensbruch!«

›We are the Champions‹, tönte es aus den Kopfhörern.

»Mein Gott ›Queen‹ – da wäre ich niemals draufgekommen!«, entfuhr es Nina.

»Na und? Ich habe Sie was gefragt!«

»Ich wollte Ihnen eine Telefonnummer vorbeibringen.« Nina merkte selbst, wie lächerlich die Antwort klang.

»Hier in meiner Wohnung, meine ich!«

Ellen reagierte schneller: »Wir haben uns Sorgen um Sie gemacht.«

»Sorgen? Deswegen dringen Sie in fremde Wohnungen ein?«

»Gefahr in Verzug, ja. Wir haben geklingelt, und als Sie nicht öffneten, hörten wir ein Wimmern wie von einem Verletzten. Dazu noch der Chemiegestank.«

»Oh.« Barbara verzog den Mund. »Putzen macht mit Musik mehr Spaß und ich wollte die Nachbarn nicht stören.«

»Es freut uns, dass es Ihnen besser geht.«

»Was heißt ›besser‹? Ich habe nur aufgeräumt und geputzt. Ich sehe sogar wieder den Fußboden.« Stolz trat sie an das geöffnete Fenster und blickte auf das saubere Wohnzimmer. »Der beißende Geruch kommt von dem Teppichreinigungsmittel. Da habe ich es wohl zu gut mit der Dosierung gemeint.« Sie legte den Kopf schräg. »Ich hoffe, er verflüchtigt sich bald.«

»Und Sie haben sogar dekoriert.« Anerkennend nickend deutete Nina auf den Strauß Blumen auf dem Tisch. Zudem standen einige Familienbilder entstaubt auf dem Sideboard. »Schön, so eine Familie zu haben.« Nina betrachtete die Fotos, die einen Auszug aus einer scheinbar glücklichen Kindheit zeigten. Doch die Frau auf einem Teil der Bilder war nach Ninas Einschätzung zu alt, um Barbaras Mutter sein zu können.

»Sind Sie bei den Großeltern aufgewachsen?«

Barbara nickte. »Mutter starb, als ich klein war.«

»Das tut mir sehr leid. Deshalb hatten Sie auch keine Unterstützung? Und Ihr Vater?«

»Unbekannt. Er hat meine Mutter sitzen lassen, noch bevor ich auf die Welt kam. Das hat sie nie verkraftet.« Für einen Moment flackerte Trauer in Barbaras Augen auf und erlosch. »Aber ich hab ja Sie kennengelernt …«

Nina lächelte. »Das freut uns.« Tröstend berührte sie Barbaras Arm. »Das wird wieder. Sie haben den ersten Schritt getan, Sie leben nun menschlich. Und Ihre Seele bekommt nun auch Hilfe.« Sie holte den Zettel aus der Tasche und reichte ihn der jungen Frau. »Hier habe ich für Sie die Telefonnummer einer sehr guten Therapeutin. Ich habe bereits mit ihr gesprochen; wenn Sie möchten, können Sie heute noch einen Termin vereinbaren.«

»Sie sind echt nett, wissen Sie das?« Barbara Seitz' Augen glitzerten feucht.

»Das machen wir gerne.« Ellen ging zum Sofa. Ein grauer Plüschteddy nahm die Ecke des Sofas ein und grinste vor sich hin. »Das nenne ich mal ein Plüschtier.«

Barbara kicherte und wischte sich die Augen. »Das ist Freddy, war ein Geschenk. Wollen Sie eine Tasse Kaffee? Ich möchte mich revanchieren.«

»Danke gerne.«

Im Flur fiel Barbara über die Müllsäcke. »Verdammt! Die muss ich auch noch runter bringen.«

Dann zeigte sie ihnen stolz das saubere Schlafzimmer, in dem es nach frischer Wäsche duftete. »Gott sei Dank ist hier kein Teppichboden. Sonst müsste ich die Wohnung evakuieren.«

Das Bett war frisch bezogen, im Schrank stapelte sich die frisch gewaschene Wäsche. Dann gingen sie in die Küche und Barbara setzte den Kaffee auf. Auch dort blitze alles vor Sauberkeit.

Nachdem der Kaffee eingeschenkt war, nahmen sie wieder im Wohnzimmer Platz. Nina rührte gedankenverloren in der Tasse. »Ich habe Ihnen doch bei unserem ersten Besuch ein Foto gezeigt.«

Barbara senkte die Lider.

»Ich wollte Ihnen nur sagen, dass der mit der Brille, den ich Ihnen als Letztes gezeigt habe, heute Morgen tot aufgefunden wurde.«

Barbara Seitz ließ die Tasse sinken und schaute fassungslos von einer zur anderen. »Sie glauben doch nicht, ich habe was damit zu tun … ach, daher weht der Wind! Sie wollen es mir anhängen!«

Ellen atmete tief ein. »Nein, Frau Seitz, wir ermitteln nur in alle Richtungen.«

»Und da fangen Sie bei mir an?«

»Wo waren Sie heute Nacht?«, fragte Nina.

»Ich fasse es nicht!« Sie stellte die Tasse mit solch einem Schwung ab, dass sie überschwappte.

»Warum regen Sie sich auf, wenn Sie unschuldig sind?«

»Weil es so typisch ist! Ich bin das Opfer und jetzt machen Sie mich zum Täter? Was wollen Sie hören? Dass es mir leidtut? Dass ich der Mörder bin?« Sie sprang von dem Sessel auf.

»Frau Seitz, beruhigen Sie sich doch. Wir müssen jedes Alibi überprüfen.«

»Ich habe aber keins!« Tränen liefen über Barbaras Wangen. »Ich habe bis spät in die Nacht die Wohnung und meinen Kleiderschrank auf Vordermann gebracht. Es kann niemand bezeugen!«

»Ich glaube, der Zustand Ihrer Wohnung ist Bestätigung genug.«

»Wie?« Barbara stutzte. »So einfach?«

»Ja. Sie standen nie unter Verdacht.«

»Aber ...«

»Sie waren fleißig gewesen. Es freut uns für Sie, dass Sie den Absprung geschafft haben.«

Barbara wischte die Tränen aus dem Gesicht. »Das verdanke ich Ihnen.« Erleichtert setzte sie sich und nahm erneut die Tasse.

»Nein, Sie verdanken es sich selbst! Sie sind eine Kämpfernatur und haben erkannt, dass es so nicht weitergehen konnte. Es war Zufall, dass wir gerade da waren.«

»Zufall und Glück liegen nah beieinander.« Barbara lächelte dankbar.

»Es gibt viele Fügungen.«

Barbara Seitz schaute gespannt. »Was wollen Sie mir damit sagen?«

»Wir möchten Sie bitten, uns die Wahrheit zu sagen.«

Der Griff um die Tasse verstärkte sich, wobei die weißen Knöchel hervortraten.

»Er ist jetzt tot, Sie haben nichts mehr zu befürchten. Nur für unsere weiteren Ermittlungen ist es von größter Wichtigkeit, zu erfahren, ob er wirklich Ihr Peiniger war.«

Barbara schluckte und strich sich fahrig über den Mund.

»Wir dachten, wenn Sie hören, dass er tot ist, hilft es Ihnen, mit der Sache abzuschließen.« Erwartungsvoll blickte Ellen Barbara an. Sie hoffte inständig, die richtigen Worte gefunden zu haben.

An Barbaras Mienenspiel erkannte Ellen, wie sie alle Möglichkeiten abwog.

Barbara nippte am Kaffee, leckte und kaute an der Lippe. Schließlich stellte sie die Tasse auf den Tisch. »Okay, Sie haben gewonnen.«

Ellen schaute zu Nina, die wie für ein Stoßgebet die Augen schloss.

Barbara Seitz holte tief Luft. »Sie hatten recht, es war dieser Mann.«

Eine Etage tiefer klingelten Ellen und Nina beim Nachbarn. Wissbegierig dreinblickend öffnete Hagenauer die Tür.

»Wir wollten Ihnen Bescheid sagen, dass mit Frau Seitz alles in Ordnung ist.«

»Da bin ich aber froh. Und was waren das für seltsame Laute?«

»Missglückte Gesangsdarbietungen. Die werden in Zukunft ausbleiben, dafür haben Sie lautere Musik.«

»Wie bitte?«

»Nicht jeder ist eine Helene Fischer.« Nina amüsierte sich über das verdutzte Gesicht des Mannes.

»Eine Frage noch.« Ellen holte ihn aus den Überlegungen heraus, »Hörten Sie gestern Abend auch diese Geräusche aus der Wohnung über Ihnen?«

»Hah! Gestern Abend! Gestern Morgen! Die ganzen letzten zwei Tage … entsetzlich!«

»Danke. Sie haben uns sehr geholfen.«

Der Weg zurück nach Zeitlingen zog sich im Nachmittagsverkehr hin. Mit fünfundsechzig Stundenkilometern zuckelten sie in langer Schlange einem LKW hinterher. Keine Chance zum Überholen.

Ellen beobachtete Nina, die aus dem Fenster starrte. »Jetzt hat deine Seele hoffentlich Ruhe.«

Nina schwieg.

»Was ist?«

»Nichts!«

»Ich habe eine pubertierende Tochter – den Ausdruck von ›Nichts‹ und den Tonfall kenn ich. Raus damit: Was ist los?«

Nina rutschte auf dem Sitz umher. »Ich habe das Gefühl, wir haben etwas Wichtiges übersehen.«

30

Kriminalhauptkommissar Pfeiffer saß grübelnd an dem überladenen Schreibtisch. Nicht nur alte Akten blockierten den Platz, nein, nun kamen auch die Berichte zum Mordfall Kovacek dazu. Eigentlich wollte er die Protokolle der Zeugen zum zigsten Male durchlesen, doch stattdessen starrte er die Wand an. Wie konnte er am besten die Verbindung zu Rita beenden, ohne dass es sich auf das Arbeitsverhältnis auswirkte?

Er hatte immer Affären mit Kollegen verurteilt, doch als Rita ihm Interesse signalisierte, warf er alle Bedenken über den Haufen. Im Gegenteil, gestand er sich nun ein, das Versteckspiel unter den Augen der Kollegen brachte einen zusätzlichen Reiz.

War es bei Ellen das Gleiche? Nein, widersprach er im Stillen. Mit Ellen war es anderes. Mit ihr verband ihn seit vielen Jahren eine tolle Freundschaft. Mit ihr wollte er eine Beziehung. Eine richtige Partnerschaft.

Ein Klopfen an der Tür riss ihn aus den Überlegungen.

»Störe ich?« Dienststellenleiter Alfred Baumann betrat schweren Schrittes das Büro. »Wie laufen die Ermittlungen?«

Resigniert warf Pfeiffer den Stift auf den Schreibtisch. »Wir tragen Puzzleteil für Puzzleteil zusammen. Alles ist mühsam. Außerordentlich mühsam. Sämtliche Fakten hängen auf irgendeine Art zusammen, aber uns fehlt das Bindeglied.«

Alfred Baumann machte es sich mehr oder weniger auf Ninas Bürostuhl gemütlich. Mit seiner beachtlichen Größe war es eine beispielhafte Leistung, auf den Schreibtischstühlen der durchschnittlich großen Menschen Halt zu finden.

»Du siehst müde aus. Schlaf dich mal richtig aus.«

Baumann verstellte die Höhe und rollte zum Schreibtisch. »Dann benimm dich auch so, dass ich Schlaf finde.«

Aha – die Pressekonferenz. »Wie lief sie?«, fragte er, obwohl er die Antwort ahnte. Wie Geier lauerten die Sensationshascher darauf, dass ihnen Fehler unterliefen und sie die Polizei in ihren Schmierblätter zerfetzen konnten.

»Seit deinem Angriff am Montag auf Graf von Weiden sind die Fronten angespannter denn je. Das war nicht klug von dir. Gar nicht klug.«

Pfeiffer tat den Vorwurf mit einer lapidaren Handbewegung ab. »Das kennst du doch: Ein Gramm Pleite stinkt mehr als ein Kilo Erfolg. Würden sie mit der gleichen Inbrunst über die gelösten Fälle schreiben …«

»Ach, die machen auch nur ihren Job und der heißt wie überall: Quoten! Quoten! Quoten! Es ist die Gesellschaft, die sich an den negativen Details aufgeilt und die wird eben bedient. Also, reiß dich am Riemen und liefere ihnen keine zusätzliche Munition. Wie überall auf der Welt leben wir in Symbiose mit denen. Die brauchen uns und wir die …«

»Jetzt komm mir nicht esoterisch. Menschen in Gefahr bringen und den Schuldigen zur Flucht verhelfen! Toller Job!« Pfeiffer hielt es nicht mehr auf dem Drehstuhl und er lief im Zimmer auf und ab. In ihm kochte es, wenn er an den flüchtigen Täter von damals dachte. »Aus meinen Fällen haben die sich herauszuhalten …«

Pfeiffers Telefon läutete. »Pfeiffer … Moment, Baumann ist hier. Ich stelle auf laut.«

»Hallo, Herr Baumann«, tönte Ninas Stimme aus dem Lautsprecher. »Wir waren gerade bei Barbara Seitz. Sie hat bestätigt, dass Weigand der Vergewaltiger war. Allerdings …« für Sekunden waren nur Motorengeräusche und das gleichförmige Klicken eines Blinkers zu hören.

»Ja? Was ist los, Nina?«

»Na ja, ich … wir fragen uns, wie Weigand das trotz der ärztlich attestierten Impotenz geschafft hat.«

Pfeiffer seufzte. »Vielleicht mit Viagra?«

»Möglich«, mischte sich Baumann ein. »Aber ob die bei so einem psychischen Stress wirkt? Ich meine, es gehört eine gewisse Erregung dazu, die Viagra unterstützt. Doch ein Restrisiko bleibt, dass es unter Druck nichts bringt.«

»Du scheinst dich ja damit auszukennen«, stellte Pfeiffer fest.

»Ähm … nun ja … also.« Baumanns Gesicht verfärbte sich. »Natürlich keine eigenen Erfahrungen«, stellte er klar. »Habe ich alles im Zuge von Ermittlungen in einem anderen Fall mitbekommen.« Er räusperte sich. »Ich wollte damit nur deutlich machen, dass Weigand im Falle eines sexuellen Versagens Frau Seitz als Zeugin seines Unvermögens wahrscheinlich getötet hätte …«

»Stimmt.«

»Dann können wir noch von Glück reden, dass er sie nur …«

»Ja, so absurd es auch klingt.«

»Die Frage bleibt also: Wie hat Weigand es angestellt, dass sein bestes Stück zuverlässig bei dem perfiden Plan funktioniert?«, resümierte Ellen.

»Denke, das ist jetzt erst einmal zweit- oder gar drittrangig. Wir haben einen nichtgemeldeten Vergewaltigungsfall aufgeklärt. Punkt. Jetzt bleiben noch der Mord an Kovacek und die ungeklärte Todesursache von Weigand.« Pfeiffer massierte sich die Schläfen. »Wart ihr schon bei der Witwe?«

»Wir sind gerade auf dem Weg dahin.«

»Okay.«

»Auf jeden Fall gute Arbeit, meine Damen«, lobte Baumann zum Schluss. Er erhob sich.

Pfeiffer legte auf.

»Im Übrigen, was läuft da zwischen dir und Ellen Müller?«

Pfeiffer schluckte. »Da läuft nichts.«

Baumann nickte. »Ja, das merke ich. Dann klärt mal das, was da nicht läuft. Und zwar schnell.«

31

Ellen und Nina kamen überein, Alexandra Kovacek nicht auf die Vergewaltigung von Barbara Seitz und den Täter anzusprechen. Stattdessen wollten sie noch einmal die Version der Witwe über die Geschehnisse im Club auf Schwachstellen abklopfen.

Im Vorgarten ratterte die Sprinkleranlage, und sie mussten die Lücken abpassen, um trocken an die Haustür zu gelangen.

Nach der Begrüßung kam Ellen sofort zum Thema. »Frau Kovacek, wie ist Ihr Verhältnis zu Marianne Klein?«

»Gut. Warum möchten Sie das wissen?«

»Wir können sie nicht finden und haben noch Fragen an die Zeugin.«

»Ach so.« Erleichterung zeichnete sich auf dem Gesicht ab.

»Was hatten Sie gedacht?«, hakte Nina nach.

Verlegen strich Alexandra Kovacek über die Hose. »Nichts Besonderes.«

»Da sprach Ihre Erleichterung aber etwas anderes.«

»Man macht sich so seine Gedanken. Darf ich das nicht?«, schob Alexandra Kovacek nach.

»Und die wären?« Die schwarze Katze strich an Ellens Hosenbeinen entlang.

»Komm.« Alexandra Kovacek hob die Katze auf den Schoß. »Ach, ich weiß nicht ...«

»Frau Kovacek«, Ninas Stimme klang nun kalt. »Sie halten ständig Informationen zurück. Sie machen sich damit verdächtig.«

»Verdächtig? Sie verdächtigen mich, meinen Mann getötet zu haben? Das ist absurd!«

»Sie nennen es absurd? Sie haben ein Motiv ... wenn man's recht nimmt, sogar drei. Und sie haben kein Alibi. Es liegt bei Ihnen, uns vom Gegenteil zu überzeugen. Also?«

Angst flackerte in den Augen auf. »Aber ich habe ihn nicht getötet.«

»Überzeugen Sie uns.«

»Wie?« Alexandra Kovaceks Finger zeichneten Muster auf dem Fell der Katze. »Sie sind doch bereits überzeugt, dass ich es war.«

»Sie haben noch eine Chance.«

Sie schlug die Lider nieder. »Die Angestellten erzählten, Marianne wäre in Daniel verliebt. Ich hatte Angst, sie könne etwas damit ...« Sie hielt inne. »Das scheint Sie nicht zu überraschen?«

»Erzählen Sie uns was Neues. Zum Beispiel, wie Sie sich fühlten, als Sie davon hörten.«

»Wie sollte ich mich fühlen? Marianne ist hübsch, nett und aufgeweckt. Aber sie war keine Bedrohung für mich oder unsere Beziehung.«

»Sie vergessen die Jugend.«

»Oh, ich weiß, was Sie denken! Da muss ich Sie enttäuschen, das Alter war nie ein Thema zwischen uns. Daniel konnte mit jungen Frauen nichts anfangen. Wir waren glücklich, so wie es war.«

»Was macht Sie so sicher? Ihr Mann wurde als sehr charmant und aufmerksam beschrieben. Ein Frauentyp.«

»Sie haben ihn nicht gekannt. Ja, er war ein Pfiffikus, wie man so schön sagt, ein Mr. Charmant. Ideal für das, was wir hier machten. Es machte ihm Spaß, mit den Damen zu flirten. Ihnen das Gefühl zu geben, begehrt zu werden. Er schenkte ihnen Aufmerksamkeit, wo sie keine mehr erwarteten – mehr aber auch nicht. Da hatten wir eine Abmachung.

Außerdem hatten wir ein erfülltes Sexleben. Es gab keinen Grund, mich zu betrügen. Wenn wir Lust auf fremde Haut verspürten, sind wir in einen anderen Club gefahren. Längere Zeit ...«, Alexandra Kovacek brach ab.

»Ja?«

»Längere Zeit waren wir mit einem anderen Paar zusammen.«

»Zusammen?«, fragte Nina.

»Ja.«

»Was meinen Sie damit?«

»Wir haben nur mit ihnen getauscht. Wir haben gemeinsam die Wochenenden verbracht, sind zusammen in den Urlaub gefahren und vieles mehr. Das war natürlich lange vor unserer Zeit als Clubbetreiber. Also, warum sollte ich wegen Marianne Bedenken haben?«

»Da gibt es genügend Gründe. Einer der stärksten dürften wohl Gefühle sein. Frau Klein hat eng mit Ihrem Mann zusammengearbeitet, und wenn schon die Kollegen die Schwärmerei mitbekamen, warum sollte es ihm verborgen bleiben?«

»Sie wollen mich nicht verstehen!« Alexandra Kovacek schüttelte den Kopf. »Sie war nicht sein Typ!«

»Warum hat sich Frau Klein krankgemeldet und ist nicht erreichbar?«

»Woher soll ich das wissen?«

»Sie kennen Ihre Mitarbeiterin besser als wir. Stellen Sie Vermutungen an«, forderte Ellen sie auf.

»Wenn sie ihn geliebt hat, wird sie um ihn trauern – wie ich«, fügte sie im vorwurfsvollen Ton hinzu.

»Ach …«

»Ich habe nicht abgestritten, dass sie ihn geliebt haben könnte.«

Nina atmete durch. Ja, das stimmte. So kamen sie hier nicht weiter. »Und wohin würde sie gehen?«

»Zu einer Freundin vielleicht. Oder zu ihrer Schwester.«

»Kennen Sie Namen? Adressen?«

»Nein. Die Schwester wohnt nicht im Ort. Sie heißt Anja. Oder Anette? Aber der Nachname? Keine Ahnung. Sie zog nach der Hochzeit fort. Tut mir leid, mehr weiß ich nicht«

»Das geht schon in Ordnung. Danke, dass Sie Zeit für uns hatten.«

»Natürlich. Wenn Sie mich jetzt entschuldigen, ich habe einen Termin beim Bestattungsinstitut, bevor ich mich mit Ihrem Kollegen treffe und den Club aufmache.«

»Und? Bist du aufgeregt?« Georg Finte traf Peter Pfeiffer im Flur vor dem Kaffeeautomaten.

»Warum sollte ich?« Pfeiffer drückte die Taste.

Ein Becher wurde ausgeworfen und das Mahlwerk ratterte.

»Na, heute ist doch dein erster Arbeitstag im Club.«

»Ach, hör mir auf. Heute werden die Gäste sehen wollen, wie dem neuen Barkeeper der Mixbecher um die Ohren fliegt und explodiert.«

»Du wirst das hinkriegen.« Finte klopfte ihm freundschaftlich auf die Schulter. »Ich pass auf dich auf. Ich bin heute mit Klinge im Ü-Wagen.«

»Das beruhigt mich ungemein.«

»Und wenn dir die hübschen Damen an die Wäsche gehen, rufst du. Ich komme zu Hilfe und nehme dir eine ab.« Lachend ging Finte in sein Büro zurück und ließ Pfeiffer auf dem Flur stehen.

»Witzbold«, brummte Pfeiffer, nahm den Pappbecher mit Cappuccino und folgte ihm, um mit den Kollegen die nächsten Aufgaben zu besprechen.

32

Der Tag schritt schneller voran, als es Pfeiffer lieb war. Heute öffnete der Club bereits um fünfzehn Uhr die Pforte. Er sollte um vierzehn Uhr erscheinen, damit Alexandra Kovacek ihn noch einweisen konnte.

Kaum parkte der Kommissar den Dienstwagen hinter dem Club, hielt Alexandra Kovaceks schwarz-weißer Mini Cooper neben ihm.

Er öffnete die Autotür und reichte ihr die Hand. »Danke, dass Sie das ermöglichen.«

Sie lächelte traurig. »Das bin ich Daniel schuldig.« Ihre schlanken Beine steckten in einer engen schwarzen Lederhose. Dazu trug sie Businessbluse und eine lange Perlenkette. Die rote Lockenmähne hatte sie zu einer Hochsteckfrisur mit einem schwarzen Satinband gebändigt.

Sie schritten über den Kies zum Eingang. Bei Tageslicht war das Gebäude imposanter, als Pfeiffer es in Erinnerung hatte. Er schob es auf den neuen Wintergarten und die angebauten Türmchen.

Pfeiffer sah zur Kamera über der Tür. Eine rot leuchtende Diode zeigte die Funktionstüchtigkeit an. Die Polizeitechniker hatten sie also wieder angeschlossen. Später würden sie die Aufnahmen auswerten. Pfeiffer grinste in die Linse und winkte.

Plötzlich stellten sich ihm die Nackenhaare auf. Ein sicheres Indiz, dass er auf der Hut sein musste.

Alexandra Kovacek schloss die Tür auf und schaltete das Licht ein. »Nach dem Überfall war es das Erste, was Daniel ändern ließ«, erklärte sie, ohne dass Pfeiffer ein Wort gesagt hatte.

Pfeiffer starrte auf eine Stelle neben der Rezeption. »Haben Sie hier Frau Seitz gefunden?«

»Ja. All das Blut ...« Alexandra Kovaceks Stimme klang gebrochen. »Barbara wollte noch zur Tür.« Sie strich sich über die Stirn, als könne sie damit die Erinnerung wegwischen.

»Sie hätten sich durchsetzen und es der Polizei melden sollen«, sagte Pfeiffer. »Der Club hätte einen Skandal verkraftet.«

»Wir haben alles für Barbara getan.«

»Alles, nur keine Gerechtigkeit für sie. Keine Genugtuung durch eine Verurteilung des Täters.«

»Nein, das nicht.« Resigniert ließ sie die Schulter hängen. »Kommen Sie jetzt?«, erkundigte Alexandra sich nach kurzer Pause. »Ich muss Ihnen noch alles zeigen, damit für heute nichts schief geht.«

»Natürlich.« Schnell ließ Pfeiffer den Themenwechsel zu. Moralisch und vom Gesetz her verurteilte er die Entscheidung der Kovaceks. Die Frau bereute es und war genug gestraft. Er würde nicht noch Salz in die Wunde streuen.

»Wir haben seit einiger Zeit auch einen Zweiteingang. Darüber liefert der Catering Service, wenn ich zusätzliche Speisen bestellt habe. An den anstehenden Gästen entlang das Essen zu bringen, fanden wir nicht passend. Ich gebe Ihnen dafür einen Schlüssel, dann können Ihre Leute jederzeit rein, falls Sie Hilfe benötigen.«

Pfeiffer nahm den dargebotenen Schlüssel entgegen und steckte ihn in die Hosentasche. »Das ist eine gute Idee. Ist er auch für das Personal?«

»Ja. Daniel wollte, dass sich so was wie mit Barbara niemals wiederholt.«

»Wenigstens haben Sie daraus gelernt.«

Alexandra sah ihm in die Augen. »Wissen Sie, was Vorwürfe sind? Wie es ist, wenn Sie sich jeden Tag wünschen, die Zeit zurückdrehen zu können? Und jede Nacht die Erkenntnis, dass sie nichts ungeschehen machen können. Sie für den Rest Ihres Lebens mit der eigenen Schuld und dem verursachten Leid der anderen leben müssen? – Ich schlucke seitdem starke Antidepressiva.«

»Und wie ging Ihr Mann damit um?«

»Er ... er fand seinen eigenen Weg.«

»Psychischer Masochismus – er wollte für sein Versagen leiden, Buße tun.«

Alexandra Kovacek nickte.

»Meine Depressionen verstärkten noch seine Schuldgefühle. Er brauchte ein Ventil für diesen Druck. Ich konnte ihm nicht helfen. Ich kann niemandem Schmerzen und Demütigungen zufügen. Schon gar nicht dem Mann, den ich liebe. Und erst recht nicht in meinem Zustand.«

Pfeiffer hielt die Luft an. Genau das hatte er auch gespürt. Ich will meine Partnerin lieben und beschützen, und nicht in irgendeiner Weise verletzen. Seine Seele würde zerbrechen, wenn er das Verhältnis mit Rita fortführte.

Unvermittelt brach Alexandra Kovacek in Tränen aus. »Hätte ich mich doch nur überwunden ...«

Pfeiffer reichte ihr ein Taschentuch. »Dann würde er noch leben«, vollendete er den Satz. »Meinen Sie das?«

Sie tupfte sich vorsichtig die Tränen ab und nickte.

»Sie wären daran zugrunde gegangen und der Mörder hätte einen anderen Weg gefunden.«

»Das können Sie nicht wissen. Aber trotzdem ... Danke.«

»After-Work-Relax-Time ... Entspannen, saunieren, massieren«, las Pfeiffer das heutige Programm von einem

Plakat ab. »Na, das hört sich nach einem ruhigen Abend an.«

»Das glauben nur Sie.« Alexandra Kovacek hatte sich wieder gefasst und den PC an der Rezeption hochgefahren. Sie öffnete den Reservierungsplaner. »Zwanzig Paare haben sich angemeldet, dazu noch sechs Herren und vier Damen. Und einige Leute werden erfahrungsgemäß ohne Anmeldung kommen. Na, dann muss ich noch Essen nachbestellen.«

»Ich dachte, Sie bereiten das Essen hier zu.«

»Normalerweise ja, aber …« Sie zog die Augenbrauen hoch.

Pfeiffer verstand.

»Außerdem wäre noch geschlossen gewesen. Selbst dem Masseur habe ich für heute abgesagt. Er ist mit der Freundin nach Tunesien geflogen.«

»Und dennoch so viele Gäste?«

»Neugierde, Sensationsgier? Es sind ein paar Stammgäste darunter. Aber die meisten kommen, um mitreden zu können. Im Netz brodelt die Gerüchteküche.«

Sie gingen in den Loungebereich mit der gewaltigen Bar. Heute sah ihn Pfeiffer mit anderen Augen. Das Licht war gedimmt und der Raum strahlte eine gemütliche Wärme aus. Er hatte gleich zu Beginn den Eindruck, zu entspannen.

Alexandra Kovacek stellte die Musikanlage an und gediegene Loungemelodien erklangen.

Dem Weinen nahe, erneuerte sie die heruntergebrannten Kerzen am großen Leuchter auf der Theke. Dann zündete sie die Dochte an und reichte Pfeiffer das Feuerzeug. »Die sollten nach Möglichkeit nicht unbeaufsichtigt brennen.«

Sie erklärte Pfeiffer die Bedienung des High-Tech-Kaffeeautomaten und zeigte ihm die Zapfanlage und wo die Getränke standen. »Sollte das hier nicht reichen, steht unten im Technikraum noch ein großer Kühlschrank mit Getränken.«

»Technikraum?«

»Die Treppe runter und dann links. Da passt der Schlüssel ebenfalls. Für Daniel ist er das Herz des Clubs: Elektrik, Heizung, Wasser, Lüftung – das ist ...«, sie stockte und sprach traurig weiter, »war Daniels ganzer Stolz.« Sie blinzelte die Tränen weg, konzentrierte sich auf die Getränkekarte und erklärte, welche Gläser für welche Getränke vorgesehen waren.

Danach führte Alexandra ihn durch die oberen Etagen. Außer dem Tatort hatte Pfeiffer am Montag keine der anderen Räumlichkeiten betreten und war von der Weitläufigkeit überrascht. Verschiedene Themenbereiche reihten sich aneinander. Angefangen von den abschließbaren Zimmern bis hin zu dem Paarbereich oder den gemütlichen Nischen des offenen Bereichs.

Als sie ihm alle Zimmer gezeigt hatte, fiel ihr ein, dass noch die Sauna anzustellen sei. Sie gingen ein weiteres Stockwerk hinauf und gelangten in einen Bereich, der den Gast in Urlaubsstimmung versetzte.

»Das ist ja schöner als in mancher Therme«, stellte Pfeiffer fest und schaute sich bewundernd im Saunabereich um. Mediterrane Wandmosaike harmonierten mit gemütlichen Sitzmöbeln. Rechts befand sich eine große Aufgusssauna, in der gut fünfzehn Personen Platz fanden, links eine Biosauna. Zehn Liegen standen inmitten von Zitruspflanzen, Lorbeerbäumchen, Minizypressen und Zistrosen im Wintergarten. Im Zentrum stand ein Liebespaar in Funktion eines Springbrunnens. Wasser plätscherte aus einer nicht zu erkennenden Öffnung. Solche Skulpturen standen auch im Garten der Kovaceks. Pfeiffer überraschte sowohl Ausmaß als auch die exquisite Ausstattung des Clubs.

»Was haben Sie erwartet?«, entgegnete Alexandra Kovacek amüsiert. »Eine rote Plüschhölle und schäbige Zimmer wie in Absteigen? Es gibt solche Clubs. Aber damit wären wir nicht so erfolgreich gewesen. In unserem Club sollte für jedermann etwas dabei sein. Saunagänger fühlen sich bei uns genauso wohl wie Party-People.«

»Können die Leute von der Straße nicht reinschauen?«

»Die Scheiben sind verspiegelt. Erst ab einer gewissen Helligkeit der Innenbeleuchtung kann man etwas von außen erkennen. Und eine Festbeleuchtung passt nicht zur Entspannung. Also haben wir kein Problem damit.«

Ein Läuten unterbrach sie.

»Da ist aber einer pünktlich«, bemerkte Pfeiffer nach einem Blick auf die Uhr, die exakt fünfzehn Uhr zeigte.

Alexandra eilte nach unten und ließ die ersten Gäste ein. Pfeiffer verbuchte das Eintrittsgeld und übergab die Spindschlüssel. Dann überließ Alexandra ihn ›seinem Schicksal‹, wie sie es nannte. Sie flüchtete in die Küche, um den sowohl mitleidigen als auch neugierigen Beileidsbekundungen zu entgehen.

»Ah, ein neues Gesicht«, wurde er von den eintreffenden Gästen begrüßt, was hier und da zu einem netten Plausch führte.

Ein Pärchen fragte Pfeiffer, ob er ihnen den Club zeigen könnte. Sie seien zum ersten Mal hier, raunte ihm der Mann verlegen zu.

›Ich auch‹, dachte Pfeiffer und sah sich hilfesuchend um. Er konnte den Platz nicht verlassen und Miriam war noch nicht da.

»Würdet ihr euch auch unserer Führung überlassen?«, mischte sich ein muskulöser Mann mit der Frisur einer explodierten Drahtbürste ein. Die Hand lag auf der Hüfte einer attraktiven Dreißigjährigen. »Wir sind Stammgäste hier im besten Club weit und breit. Ach was, in diesem Teil von Deutschland«, behauptete er und flirtete bereits mit Blicken mit der neuen Dame.

Das Paar war einverstanden und Pfeiffer traf sie erst später wieder an der Bar.

Er gestand sich ein, dass ihm die Aufgabe Spaß machte. Es war stressig, zwischen Rezeption und Bar hin und her zu flitzen, solange Miriam noch nicht da war. Doch die zahlreiche positive Resonanz gefiel ihm. Als Polizist war er ständigen Anfeindungen und Diskrepanzen, Trauer und Tod ausgesetzt.

Wie auf Stichwort betrat SIE den Club. Dabei hatte der Abend so schön angefangen.

Pfeiffer atmete tief durch. »Guten Abend, Frau Lorenz.«

Sie trug keine Trauerkleidung. Nichts zeugte von dem angeblich großen Schmerz, einen Freund verloren zu haben. Sie schien befreit, regelrecht erleichtert zu sein. Ihr Gang, die Haltung und der Blick ließen die Unterwürfigkeit vom Montag vermissen, als sie sich selbst als Wasserträgerin bezeichnete.

»Was machen Sie hier?«

Er legte den Zeigefinger auf den Mund.

»Nein, ich fasse es nicht! Wie aufregend! Er ist undercover.«

»Seien Sie ruhig, Sie ruinieren sonst alles«, zischte er.

Die Augen sprühten Funken vor Belustigung. »Keine Angst, ich verrat Sie nicht.« Dann musterte sie ihn. »Ich muss schon sagen, die Barkeeperschürze steht Ihnen ausgezeichnet zu Gesicht.«

Pfeiffer unterdrückte den Impuls, auf Konfrontation zu gehen. Ein Drang, den er immer in der Gegenwart der Erpresserin verspürte.

»Danke für das Kompliment, Frau Lorenz«, zwang er sich zu einem charmanten Ton. Vielleicht kam er in der entspannten Atmosphäre des Clubs und mit Freundlichkeit bei ihr weiter.

Er sah, wie an der Bar zunehmend Gäste ungeduldig auf Getränke warteten.

»Sie entschuldigen? Die Pflicht ruft.«

»Nur zu! Ich will nicht schuld sein, wenn Sie ein schlechtes Arbeitszeugnis ausgestellt bekommen.«

Pfeiffer schluckte eine passende Antwort herunter. Stattdessen fragte er: »Darf ich Ihnen auch etwas zum Trinken einschenken?«

»Ein Glas Sekt. Ich muss noch arbeiten, Melanie hat mal wieder einen Migräneanfall.«

›Ach deshalb‹, dachte Pfeiffer und ging um die Theke herum. Er schenkte ein und fragte die Gäste nach ihren Wünschen. Als alle etwas zu trinken hatten, stellte er sich wieder zu Sarah Lorenz.

»Sie machen Ihre Sache ziemlich gut.«

»Wenn Sie das sagen.« Dann besann sich Pfeiffer eines höflicheren Tones. »Es macht wirklich Spaß. Vielleicht hänge ich meinen Job an den Nagel und steige hier mit ein. Die Chefin ist schließlich auch nett.«

»Als Daniels Nachfolger?« Ihre Stimme schwang eine Nuance höher.

Hörte er da Panik? Pfeiffers Neugier wurde geweckt. Gelassen schaute er sie an. »Ich bin mir sicher, er wird so schnell keinen Nachfolger bekommen. Glauben Sie das nicht auch, Frau Lorenz?«

Ihre Wachsamkeit war greifbar. Welchen empfindlichen Nerv hatte er getroffen? Ihre Augen verdunkelten sich zusehends und sie überlegte einen Wimpernaufschlag zu lange. »Sicherlich haben Sie recht, Herr Kommissar«, gab sie übertrieben freundlich zu. »Dafür hat Alexandra ihren Mann viel zu sehr geliebt.«

»Den Eindruck habe ich auch.« Pfeiffer schenkte lächelnd für ein junges Paar in Gothic-Kleidung und zahlreichen Tattoos Bier ein. »Könnten Sie sich vorstellen«, wandte er sich danach wieder Sarah Lorenz zu, »dass Frau Kovacek ihren Mann zu sehr geliebt und ihn deshalb getötet hat? Vielleicht ertrug sie seine Art nicht mehr.«

»Seine Art?« Als sie endlich verstand, schüttelte sie vehement den Kopf. »Das ist absurd! Sie hat ihn überhaupt nur deshalb geliebt. Und wenn, dann erduldet sie eher stillschweigend, als dass sie ... Außerdem hätte sie sich scheiden lassen können.«

Pfeiffer dachte an Frau Weigand. Sie hatte auch einen anderen Weg als den der Scheidung gewählt. »Genauso absurd, wie Sie glaubten, ich würde nicht den Grund für Ihr feindseliges Verhalten gegenüber den Kovaceks herausbekommen?«

Eine leichte Röte überzog die Wangen. »Ich weiß nicht, was Sie meinen.«

»Dafür weiß ich jetzt, welchen Trumpf Sie gegenüber den Kovaceks im Ärmel hatten.«

»So?«

»Ja. Warum haben Sie Barbara Seitz von Daniels Tod erzählt?«

Sarah Lorenz zog zischend die Luft ein. Als sie sich wieder im Griff hatte, richtete sie sich steif auf. »Aus Freundschaft natürlich, um sie zu warnen. Damit sie nüchtern ist, wenn die Polizei kommt.«

Der Versuch, verletzt zu klingen, war halbherzig, fand Pfeiffer.

»Wussten Sie von dem desolaten Zustand und Barbaras Lebensumständen?«

Verlegen schaute sie in das Glas. »Ja.«

»Und warum haben Sie ihr nicht geholfen, so aus Freundschaft? Als meine Kolleginnen eintrafen, war sie betrunken und die Wohnung stank bestialisch. Die Kolleginnen haben den Part der Freundschaft übernommen, sie ausgenüchtert und geduscht.«

Sarah Lorenz schluckte und blieb ihm eine Antwort schuldig.

»Wissen Sie, was ich glaube? Sie wollten Barbara Seitz belasten. Sie sollte nüchtern sein und damit eine erstklassige Verdächtige ohne Alibi abgeben.«

»Was wollen Sie von mir?«, brauste Sarah Lorenz auf und blickte sich nervös um, ob jemand ihr Gespräch verfolgte. »Ich habe niemanden ermordet und ich wollte auch niemanden belasten! Also hören Sie auf, Ihre skurrilen Verhörmethoden an mir auszutesten.« Sie leerte ihr Sektglas.

»Na gut, und als Gegenleistung erpressen Sie Frau Kovacek nicht mehr.«

Sarah Lorenz verschluckte sich und prustete den Sekt über die Theke.

Pfeiffer sprang gerade noch rechtzeitig zur Seite. »Habe ich Sie etwa aus der Fassung gebracht?« Mit einem zufriedenen Lächeln wischte Pfeiffer die Theke trocken.

Wütend griff Sarah Lorenz nach einer Serviette, trocknete sich damit Gesicht und Finger und warf sie zerknüllt vor seine Schürze. »Ach, halten Sie doch Ihr Ma… Ihren Mund.« Aufgebracht verschwand sie in der tanzenden Menge.

Pfeiffer hatte die Theke abgeputzt und schaute auf. Er sah, wie Sarah auf Alexandra einredete. Er konnte nichts verstehen, sah aber Sarahs Widerwillen, als sie zu ihm herüberblickte.

Pfeiffer tat beschäftigt und holte ein Bier aus dem Kühlschrank. Sie sollten nicht merken, dass er sie beobachtete.

Gerade als er hinsah, berührte Sarah ihre Chefin am Arm. Eine lange und zärtliche Geste. Sichtlich verlegen entzog sich Alexandra der Berührung und ging.

»Oh ja, was haben wir denn da? Hab ich's mir doch gedacht«, sagte Pfeiffer und öffnete zufrieden die Flasche Bier.

Freitag, den 25. März

33 | Die Fahndung nach Marianne Klein und dem alten silbernen Golf wurde mittlerweile bundesweit ausgedehnt. Niemand aus ihrem Umfeld hatte sie gesehen oder konnte einen Hinweis auf ihren Aufenthaltsort geben. Die Handyortung brachte nichts – das Handy war immer noch aus.

Das zehnköpfige Ermittlerteam wusste nicht, welches der zahlreichen losen Enden des Knäuels sie zu dem Täter bringen würde. Sie recherchierten, befragten, stellten Thesen auf und spekulierten. Aber es waren viele Fäden, viele Verdächtige und ebenso viele Sackgassen.

Bei der morgendlichen Besprechung fehlten Hauptkommissar Pfeiffer, Georg Finte und Ralf Klinge, die wegen des nächtlichen Einsatzes erst spät in ihre Betten gekommen waren.

Noch in der Nacht hatte Pfeiffer aufgrund der neuen Ermittlungsergebnisse angeordnet, das mit den Kovaceks befreundete Paar um elf Uhr vorzuladen.

Als Pfeiffer im Flur Finte traf, sah ihn dieser mitleidig an. »Du schaust fertig aus. Wie war es? Ich hatte ja nur Ton und keine Bilder.«

Pfeiffer war beim Anblick seines Spiegelbildes selbst erschrocken. Er beneidete den jüngeren Kollegen, an dem der nächtliche Einsatz ohne Spuren vorübergegangen war.

»Fantastisch ... überall Nackte! Ein Bild, das ich nicht vergessen werde.« In Wahrheit hatte er keinen einzigen Nackedei gesehen. »Du, ich muss los. Die Pflicht ruft«, verabschiedete er sich und ließ einen sabbernden Georg stehen.

»Ähm, ist okay. Meinst du nicht, ich kann auch ...?«
Doch das hörte Pfeiffer nicht mehr.

Pfeiffers Vorstellungen von Swingern war von der Erinnerung an die Eheleute Schott beeinträchtigt. Obwohl er gestern auch viele schlanke Paare kennengelernt hatte, verfolgten ihn Schotts ehrwürdiger Bierbauch und ihr pralles Dekolleté. So war er ausgesprochen überrascht, als er das ehemals mit den Kovaceks liierte Paar vor sich sah.

Bettina Feineisen war Anfang dreißig, trug ein beigefarbenes Etuikleid, das ausgesprochen gut zu den glatten brünetten Haaren passte. Sie hatte eine große Sonnenbrille lässig auf den Kopf geschoben und schaute den Kommissar mit blauen Augen erwartungsvoll an.

Konrad Schneiders sonnengebräuntes Äußeres stand vollkommen im Gegensatz zu der eleganten Erscheinung seiner Partnerin. Muskeln zeichneten sich unter dem enganliegenden T-Shirt ab, das in einer alten Bundeswehrhose steckte. Mit Erde beschmutzte Arbeitshandschuhe schauten aus der Gesäßtasche heraus. Die schwarzen, kurz geschnittenen Haare passten zu dem exakt gestutzten Kinnbart. Sein kräftiger Kiefer mahlte nervös.

Pfeiffer ließ die beiden auf der Bank gegenüber dem Getränkeautomaten Platz nehmen und bat sie, sich einen Augenblick zu gedulden.

Dann hastete Pfeiffer zurück in das Büro und schloss die Tür. Er wollte vermeiden, dass jemand mithörte. »Nina! Ich brauche dich. Sofort.«

Er erklärte ihr seinen Plan. »Noch Fragen?«

Perplex schüttelte sie den Kopf. »Du bist gut – tausende! Aber die fallen mir erst später ein.« Resigniert sah sie auf den braunen Hosenanzug mit der schicken grünen Chiffonbluse. *Wie soll sie nur ...?* »Hätte ich doch nur meine alten Sachen.«

Pfeiffer zeigte auf eine Tüte in der Ecke.

Ninas Miene hellte sich auf. »Was für ein Glück! Ich habe das letztens vergessen«, jubelte sie, zog das karierte Hemd und die XXL-Jeans heraus und schlüpfte kurzerhand in die alte Kleidung. Pfeiffer drehte sich verlegen um. Einen Augenblick überlegte sie, nahm die Wasserflasche und besprühte Gesicht und Haare. Zu guter Letzt steckte sie zwei Zahnpflegekaugummis in den Mund.

»Fertig«, nuschelte sie und musste aufpassen, dass ihr der Kaugummi nicht aus dem Mund fiel.

Pfeiffer nickte anerkennend. »Du siehst blendend aus.«

»Ich frag mich, wie lange das hier noch dauert?« Bettina Feineisen knetete den Henkel der Gucci-Tasche.

»Was ist denn los? Du machst mich ganz nervös.« Konrad Schneider legte die Hand auf ihre unruhigen Finger.

Sie schluckte. »Professor Kratzer wartet nicht ewig auf mich. Zum Schluss wird mir der alte Herr noch einen Tag Urlaub abziehen.«

»Quatsch. Lass dir hier einen Nachweis schreiben, dann bist du abgesichert.«

Eine junge Frau mit nassen Haaren und Männerhemd kam den Gang entlang gehetzt. »Oh ja, das brauche ich jetzt!« Sie blieb vor dem Getränkeautomaten stehen und fasste in die Jeanstaschen. »Scheiße! Ich hab ja vorhin die Taschen leeren müssen!«

Sie drehte sich zu dem Paar auf der Bank um. »Hätten Sie mal 'nen Euro für mich? Ich bin echt am Verdursten.«

»Das könnte ich mir nicht verzeihen«, scherzte Konrad Schneider, zückte die Börse und reichte ihr eine Münze.

»Echt lieb von Ihnen. Sie haben mich gerettet.«

»Was ist denn passiert?«, fragte Bettina.

»Das werden Sie nicht glauben.« Das Rumpeln der herunterfallenden Dose unterbrach sie. »Nicht, dass Sie jetzt falsch von mir denken, wenn ich Ihnen das erzähle.«

»Nein, nein«, bescheinigte Bettina ihr Einverständnis. Sie war derart neugierig, dass sie für fast alles Absolution erteilt hätte, nur um die Geschichte zu hören.

»Dieser Pfeiffer hat mich seit gestern Abend in der Mangel!« Sie trank einen großen Schluck Cola. Sie wischte sich mit dem Hemdsärmel über den Mund. »Ich musste in der Arrestzelle pennen und heute Morgen ging es ohne Frühstück weiter.« Mit einem schweren Seufzer setzte sie sich auf die Bank.

»Das geht doch nicht!«, sagte Schneider.

»Das interessiert die Bullen doch nicht.« Sie winkte ab. »Die haben die Macht und spielen sie aus.«

»Sie Arme, Sie tun mir leid. Warum tun die das?«, fragte Bettina Feineisen.

Nina lachte innerlich und kaute schmatzend auf dem Kaugummi. »Ich soll diesen Clubbesitzer umgebracht haben.«

»Sie sollen was?«

»Was? Sie?«

»Kaum zu glauben, was?« Sie schlug sich mit der Hand auf den Oberschenkel.

»Wie kommt der Kommissar darauf? Der muss doch Gründe für den Verdacht haben?«

»Na ja, ich kannte Daniel.«

»Sie?« Die Brünette war entsetzt.

»Was ist daran abwegig? Kannten Sie ihn auch?«

Bettina Feineisen starrte auf einen Fleck am Boden. »Wir waren Freunde. Gute Freunde. Der Verlust hat uns sehr getroffen.« Ihre Stimme brach.

Schneider musterte seine Freundin.

»Oh, das tut mir leid. Dann sind Sie auch deswegen vorgeladen?«

Schneider schluckte trocken und nickte geistesabwesend. »Dieser Pfeiffer ...«

»Ach der! Also, wenn Sie 'ne Idee haben, wer es gewesen sein könnte, wäre ich Ihnen echt dankbar. Das würde sozusagen meinen Kopf aus der Schlinge ziehen.« Nina schmatzte und ließ eine Kaugummiblase knallen. Der Kaugummi klebte im Gesicht.

Konrad Schneider starrte auf Ninas Mund.

Nina schloss die Lippen.

»Wir haben keine Ahnung. Wir hatten längere Zeit keinen Kontakt mehr zu ihm«, erklärte er.

Bettina Feineisen knetete die Henkel der Tasche.

Nina schaute von einem zum anderen. Um die Mundwinkel der Frau zuckte es mehrmals. War sie auf der richtigen Spur? Was versuchte die Feineisen zu verbergen?

»Keinen Kontakt? Was will dann die Knalltype von Kommissar von Ihnen?« Nina griff nach den Händen des Mannes. »Überlegen Sie! Mein Leben hängt davon ab! Oh Mann, ich sag Ihnen, wenn nicht bald ein Wunder geschieht, gesteh ich demnächst alles. Sogar Kennedys Ermordung!«

»Machen Sie sich keine Sorgen. Die Aufklärungsrate der Polizei ist enorm. Die werden Daniels Mörder schon finden.« Voller Zuversicht in der Stimme entzog er Nina die Hände und legte zärtlich den Arm um seine Freundin.

»Wenn Sie nichts getan haben, brauchen Sie keine Angst zu haben«, wandte sich diese an Nina.

»So, wie Sie das sagen, bekomme ich richtig Mut.« Nina lehnte sich an. Wenn die Frau nichts vor ihrem Freund verheimlicht, fresse ich einen Besen, dachte Nina. Doch darüber plaudern würde sie gewiss nur ohne ihn.

»Ich muss mal für kleine Mädchen, wenn mich jemand sucht«, erklärte Nina, lief den Gang entlang und bog um die Ecke. Sie öffnete Pfeiffers Büro.

»Ich glaube, die Frau verschweigt was. In seiner Anwesenheit wird sie mit Sicherheit nicht reden.« Und laut rief sie. »Wo finde ich hier das Klo?«

Pfeiffer grinste. »Im Erdgeschoss.«

»Komische Frau«, sagte Konrad, als Nina im Flur verschwunden war.

»Ja, wirklich. Wie sie nach deiner Hand griff.«

»Unangenehm war es nicht. Sie tat mir leid.«

»Kannst du dir vorstellen, dass Daniel mit der ...?«

»Nicht wirklich, obwohl sie nicht hässlich ist.« Er zuckte mit den Schultern. »Im Club ist es dunkel.«

Bettina schlug ihm mit dem Handrücken auf die Brust.

»Wieso schlägst du mich? Es gibt Leute, die nicht so anspruchsvoll sind wie du. Denen ist es egal, wie jemand aussieht. Hauptsache geil und macht die Beine breit.«

Bettina starrte die Wand an. »Also, ich weiß nicht. Hast du ihre Kleidung gesehen?«

»Tina, manchmal frage ich mich wirklich!« Entrüstet sprang er auf.

»Was hast du nur?«

»Du mit deinen Äußerlichkeiten. Wie deine Mutter! Hast du mit meiner Montur auch Probleme?« Er deutete mit den Händen auf die Arbeitskleidung.

Versöhnlich dreinblickend stand Bettina auf, ging zu ihm und fädelte ihre Finger in die Gürtelschlaufen seiner Hose ein. Sie zog ihn zu sich heran und küsste den Schweiß von seinem sehnigen Hals.

»Nein, du bist einfach nur lecker«, hauchte sie.

Ehe Konrad sie in die Arme schließen konnte, erschien Hauptkommissar Pfeiffer mit unter den Arm geklemmten Unterlagen. »Entschuldigen Sie bitte die Verzögerung, bei uns ist zurzeit die Hölle los.«

»Ja, den Eindruck haben wir auch. Wie können Sie die arme Frau die ganze Nacht festhalten und ihr nichts zu essen geben? Auch Verdächtige haben Rechte!«

Pfeiffer schluckte die Entrüstung herunter. »Welche Frau?«

»Na die, die Sie wegen Daniel Kovacek festhalten.«

»Das hat sie Ihnen gesagt?«

»Ja«, kam es im Chor zurück.

»War sie blond und ganz schrecklich angezogen?«

Das Paar sah sich erstaunt an, nickte und wartete auf eine Erklärung.

Was hatte Nina den beiden da aufgetischt? Und wie kam er da wieder heraus, ohne in der Klatschpresse die Schlagzeile zu lesen: Kripo foltert Zeugin mit Nahrungsentzug! Sollte er Ninas Lügengespinst weiter spinnen oder es in Schall und Rauch auflösen? Er entschied sich für die weniger anstrengende Variante.

»Ich muss wirklich mit unserem Amtsarzt sprechen. Frau Feineisen und Herr Schneider, es ist mir schrecklich peinlich. Der Gesundheitszustand unserer Putzfrau nimmt immer gravierendere Ausmaße an. Wenn sie während der Arbeit was aufschnappt, bildet sie sich ein, Zeuge oder sogar der gesuchte Täter zu sein.«

»Putzfrau?« Schneider lief mit in den Hosentaschen versenkten Händen auf und ab. »Das kann ich echt nicht glauben. Sie machte einen ... normalen Eindruck. Ein bisschen ... schlicht vielleicht, aber verrückt?«

Bettina Feineisen legte die Hand auf die Brust. »Oh, die Arme.«

»Ja, so schlimm war es noch nie. Wenn sie bereits erzählt, sie wäre über Nacht hier gewesen, wird es langsam bedrohlich.«

»Ist sie gefährlich?«

»Nein, nein, ich meinte, es wird bedrohlich für sie selbst. Aber ich will Sie nicht länger damit beunruhigen und aufhalten. Ich würde sagen, Sie, Herr Schneider, nehmen noch einmal kurz hier Platz.« Pfeiffer deutete auf die Bank. »Und Sie, Frau Feineisen, kommen mit mir.«

»Ich weiß wirklich nicht, was Sie hören wollen!«, stellte Bettina Feineisen mit erhobenem Kopf fest und taxierte ihn aus schmalen Augen. Hinter der aufgesetzten Selbstsicherheit erkannte Pfeiffer Angst.

Sie arbeitete als Chefsekretärin an der Uni Würzburg und jobbte abends als diplomierte Fitnesstrainerin im Sportstudio ihrer Eltern.

»Ich habe Ihnen doch schon gesagt, dass wir die Kovaceks seit mindestens fünf Monaten nicht mehr gesehen oder gesprochen haben.«

»Frau Feineisen, Sie verheimlichen mir etwas. Das sehe ich Ihnen an. Wenn Ihnen jemals etwas an Daniel Kovacek und an der Freundschaft zu seiner Frau gelegen hat, sollten Sie mir alles erzählen. Selbst Kleinigkeiten, denen Sie keine Bedeutung zumessen, können zur Ergreifung des Täters führen.«

»Da ... da ist wirklich nichts.«

Pfeiffer spürte ihren inneren Kampf. Er lächelte. »Das glaube ich Ihnen nicht.«

Bettina Feineisen fasste sich mit abgespreizten Fingern an die Stirn und schüttelte den Kopf.

»Wissen Sie, was ich glaube?« Pfeiffer musterte sie eindringlich. »Sie hatten es satt, sich nach den anderen zu richten. Nach Konrad und Alexandra. Sie wollten Daniel nicht aufgeben und trafen sich mit ihm, um ihre Sex-Spielchen heimlich fortzusetzen. Doch eines Tages wollte er nicht mehr, vielleicht hatte er Gewissensbisse gegenüber Alexandra bekommen, oder seine Vorlieben hatten sich gewandelt. Was auch immer der Grund war, Sie ärgerten sich, wurden wütend, und dann ... dann brachten Sie ihn um.«

Sie sprang vom Stuhl hoch. »Um Himmels willen! Nein!«

»Setzen Sie sich.«

Widerwillig kam sie der Aufforderung nach, drehte sich aber von ihm ab.

»Wie war es dann? Sprechen Sie!«

»Ich kann nicht.«

»Sie nehmen lieber eine Mordanklage in Kauf?«

Bettina Feineisen versuchte Tränen wegzublinzeln. Vergebens. »Ich kann wirklich nicht!«

»Von mir wird *er* es nicht erfahren.«

Ihr Kopf fuhr herum. Verschämt wischte sie die Augen trocken. »Wirklich?«

»Wirklich. Ich sehe keinen Grund, warum Konrad Schneider etwas vom Inhalt unseres Gespräches erfahren muss.«

Bettina Feineisen holte tief Luft und starrte auf die Finger, die vom Mascara schwarz waren.

»Also?«

»Sie tun wohl alles, um an Informationen zu kommen.«

»Nicht alles, aber alles, was in meiner Macht steht, um einen Mord aufzuklären.«

Bettina Feineisen schluckte und fuhr sich durch das Haar, sodass beinahe die Sonnenbrille hinabgeglitten wäre. »Daniel hat mir vor zirka sechs Wochen eine SMS geschrieben. Er wollte sich mit mir in einem Café in der Würzburger Innenstadt treffen.«

»Hat er geschrieben warum?«

»Nur, dass er reden wollte. Ich hatte das Gefühl, er wolle mir sein Herz ausschütten.«

»Über etwas Bestimmtes?«

»Er sprach über nichts Konkretes. Nur, dass er einen großen Fehler gemacht hätte und er sein Verhalten zutiefst bedauere.«

»Und Sie haben nicht nachgefragt, weil ... weil Sie wussten, was er Ihnen sagen wollte.«

Sie schaute zu ihm hoch.

»Verdammt!« Pfeiffer schlug mit der Hand auf den Tisch. »Reden Sie endlich!«

Bettina Feineisen zuckte zusammen. »Hören Sie, ich hatte ein zwiespältiges Gefühl bei diesem Treffen. Ich kam mir vor, als würde ich Konrad hintergehen. Und da Daniel ja ...« Sie knetete ihre Finger.

Pfeiffer ließ ihr Zeit. Das war eines der Puzzlestücke, die er suchte. Er spürte es.

»Ich bin gegangen, bevor er konkret geworden ist.«

Pfeiffer atmete scharf aus. »Sie waren enttäuscht.«

»Nein«, kam es für Pfeiffers Geschmack zu trotzig rüber.

»Doch, Sie hatten etwas anderes erwartet.«

Sie starrte ihn mit großen Augen an. »Mich überkam plötzlich ein schlechtes Gewissen. Es war ein großer Fehler gewesen, mich überhaupt mit ihm zu treffen. Meine verdammte Neugier war schuld. Nur deshalb hatte ich zugesagt.«

»Mehr nicht?«

Sie machte ein Gesicht wie ein Kind, das dabei erwischt wurde, wie es die Finger in die Zuckerdose steckte. »Ich gestehe, ich hatte auch Sehnsucht nach ihm! Zufrieden?«

»Ich und zufrieden? Darum geht es doch überhaupt nicht, Frau Feineisen!« Pfeiffer schnaubte und konnte sich in letzter Sekunde zügeln, erneut mit der Hand auf den Tisch zu hauen. »Es geht um Mord und Sie und Ihr Lebensgefährte haben ein starkes Motiv.«

»Was denn für ein Motiv?« Sie breitete die Arme aus, als wolle sie ihre Ahnungslosigkeit unterstreichen.

»Das wissen Sie nicht? Ehrlich gesagt, habe ich Sie für klüger gehalten.« Pfeiffers Stimme war kalt.

Aus ihren Augen sprühte kalter Zorn.

»Es geht um den Grund Ihrer Entzweiung.«

Bettina Feineisen schüttelte den Kopf. »Was wissen Sie schon?«, betonte sie entschlossen, sah dabei fest in Pfeiffers Augen und senkte dann den Blick. »Ich weiß, was Sie meinen. Aber ich kann es Ihnen nicht sagen.«

Pfeiffer schwieg.

»Glauben Sie mir. Auch wenn ich wollte, ich … ich kann nicht.«

Das Kuriose war, dass Konrad Schneider kurze Zeit später eine ebensolche Verschwiegenheitsvereinbarung Pfeiffers nutzte, um zu erzählen, dass seine damalige Tauschpartnerin ebenfalls mit ihm Kontakt aufgenommen hatte. Sie hatte jemanden zum Reden gebraucht, denn die Ängste um Daniel brachten sie bald um den Verstand.

Schneider wusste somit von der Vergewaltigung. Und nein, er kannte Barbara Seitz nicht und besaß auch keine Ambitionen, für die ihm unbekannte Frau den ehemaligen Freund Daniel zu töten.

»Was waren das für Ängste?«

»Herr Kommissar, Sie verletzen unsere Privatsphäre.« Konrad Schneider verschränkte provozierend die Arme vor der Brust.

Mit einem Anflug von Neid registrierte Pfeiffer dessen Bizeps. Es zeugte von guter genetischer Veranlagung und harter körperlicher Arbeit. Schneider war Landschaftsgärtner.

»Es geht um Mord, Herr Schneider«, hielt Pfeiffer ihm vor. »Wenn wir den Fall nicht aufklären, wird Sie für den Rest des Lebens die Frage quälen, ob hinsichtlich Ihres Schweigens weiterhin ein Mörder frei herumläuft. Schnappen wir den Mörder und stellen fest, dass wir ihn mit ihrem Wissen schneller hätten überführen können, bekommen Sie eine Klage wegen Behinderung der Justiz. Bestenfalls. Vielleicht auch wegen Beihilfe! Oder auch wegen Mordes!«

»Das können Sie nicht machen.« Schneider fuhr sich fahrig über den Nacken.

Pfeiffer war überrascht. Im Gegensatz zu seiner Freundin wirkte Schneider nicht ängstlich, sondern unsicher. Diese Chance musste Pfeiffer nutzen. »Dort ist die Tür – testen Sie mich!«

Schneider kaute auf der Lippe. »Na gut. Was wollen Sie wissen?«

»Wir vermuten, dass sich Kovacek für die verschwiegene Vergewaltigung durch eine Domina selbst bestrafen wollte«, kam ihm Pfeiffer nun entgegen.

»Oh, das wissen Sie?« Schneider schien erleichtert, da nicht er das Geheimnis verraten musste.

Diesmal wiegte Pfeiffer den Kopf. »Wir arbeiten schließlich seit einigen Tagen an diesem Fall.«

»Wenn Sie schon alles wissen, was wollen Sie dann von mir?« Schneider rutschte auf dem Stuhl vor und lehnte beide Arme auf den Tisch.

»Zusammenhänge besser verstehen.«

»Okay.«

»Sie kannten das Mordopfer ziemlich gut – Sie können uns verstehen helfen, warum sich jemand so verletzt fühlte, um sich derart an ihm zu rächen.«

Schneider schwieg.

»Herr Schneider?«

»Sie denken, ich ...?« Schneider hatte verstanden.

»Waren Sie es?«

Sekundenlang stutzte er, dann schüttelte er betrübt den Kopf. »Eine Zeit lang habe ich wirklich mit dem Gedanken gespielt. So, wie man damit seine Wut abreagiert, die in einem aufsteigt und sich deiner bemächtigt, wenn man verletzt wurde. Sehr verletzt. Man sagt: Den bringe ich um! Aber war das im Ernst gemeint?« Er sah fast flehend zu Pfeiffer. »Wissen Sie, was ich meine?«

Pfeiffer wusste es. Er kannte Situationen, in denen er jemandem den Tod wünschte, der zum Beispiel einen A5 fuhr und am Tisch seiner Familie zu Abend aß. Dennoch würde er wegen diesem Mann nicht zum Mörder werden. Er war kein Krimineller und Schneider fehlte ebenfalls die dazu nötige Kaltblütigkeit. Wütend und verletzt zu sein, reichte noch lange nicht aus, um einen solchen Wunsch in die Tat umzusetzen und einen derart abartigen Plan auszuhecken.

Schneider wartete auf eine Antwort.

»Ja«, beeilte sich Pfeiffer zu erwidern, bevor sein Gegenüber an überreizten Nerven zusammenbrach.

»Danke.« Schneider war erleichtert »Sie haben keine Vorstellung davon, wie viel mir das bedeutet.«

»Erzählen Sie mir von dem Treffen mit Frau Kovacek. Sprachen Sie über das Zerwürfnis?«

Der Zeuge fiel wieder entspannt auf dem Stuhl zurück. »Das hatten wir strikt vermieden zu erwähnen. Es schwang zwar jede Sekunde über uns wie Dionysios Schwert über Damokles. Nur hing es nicht an einem Rosshaar, sondern an einem Wort. Keiner von uns mochte damit beginnen und damit die stille Eintracht zerstören. Ich habe ihr angemerkt, dass es ihr ebenso auf der Seele brannte wie das akute Problem mit Daniel und dieser Barbara. Aber ich war noch nicht so weit und wollte es ihr keineswegs leicht machen. Es kostete mich genug Überwindung, mich mit ihr zu treffen und mir ihr Problem erzählen zu lassen. Zu mehr fühlte ich mich noch nicht in der Lage.«

»So sehr waren Sie verletzt?«, fragte Pfeiffer und traf damit ins Schwarze.

Schneider schaute zur Seite und schwieg. Diesmal stellte ihm Pfeiffer den Zeitraum zur Verfügung, den ein Mann brauchte, um sich über die Gefühle klar zu werden und die eigene Geschichte zu erzählen. Schneider war kein Tatverdächtiger, den er überrumpeln, in die Ecke drängen und in Widersprüche verwickeln musste.

Schneiders Gesicht ließ den Zwiespalt erkennen, die Muskeln des Unterkiefers verspannten sich. »Wo fang ich an?«, grübelte Schneider und rieb sich mit den Händen über das Gesicht.

»Am besten fange ich von vorne an«, beschloss Schneider. »Wir lernten uns in einer überfüllten Eisdiele kennen, saßen an einem Tisch, kamen ins Gespräch und fanden uns sympathisch. Als wir uns trennten, tauschten wir Adressen mit dem Versprechen, uns erneut zu treffen. So fing es an. Wir trafen uns in Bars, gingen bowlen, tanzen, grillten zusammen – schließlich landeten wir gemeinsam in der Sauna.«

»Von da an wurde es intimer«, vermutete Pfeiffer.

»Nein, nicht sofort.« Schneider lächelte. »Natürlich, Bettina fand Daniel attraktiv. Und Alex«, er schnalzte mit der Zunge. »Meiner Meinung nach sieht sie für ihr Alter rattenscharf aus. Aber deswegen landet man nicht gleich in der Kiste.« Er machte eine Pause, ehe er fortfuhr. »Da waren der Luxusschlitten und das große Haus. Alles roch bei denen nach Geld, obwohl sie uns nie spüren ließen, dass es ihnen offensichtlich finanziell besser ging. Aber es machte neugierig. Schließlich erzählten sie uns von der Internetseite.«

»Dann haben sich vier verwandte Seelen erkannt und gefunden.«

»Sie sind ja richtig poetisch«, frotzelte Schneider. »Aber nein. Wir sind zwar nicht prüde, gehen in die Sauna, machen FKK. Und natürlich war uns ›swingen‹ ein Begriff, aber für uns selbst …« Er schüttelte den Kopf. »Das war nie ein Thema bei uns gewesen. Es war Bettina, die immer wieder nachhakte und davon anfing. Schließlich hatte sie mich so weit, dass wir uns mal so einen Club anschauen wollten.«

»Und?«

Schneider lachte auf. »Nur schauen«, wiederholte er und es klang bitter. »Aber dann fingen die Mädels an, sich und uns zu küssen. Dann führte eines zum anderen. Von da an …«

Pfeiffer nickte. »Und wie kam es zum Zerwürfnis?«

Schneider sackte in sich zusammen, als hätte man ihm die Luft herausgelassen wie aus einem Reifen. »Haben Sie schon mal keinen hochbekommen?«, flüsterte er und starrte dabei auf die Hände.

Männliches Versagen? Pfeiffers Augenbrauen schnellten nach oben.

»Mir ist es passiert. In einem Club.« Schneider atmete tief durch und erzählte dann weiter. »Wir haben uns immer in diskreten Nischen und dunklen Ecken vergnügt. Natürlich schaut da auch mal jemand dabei zu, da mache ich mir keine Illusion. Aber das ist dann ... unaufdringlich, rücksichtsvoll. Man ...«, er räusperte sich. »Ich konnte mir einreden, dass da niemand war. Den Gedanken daran ausknipsen.«

Pfeiffer konnte es nachempfinden. Nicht jeder Mann war zum Pornostar geboren. »Aber da war es anders?«

»Männerüberschuss! Und zwar gewaltig. Dazu noch von der unangenehmen Sorte.« Er fuhr sich durch die Haare. »Wissen Sie, manche Clubs achten auf so was.«

»Dort ...«

»Denen ging es nur um den Profit«, bestätigte Schneider. »Die Typen standen um uns herum, wichsten, gaben Kommentare ab. Versuchten, unsere Frauen ständig anzutatschen. Ein Paar in Sichtweite hatte nichts dagegen, dass mehrere Herren mit der Frau ...« Ein Schauer lief durch Schneiders Körper. »Die Kerle standen in Zweierreihen an, den Gummi aufgezogen, wichsend. Und wenn sie schließlich drankamen, war nach wenigen Stößen Schluss. Sie rollten runter, streiften das Kondom ab und schlichen davon, während der Nächste bereits zugange war. Das war einfach nur widerlich und primitiv. Die hätten genauso gut in ein Astloch ficken können.«

Angewidert schüttelte Pfeiffer den Kopf. Ihm wäre es ebenso ergangen. »Ich wäre gegangen.«

»Bei mir ging nichts mehr und auch Alexandra hatte keine Lust mehr. Sie war sehr ... empfindlich, was Ablenkungen betraf. Wir nahmen unsere Sachen und gingen duschen. Die Frau rief uns noch nach, wenn es uns störe, sollten wir daheimbleiben.«

»Unhöflich«, kommentierte Pfeiffer.

»Das ist sehr milde ausgedrückt.«

»Was meinten Sie eben mit ›Empfindlich‹?«

Schneider räusperte sich. »Das kann ich nicht erklären. Lassen Sie es bitte so stehen. Es ist zu persönlich und es geht keinen was an.«

Pfeiffer blieb nichts anderes übrig, als vorerst diesem Wunsch zu entsprechen. Wenn er zu sehr bohrte, würde Schneider sich verschließen und er nichts mehr erfahren. Außerdem konnte er sich schon denken, was damit gemeint war. »Und was hat das mit Daniel Kovacek zu tun?«

»Alex muss es ihm erzählt haben. Es machte auf jeden Fall die Runde wie ein Steppenbrand.«

»Nun, vielleicht interpretieren Sie da zu viel hinein«, begann Pfeiffer vorsichtig. »Wenn einem etwas peinlich ist, neigt man dazu, alles auf sich zu beziehen.«

Schneider hechtete fast über den Tisch und die muskulösen Arme packten das Möbelstück, als wolle er ihn umreißen. »Nein, das war kein Hirngespinst! Man hat es mir erzählt.«

»Bitte, beruhigen Sie sich.« Pfeiffer wartete, bis Schneider wieder entspannter wurde. »Wer hat Ihnen das erzählt?«

»Es war im Vertrauen. Jemand, der es gut mit mir meinte.« Schneider ließ den Tisch los.

»Wer? – Herr Schneider, es ist für uns wichtig, dass Sie uns diese Person nennen. Nur aufgrund unserer Erkenntnisse können wir beurteilen, ob der- oder diejenige ein falsches Spiel treibt. Aber dafür benötigen wir jedes Puzzleteilchen.«

Pfeiffer sah, wie Schneider mit sich rang. »Bitte«, setzte er leise hinzu.

»Sarah Lorenz«, sagte Schneider schließlich. »Sie nahm mir das Versprechen ab, sie nicht zu verraten. Dann erzählte sie mir, dass Daniel sich in illustrer Runde über mein Versagen lustig gemacht hätte. Alexandra hätte am lautesten gelacht.«

»Und das haben Sie ihr einfach so geglaubt?«

»Warum sollte sie mich anlügen? Vor allem: Woher sollte Sarah sonst von diesem ... davon wissen?« Schneider schüttelte den Kopf. »Nein, es stimmte. Außerdem waren da die Blicke der anderen, hämisch oder mitleidig. Und das Lachen, wenn ich ihnen den Rücken zudrehte.«

»Das meinte ich mit dem ›Hineininterpretieren‹«, sagte Pfeiffer behutsam. »Man schämt sich oder fühlt sich schuldig, und plötzlich hat man das Gefühl, jeder wüsste davon.«

»Ich habe es mir nicht eingebildet«, beharrte Schneider. »Die Kovaceks hatten kaum noch Zeit für uns. Und wenn, dann waren wir nur gut genug, um ihnen beim Bau und der Planung des Palastes zu helfen. Wussten Sie, dass Tina die Bar geplant hatte? Nein, ich bilde mir das nicht ein. Daniel und Alex schienen regelrecht erleichtert, als wir uns dann zurückzogen.«

»Warum haben Sie die Kovaceks nicht darauf angesprochen?«

»Um mein Versagen noch einmal haarklein breitzutreten? Ich bin nicht masochistisch veranlagt.« Er wischte sich gestresst mit den Handballen über die Augen.

»Trotzdem haben Sie letztendlich einem Treffen zugestimmt.«

»Offensichtlich«, bestätigte Schneider ironisch. »Ich dachte, sie würde sich entschuldigen. Bedauern, dass die schöne Freundschaft zerbrochen ist. Sie tat es nicht.« Er zuckte mit den Schultern. »Die Hoffnung stirbt zuletzt.«

»Ich verstehe. Und ihr Stolz hielt Sie davon ab, sie zur Rede zu stellen.«

»Stolz. Wie sich das anhört.«

»Aber es war so?«

»Ja! Ich kann nichts dafür. Es hat mich zu sehr gekränkt. Wir waren schließlich eine sehr lange Zeit zusammen. Es war wie eine Beziehung zu viert. Erst dieser verdammte Club, dieser Erfolg hat uns auseinandergebracht.«

»Ich kenne Frau Kovacek natürlich nicht so gut wie Sie, Herr Schneider«, holte Pfeiffer aus. »Aber neben einer guten Portion angeborener Menschenkenntnis bringen mein Job und die Erfahrung es mit sich, dass ich Personen gut einschätzen kann. Nach meinem Dafürhalten ist Frau Kovacek eine empfindsame Frau, die nicht einmal ansatzweise auf den Gedanken käme, über das sexuelle Versagen eines Mannes zu lachen. Mit ihm, ja. Aber nicht über ihn. Sind Sie nie auf den Gedanken gekommen, dass diese Geschichte, mit der unausweichlichen Folge einer schmerzlichen Trennung, von jemand anderem geplant worden ist?«

Schneider brauchte eine Weile, um zu verstehen, was Pfeiffer andeutete. »Sarah soll gelogen haben? Das glaube ich nicht.«

»Aber dass Frau Kovacek sich so schäbig verhält, glauben Sie auf Anhieb?«

Schneider sprang auf, lief im Zimmer auf und ab, die geballten Fäuste tief in die Hosentaschen geschoben. An der Wand blieb er unvermutet stehen. »Ich bin ein Idiot!« Er hieb mit der Stirn gegen die Wand. »So ein riesiger, dummer Idiot!«

34

Vor Alexandra Kovaceks Haus fanden Ellen und Nina keinen Parkplatz und mussten zwei Seitenstraßen weiterfahren, ehe sie eine Lücke am Straßenrand ergatterten. Der Übertragungswagen des privaten Fernsehsenders nahm heute den kompletten Platz in der Einfahrt der Kovaceks ein.

»Was ist denn hier los?«

»Das Fernsehen wollte die ›Mords-Story‹ von Frau Kovacek kaufen«, erklärte Nina beim Aussteigen.

Sie umrundeten den Kleinbus und trafen auf einen langhaarigen hageren Typ, der am Fahrzeug lehnte und mit geschlossenen Augen genüsslich an dem letzten Stummel der Zigarette zog, als sei es eine Tüte. Der könnte direkt aus dem Hair-Film stammen, dachte Ellen amüsiert.

»Und? Auftrag in der Tasche?«, spekulierte Nina im Vorbeigehen.

»Na logo. War nur 'ne Frage der Zeit.«

»Bis ihr sie mürbe gemacht habt?«

»Was denken Sie von uns? Wir sind seriös! Investigativ, aber seriös!«, entrüstete er sich. »Der Sender hat ein Angebot gemacht, das die Kovacek unmöglich ablehnen konnte.« Er zuckte mit den Schultern und grinste. »Auch wenn es jeder bestreitet: Politiker haben ihren Preis und so eine heiße Puffmutti erst recht.«

Nina schüttelte den Kopf. Hatte Alexandra Kovacek nicht am Dienstag ausdrücklich betont, kein Interesse an diesem Angebot zu haben? »Und wann soll es losgehen?«

»Wann?« Der Mann schnippte grinsend die Kippe auf die Straßenmitte. »Es läuft schon längst.«

»So? Na, da wollen wir mal schauen.«

»Heh, das können Sie nicht machen! Sie müssen draußen bleiben! Sie stören die Aufnahmen!«

Ellen warf dem wütenden Mann ein süßes Lächeln zu. »Sie werden staunen, was wir alles können!«

»Verdammte Scheiße, da bekomm ich Ärger. Blöde Tussis!«

»Und was für'n Ärger. Sie schreien regelrecht danach!« Ellen schüttelte lachend den Kopf, während Nina das Handy zückte und Pfeiffer erzählte, was hier vonstattenging.

»Sorgt dafür, dass die Kovacek die Klappe hält und ich besorg den Gerichtsbeschluss«, schnaubte Pfeiffer.

»Übrigens, was kostet ›blöde Tussis‹ im Gebührenkatalog der Beamtenbeleidigungen?«, fragte Nina Pfeiffer mit einem Seitenblick auf die Hippi-Imitation.

»Was für blöde Tussis?«, fragte Pfeiffer.

»Echt? So teuer? Krass!«, antwortete Nina stattdessen und freute sich über das fassungslose Gesicht des Mannes.

»Sie sind zwar größer, aber ich bin von der Polizei. Wollen Sie mich jetzt durchlassen?«

Das Grinsen in dem runden Gesicht verschwand unversehens und er trat zur Seite.

Alexandra Kovacek saß mit der Reporterin auf den Rattanmöbeln im sonnendurchfluteten Wintergarten. Sie sah zerbrechlich aus. Die Haare hatte sie zu einem strengen Dutt frisiert und wirkte wie eine gestrenge Oberschullehrerin. Sie nahm die schmale Brille ab, die Nina noch nie an ihr gesehen hatte. Eine seriöse Erscheinung passend zu dieser Inszenierung. Verständnislos blickte Alexandra von den Kommissarinnen zu der jungen Reporterin mit langem glattem Haar und präzisem Pony.

Die Kamera schwenkte von dem Gemälde auf der Staffelei zu der Clubbesitzerin, dann zu den Kommissarinnen.

Nina hob die Hand dagegen.

»Was soll das?«, fragte die Reporterin, bemüht, Durchsetzungsvermögen zu zeigen.

»Das Interview ist beendet.«

»Was fällt Ihnen ein!«

Ellen und Nina zückten unbeeindruckt die Dienstausweise. »Solange die Mordermittlungen nicht abgeschlossen sind, dürfen keine Informationen an Außenstehende gelangen. Sie, als ausgebildete Journalistin, müssten so etwas doch wissen?«

Das sorgfältig geschminkte Gesicht unter dem blonden Pony verfärbte sich unvorteilhaft rot.

»Und Sie, Frau Kovacek, hätten es besser wissen müssen.« Ellen ging zum Kameramann. »Ist das die Einzige?«

»Mhm«, erklärte dieser.

»Geben Sie's mir.«

»Nee.«

»Das Filmmaterial ist hiermit beschlagnahmt. Der Beschluss wird in wenigen Minuten nachgereicht.«

Er hielt die Kamera fest. »Gut, dann bekommen Sie es auch erst dann.«

»Die Kamera bleibt so lange hier! Machen Sie keinen Ärger!«

»Ulrich, lass. Gib ihnen den Film.«

Nina hielt ihm die Hand hin. »Die Speicherkarte.«

Der Blick, den die Reporterin ihr zuwarf, hätte einem Massenmörder gelten können.

Widerwillig überreichte Ulrich das Filmmaterial und drehte sich um. »Na dann, Leute.« Murrend packte das Team das Equipment ein und verließ das Haus. Die Kommissarinnen wandten sich an die regungslos auf der Couch sitzende Clubbesitzerin.

»Warum der Sinneswandel? Am Dienstag waren Sie doch noch strikt gegen so was.«

Alexandra schluchzte. »Keine Ahnung, was in mich gefahren ist. Ich dachte, es wäre richtig.«

»Richtig?«

»Sie hat mir dazu geraten.«

»Wer ist ›Sie‹? Wer hat Ihnen geraten, den Tod Ihres Mannes zu vermarkten? Wer gibt Ihnen solch geschmacklose …?« Ellens warnender Blick ließ Nina verstummen.

Doch die Witwe war selbst über ihr Vorhaben entsetzt. Sie weinte. »Sarah.«

»Frau Lorenz?«

»Ja. Sie fand, in dieser ganzen Situation könne es von Nutzen sein, in den Medien präsent zu sein. Ich hätte ja nichts über den T… – über Daniel erzählt. Außerdem würden dann die ganzen Wagen verschwinden, die seit Tagen vor der Tür lauerten und mir die Nerven raubten, meinte sie.«

»Glauben Sie, dass die keine Frage zu Ihrem Mann gestellt hätten?«

»Ich hätte sie nicht beantwortet«, konterte sie trotzig.

»Wie naiv sind Sie eigentlich? Das ist das Einzige, was die interessiert: Sie zu präsentieren; vorzuführen, wie Sie in Ihrem Schmerz nach Worten suchen, erhöht die Einschaltquoten.«

Ellen setzte sich neben Alexandra Kovacek auf das Sofa. »Wir waren eben bei Barbara.«

Ein schuldiger Ausdruck huschte über Alexandras blasses Gesicht. »Wie geht es ihr?«

»Bis Dienstag hatte sie sich mit Alkohol betäubt und vegetierte in einer verdreckten Wohnung.«

Die Clubbesitzerin ließ den Kopf in die aufgestützte Hand sinken und stöhnte. »Es tut mir alles so unendlich leid. Das hab ich nicht gewollt.«

»Das wissen wir. Jetzt ist sie auf dem Wege der Besserung.«

»Ja?« Sie richtete sich auf und sah die Kommissarinnen an. Tränen kullerten über die Wangen. Sie wollten nicht versiegen.

»Wir haben Barbara heute mitteilen können, dass ihr Peiniger tot ist.«

Die Witwe nickte. »War es doch dieser Weigand?« Sie registrierte den wachsamen Blick der Kommissarinnen. »Die Reporterin hat mich damit konfrontiert. Sie fragte, ob es einen Zusammenhang zwischen dem Tod meines Mannes und diesem Bürgerinitiator gibt.«

»Und was sagten Sie?«

Sie zog die Schultern hoch. »Ich schwieg. Ich sah keine Verbindung. Erst als Sie den Tod von Barbaras Peiniger erwähnt haben, zählte ich eins und eins zusammen.«

»Sie können von Glück reden, wenn es der Presse nicht gelingt.«

»Ja.« Stumm sah sie von einer zur anderen. »Danke, dass Sie mich vor diesem Fehler bewahrt haben.«

»Sie hätten es irgendwann bereut. Und wenn der Club

so gut läuft, wie Sie behaupten, brauchen Sie die da draußen nicht. Zumindest nicht mit der Story.«

»Hoffentlich. Wenn die Umstände der Vertuschung bekannt werden, kostet es uns den Ruf.«

35

Stunden später saßen Pfeiffer und Nina im Büro und verfassten die Berichte. Als es hämmerte, schauten sie auf.

»Ja. Bitte.« Pfeiffers Stimme dröhnte durch den Raum.

Langsam öffnete sich die Tür und ein blonder Lockenkopf schob sich durch den Spalt.

»Hallo, Frau Schätzlein. Ich bins, Marianne Klein. Ich habe gehört, Sie suchen mich?«

Nina sprang derart auf, dass der Stuhl gegen den Heizkörper prallte. Sie lief zur Tür. »Frau Klein, wo waren Sie nur die ganze Zeit?« Sie zog die Zeugin in das Büro, bevor sie erneut in den Weiten des Main-Spessart-Gebietes verschwand.

»Ich war bei meiner Freundin. Ich habe mir nichts dabei gedacht. Mir fiel die Decke auf den Kopf, es war grauenhaft, so einsam und da hat sie mich eingeladen, bei ihnen zu schlafen. Das Haus ist groß genug, meinte sie, und da würde ich keinesfalls stören. Die Kinder würden mich ablenken und ich könnte da …«

Endlich versiegten die Worte, die wie eine Fontäne aus ihr herausgesprudelt waren. Doch im gleichen Moment, sich der vermeintlichen Verlegenheit bewusst, liefen Tränen unaufhörlich über die von Sommersprossen übersäten Wangen.

Pfeiffer zog einen Stuhl heran und deutete Marianne Klein an, sich zu setzen. »Und nun alles ganz langsam.«

Nina reichte ihr eine Packung Taschentücher.

»Danke.« Marianne Klein schnäuzte sich und wischte sich über die Augen. Der verschmierte Eyeliner verlieh ihr eine gewisse Ähnlichkeit mit einem Waschbären. »Tut mir leid wegen dem Heulen.«

»Machen Sie sich deshalb keine Sorgen, Frau Klein«, beruhigte Nina sie.

Pfeiffer setzte sich auf die Tischkante und entnahm der Schreibtischschublade ein mobiles Aufnahmegerät. Er stellte es vor Marianne auf den Tisch und schaltete es an.

»Nein, deswegen nicht.« Besorgt verfolgte Marianne seine Handgriffe. »Ich habe Angst bekommen, als ich von der Suche nach mir hörte. Was ist denn passiert? Ist es wegen des Protokolls?«

Nina setzte sich ihr gegenüber. »Nein, weil Sie gelogen haben.«

Marianne Klein wurde noch blasser. Sie wollte etwas sagen, schloss aber den Mund und schüttelte den Kopf. »Nein.« Ihre Stimme klang energisch. »Ich habe mit Sicherheit nicht gelogen.«

Nina zog die Stirn in Falten. »Nein? Ihre Nachbarin, Frau Fischer, hat gesehen, wie Sie sich mit Daniel Kovacek im Hausflur gestritten und ein anderes Mal geküsst haben. Wie erklären Sie das?«

Falls die Kommissare damit gerechnet haben, Marianne Klein würde bei der belastenden Aussage zusammenbrechen, wurden sie eines Besseren belehrt.

»Ach deshalb!« Regelrecht erleichtert steckte sie das Taschentuch weg. »Hat die alte Klatschtante sich wichtigmachen dürfen.«

»Sie hat nur erzählt, was Sie gesehen hat. Oder behaupten Sie, dass die Nachbarin gelogen hat? Und nun möchte ich von Ihnen wissen, warum Sie ihr Verhältnis zu dem Mordopfer abgestritten haben.«

»Wir hatten kein Verhältnis. Wir waren nur Freunde!«

Nina stützte die Arme auf die Tischplatte. »Behaupten Sie jetzt, Frau Fischer lügt?«

»Nein.« Marianne Klein ahmte ihre Haltung nach.

»Nein?« Pfeiffer erhob sich und schritt durch den Raum. »Also, keiner lügt, das ist interessant. Wie erklären Sie das?«

»Ob Sie es glauben oder nicht, aber das hat Daniel nur mir zuliebe getan. Damit die blöde Kuh aufhört, herumzuerzählen, ich würde anschaffen.« Die Zeugin setzte sich wieder.

»Das sollen wir Ihnen glauben?« Nina schaute sie skeptisch an.

»Er hat sie sogar aufgefordert, unverzüglich mit den Verleumdungen aufzuhören. So klein mit Hut war sie.« Marianne Klein zeigte mit Daumen und Zeigefinger einen Abstand von zwei Zentimetern an. »Ganz klein. Aber sie hat weitergemacht. Also dachten wir, wenn sie schon solchen Mist erzählt, dann bieten wir ihr was. Wir haben uns extra im Hausgang gezankt. Ich musste aufpassen, dass ich mir nicht vor Lachen in die Hose machte, so einen Spaß hatte ich. Als krönenden Abschluss warf ich Daniel eine alte Vase hinterher. Er hat mich später gescholten, weil ich ihn fast getroffen hätte. Ein anderes Mal knutschten wir, weil wir wussten, dass sie durch den Spion spitzelt. Wir hörten sie dahinter wettern. Aber das war das einzige Mal, dass er mich geküsst hat. Das schwöre ich.« Marianne Klein hatte rosige Wangen bekommen.

Pfeiffer und Nina schauten sich an. Es klingt logisch, dachte Nina. Alles Interpretationssache! Nur das Gespräch mit dem Toten hatte die Nachbarin vergessen zu erwähnen. Dieses wichtige Detail war unerwähnt geblieben. Warum?

»Was haben Sie der Frau angetan? Sie forderte regelrecht, dass wir Sie verhaften.«

Marianne Klein zog die Schultern hoch. »Ich habe keinen Schimmer. Das hat Daniel sie auch gefragt, aber sie schwieg verbissen. Vielleicht, weil ich den Müll nicht mit hinunternehme?«

»Wegen Müll?« Pfeiffer setzte sich erneut auf die Schreibtischkante.

»Ja, oder was anderes, keine Ahnung. Vor einem halben Jahr hab ich für sie sogar noch die Einkäufe und Besorgungen erledigt. Da haben wir uns ganz passabel verstanden. Von einem Tag zum anderen änderte sie sich.« Marianne überlegte. »Moment mal, jetzt fällt mir was ein. Es gab mal Unstimmigkeiten wegen dem Wechselgeld. Ein Artikel war teurer als sonst und sie hat mich beschuldigt, das Geld für mich behalten zu haben. Das müssen Sie sich vorstellen: wegen ein paar Cents! Das wird's gewesen sein. Seitdem war sie komisch und zuletzt kamen die Verleumdungen.«

»Konnten Sie ihr das nicht anhand des Belegs erklären?«

»Ich hatte den Kassenbon verloren. Ja, genau, und Frau Fischer hat es mir einfach nicht geglaubt. Sie haben sie doch kennengelernt. Wenn die sich was in den Kopf setzt, glaubt sie daran. Alterssturheit ist schrecklich.«

Ninas Oma hatte das Gott sei Dank nicht, aber ihr verstorbener Opa. Und sie stimmte der Zeugin zu: Es war zwecklos, mit so einem Menschen reden zu wollen.

Nun waren sie wieder in einer Sackgasse gelandet.

Nina war sauer auf sich und Marianne Klein. »Warum haben Sie mir all das nicht bei unserem letzten Gespräch erzählt? Dann hätten wir uns das Ganze ersparen können.«

Marianne Klein schüttelte die Locken. »Nein, nein, so nicht. Sie haben mir gesagt, dass Daniel tot ist. Glauben Sie, ich habe in solch einem Moment daran gedacht, dass diese Geschichte wichtig sein könnte? Sie wollten wissen, ob ich was mit Daniel hatte, und das habe ich verneint. Sie haben nicht gefragt, ob ich mit ihm befreundet war und er mich vor diesem alten Besen beschützt hat.«

Pfeiffer stand ruckartig auf. »Tja, Frau Klein, auch wir wissen nicht immer, welche Fragen wir stellen müssen. Fällt Ihnen sonst noch etwas ein, bevor wir das Protokoll schreiben lassen?«

Marianne Klein blickte zu ihm auf. »Ja, ich habe über Sonntagabend nachgedacht. Daniel hat mich bis zu diesem Tag nie früher heimgeschickt. Sarah oder Alex schon, aber er nicht.« Sie schluckte. »Und jetzt bin ich mir sicher, als ich endlich ging, war er regelrecht erleichtert.«

Graue Schiebetür, graue Regalreihen, grau geflieste Wände, kaltes flackerndes Licht aus summenden Neonröhren. Formaldehyd durchtränktes Gemäuer. Der Gestank nach Verwesung, der süßliche beißende Geruch, den nur Tote verströmen, hatte sich in jeder Ritze und Fuge festgesetzt. Selbst wenn keine Leiche auf dem Obduktionstisch lag, war er da.

Ellen hasste diesen Teil des Gebäudes. Sie strich sich den Tigerbalm unter die Nase, den sie für diesen Zweck in der Schreibtischschublade verwahrte, und atmete durch.

Und sie mochte die Frau nicht mehr, die in dem gespenstischen Untergeschoss ihre Arbeit verrichtete. Gegen Rita Pekarek gab es keine Salbe. Aber was konnte die Rechtsmedizinerin dafür? Schuld war Peter!

Vorsichtig schob Ellen die Zwischentür auf und trat ein. Was wollte sie hier? »Hallo Frau Doktor Pekarek.« Die Worte hallten in dem kahlen Raum wider, in dem nur zwei Tische standen, auf denen medizinisches Besteck, diverse Knochensägen, Spreizer und sonstige, an Foltergeräte erinnernde Gegenstände lagen.

»Ach, hat Peter heute Sie geschickt?« Mit eisigem Tonfall und ohne sich einen Millimeter vom Mikroskop, vor dem sie saß, abzuwenden, empfing sie die Rechtsmedizinerin. »Ist er zu feige, zu mir zu kommen?«

»Ich weiß nicht, was Sie meinen«, entgegnete Ellen fest. »Ich brauche Weigands Obduktionsbericht.«

»Ja, der liegt hier.« Den Blick weiterhin auf die tausendfache Vergrößerung der Proben von dem Objektträger geheftet, tippte sie auf eine gelbe Akte neben sich. »Ich habe mit Peter gerechnet. Stattdessen kommst du.« Erst jetzt blickte sie neugierig von dem Mikroskop auf.

»Soweit ich mich erinnere, sind wir noch ›per Sie‹. Aber wenn mir die Ältere das ›Du‹ anbietet. Danke dir, Rita.« Upps, warum war ihr das nur herausgerutscht?

»Huh, die Katze fährt die Krallen aus.« Die Rechtsmedizinerin sah sie verächtlich an. »Ich dachte, du willst gar nicht in sein Bett!«

Die Enttäuschung in Ritas Stimme überraschte Ellen, da sie im Widerspruch zu den Worten und dem gefassten Gesichtsausdruck stand.

»Wie war dein Spruch mit den zwei Eisen?«

»Du hast gelauscht?«

»Musste ich nicht, ihr seid laut gewesen.« Rita Pekarek lehnte sich langsam zurück. »Ach wie süß, wolltest du ihn vor mir beschützen? Das kannst du nicht. Er gehört mir.« Ihr Blick hing abschätzend an Ellens Körper. »Ich frage mich wirklich, was er an dir findet. Du bist so fad, so … farblos.«

Ellen schnappte nach Luft. Sie durfte nicht klein beigeben, auch wenn sie die Worte verletzten. »Dafür bin ich jung und knackig. Und jetzt geben Sie mir die Akte. Ich habe zu tun.« Sie ging einige Schritte nach vorn und griff nach der Akte.

Die Rechtsmedizinerin legte die Hand darauf. »So leicht bekommst du ihn nicht.«

»Glaubst du?« Ellen spürte das Zittern in ihrer Stimme. Sie musste das Unbehagen aus ihrer Stimme verbannen.

»Er gehört mir. Er hat Neigungen, die die wenigsten Frauen befriedigen können. Oder wollen.«

Ellens Magen krampfte. »Aber du kannst es?« Sie wollte nur noch weg.

Rita Pekarek lächelte, doch das Lächeln erreichte nicht ihre Augen. »Oh, ja.« Unerwartet nahm sie die Hand von der Akte. »Nimm, bevor du flennend zu Baumann rennst.«

Als Ellen zugreifen wollte, schnappte Rita nach ihrem Handgelenk. »Und denk daran: Lass die Finger von ihm.«

36 | Pfeiffers Arbeit im Club fing kurz vor zwanzig Uhr an. Heute sah er der Sache entspannter entgegen. Alexandra Kovacek teilte Marianne Klein zusammen mit Miriam Vogel, die sich heute Nachmittag arbeitsfähig gemeldet hatte, an der Bar ein und Eddy Mehling für die Speisen. Also konnte Pfeiffer sich um die Gäste kümmern und ein dringend anstehendes Gespräch mit Alexandra Kovacek führen.

Doch es sah aus, als ginge sie ihm aus dem Wege.

»Später. Jetzt kommen erst die Gäste. Hoffentlich geht alles gut.«

»Ich finde das Thema nicht gerade gelungen.«

Sie schaute ihn vorwurfsvoll an. »Was soll ich denn machen? Die Veranstaltung ist seit Wochen ausgebucht und ein Themenwechsel so kurzfristig nicht durchführbar gewesen. Alternative wäre gewesen, den Club weiterhin geschlossen zu halten, doch Sie wollten ja unbedingt, dass ich öffne! Ich musste sogar ein anderes Zimmer notdürftig einrichten, da Sie den Tatort nicht freigeben.« Sie massierte ihre Finger. »Bitte kassieren Sie die Gäste ab.«

Bevor Pfeiffer etwas erwidern konnte, verschwand sie in den Essbereich.

»Sie ist heute sehr nervös und geht mir aus dem Weg«, sprach er zwecks Protokoll in das Mikrofon an seinem Hemdkragen. »Vielleicht ahnt sie es bereits.« *... was mir nicht mehr aus dem Kopf geht,* ergänzte Pfeiffer den Satz in Gedanken. Er fühlte seinen Verdacht durch die Aussage Konrad Schneiders vom Morgen bestätigt. Da fiel es ihm wie Schuppen von den Augen.

Doch nun musste er sich auf die eintreffenden Gäste konzentrieren; Eindrücke und Informationen sammeln. Pfeiffer hatte zwar eine Vermutung, doch er durfte nicht den Anfängerfehler machen und sich anderen Möglichkeiten verschließen.

Das Thema des Abends war ›SM & Fetisch-Nacht‹. Es kamen viele Pärchen, denn um zu dominieren oder sich dominieren zu lassen, gehörte Vertrauen. Die wenigsten Menschen lieferten sich einem unbekannten Partner aus.

Die Latex- und Lederkleidungen mit den dazugehörigen Masken erschwerten es, später die Personen zu identifizieren. Ein Mann betrat mit einer Sklavin den Club bereits mit angelegter Maske, die das Gesicht fast vollständig bedeckte. Pfeiffer musste es akzeptieren. Widerwillig. Nur durch Vorzeigen des Dienstausweises hätte er ihn zwingen können, die Maske zu lüften.

Pfeiffer schaute nochmals zu ihm hinüber. Der Maskierte hielt sich abseits, seine attraktive Untergebene mit dem schwarzen Bob-Haarschnitt bezahlte freundlich lächelnd. Der Mann löste in Pfeiffer eine Ahnung aus, die seine Nackenhaare aufstellen ließen. So, als würde er ihn kennen. Aber er konnte es sich nicht erklären. Ein Mann passte nicht in das Profil. *Scheiße!* Konnte das Ellens Chatpartner sein?

Auf jeden Fall musste er den Typ im Auge behalten.

Nach dem ersten Ansturm auf die Bar verteilten sich die Gäste auf die übrigen Räume. Miriam verschwand in die Zigarettenpause und Marianne bediente am anderen Ende der Bar. Die Gelegenheit wollte Pfeiffer zu einem Rundgang nutzen, als sie vor ihm stand.

»Rita? Du hier?«

Rita Pekarek bedeckte mit den Fingern das Mikrofon unter seinem Kragen.

»Behalt meine Anwesenheit für dich. Sonst bin ich bei den Kollegen nur noch ›Doktor Peitsche‹«, flüsterte sie. »Obwohl ... vielleicht wäre das besser als ›Leichentante‹ oder ›Doktor Tod‹. Oder haben sie schon wieder einen neuen Namen für mich?«

Die langen rotlackierten Fingernägel kratzten über den Arm hinunter bis zur Hand.

Pfeiffer entzog ihr die Hand. »Nicht, dass ich wüsste.« Er warf ein Geschirrtuch über die Schulter und wickelte es um das Mikrofon. Zusätzlich hielt er es mit der Hand fest. »Was willst du hier?«

»Ich wollte dich unterstützen. Mich unter die Menge mischen, die Augen aufhalten. Ich habe mir dafür extra dieses verdammt teure Outfit besorgt.« Rita zerrte an der mit spitzen Metallnieten verzierten Lederkorsage. »So was ist überhaupt nicht mein Stil. Ich sehe aus, als wäre ich einem Mad-Max-Film entsprungen.«

»Das Geld hättest du dir sparen können. Niemand hat dich um deine Anwesenheit gebeten.« Plötzlich hatte Pfeiffer einen anderen Gedanken. »Ist das der einzige Grund? Oder verfolgst du mich?«

»Du hast mich durchschaut«, gurrte Rita. »Ich bin verrückt vor Sehnsucht nach dir.«

»Zwischen uns ist alles gesagt.«

»So? Was hast du denn gesagt?«

Eine messerscharfe Arroganz schwang in ihrer Stimme mit. Pfeiffer wurde bewusst, dass dieser Charakterzug zu Rita gehörte wie ›Oh Tannenbaum‹ zu Weihnachten. Ihr schweres Parfüm schnürte ihm die Luft ab. Er konnte Rita buchstäblich nicht mehr riechen und alles in ihm drängte, einen möglichst großen Abstand zwischen sie beide zu bringen.

Die rosarote Brille verliert die Farbe, dachte Pfeiffer. Er führte Rita zur Seite. Das nachfolgende Gespräch ging niemanden etwas an.

»Ich möchte deine Ehe nicht zerstören«, log er ohne mit der Wimper zu zucken.

»Meine Ehe? Die zerstörst du nicht.«

»Aber ich habe gegenüber deinem Mann ein schlechtes Gewissen.« Noch eine weitere Lüge und er könnte sich in den Stadtrat wählen lassen. Ihm wurde augenblicklich übel.

»Ach, auf einmal?«

Sie versuchte, ihn unter dichten Wimpern heraus abzuschätzen.

»Ja. Und es tut mir leid, dass wir zwei …« Ihm fiel nichts Adäquates ein und er setzte neu an: »Wenn du mitten in der Nacht gehst, fühle ich mich beschissen.«

Na ja, das war nur zum Teil gelogen.

»Kommst du etwa ins Kuschelalter? Für die Midlife-Crisis bist du eigentlich noch zu jung.«

»Das Alter hat nichts damit zu tun.«

»Unser Arrangement ist doch für uns beide ideal. Wir haben unseren Spaß, keine Verpflichtungen …«

»Stimmt. Aber jetzt fehlt mir Nähe. Was ist daran schlimm? Du möchtest es nicht, ich brauch es. Für dich ist das nur ein Spiel. Das hast du mir mehr als einmal verdeutlicht, indem du deinen Mann nicht verlassen wolltest. Und nun beenden wir es. Du findest einen anderen für deine Spielchen.« Seine Stimme sollte versöhnlich klingen, es gelang nicht. Die in ihm brodelnden Emotionen hatten sich seiner Stimmbänder bemächtigt.

»Du servierst mich tatsächlich für dieses blonde Schnepfchen ab? Das ist jetzt nicht dein Ernst, oder?« Aus Ritas Wangen wich das Blut.

»Schnepfchen? Wegen welcher Schnepfe?«

»Na, deine Kollegin! Ich bin nicht blind. Ich sehe doch, was sich zwischen dir und Ellen abspielt!«

Pfeiffer erstarrte. Woher wusste Rita das? Standen ihm seine Gefühle für Ellen auf die Stirn geschrieben?

Sie bohrte ihm den Zeigefinger in die Brust. »Melde dich, falls du es dir anders überlegst. Vielleicht nehme ich dich wieder zurück.« Abrupt drehte sie sich um und stolzierte auf Stilettos davon.

»Mit Sicherheit nicht.«

»Heh, was ist da los?« Andi hantierte hektisch an den zahlreichen Schaltern der Überwachungsanlage und überprüfte mehrmals den Sitz des Kopfhörers. »Ich höre nichts mehr!«

Ellen stand auf. »Technisches Versagen?«

Andi ignorierte sie und konzentrierte sich auf die Kopfhörer. »Nein, nein ... das glaube ich jetzt nicht.«

»Was ist? Soll ich erst auf Knien rutschen, damit du mir deine Erkenntnisse mitteilst?«

Mit dem Zeigefinger an den Lippen brachte Andi sie zum Schweigen. »Er hält das Mikrofon zu und unterhält sich mit einer Frau. Warte mal ... das hört sich mehr wie ein Streit an. Die Frau klingt aggressiv.«

»Hast du gehört, mit wem er spricht?«

»Nein, nicht wirklich«, gestand Andi kleinlaut und verteidigte sich: »Bleib du mal konzentriert, wenn ständig nur langweilige Getränkebestellungen und Flirts durchkommen.«

»Vielleicht könntest du über das Flirten noch was lernen«, schnappte Ellen.

»Wie witzig.«

Die Sorge um Pfeiffer wuchs. »Was, wenn das die Mörderin ist? Vielleicht ist Pfeiffer aufgeflogen.«

»Mit der er streitet? Dass ich nicht lache.« Andi ahmte Pfeiffers Stimme nach: »Wollen Sie Handschellen? – Nein, keine Handschellen«, persiflierte er eine piepsige Frauenstimme. »Doch, wir nehmen die Handschellen. – Nein, nein. Da breche ich mir die Fingernägel ab.«

»Du Blödmann!« Ellen klapste ihm auf den Hinterkopf.

Andi grinste. Die weißen Zähne blitzten im Halbdunkel des Ü-Wagens.

»Ob er Hilfe braucht?«

»Quatsch, vielleicht ist er nur seiner Ex über den Weg gelaufen.«

»Rita!«

Andi starrte Ellen entgeistert an. »Ich glaube, der Name ist vorhin gefallen.«

»Verdammt, was macht die hier?«

»Welche Rita?« Schließlich dämmerte es ihm. »Du meinst doch nicht etwa ... unseren Doktor Tod?«

»Genau die.« Ellen strich sich über das Gesicht.

»Alter Schwede! Den heißen Feger hätte ich auch nicht von der Bettkante geschubst. Peter muss mir unbedingt verraten, wie er an die rangekommen ist. Die macht doch immer so auf unnahbar.« Er nickte anerkennend mit dem Kopf.

»Du bist unmöglich! Die könnte deine Mutter sein!« Die Vorstellung widerte Ellen an. »Sag mir lieber, was wir jetzt machen? Wenn Rita ihn enttarnt, ist die ganze Sache nutzlos.«

»Warum sollte sie ihn auffliegen lassen? Sie arbeitet bei der Polizei und ist Profi. Die unterscheidet zwischen Job und Privatleben. Ich finde das Ganze hier sowieso zwecklos, aber mich fragt ja keiner.«

»Wenn Peter mit seinem Verdacht richtig liegt, kommt die Domina zurück. Sie ist da schließlich zu Hause.«

»Komm mir nicht mit der Sarah Lorenz!« Andis Geduld kam an ihre Grenzen. Stundenlang am PC zu recherchieren, erschien ihm sinnvoller als das Überwachen von Gesprächen.

»Und warum kommt sie deiner Meinung nach nicht infrage?«

»Weil ...« Andi suchte nach den richtigen Argumenten, »Daniel und Marianne Klein sie erkannt hätten. Trotz Maskerade.«

»Setz du mal eine Perücke auf, verdecke dein Gesicht und verstell deine Stimme. Ich wette, deine Exfreundinnen würden vorübergehen, ohne dir die Augen auszukratzen.«

»Niemals.« Andi bleckte die Zähne.

»Du hast recht. Seit du beim Zahnarzt warst, hast du dir ein abnormales Grinsen angewöhnt, an dem dich jede wiedererkennt.« Ellen griff nach der Tasche.

»Du willst doch nicht etwa ...«

»Natürlich. Denkst du, ich lasse Peter da alleine?«

»Ellen, er braucht keine Hilfe!«

»Woher weißt du das?«

»Denk doch mal logisch. Er hält wahrscheinlich das Mikro zu. Mit Absicht!«

»Das weißt du nicht. Nicht mit Sicherheit«, konterte Ellen. Sie öffnete die Jeans. »Dreh dich, verdammt noch mal, um!«

Andi tat wie befohlen. Aus den Kopfhörern drangen weiterhin gedämpfte Stimmen und so konnte er Ellens Argumente nicht widerlegen. Das Leben seines Freundes, Kollegen und Vorgesetzten wollte er nicht riskieren.

Ellen verschaffte sich durch den schummrigen Lieferanteneingang Zugang zum Club. An der Treppe, die in den Club hinaufführte, verharrte sie und atmete durch.

Unsicher strich sie über das schlichte schwarze Kleid, das sich eng an den Körper schmiegte. Es war nicht das richtige Outfit für das heutige Motto, doch der Kleiderschrank hatte nichts Besseres hergegeben.

Ellen war noch nie in einem Swinger-Club. Aber was Nina konnte, schaffte sie auch. »Ich bin aus rein ermittlungstechnischen Gründen hier«, redete sie sich ein. Doch es funktionierte nicht, Peter erschien wieder vor ihrem inneren Auge. Und mit seinem Bild all die Zweifel. Würde er zu dem stehen, was er ihr im Büro versprochen hatte? Oder würde er bei Rita bleiben? Wie würde er entscheiden?

Oh! Sie musste aufhören, an Rita zu denken und sich professioneller verhalten. Verdammt noch mal, in was für eine heikle Situation hatte sich Peter da hineinmanövriert?

Gleichzeitig ängstigte sie der Gedanke an eine Beziehung mit Peter. Was, wenn er ihrer überdrüssig wurde und ging? Ellen wollte nicht noch einmal verletzt werden.

Im Leben gibt es keine Garantie, stellte sie mit Nachdruck fest. Auf keinen Fall in der Liebe. In der Liebe zwischen Mutter und Kind vielleicht, aber zwischen Mann und Frau? Niemals. In Gedanken sah sie, wie Gab und sie sich, bei einer der zahllosen Auseinandersetzungen, anschrien, und strich auch die Mutterliebe von der Liste.

Andererseits wäre das Leben ohne Veränderungen langweilig. Rüdiger würde noch immer an ihrer Seite kleben, sich bedienen lassen und sie damit ärgern, die Toilettenbrille beim Pinkeln nicht hochzuklappen. Oh Mann, war sie damals blind gewesen! Jetzt war Rüdiger Juttas Problem.

Ellen vermisste Rüdiger nicht noch wollte sie ihn zurückhaben. Spürte das auch Gab und nahm es ihr übel? Fühlte sich das Mädchen alleingelassen mit der Sehnsucht nach einem Vater, einer Familie, wie sie es an den Wochenenden in aller Herrlichkeit vorgeführt bekam? Ellen hatte keine Ahnung. Wie jeder Teenager sprach Gab mit der Mutter nicht über Gefühle.

Ellen sah, wie sie Gab zärtlich im Arm hielt und über ihre Haare streichelte. Unverzüglich ergänzte sie wieder den Punkt Mutterliebe auf ihrer imaginären Liste.

Ja, die Liebe.

Dass sie damals mit Rüdiger blind war, konnte sie keineswegs mehr rückgängig machen. Doch dieses Mal passte sie auf.

Mädel, sei nicht so naiv, schalt sie sich. Wenn du dich auf Peter einlässt, dann richtig! Das muss krachen! Auch im Bett. Es musste derart krachen, dass die Nachbarn die Polizei wegen Ruhestörung riefen. Ellen kicherte.

Das sich ausbreitende kribbelnde Gefühl im Bauch hatte sie über die Jahre total vergessen.

»Ruhe, ihr Schmetterlinge. Ich brauche jetzt einen klaren Kopf.«

Sie zupfte das Kleid an Ausschnitt und Hüften zurecht und stieg die Treppe hinauf.

»Du hast ein Kleid an? Wie … außergewöhnlich.« Wie aus dem Nichts heraus manifestiert, stand Rita vor ihr.

»Wie? Was meinst du?«, stammelte Ellen. Ritas plötzliches Erscheinen überrumpelte sie.

»Trägt der edle Retter aus der Not normalerweise nicht eine weiße Rüstung?« Rita Pekarek lächelte gehässig. »Aber normalerweise schleicht der edle Held auch nicht wie ein Dieb durch die Personalpforte, sondern prescht durch das offene Tor an den Ort des Geschehens.«

Das Kaltlicht der in den Stufen eingebauten LED-Leuchten ließ Ritas Teint gespenstig blass aussehen. Das aufgelegte Make-up bröckelte und rund um die Augen zeigten sich Krähenfüße; die Lippen erinnerten an zerknülltes und anschließend glattgestrichenes Seidenpapier.

Was fand Peter an ihr? Oder Andi? Nur übertünchte Falten und welkes Fleisch? Im Vergleich zu Rita fühlte sich Ellen taufrisch und begehrenswert.

»Ach, das meinst du?«, gab sich Ellen unbeschwert. »Wie man sieht, hast du mir die letzte Rüstung weggeschnappt.« Sie starrte demonstrativ auf Ritas Brüste, die wie Eistüten vorstanden. »Im Kostümverleih gab es nichts Passendes mehr für mich.« Sie setzte einen drauf, indem sie entschuldigend die Hände hob. »Ich wollte dir nicht die Show stehlen.«

Die Rechtsmedizinerin schaute sie lange an. Nur an den pochenden Adern an der Stirn erkannte Ellen, dass diese Runde an sie ging.

»Du fühlst dich wohl sehr stark durch ihn«, stellte Rita schließlich mit zitternder Stimme fest. »Aber ich werde ihn nicht kampflos aufgeben. Darauf kannst du deinen Knackarsch verwetten.«

Ellen überquerte die leere Tanzfläche und kam an die Bar.

Wow, sieht Ellen sexy aus, ging es Pfeiffer durch den Kopf. Sie geht mir nicht mehr aus dem Weg – ein gutes Omen.

Doch dann sah er den Ausdruck auf ihrem Gesicht. »Was ist passiert?«

»Wenn du nicht so unprofessionell das Mikro abgedeckt hättest, stände ich nicht hier und mir wäre eine unangenehme Begegnung erspart geblieben.«

»Oh«, stammelte Pfeiffer.

Ellen beugte sich vor und flüsterte in das Mikrofon: »Sorry, Andi, das ist nicht für deine Ohren.«

Sie legte die Hand über das Mikro. Für einen Beobachter musste es wie eine zärtliche Geste wirken.

»Rita. Sie hat mir gedroht. Bereits zum zweiten Mal.«

»Das ist meine Schuld. – Ich habe mit ihr Schluss gemacht«, fügte er leise hinzu.

Ellens Herz hüpfte, doch sie wollte es ihm schwer machen. Strafe musste sein.

»Schön, dass du endlich weißt, was du willst. Ich weiß es mittlerweile nicht mehr.«

Sie weidete sich an Pfeiffers entsetzter Miene.

»Was soll das heißen?«

»Später.« Sollte er ruhig zappeln. »Wir sind im Dienst.« Gleichzeitig nahm sie die Hand vom Mikro und zupfte spielerisch an Peters Kragen.

37 | Alexandra Kovacek sah den Kommissar am Ende der Bar stehen. Er unterhielt sich mit seiner Kollegin. Das sieht eher nach einem privaten Gespräch aus als nach Austausch beruflicher Belange, dachte sie. Ein Ermittler, der nicht ganz bei der Sache war. Sie lächelte. Vielleicht konnte sie das zu ihrem Vorteil nutzen.

Obwohl, sie durfte ihn nicht unterschätzen. Bisher war sie Pfeiffer im Club aus dem Weg gegangen. Doch dadurch machte sie sich nur verdächtig. Was sollte sie also machen?

Alexandra atmete tief durch und trat zu ihm heran. »Wenn Sie wollen, können wir uns jetzt unterhalten. Es ist gerade wenig los. Gehen wir in mein Büro, dort sind wir ungestört.«

Mit wiegenden Hüften ging sie Richtung Treppenhaus. Sie fühlte, wie Pfeiffers Blick über den schwarzen Jumpsuit glitt, der sich weich an den Körper schmiegte. Sie gratulierte sich zu der Kleiderwahl. Die wuchtige Kette allerdings hing ihr schwer am Hals.

»Warten Sie mal. Können wir nicht hierbleiben?«, rief Pfeiffer.

Alexandra blieb stehen und drehte sich um.

»Die Musik ist hier zu laut«, gab Ellen zu bedenken.

Pfeiffer wies mit dem Kopf zu einem großen Mann mit Maske und einer zierlichen Frau. »Ich möchte den Kerl da im Blick behalten. Er ist mir bereits am Eingang aufgefallen. Und jetzt hat er gerade mit seiner Sklavin angestoßen. Sie wirkt überhaupt nicht unterwürfig.«

Was hatte er schon wieder? Alexandra folgte dem Blick, doch sie kannte diese Leute nicht, die sich lachend zuprosteten. Ihr konnte es recht sein, wenn er den Fokus auf fremde Personen legte.

Zu ihrem Bedauern erhoben sich gerade zwei Paare, verließen die Nische neben der leeren Tanzfläche und steuerten die Treppe zum Spielbereich an.

Widerwillig akzeptierte Alexandra und sie nahmen Platz. Sie wollte nicht zusammen mit dem Personal gesehen werden. Nun konnte sie es nicht mehr verhindern. Zögernd setze sie sich den beiden gegenüber.

»Warum haben Sie uns nichts über den Bruch mit Konrad Schneider und seiner Partnerin erzählt? Was war wirklich der Grund?«, kam Pfeiffer ohne Umschweife auf das Thema zu sprechen.

Alexandra spürte die Hitze in sich aufsteigen. *Das wollte er wissen*? Sie schluckte. »Das geht Sie nichts an. Es ist privat.«

»Ich bin das ständige Katz-und-Maus-Spiel mit Ihnen leid. Es geht um einen ungeklärten Todesfall, da gibt es kein ›privat‹!«, zischte er.

Die Erinnerungen an Daniels Tod erfüllten sie mit Schmerz, doch auch die bittere Enttäuschung über die verlorenen Freunde empfand sie so deutlich, als wäre es erst gestern passiert.

Sie spürte, wie Pfeiffer sie musterte. Dieser Hausfrauen-Casanova! Dachte er wirklich, so zu ihrem Geheimnis vordringen zu können?

Seine Kollegin zog eine Braue hoch. »Haben Sie nie in Erwägung gezogen, dass der Tod Ihres Mannes eine Beziehungstat sein könnte? Vielleicht haben Ihre früheren Freunde ein Motiv.«

Alexandra Kovacek brummte der Kopf. Sie sah von einem zum anderen. »Warum sollten sie? Sie haben keinen Grund dazu.«

»Das sehe ich anders. Konrad Schneider ist sehr gekränkt, weil Sie sein körperliches Versagen gegenüber den anderen Swingern breitgetreten haben.«

»Was? Ich soll … ich habe überhaupt nichts darüber erzählt!« Ihr wurde übel.

»Herr Schneider sagt etwas anderes.« Pfeiffer schaute sie an, als wolle er ihre Gedanken wie die Schlagzeilen der Tageszeitung lesen.

Alexandra riss sich zusammen. Pfeiffer durfte darüber nichts herausfinden. Das ging ihn nichts an. »Wie kommt er auf diesen Unsinn? Ich verstehe das nicht.«

»Das sage ich Ihnen.« Pfeiffer lehnte sich zurück. »Sie pflegten ein gutes Verhältnis zu dem Paar. Alles passte. Sie verlebten eine tolle Zeit. Der Club wurde aufgebaut und noch immer war alles perfekt. Bis zu dem Zeitpunkt«, Pfeiffer machte eine Pause und rutschte vor, »an dem Ihnen jemand unter dem Deckmantel der Verschwiegenheit erzählte, – und das nur, um ihnen weitere Schmach zu ersparen – Konrad Schneider hätte Ihr ›kleines‹ Geheimnis ausgeplaudert. Pikant und sehr privat. Und das hat Sie derart gekränkt, dass Sie den Kontakt abbrachen.«

Um Alexandra herum verschwamm alles. Bilder vergangener Tage mischten sich mit den harten Worten des Kommissars. »Woher ...?« Sie verstummte und starrte Pfeiffer fassungslos an.

»Ich vermutete es.«

Alexandra riss den Kopf hoch. Konnte sie hoffen? »Sie vermuten! Das alles hier basiert nur auf Vermutungen?«, sagte sie lauter als beabsichtigt und schaute um sich. Keiner nahm von ihnen Notiz.

»Wenn ich von Ihnen keine Infos bekomme, zähle ich Eins und Eins zusammen und bekomme meistens Zwei heraus.« Seine Stimme klang siegessicher. »Was glauben Sie, wie Herr Schneider an die Informationen gekommen ist, die für ihn einen derartigen Vertrauensbruch darstellten?«

Alexandra schwirrte der Kopf.

»Genau wie bei Ihnen war es eine gutmeinende Freundin. Er sagte, sie habe auch ihn unter besagtem Deckmantel darauf hingewiesen, Sie, Frau Kovacek, wären mit ›seiner‹ delikaten Geschichte hausieren gegangen.«

Gallenbitterer Geschmack bahnte sich den Weg in den Mund. »Oh Gott, jetzt wird mir alles klar.« Sie verbarg das Gesicht hinter den Händen.

»Und jetzt erwarte ich Antworten von Ihnen. Warum schützen Sie Sarah Lorenz?«

»Tu ich nicht.« Ihre Stimme wurde durch die Hände gedämpft. Am liebsten hätte sie sich in Luft aufgelöst oder verkrochen.

Alexandra nahm die Hände herunter. In den Augen glitzerten unterdrückte Tränen. Obwohl sie die ganze Situation noch nicht richtig erfasste, ahnte sie, welche Frage nun folgen würde.

»Haben Sie eine intime Beziehung mit Sarah Lorenz?«

Sie atmete tief durch.

Ellen beugte sich vor und berührte Alexandras Arm. »Bitte, reden Sie endlich. Sie möchten doch auch, dass Daniels Tod aufgeklärt wird, oder?«

Alexandras Selbstbeherrschung löste sich auf. Unaufhaltsam rannen nun die Tränen über die Wangen. »Was hab ich nur getan? Ich hätte es wissen müssen, als ich merkte, wie Sarah mich ansah. Die Zärtlichkeit in ihrem Blick. Aber ich dachte mir nichts dabei. Wer vermutet auch hinter jeder Freundlichkeit entspringende Zuneigung, vielleicht sogar Liebe. Dann könnte sich keiner mehr unbedarft umarmen oder anfassen, so wie Sie es eben taten.«

Ellen zog die Hand weg.

Alexandras Blick schweifte über die Tanzfläche hinweg in die Ferne. »Ich verdanke Bettina meine Affinität zu Frauen. Die sympathische Art und ihr wunderbarer Körper ließen mich erste Erfahrungen in Sachen Frauen sammeln. Dann kam Sarah. Dass zwei Frauen mich begehrten, schmeichelte mir.

Daniel warnte mich noch. Er hatte sie von Anfang an durchschaut und abgelehnt. Aber ich wusste es besser und nahm sie mit ins Boot. Ich könnte mich ohrfeigen. Ich war so naiv.« Alexandra wischte sich die Tränen aus dem Gesicht.

Sie hatte alles gehabt und nun alles verloren!

Erst verjagte sie ihre ›Konkurrenz‹ Konrad und Tina mit Lügengeschichten. Dann erpresste sie Daniel mit der vertuschten Vergewaltigung. Nicht nur, um sich zu bereichern, sondern auch, um einen Keil zwischen Daniel und Alexandra zu treiben. Nachdem Letzteres nicht gelang, brachte Sarah Daniel um. Sie, Alexandra, stand nun alleine da und fand in der verständnisvollen, hilfsbereiten Sarah Trost. Es war so raffiniert geplant. So perfide. So genial.

So muss es gewesen sein!

»Frau Kovacek, alles in Ordnung?« Die Stimme des Kommissars drang aus weiter Ferne zu ihr durch.

»Nichts ist in Ordnung. Und nein«, mit den Fingern wischte sie die Tränen fort und verschmierte das Make-up zu einem Aquarell. »Ich habe kein Verhältnis mit Sarah, aber ... heute Nacht ... hätte es sich wahrscheinlich geändert. Sie wollte mich besuchen.«

Dann erzählte Alexandra Kovacek den Kommissaren, was sie gehört hatte.

»Mir erzählte sie im Vertrauen, dass Konrad herumposaunte, ich sei frigide.«

»Sarah hat Sie systematisch von allen und jedem isoliert, Misstrauen gesät. So hätten Sie nur noch sie als Vertraute und Freundin.«

»Und damit ganz in der Hand«, schlussfolgerte Alexandra. »Was für ein perfider Plan. Wie konnte ich nur so naiv sein?«

»Ich denke, das ist ein grundsätzliches Problem«, mischte sich Ellen ein. »Die Menschen reden zu viel übereinander statt miteinander.«

Alexandra schniefte und brachte ein schiefes Lächeln zustande. »Wahrscheinlich haben Sie recht. Hätte ich Konrad zur Rede gestellt, wäre die Sache sehr schnell geklärt gewesen.«

»Und Sarah Lorenz bloßgestellt«, ergänzte Pfeiffer.

»Vielleicht würde dann Daniel noch leben.« Alexandras Stimme brach und sie schluchzte. »Hat Sarah ihn umgebracht?«

Pfeiffer zuckte mit der Schulter. »Das finden wir heraus.«

»Melden Sie sich bei Herrn Schneider«, ergriff Ellen das Wort. »Er und seine Lebensgefährtin freuen sich bestimmt und ich denke, in den beiden haben Sie echte Freunde gefunden.«

Alexandra Kovacek lächelte. »Glauben Sie?«

Pfeiffer nickte, dann sprach er in das Mikrofon unter dem Kragen. »Bringt Sarah Lorenz gleich heut früh aufs Revier. Sie steht unter Tatverdacht, Daniel Kovacek getötet zu haben.«

Pfeiffers Blick ging zur Bar. Noch war der Andrang für Marianne gut zu bewältigen. Während des Gespräches hatte er immer wieder den maskierten Mann und seine Sklavin beobachtet. Die Sklavin unterhielt sich angeregt mit ihrem Dom und deutete auf ein Handy, das dieser in der Hosentasche verschwinden ließ.

Warum hatte er das Gefühl, diesen Typen zu kennen? Ein Kollege? Nein, eine Saite in ihm klang bei diesem Gedanken dermaßen disharmonisch, wie sie bei keinem seiner Kollegen anschlug.

Pfeiffer wandte sich wieder Alexandra zu, als ihn die Erkenntnis durchfuhr.

»Natürlich! Das ist er! – Ihr entschuldigt mich?«

Ohne eine Antwort abzuwarten, sprang er auf und umrundete mit großen Schritten die Tanzfläche, auf der Pärchen nach einem Medley von ABBA-Songs anzüglich tanzten.

»Marianne, bring bitte der Chefin einen Drink. Einen starken«, sagte Pfeiffer.

»Ist was passiert?«

»Das Schwert der Erkenntnis hat zugeschlagen.« – Sogar doppelt, fügte er in Gedanken hinzu.

Wie konnte er nur so blind sein. Er hätte diesen Typen trotz der Maske erkennen müssen! Ihm fiel ein, dass dessen Partnerin den Eintrittspreis bezahlte und er sich im Hintergrund gehalten hatte. Nun wusste er auch, warum.

Sein Blick bohrte sich regelrecht in den Nacken. Genau unterhalb des Hinterhauptbeines. Dort, wo der Schädel auf der Wirbelsäule saß. Schließlich bemerkte die Begleiterin Pfeiffer und machte ihren Partner auf Pfeiffer aufmerksam. Langsam drehte dieser sich um, und griff sich in den Nacken, als wolle er die Spuren des Blicks wegwischen. An seinem Ringfinger prangte ein Siegelring mit dem blauen Wappen eines Baumes.

»Hallo Herr Graf! Sie feiern? Haben Sie wieder aus Sensationsgeilheit einem Verbrecher zur Flucht verholfen?« Mit einem bösen Grinsen fügte er hinzu: »Gruber! Vor drei Jahren! Oder haben Sie zwischenzeitlich schon wieder so viel Scheiße angerührt, dass Sie das vergessen haben?«

»Herr Kommissar, was für ein Zufall. Wir haben gerade über Sie gesprochen.«

»Hören Sie doch mit der Maskerade auf! Über wie viele Leichen wollen Sie noch für die Karriere steigen?«

Karl Ferdinand von Weiden nahm die Ledermaske ab und strich die feuchten Haare aus der Stirn. »Halten Sie mir das für den Rest meines Lebens vor? Ich habe dafür bezahlt! Für die Karriere war das alles andere als förderlich.«

»Ich bin noch lange nicht mit Ihnen fertig! Und glauben Sie mir, Ihre Karriere ist mir scheißegal! Was ist mit dem Handy in Ihrer Tasche? Hier sind keine erlaubt.«

»Das wussten wir nicht«, versuchte die zierliche Frau die Wogen zu glätten. »Wir sehen uns nur Urlaubsfotos an.«

Sie steckte in einem Latex-Overall. Dank der hochhackigen Overknee-Stiefel reichte sie dem Grafen bis zu dessen Schultern. Es war eine Person, die viele bewundernde Blicke auf sich zog. Doch Attraktivität war ein Aspekt, der für Pfeiffer bei Journalisten in keiner Weise zählte. Mitglieder dieser Zunft waren für ihn geschlechtslos.

»Sie sehen noch nicht mal die Schilder am Eingang? Warum haben Sie nichts Besseres gelernt? Dann könnten Sie wenigstens lesen.«

»Das ist ja eine Frechheit.« Die junge Frau schnappte nach Luft.

Graf Weiden tätschelte ihren Arm. »Das ist noch harmlos. An so was musst du dich bei ihm gewöhnen.« Dann richtete er sich an Pfeiffer.

»Herr Kommissar, was damals geschah, tut mir aufrichtig leid. Meine Informantin hat mich ausgetrickst und meine Recherche an Gruber weitergegeben. Ein blöder Anfängerfehler, für den ich mich noch jeden Tag in den Hintern treten könnte.«

Pfeiffer, der schon eine böse Bemerkung auf der Zunge hatte, verschluckte sich daran. *Wow!* Er hatte mit Verschwörungstheorien, Ausreden oder sonstigen Albernheiten gerechnet. Aber eine Entschuldigung? Darauf war er nicht gefasst. War es ernst gemeint? Oder nur eine neue Taktik? Sollte er weiterhin auf stur stellen oder einlenken? Drei lange Jahre dauerte bereits sein Krieg mit der Presse.

»Wo waren Sie denn im Urlaub? Hier im Club?« Pfeiffer unterdrückte die Ironie in seiner Stimme.

Von Weiden nickte verunsichert.

Pfeiffer ballte die Fäuste, um dem Grafen nicht die Gurgel zuzudrücken. Er hatte tatsächlich hier im Club Fotos geschossen.

»Glauben Sie, ich spiele aus Spaß den Barkeeper?«

»Natürlich nicht. Vielleicht kann ich Ihnen ja mal zur Abwechslung helfen.«

»Sie?«

»Ich kann Ihnen Information liefern, die für den Fall von Bedeutung sind.«

Dass der Mann tatsächlich Informationen offenbarte, war eindeutig ein Friedensangebot. Pfeiffer wägte die Harmonie mit Baumann und der Presse mit der Wut über den Grafen ab. Er war es leid und konnte es sowieso nicht mehr ändern. Pfeiffer sah Baumanns dicke Tränensäcke und entschied sich für dessen ruhigen Schlaf.

»Was können Sie mir schon bieten?«

»Eine neue Spur.«

Pfeiffers Hand schoss vor, die Finger krallten sich in das verschwitzte Hemd und er zog von Weiden zu sich ran. »Rede!«

»So nicht, Herr Kommissar.« Karl Ferdinand von Weiden schlug die Hand weg und richtete übertrieben sorgfältig die Kleidung. »Wenn ich Ihnen schon was erzähle, muss für mich auch was rausspringen.«

»Wie wäre es, wenn ich Ihnen keine Anzeige verpasse?«

Resigniert zog der Graf die Schulter hoch. »Wir müssen auch leben.«

»Sie hatten schon genug Schlagzeilen nach der Devise: ›Wir sprachen zuerst mit dem Toten!‹«

Von Weiden unterdrückte ein Lachen.

»Finden Sie das witzig? Also, was haben Sie?«

Von Weiden schluckte und schaute seine Kollegin an, als wolle er sich ihr Einverständnis versichern. »Dieser Mehling ist mit einem Angebot zu uns gekommen. Ein ganz verschlagener Kerl. Er hat für uns den SM-Raum aufgeschlossen.«

Pfeiffer pfiff durch die Zähne. »Gegen eine gewisse Aufwandsentschädigung nehme ich an?«

»So kann man es ausdrücken.«

Pfeiffer grinste. Eddy. Jetzt ergab alles einen Sinn.

»Passen Sie auf, von Weiden.« In seinem Kopf nahm eine vage Idee langsam Formen an. Gewagt, aber machbar. Riskant, aber nützlich. »Sie können Folgendes schreiben …«

Alexandra Kovacek verließ Ellen unter dem Vorwand, in der Küche nach dem Rechten sehen zu wollen.

Wenn ich schon einmal hier bin, beschloss Ellen daraufhin, kann ich auch eine Runde durch den Club drehen. Schließlich hatte sie einen Auftrag.

Entschlossen stand Ellen auf, zog das hochgerutschte Kleid herunter und ging in das Obergeschoss. Sie erreichte den Gang zu den Spielwiesen, in dem sich die Leute wie bei einem gigantischen Volksfest trafen.

»Hallo, schöne Frau«, sprach eine tiefe Männerstimme Ellen an. »Ich habe dich vermisst.«

Adrenalin schoss durch Ellens Blutbahnen und kribbelte in den Fingerspitzen. Genau das waren die Worte des Chatpartners gewesen, als er sie am Montag angeschrieben hatte!

Wer war das? Sie sah sich um. In der schummrigen Beleuchtung erkannte sie nur schwarzgekleidete Gestalten, die sich auf dem eigens für sie veranstalteten Fest mitreißen ließen. Dazu war sie im Gegensatz zu den High Heels tragenden Frauen zu klein, um über die Köpfe blicken zu können.

Langsam ging sie weiter. Niemand folgte ihr. Hatte sie es sich eingebildet? Spielte ihr die Fantasie einen Streich? Erneut drehte sie sich um und dann sah sie ihn. Der Mann lehnte an der Wand, als lauere er auf ein Opfer. Auf sie. Sein Kopf wurde durch eine Ledermaske verdeckt, die Ellen an die von Hannibal Lecter in dem Film ›Das Schweigen der Lämmer‹ erinnerte. Durch kleine schiefe Gitterstäbe, die vor dem Mund angebracht waren, glaubte sie, ein verzerrtes Lächeln zu erkennen. Wo war sie da nur hineingeraten?

Eine ältere Frau mit platinblondem Kurzhaarschnitt bemerkte Ellens Blick und flüsterte: »Von dem lass die Finger, der ist zu brutal für Anfängerinnen wie dich.«

»Anfängerin?«

Die Frau musterte Ellen. »Nichts für ungut, Süße, du schaust nicht gerade sehr erfahren aus. Er sucht sich gerne Neulinge, um sie so richtig zu schocken. Glaub mir, das willst du nicht wirklich.«

»Danke für den Hinweis«, erwiderte Ellen mit zittriger Stimme. Dann suchte sie den Mann, doch der war verschwunden.

Die Frau wollte weitergehen. Ellen hielt sie zurück.

»Kennst du seinen Namen?«

»Er nennt sich Hannibal. Als Hommage an den Film. Aber das finde ich übertrieben.« Sie kicherte plötzlich. »Er hat bisher keinem die Nase abgebissen.«

38

Zwei Uhr. Ellen drehte sich auf die andere Seite. Durch die geöffnete Balkontür leuchtete der Vollmond und verlieh den Dingen einen außerirdischen Glanz. Auf der Straße fuhr ein Auto, dessen Lichtkegel durch den Raum huschte. Für Sekunden gaben sie der Einrichtung die gewohnten Farben zurück, ehe sich alles wieder in die Kulisse eines Film Noire verwandelte.

Stille breitete sich aus.

Eine Brise spielte mit den Gardinen, erweckte die Schatten an der Wand zum Leben.

Ellen fand keine Ruhe. Wieder und wieder kreisten die Gedanken um die Ereignisse des Abends. Pfeiffers Geständnis, die Auseinandersetzung mit Rita, das Gespräch mit Alexandra Kovacek, der Typ mit der Hannibal-Lecter-Maske. Dazwischen die Sorgen wegen Gab.

Heute war Samstag. Wochenende – die freien Tage hatten den Reiz für Ellen verloren.

Gab verbrachte sie bei ihrem Vater. In der ›perfekten Familie‹ inklusive dem ›trauten Heim, Glück allein‹-Arrangement, das er vor seiner Tochter zelebrierte.

Ellen streckte die Hand aus und strich über den freien Platz im Bett. Mit geschlossenen Augen stellte sie sich vor, Peter läge hier. Seine Wärme würde Trost spenden, streichelnde Hände die Sorgen vergessen lassen.

Noch vor Tagen hätte Ellen es nicht für möglich gehalten, dass sie – eine Enddreißigerin und mit beiden Beinen im Leben stehend – sich wie ein Backfisch auf den ersten Kuss von Peter freute.

Ellen seufzte. Sie hatte Wochenenddienst. Am Morgen musste sie fit sein.

Vielleicht kam das Kopfkarussel zum Stillstand, wenn sie die Rollläden schloss?

Ellen wälzte sich auf die andere Seite.

Ihr Instinkt signalisierte eine Veränderung im Raum, bevor der Verstand den übergroßen reglosen Schatten als den eines Menschen identifizierte.

Jemand stand auf der Terrasse.

Mist, die P7 steckte in der Handtasche, und die war im Flurschrank eingeschlossen. Dass Polizisten mit der Knarre unter dem Kopfkissen schliefen, war ein Klischee aus den amerikanischen Serien und Filmen.

Sollte sie schreien?

Einen normalen Einbrecher würde das abschrecken. Der bevorzugte für seine Arbeit die Stille. Aber war es überhaupt ein Einbrecher? Vielleicht war es ein Perverser, der es auf sie abgesehen hatte. Oder gar auf Gab. Gott sei Dank war Gab nicht daheim! Aber hatte sie das Fenster geschlossen, bevor sie ging?

Eine Idee blitzte auf.

»Was? Schon wieder?« Sie kicherte – und hoffte, es klang überzeugend. »Du bekommst ja gar nicht genug. Einen Moment, Peter. Ich mach's uns nur etwas gemütlicher.«

Ellen stürzte aus dem Bett zur Terrassentür. Dort stand eine schwarze Gestalt, wie in einen Umhang geschlungen.

Fast gleichzeitig schlug sie mit einer Hand die Tür zu und ließ den Gurt ungebremst durch die andere gleiten.

Der Rollladen knallte auf den Boden. Auch den des Fensters ließ sie herunter. Dann huscht sie in Gabs Zimmer. Das Fenster war geschlossen.

Ellen schob den Vorhang zur Seite. Draußen war alles ruhig. Auch zwischen den geparkten Autos und hinter den Bäumen konnte sie keinen Menschen ausmachen. Nicht einmal eine streunende Katze.

Wo war er so schnell hin? Versteckte er sich, um eine neue Gelegenheit zu nutzen? Aus dem Flurschrank nahm sie die Heckler & Koch. Mit der Waffe in der Hand betrat sie das Schlafzimmer. Zitternd setzte sie sich auf das Bett. Hatten ihr die überreizten Nerven einen Streich gespielt? Vielleicht sollte sie auf Nummer sicher gehen und die Streifenkollegen informieren? Oder Peter?

Und wenn es falscher Alarm war? Sie wollte bei den Kollegen nicht als hysterische Tusse dastehen und Peter sollte es nicht als Vorwand für seine Anwesenheit auslegen.

Ellen schob die Pistole unter das Kopfkissen und kroch fröstelnd unter die Decke. Davon überzeugt, bis zum Morgen kein Auge zuzumachen, schlief sie ein.

Windböen zerrten am Rollladen. Noch bevor der Wecker klingelte, schreckte Ellen schweißgebadet auf. *Was für ein Scheißtraum*. Sie blickte sich um. Durch die oberen Ritzen schien etwas Licht. Der Rollladen! Die Erinnerungen kamen wieder. Sie griff unter das Kopfkissen und spürte das harte Metall der Waffe. Nein, das war kein Traum gewesen. In der Nacht war wirklich jemand auf der Terrasse gestanden. Oder das, was sie glaubte, sich eingebildet zu haben. Ihre Angst war real gewesen. Aber war es auch der Besucher?

Ellen schwang die Füße aus dem Bett und lief zum Fenster. Kraftvoll zog sie am Gurt und es wurde hell im Zimmer. Es hatte zu regnen begonnen. Sie öffnete die Terrassentür und trotz des darüberliegenden Balkons spritzen feine Tropfen an die Knöchel.

»Ach nein!« Da konnte sie lange nach Fußabdrücken suchen. Wenn es welche gegeben hatte, waren sie nun zerstört. Sie trat an die Schwelle und spähte hinaus. An zwei Stellen konnte sie etwas Matsch erkennen, doch ob das von einem Fußabdruck stammte, konnte sie jetzt nicht mehr mit Sicherheit sagen. Halt da war was. Näher an der Tür, dort wo es noch trocken war, lagen Erdkrümel. Kein deutlicher Abdruck, eher ein Teilabdruck der linken Vordersohle. Oder war er so klein? Sie stellte ihren Pantoffel mit Schuhgröße neununddreißig daneben. Die mit Erde bedeckte Fläche war kleiner.

Sie rannte zum PC, riss ein Blatt Papier aus dem Drucker und bestrich es großflächig mit Klebestift. Vorsichtig, mit zwei Fingern haltend, trug sie das Papier zur Terrasse und legte es auf den Fußabdruck. Indem sie leicht darüber strich, fixierte sie die Erde im Kleber. Es war keine hundertprozentige Lösung für die Spurensicherung, doch bis diese eintraf, wäre der Rest vom Regen weggespült.

Das Resultat konnte sich sehen lassen. Das Profil der Sohle war unscharf, doch die Form eines Schuhs mit Absatz war eindeutig auszumachen. Ein Frauenschuh.

Ellen erstarrte. *Rita!*

So ein Quatsch. Vielleicht war Gab die Tage im Vorgarten gewesen. Sie ging zum Schuhschrank und überprüfte die Sohlen. Nichts. Auch in Gabs Zimmer standen nur Turnschuhe mit durchgehender Sohle.

Ihre Gedanken verfestigten sich. Rita stellte Peter und ihr nach! Es hätte zu Rita gepasst. Sie hatte Ellen deutlich zu verstehen gegeben, dass sie auf Peter nicht verzichten wolle. Und nun überprüfte sie, ob er bei ihr war und …

Ellen sackte aufs Bett und starrte auf die Sträucher vor ihrer Terrasse. »Ich habe so getan, als wäre er bei mir und seinen Namen genannt.« Sie ließ sich nach hinten fallen und schlug die Hände vors Gesicht.

Ohje, was hatte sie getan?

Sollte sie mit Rita reden und alles klarstellen? Ob das was brachte? Ja, das wäre das Beste.

Und Peter? Nein, ihm gegenüber wollte sie lieber schweigen. Er würde Rita nur damit konfrontieren und sie wusste nicht, ob dies gut war.

Samstag, den 26. März

39 | Klinge steckte den borstigen Rotschopf in Pfeiffers Büro und grinste. »Peter, dein Date sitzt in der Eins. Ich dachte mir, dass du sie selber vernehmen willst.«

Pfeiffer gab Klinge mit einer Handbewegung zu verstehen, dass er sich aus dem Staub machen sollte. »Mich verschont das Schicksal nicht. Danke für dein Mitgefühl, Kollege!«, rief er ihm hinterher.

Der kleine Verhörraum war von einem schweren herben Parfüm erfüllt. Ein Duft, der nicht zu dieser schlanken Frau vor ihm passte.

»So schnell sehen wir uns wieder, Frau Lorenz.«

»Das haben Sie glänzend hinbekommen, Herr Kommissar!«

»Was denn?« Pfeiffer nahm ihr gegenüber Platz und schaltete das Aufnahmegerät an.

Sarah Lorenz schnaubte. »Und ob Sie das wissen! Alex wäre nie alleine darauf gekommen.«

»Ach, das meinen Sie? Leute wie Sie sind für mich eine Bestätigung, dass ich den richtigen Beruf gewählt habe. Konkurrenz auszuschalten und jemanden emotional abhängig zu machen, ist so ziemlich das Letzte, was ein Mensch einem anderen antun kann.«

Sarah Lorenz verzog angewidert das Gesicht. »Stolz ist anscheinend alles, was Sie in Ihrem Beruf haben. An Wissen hapert es gewaltig.« Die Worte trieften vor Hohn.

Pfeiffer schluckte den Zorn herunter. In ihrer Situation so aufzutreten, grenzte an Unverfrorenheit. »Lassen Sie mich an Ihrem Wissen teilhaben, Frau Lorenz, und erleuchten Sie mich.«

»Ich gestehe Ihnen zu, dass Sie bei der Undercover-Aktion eine gute Figur gemacht haben. Aber weitergebracht hat Sie das nicht. Und damit Sie endlich Erfolge vorweisen können, greifen Sie nach jedem sich bietenden Strohhalm und machen mich zur Mörderin.« Unschuldigen Blickes zeigte sie mit beiden Händen auf sich.

»Sie sind diejenige mit dem besten Tatmotiv: Sie wollen Alexandra Kovacek!«

»Ha. Glauben Sie das? Sie müssen wirklich verzweifelt sein.«

»Hören Sie auf mit dem Schmieren-Theater! Ich habe die Nase gestrichen voll von Ihnen!«

»Gut, dann helfe ich mal: Ich! war! am! Sonntag! nicht! im! Palace! Ich hatte frei und war daheim. Ich habe ›Tatort‹ geschaut. Den, mit dem Pathologen.«

»Das heißt ›Rechtsmediziner‹.«

Unbeirrt sprach sie weiter: »War, wie immer, komisch. Der Thiel macht natürlich keine so gute Figur wie Sie.« Sie lächelte ihn gönnerhaft an. »Außerdem hätte mich die Überwachungskamera aufgenommen und Daniel und Marianne hätten mich mit Sicherheit erkannt.«

Pfeiffer schnaufte. »Sie waren verkleidet! Mit blonder Perücke und Maske. Da erkennt Sie nicht einmal Ihre Mutter! Und als Angestellte wussten Sie von dem Personaleingang. So konnten sie eindringen und sich verstecken, bis Ihre Zeit gekommen war.«

Als Pfeiffer den Nebeneingang erwähnte, starrte ihn Sarah Lorenz mit einem Male erschrocken an. Jegliche Farbe wich aus ihrem Gesicht.

»Plötzlich so sprachlos?«, unterbrach Pfeiffer nach Minuten schließlich die Stille.

Sarah Lorenz schüttelte den Kopf. »Ich war zu Hause! Das müssen Sie mir glauben.«

»Warum sollte ich Ihnen glauben? Bisher haben Sie mich doch nur angelogen.«

»Weil ich es nicht war!«, beharrte sie. Plötzlich wirkte sie hilflos.

»Frau Lorenz, Sie erzählten Frau Seitz von dem Toten und hofften, dass sie sich wie eine Verdächtige verhält. Dann haben Sie Eddy Mehling bestochen, damit er beiläufig Frau Seitz' Vergewaltigung erwähnt. Aber Barbara Seitz schaffte es nicht, sich alleine aus dem Sumpf zu ziehen. Daran scheiterte Ihr Plan. Pech gehabt.«

»Sie begehen einen gewaltigen Fehler«, fauchte Sarah Lorenz. Die schroffen Worte widersprachen dem Entsetzen in ihren Augen.

Pfeiffer atmete auf. Sein Gefühl Mehling gegenüber hatte ihn nicht getäuscht.

»Sie haben sich zu sehr auf Ihre intriganten Fähigkeiten verlassen, sodass Sie die Menschen mit ihren Schwächen und Stärken außer Acht ließen.«

Die Tür ging auf und Nina betrat abgehetzt den Raum. »Alles besorgt.«

Pfeiffer stand auf. »Danke, wir sind auch gerade fertig geworden.« Er nahm die Tüte und ließ den Inhalt auf den Tisch gleiten. »Dann legen Sie das bitte an. Die Kollegin hilft Ihnen dabei.« Damit verließ Pfeiffer den Raum.

»Was soll das hier? Ich weigere mich! Ich will meinen Anwalt sprechen!«, zischte Sarah Lorenz.

»Ich denke, Sie sind unschuldig?«

Sarah Lorenz sah von Nina auf die blonde Perücke und schwarze Maske und wieder zu Nina. »Bin ich auch!«

»Also, dann ist doch alles gut. Sollte unser Zeuge Sie nicht identifizieren, dürfen Sie sofort nach Hause. Falls Sie auf einen Anwalt bestehen, zieht sich alles nur endlos in die Länge. Bitte«, forderte Nina sie erneut auf und hielt ihr die Utensilien hin.

Unbeholfen fingerte Sarah Lorenz an der Perücke herum.

»Fassen Sie die Haare hinten zusammen, damit sie darunter passen.« Nina nahm das Haarteil und zog es Sarah von der Stirn her über. »So ist's gut. Und jetzt die Maske. Setzen Sie sich bitte seitlich an den Tisch; so, als säßen Sie an einer Bar. Gut. Und nun nicht mehr bewegen.«

Auf dem Flur wartete Pfeiffer mit den Eheleuten Schott. Sieglinde Schott knetete die Hand ihres Mannes. Der beigefarbene Pullover kaschierte die Rundungen, ein geblümter Seidenschal lenkte von dem Doppelkinn ab und schmeichelte dem Gesicht. Mit dem pastelligen Lippenstift und ohne die angeklebten Wimpern sah sie so normal aus, dass Nina sie fast nicht erkannt hätte.

»Ich komme direkt aus dem Geschäft. Ich arbeite im Verkauf, wissen Sie«, kommentierte sie Ninas erstaunten Blick. »Mein Mann hat mich hergefahren.«

Sieglinde Schott schmunzelte Nina wohlwollend an. »Sie haben sich aber auch sehr verändert. Holla, die Waldfee, steht Ihnen gut.«

Nina lächelte befangen.

»Na gut, dann wollen wir mal.« Pfeiffer öffnete das Rollo, das die Spiegelscheibe verdeckte. »Bitte nehmen Sie sich Zeit und schauen Sie genau hin. Ist das die Frau, die Sie an der Bar gesehen haben?«

Die Anspannung der letzten Tage zeichnete sich auf Pfeiffers Gesicht ab. Die blaugrauen Augen lagen glanzlos in dunklen Höhlen und ließen ihn wie einen Drogenabhängigen auf Entzug erscheinen. Er stieß ein stummes Gebet gen Himmel. Würde Frau Schott in Sarah Lorenz die Frau von der Bar wiedererkennen, konnte er am Abend die Beine ausstrecken und mit einem guten Gewissen ein langes Schläfchen halten.

»Also, ich bin mir nicht sicher.«

Pfeiffer fragte sich, bei wem wohl das Gebet angekommen sei. Jedenfalls nicht im Himmel.

»Ich seh den Hals nicht«, klagte die Zeugin nach einer Weile. »Ich muss die Haut sehen!«

Nina verließ den Raum und erschien einen Moment später hinter der Glasfront bei der Verdächtigen. Sie half ihr, den Kragen nach innen zu schlagen. Die Kommissarin kam wieder zurück. »Besser?«

Frau Schott musterte den grazilen Hals. »Ich weiß nicht, ob ich Sie jetzt enttäusche«, meinte sie plötzlich in die angespannte Stille. »Aber der Hals kommt mir weicher vor.«

»Was meinen Sie mit ›weicher‹?« Vor Pfeiffers innerem Auge verschwand die Bierdose.

Sieglinde Schott kniff sich gedankenverloren in den eigenen Hals. »Entweder hat sie sich zwischenzeitlich Botox gespritzt oder sie hat zugenommen. Aber die Frau hier hat zu viel auf den Rippen, äh, ich meine auf dem Hals. Genau! Die Domina war magerer!«

Sieglinde Schott ging Arm in Arm mit ihrem Gustav den Flur entlang, um das Polizeigebäude zu verlassen. Sie war erleichtert, dass sie die Gegenüberstellung hinter sich gebracht hatte. Als sie Alexandra Kovacek aus einem der Zimmer treten sah, hielt Sieglinde unvermittelt inne, und zog ihren Mann in den Schatten eines Türrahmens.

Gedankenverloren steckte die Clubbesitzerin ein schwarzes iPhone in die Handtasche, schaute auf die Uhr und ging mit eiligen Schritten den Flur entlang.

»So sah der Hals aus«, flüsterte Sieglinde.

»Aber das ist doch unsere Alex.«

Sie sah Bärli mit zusammengekniffenem Mund an. »Ich weiß.«

»Du irrst dich bestimmt.«

»Bestimmt. Deshalb sagen wir auch nichts.«

40 »Ich weiß, sie war es!« Pfeiffer feuerte wütend die Perücke über die Schreibtische, bis sie unter dem Heizkörper zum Liegen kam.

Nina drückte auf die Sprechanlage: »Kommt mal bitte rüber.«

»Wie, verdammt noch mal, hat sie es angestellt?« Er wanderte durch das Zimmer und suchte nach Gegenständen, an denen er seine Wut abreagieren konnte. Glücklicherweise waren die Aktenschränke geschlossen.

Nina hob die Perücke auf und blieb am Fenster stehen.

Pfeiffer drehte sich um. »Sie hat jemand angeheuert und bezahlt!«

Andi, der gerade mit Ellen das Büro betrat, schüttelte den Kopf. »Wir überprüften bereits die Konten, ob Zahlungen oder größere Geldabhebungen erfolgten. Negativ.«

»Dann versteckt sie einen Sparstrumpf unter der Matratze! Vielleicht konnte sie etwas von den Eintrittsgeldern des Clubs abzweigen?«

»Peter, meinst du nicht, du verrennst dich da in etwas?« Nina setzte sich und zupfte die Perücke zurecht. »Dazu hat Sarah Lorenz es zu perfekt geplant«, überlegte sie und erzählte von Pfeiffers Geistesblitz mit Mehlings Aussage.

»Wie bist du nur darauf gekommen?« Aus Ellens Worten klang Bewunderung.

Pfeiffer entspannte sich. »Geraten. Ich fragte mich die ganze Zeit, warum uns Mehling das erzählt hat. Alle wollten es vertuschen, und er hatte bestimmt auch die Weisung dazu.«

»Vielleicht dachte er, mit dem Tod seines Chefs erlischt auch die Anweisung.«

»Möglich. Nachdem mir aber der Graf gestern gestand, Mehling hätte ihn für Geld in das Tatzimmer gelassen, dachte ich, es wäre einen Versuch wert.

»Interessant.« Andi strich sich durch das offene Haar.

Nina ließ ihm keine Zeit für einen Kommentar. »Was aber nicht passt, ist: Um circa 22 Uhr änderte Daniel Kovacek sein Verhalten. Da hatte er nämlich die Mail bekommen und wusste, dass das Date stattfindet.«

»Die Daten konnten wir übrigens auch nicht nachvollziehen, da das Profil bereits am nächsten Tag gelöscht wurde«, warf Andi ein und erntete von Pfeiffer ein Stirnrunzeln und ein Schnauben von Nina.

Ellen nahm den Faden auf. »Daniel wurde wegen seines Dates mit der Domina nervös.«

»Ja und?«

Ellen krauste die Stirn. »Wenn es die Lorenz wäre, die sich durch den Hintereingang Eintritt verschafft hat, warum sollte er nervös werden und die Domina ohne Anmeldung reinlassen? Die würde doch dann nur bis zu seinem Feierabend an der Bar herumsitzen.«

»Scheiße! Ja! Aber was ist mit Mehling? Ich habe es der Lorenz angemerkt, sie fühlte sich entlarvt. Sie hat alles genau so geplant, wie ich es vermute!«

»Das mag sein.« Nina nagte mit verbissener Miene an dem Daumengelenk. »Als du den Nebeneingang erwähnt hast, behauptete sie kleinlaut, sie wäre nicht im Club gewesen. Davor war sie arrogant.«

»Vielleicht ist sie es wirklich nicht«, gab Andi zu bedenken. »Ansonsten wäre sie doch der Domina über den Weg gelaufen und hätte es uns sicherlich erzählt.«

»Damit würde sie ihre Anwesenheit zugeben.«

»Da hast du Recht. Aber wie erklärst du die Kapuzenträgerin vom Eingangsvideo?«

»Verdammte Scheiße!«

»Genau! Also, was haben wir übersehen?«

Pfeiffer saß an seinem Schreibtisch und blickte resigniert aus dem Fenster. Der bisherige schöne März wurde letzte Nacht von einem feuchten, windigen Aprilwetter vorzeitig verdrängt. Nun klatschten dicke Regentropfen an die Fensterscheibe, vereinigten sich und liefen in breiten Rinnsalen hinunter.

Das Wetter passte zu Pfeiffers Stimmung – durch und durch mies und zum Kotzen.

Wieso hatte er sich derart auf Sarah Lorenz eingeschossen?

Weil sie ihm unsympathisch war? Ja, gestand er sich ein. Sie war der perfekte Täter: eiskalt, logisch und berechnend. Sie hatte alles präzise geplant, so vollendet, dass ihm zu keiner Zeit ein Widerspruch aufgefallen war. Solch ein verdammter Fehler war ihm nicht einmal als junger, unerfahrener Polizist passiert. Noch nie hatte er sich von nur einem Verdächtigen lenken lassen. Er appellierte immer an die Kollegen, nicht einem Irrtum zu erliegen. Aber was machte er?

Ausgerechnet jetzt, bei so einem verworrenen Fall? Wieso war ihm der gottverdammte Widerspruch nicht aufgefallen? War er der skrupellos planenden Frau nicht gewachsen und in ihr Netz gegangen? War er einer List erlegen, die ihm ausgeklügelter vorkam, als er zu träumen wagte?

Genau wie bei Weigand.

Nina hatte keine Zweifel, in ihm den Vergewaltiger gefunden zu haben. Doch dann fiel sämtlicher Verdacht wegen der katastrophalen Diagnose zusammen.

Nun war er sich genauso sicher mit Sarah Lorenz.

Enttäuscht über sein Versagen rieb er sich die schmerzenden Augen, die Schläfen und den Nacken, als könne er damit die Lebensgeister wecken.

»Kommst nicht weiter?« Baumanns lahmer Blick büßte durch den lebhaften Gang an Müdigkeit ein. Mit wiegenden Schritten durchquerte er Pfeiffers Büro und presste sich in Ninas Drehstuhl. In der rechten Hand hielt er eine Zeitung und klopfte damit in seine linke.

Pfeiffer seufzte so laut, dass ihn Baumann erschrocken ansah.

»So schlimm?«

»Schlimmer.« Pfeiffer erzählte ihm von dem Fehlurteil gegenüber Sarah Lorenz.

Der Leiter des Kommissariats stieß einen Laut aus, der sich wie ein luftlassender Fahrradreifen anhörte.

»Genau, du sagst es.«

»Und nun?«

»Du siehst mich ratlos.«

»Wenigstens arbeitest du seit Neuestem mit der Presse zusammen.«

Pfeiffer lächelte müde. »Ich wollte dir wieder deinen wohlverdienten Schlaf zuführen.«

»War ich so mitleiderregend?« Baumann strich über die Tränensäcke, die in der letzten Woche an Gewicht zugenommen zu haben schienen.

»Es war schon enorm.«

Baumann lachte. »Danke. Ich fühle mich geschmeichelt. Und welchen Zweck verfolgst du damit?« Er warf die Lokalzeitung auf den Tisch. ›Polizei auf der Spur des Swinger-König-Mörders! Verhaftung steht bevor!‹, prangte die Schlagzeile auf der Titelseite. »Auf den Busch klopfen und schau'n, wer herausgekrochen kommt?«

»Eigentlich wollte ich alle Beteiligten in Sicherheit wiegen. Nachdem nun meine Hauptverdächtige mit dem Botoxhals mir durch die Finger gerutscht ist, hilft vielleicht die Schlagzeile weiter und die wirkliche Schlange kriecht aus dem Busch.« Pfeiffer ließ resigniert die Schultern hängen.

»Dann werde ich vorerst die Überwachung heute Abend absagen«, sagte Baumann.

»Nein, auf keinen Fall! Ich spüre, dass wir der Lösung sehr nahe sind.« Doch Pfeiffer ahnte nicht, wie nahe.

Das Blinken der Sprechanlage riss Pfeiffer aus den Gedanken. Er drückte die Eins. »Was gibt's?«

Ellen klang aufgeregt: »Ich erhielt soeben einen Anruf von Barbara Seitz. Sie kam gerade von der Therapeutin und will uns etwas mitteilen. Aber nur persönlich. Es scheint wichtig zu sein. Ich fahre mit Nina hin.«

Pfeiffer beobachtete, wie der Kommissariatsleiter versuchte, sich aus dem Drehstuhl zu erheben und dabei mit dem Stuhl zu kippen drohte.

»Ich fahre mit«, bestimmte Pfeiffer. »Nina soll nochmals die Protokolle durchgehen. Vielleicht fällt ihr auf, was ich übersehen habe. Außerdem kenne ich diese Barbara nur von eurer Erzählung her. Wird Zeit, mir selbst ein Bild von der Frau zu machen.«

41

Ein kleines Lächeln sollte über Pfeiffers Anspannung hinwegtäuschen. Doch Ellen ließ sich nicht blenden. Sie wollte ihm heute ihre Gefühle gestehen und sich für die vorschnelle Bemerkung am Mittwochabend entschuldigen. Diese blöde Szene vor der Eisdiele verfolgte sie. Sie hatte sich auf den ersten Kuss gefreut. Auf eine Umarmung, Pfeiffers Wärme und Stärke. Stattdessen lenkte sie schweigend den Wagen durch den Verkehr der Wochenendeinkäufer.

Nein, heute war kein guter Zeitpunkt, um mit ihm über ein gemeinsames Leben zu reden. Definitiv nicht.

Peter war in Gedanken versunken. Er grübelte verzweifelt über das fehlende Verbindungsstück, das sich sowohl seinen Augen als auch denen seiner Truppe verschloss.

An einer Ampel blieb sie stehen. Bevor sie den Gang einlegte und losfuhr, legte Pfeiffer stumm seine Hand auf die ihre und drückte sie. Das reichte ihr für heute. Ellen verstand ihn auch so. Seitdem er sich offenbart hatte, war Ellen sein unbewusstes Verhalten des letzten Jahres klar geworden. Sie wusste, was er fühlte. Sie hatte sein Lächeln erwidert und die glanzlosen Augen zum Leuchten gebracht. Alles andere konnte warten, bis der Fall gelöst war.

Für die Kommissare hatte es den Anschein, Barbara Seitz würde neben dem Türöffner stehen, denn die Tür sprang fast zeitgleich mit dem Läuten auf.

»Oh, ein Mann!« Pfeiffers unerwarteter Anblick, wie er die Treppe hochstapfte, brachte Barbara Seitz aus dem Konzept.

»Ich bin Hauptkommissar Pfeiffer, Frau Seitz. Ich freue mich, Sie kennenzulernen.« Lächelnd reichte er ihr die Hand. »Bei uns gibt es nicht nur nette Kolleginnen, sondern auch nette Kollegen.«

»Ja, natürlich.« Verlegen gab Barbara Seitz die Tür frei und führte sie ins Wohnzimmer. »Aber das Thema ist …«

»Heikel, ich weiß.« Pfeiffer dachte, wenn sie über die Vergewaltigung sprechen wollte, würde es ihr gegenüber einer Frau leichter fallen. »Sprechen Sie frei von der Leber weg, als wäre ich nicht da.« Er stellte sich hinter Barbara Seitz an das Fenster. Ellen setzte sich zu dem Teddy auf das Sofa und somit Barbara gegenüber. Dadurch konnte Pfeiffer mit Ellen Blickkontakt halten.

Die Wohnung war immer noch aufgeräumt. Als ein weiteres Zeichen für die neue Normalität in Barbaras Leben registrierte Ellen Ohrstecker bei Barbara Seitz. Sie achtet wieder auf ihr Äußeres, dachte Ellen glücklich. Sie war stolz, den Anstoß für einen Neuanfang in Barbaras Leben gegeben zu haben.

»Was wollten Sie uns mitteilen? Es klang wichtig.«

»Ich weiß nicht, wie ich es ausdrücken soll … halten Sie mich bitte nicht für verrückt.« Barbara Seitz rutschte im Sessel herum.

»Wieso? Reden Sie nur.«

»Ich hatte doch heute meinen ersten Termin bei der Therapeutin. Sie meinte, ich solle es Ihnen unbedingt mitteilen. Es wäre bestimmt wichtig für die Ermittlungen.«

»Wir sind ganz Ohr.«

Barbara Seitz holte tief Luft. »*Er* war zu hart.«

»*Er* war zu hart?« Ellen warf Peter einen kurzen Blick zu.

»Ja, zu hart«, wiederholte Barbara Seitz.

»Wer?«

»Der Schwanz«, flüsterte sie und blickte verlegen auf die Hände.

Ellen schluckte. »Der Schwanz war zu hart?«

»Ja, er war härter als ein echter Schwanz.«

»Oh.«

»Genau. Das ist doch seltsam, nicht?«

»Was meinen Sie damit?«

»Er lag auch nicht richtig auf mir drauf. Ich bin in Gedanken die Szene immer wieder durchgegangen. Jedes Mal habe ich mich gefragt, was da nicht stimmte.« Sie schaute auf. »Aber jetzt weiß ich es.« In Barbaras Stimme lag eine Kraft, die ihr in den letzten Monaten abhandengekommen war. »Es war nicht sein Schwanz, er hat was anderes dazu benutzt.« Unbewusst hatte sie sich zu Pfeiffer umgedreht und ihn damit in das Gespräch einbezogen.

»Etwas anderes?«, fragte Ellen, doch dann dämmerte es ihr: »Einen Ersatz. Einen Dildo!«

»Ja ... weil er selbst keinen hochbekam«, ergänzte Pfeiffer. Er setzte sich neben Ellen auf die Couch.

»Sie glauben mir?« Barbara faltete die Hände vor der Brust. Sie wusste nicht, ob sie lachen oder weinen sollte.

»Natürlich! Warum nicht?«

»Na, weil alles so absurd klingt.«

»Dennoch glaubwürdig. Für uns ergibt es einen Sinn.«

»Echt? Da bin ich froh. Ich hatte Angst, dass Sie mich für verrückt halten würden.« Barbara lehnte sich an und seufzte erleichtert.

»Es ist wahrlich verrückt.« Pfeiffer musterte sie. »Sie sagten doch, der Täter forderte Sie zum Schluss auf, die Polizei zu holen. Er war weder maskiert noch vermummt. Also war er sich bewusst, dass Sie ihn identifizieren würden. Hätten Sie ihn angezeigt und er hätte ein Attest über seine Impotenz vorgelegt, wäre das ein Skandal gewesen. Er wäre freigekommen und damit der Club ruiniert gewesen. Was für ein Plan! Was er nicht wusste war, dass Daniel Sie bat, es für sich zu behalten.«

»Was ist mit Viagra?«

Pfeiffer massierte gedankenverloren seine Schläfe und rief sich Baumanns Erklärung in den Sinn, bevor er antwortete. »Der Mann war fanatisch. Für mich ist es logisch, dass er sich nicht auf die Chemie verlassen hat. Unter extremem Stress kann auch Viagra versagen. Zu Deutsch, er bekommt trotz der blauen Pille keinen hoch! Ihm ging es nicht um die Vergewaltigung als solches, sondern um das Resultat. Er würde den eigenen Körper niemals mit solch einer sündigen Tat beschmutzen.«

»Warum hat er mich dann so brutal geschlagen?«, fragte Barbara Seitz. Bei den Erinnerungen an die Schmerzen zog sie den Kopf zwischen die Schultern. »Wo waren da Anstand und Moral?«

Ellen strich mit dem Finger über die Unterlippe. »Da sah er vielleicht die Ehefrau in Ihnen. Er übertrug seine Wut und seinen Hass auf Sie, Barbara. Wie hat er Sie beschimpft?«

»Blöde Fotze«, sagte sie verlegen.

»Das ist sehr persönlich. Das würde es erklären.«

Pfeiffer schüttelte den Kopf. »Aber nicht Daniels Tod.«

»Was ist mit Daniels Mörder?« Barbara Seitz strich sich das Haar aus dem Gesicht. »Haben Sie ihn?«, fragte sie lauernd. »Mein Nachbar zeigte mir heute Morgen die Zeitung.«

Bei dem Gedanken an die heutige Schlagzeile verzog Pfeiffer das Gesicht. »Wir standen kurz vor einer Verhaftung. Allerdings bestätigte sich der Verdacht nicht.«

»Ach.«

»Die Person wollte Sie als Täterin präsentieren. Sie hätten das perfekte Mordmotiv gehabt: Rache an Ihrem Chef.«

»Das ist ja ... Das glaube ich nicht ... Wer tut so etwas?« Ihre Lippen formulierten eine Frage, die Augen eine Befürchtung.

»Wie war das Verhältnis zu ihr?«, erkundigte sich Pfeiffer.

»Zu wem?«

»Sie wissen genau, von wem ich spreche.«

Barbara Seitz errötete. »Sarah? Das ist absurd!«

»Am Dienstag erzählten Sie uns, Frau Lorenz hätte Sie bereits über Daniels Tod informiert. Was glauben Sie, was sie damit bezweckte?«

»Aber das heißt nicht ...« Sie brach ab und starrte den grauen Teddy an, als suche sie Unterstützung. Doch der guckte mit ausdruckslosen Knopfaugen an ihr vorbei.

Ellen und Pfeiffer verständigten sich mit Blicken.

»Wie oft besuchte Frau Lorenz Sie?«, riss Ellen sie aus der Erstarrung.

»Drei-, viermal, glaube ich.«

»Und Alexandra Kovacek?«

Sie zögerte. »Weniger.«

»Verwunderte Sie das nicht? Frau Lorenz ist doch Frau Kovaceks Freundin und nicht die Ihre.«

Barbara kaute auf der Unterlippe. »Sarah sagte, Sie käme in Alexandras Auftrag.«

»Warum?«

»Weiß ich nicht mehr.« Unruhig strich Barbara Seitz die Haare zurück und massierte den Nacken.

Pfeiffer bemerkte die hervortretenden Sehnen am mageren Hals. »Was machte sie bei Ihnen?«

Aus Barbara Seitz' Wangen wich das Blut, die Antwort blieb sie jedoch schuldig.

»Vielleicht nach dem Rechten sehen?«, unterstützte Ellen sie in dem ihr eigenen, versöhnlichen Ton.

»Ja.« Mit einem zaghaften Lächeln dankte ihr Barbara Seitz.

»Aber geholfen hat sie Ihnen nicht. So, wie es meine Kollegin hier am Dienstag tat.« Pfeiffer sah sie mitfühlend an.

Barbara schüttelte den Kopf.

»Wäre das nicht die Aufgabe einer Freundin gewesen?«

Barbara schwieg.

»Was wollte Frau Lorenz dann von Ihnen? Haben Sie darüber einmal nachgedacht?«

Mit den weit aufgerissenen braunen Augen sah Barbara Seitz aus wie ein auf nächtlicher Straße von Scheinwerfer erfasstes Reh, das erstarrte.

»Frau Seitz, was hat sie Ihnen gesagt? Sarah Lorenz zog sie mit Absicht in das Geschehen hinein.«

Die Angeredete knetete hektisch die Hände. »Ich kann Ihnen nicht helfen. Sie hat nichts gesagt. Nichts von Bedeutung.«

»Barbara, wir können den Fall nur lösen, wenn Sie mit uns reden. Was hat Sarah gesagt?«

Sie zuckte nur mit der Schulter.

»Schade, wir dachten, es wäre auch in Ihrem Interesse, Daniel Kovaceks Mörder zu verhaften.«

»Tut mir leid, Sarah hat nur Kaffee gemacht.« Sie stand auf. Mit leerem Blick starrte sie auf die Kommissare. »Bitte gehen Sie jetzt. Ich habe genug eigene Probleme zu bewältigen. Ich soll Ihre Arbeit machen? Dazu fehlt mir die Kraft!«

Ellen schaute Pfeiffer nachdenklich über das Autodach hinweg an. »Hast du bemerkt, wie sie sich plötzlich verändert hat? Sie weiß etwas.«

»Ja. Während unseres Gespräches hat sie einen Zusammenhang hergestellt. Sarah Lorenz hat etwas gesagt, das sie erst jetzt einordnen konnte.« Er öffnete die Fahrertür und stieg ein. »Hast du ihren Hals gesehen?«

»Meinst du, sie ist die Domina? Das glaub ich nicht. Ihr fehlt die Kraft für die Tat. Dann führt sie uns aber gekonnt an der Nase herum.« Sie blickte zu Barbaras Wohnung hoch. Die Gardine bewegte sich.

»Und nun?« Ellen setzte sich neben Pfeiffer.

»Wir observieren sie. Du heftest dich an ihre Fersen. Ich lass mich von einer Streife abholen. Später löst dich Nina ab. Deren Flitzer kennt die Seitz noch nicht. Ich glaube, dass sie uns zu dem Mörder führt.«

Um Barbara Seitz in Sicherheit zu wiegen, fuhr er eine Runde um den Block. Vom Parkplatz in der Wiesenstraße aus hatten sie Barbara Seitz' Haus in der Sudetenstraße im Blick. Minuten später holte eine Streife Pfeiffer in einer Nebenstraße ab.

Mit zitternden Fingern versuchte sie, den Schraubverschluss der halbvollen Flasche Bourbon aufzudrehen. Es dauerte eine gefühlte Ewigkeit. Doch dann floss das Nass mit dem vertrauten Gluckern in das Glas.

Sie hielt das volle Glas in beiden Händen und trank gierig. Wenn nur endlich das Zittern aufhören würde. Sie trank und ließ ihn die Kehle hinunterrinnen. Der Alkohol brannte schon lange nicht mehr. Sie vermisste bereits den Schmerz im Rachen, der sie das Leben spüren ließ. Ein Gefühl von Glückseligkeit; das Einzige, das in den letzten Monaten von Bedeutung war und die Qual in ihrem Körper betäubte; das Pochen in den Schläfen, das Zittern der Hände hörte auf. Die quälenden Gedanken kamen zur Ruhe.

Hastig nahm sie einen Schluck. Für heute war es das erste alkoholische Getränk. Die letzten Tage hatte sie sich zurückgehalten, da hatte sie eine Aufgabe. Das bedeutete nicht, dass sie heute keinen großen Auftritt hätte. Im Gegenteil. Gerade deshalb musste sie trinken, sich abreagieren. Sie benötigte ihre innere Ruhe zurück, denn sie musste die Fäden in der Hand behalten. Aber solange sie das Zittern nicht beherrschte, konnte sie keinen klaren Gedanken fassen. Der Alkohol war Medizin für sie, zu viel stand auf dem Spiel.

Der Blick fiel auf die reißerische Schlagzeile der Zeitung und die Wut kroch erneut in ihr hoch. Was bildeten die sich ein? Verhaftung steht bevor! »Dass ich nicht lache!«

Dieser Kleinstadtbulle hatte doch keine Ahnung von dem, was wirklich geschehen war! Und dass es so blieb, dafür würde sie sorgen! Er wusste schon jetzt nicht, was er glauben sollte. Ein paar Worte hier, ein paar Gesten da, wie leicht waren all die Polizisten zu beeinflussen. Und ihre Gesichter, als deren Thesen zusammenbrachen. *Einfach unbezahlbar!*

Sie wirbelte mit dem Glas in der Hand herum, verlor das Gleichgewicht und fiel gegen den Tisch.

Doch sie musste aufpassen. Wie eben hatte sie sich einen Moment zu sicher gefühlt und es übertrieben. Fast hätte es Pfeiffer gecheckt. Sie hatte ihn und sein Team unterschätzt. Das durfte nicht noch einmal passieren! Sie war viel zu leichtsinnig gewesen, solch riskante Gespräche ohne Stärkungsmittel zu führen.

Sie leerte das Glas und kicherte.

Ellen mit ihrem engelhaften Antlitz und dem heldenhaften Getue durfte sie ebenfalls nicht vergessen. Die Schnepfe hatte doch eindeutig ein Helfersyndrom und tat so, als könne sie kein Wässerchen trüben und stehe erhaben über dem Bösen.

Mich täuschst du nicht!

Sie lachte und schenkte sich nach. Die Vorfreude kribbelte auf der Haut. Sie konnte es kaum erwarten, Pfeiffers Miene zu sehen, wenn es bei ihm ›Klick‹ machte und er erkannte, dass es zu spät für ihn war.

Das Zittern ließ nach. Die Gedanken waren wieder klar. Sie nahm den Laptop und schrieb.

Der letzte Akt begann.

42

Die Dämmerung brach langsam herein und verwischte die Farben der Häuser und der geparkten Autos. Im Präsidium waren bereits mehrere Fenster erhellt.

Nina parkte den Punto, ließ die Zentralverriegelung des blauen Fiat klicken und lief mit klappernden Absätzen über den Parkplatz Richtung Präsidium. Ihre Füße schmerzten nach dem langen Tag und sie sehnte sich nach ihren ausgetretenen Turnschuhen.

»Hallo Frau Doktor. So spät noch hier?«, begrüßte Nina die Rechtsmedizinerin, die an den geparkten Fahrzeugen vorbei trippelte.

»Oh, Frau Schätzlein.« Rita Pekarek war überrascht, sie hier zu sehen. »Jaja, die Arbeit. Ich habe nur noch die restlichen Befunde gebracht. Aber jetzt mach ich auch Feierabend. War eine lange und harte Woche.« Ihre sonst so blassen Wangen waren leicht gerötet.

»Ja, da sagen Sie was.« Nina dachte an die Kollegen, die heute Nacht wieder einen Einsatz im stickigen Überwachungswagen vor dem Swinger-Club planten. Es war nur mehr als Recht, dass Peter sie vorhin angerufen und zur Überwachung von Barbara Seitz verdonnert hat. Wenigstens konnte sie den gestrigen Abend mit Ritchy verbringen. »Und? Haben Sie noch was Wichtiges entdeckt?«

»Was meinen Sie?«

»Na, die Befunde.«

»Ach so.« Rita Pekarek strich sich die Haare zurück und kramte hektisch in der Kroko-Handtasche. Ohne aufzusehen antwortete sie: »Nichts, es ist ein verzwickter Fall. Aber vollständigkeitshalber müssen bestimmte forensische Tests gemacht werden. Die Vorschriften eben.« Endlich hatte sie den Autoschlüssel gefunden; es machte ›Click‹ und an einem weißen CLK blinkten Lichter auf. Beim Öffnen der Tür bemerkte Rita Pekarek, wie Nina sie anstarrte. »Was ist?«

»Sie kommen mir so bekannt vor.«

Die Rechtsmedizinerin zog die rechte Augenbraue hoch. »Am Montag, in diesem Club in Zeitlingen.« Sie machte sich nicht einmal die Mühe, den Sarkasmus in ihrer Stimme zu unterdrücken.

Nina lachte verlegen. »Nein, nein ... das meine ich nicht. Sie kommen mir irgendwie bekannt vor, als hätte ich Sie zuvor schon einmal gesehen.«

»Ja, das haben schon viele gesagt«, sagte sie wirsch. »Demi Moore nach der zehnten Gesichts-OP, was wohl kein Kompliment ist.«

»Jetzt, wo Sie es sagen. Obwohl ich die Moore heute attraktiver finde als zu ihrer Ghost-Zeit. Da war sie mir zu lieb, weich und rund.«

»Finde ich auch. Dann fasse ich das einmal als Kompliment auf. Jetzt muss ich aber los. Ein schönes Wochenende!«, sagte sie beim Einsteigen.

»Danke, Ihnen auch!« Nina winkte dem davonbrausenden Wagen nach. Auf dem Weg zum Pförtner blieb sie stehen und sah zurück. Die roten Rücklichter des CLK verschwanden am übernächsten Häuserblock.

Zwanzig Minuten später quälte sich Nina durch den zähen Verkehr über die Zeller Brücke zu Barbara Seitz' Wohnung. Dort sollte sie Ellen ablösen. Wenn der Zeller Bock nach sechs Jahren Bauzeit Ende April endlich eröffnet wurde, brauchte sie für diese Strecke nur noch drei Minuten.

Obwohl die Rushhour schon längst vorbei war, herrschte reger Verkehr. Wahrscheinlich blockierte ein Unfall die B26 und der Verkehr wich auf die gegenüberliegende Mainseite aus.

Nina grübelte über ihr Gespräch mit der Rechtsmedizinerin. Da war etwas, das sie nicht fassen konnte. Etwas Wichtiges. Die Hupe eines Lasters schreckte sie aus den Gedanken. Sie war auf die Gegenfahrbahn geraten.

Instinktiv riss sie das Lenkrad herum und eine Sekunde später rauschte der Laster an ihr vorbei.

Mein Gott – das war knapp! Ninas Herz trommelte im wilden Stakkato. Doch kurz darauf schweiften die Gedanken erneut ab.

Pfeiffers Schreibtisch war leer gewesen. Keine Unterlagen von der Gerichtsmedizinerin. Nina war davon ausgegangen, die Rechtsmedizinerin habe die Ergebnisse bei Pfeiffers Abwesenheit einem der Kollegen übergeben. Oder hatten diese den Umschlag von dessen Schreibtisch genommen? Um sicherzugehen, hatte sie bei den Kollegen nachgefragt. Doch niemand hatte Rita Pekarek gesehen oder den Bericht entgegen- oder weggenommen.

Nina nahm die Abfahrt nach Zell. Zwei Seitenstraßen später erkannte sie den Dienstwagen mit Ellen hinter dem Steuer. Nina parkte und wollte aussteigen, als Ellen die Beifahrertür aufriss und sich in den Sitz fallen ließ.

»Du kommst spät.«

»Dafür habe ich dir auch was mitgebracht.« Nina zog die Perücke von der Gegenüberstellung aus der Tüte.

»Sehe ich so fürchterlich aus?« Mit gespieltem Entsetzen fuhr sich Ellen mit gespreizten Fingern durch die blonden Haare.

»Nein, du siehst wie immer perfekt aus. Ich dachte, damit du nicht gleich erkannt wirst.«

»Ich weiß nicht.« Ellen zupfte an den glänzenden Kunsthaaren. »Mein Chatpartner vom Montag hat mir am Nachmittag geschrieben. Er will mich heute Nacht treffen.«

»Peter hat es mir berichtet. Ich dachte, Andi hat eine Art Fangschaltung eingerichtet? Hat sich was ergeben?«

»Nein, der Typ hat von einem neuen Profil aus geschrieben. Diesmal war er eine zwanzigjährige Mexikanerin. Er verarscht uns, aber was soll ich machen?« Ellen seufzte.

Nina bemerkte Ellens traurigen Blick und griff nach ihrer Hand. »Pass gut auf dich auf. Ich weiß nicht, wie ich es erklären soll, aber ich habe ein ganz doofes Gefühl.«

»Du auch?« Ellen schlang fröstelnd die Arme um ihren Körper. »Mir ist seit letzter Nacht nicht mehr wohl in meiner Haut.«

»Was ist passiert?«

Ellen schloss einen Augenblick die Augen. »Rita stellt Peter nach. Sie war an meinem Fenster und wollte sehen, ob er bei mir ist. Ich dumme Kuh hab vor lauter Angst so getan, als rede ich mit Peter. Sie muss glauben, dass er bei mir war.«

Nina zog die Luft zwischen die Zähne. »Sie war eben auch im Dezernat und hat Peter gesucht. Mann, in was hat er sich da reinmanövriert? Er muss unbedingt mit ihr reden.«

Sie blickte sich wie in einem Agentenfilm um. Nur eine Passantin betrat eines der bunten Häuser. »Ich fühle mich beobachtet.«

»Hast du Peter davon erzählt?«

»Nein!« Ellen schüttelte den Kopf. »Er würde Rita sofort zur Rede stellen.«

»Das wäre doch gut.«

Ellen lächelte gequält. »Auf eine Art schon, aber der Fall … ich wollte, dass der Fall abgeschlossen ist. Peter soll keinen Ärger bekommen. Wenn das mit Rita rauskommt – wer weiß, wie Baumann reagiert. Doch wenn Peter Resultate vorweisen kann, ist Baumann fromm wie ein Lamm.«

»Du hast recht. Durch die Presse steht er schon genug unter Beschuss.« Nina knabberte an der Lippe. Dann hatte sie einen Einfall. »Ich kann für dich übernehmen und du observierst Barbara. Wir müssen das Schicksal nicht herausfordern.«

»Lieb von dir, aber der Typ aus dem Chat verlangte ausdrücklich nach mir.« Ellen seufzte schwer. »Er schrieb, er hätte mich gestern im Club gesehen. Wenn ich nur wüsste, wer es ist. Es ist unheimlich. Er scheint mich zu kennen oder er hat einen Narren an mir gefressen. Egal, was der Grund ist, wenn ich nicht erscheine, gefährden wir die Ermittlungen. Wir werden selten so eine Chance haben, den Mörder zu fassen. Er wusste schließlich, welches Wort in den Toten eingeritzt war. Und das ist kein Zufall.«

»Okay, aber wenn was ist, rufst du an. Dann komm ich sofort.« Nina schaute zu Barbaras Haus. »Meinst du wirklich, sie weiß, wer der Mörder ist?«

»Zumindest ahnt sie es mittlerweile. Barbara ist während unseres Gesprächs etwas eingefallen, was Sarah Lorenz zu ihr gesagt haben muss. Ab diesem Moment war sie wie ausgewechselt und warf uns fast raus.«

»Das ist wirklich verdächtig. So reagiert nicht die Barbara, die wir kennengelernt haben.«

»Nein, deshalb pass gut auf. Wenn sie das Haus verlässt, bringt sie uns vielleicht auf seine Spur. Dann ruf Verstärkung. Peter hat schon beim Ermittlungsrichter eine Telefonüberwachung beziehungsweise Handy-Ortung beantragt. Aber ich weiß nicht, wie schnell die Kollegen sind.«

»Das wird nichts bringen. Ich habe nur ein altes Sony bei ihr gesehen. Und das war zudem aus.«

»Verdammt. Warum sollten wir auch einmal Glück haben? Also bist du unser Joker. Schlaf nicht ein, halte durch, nachher kommt deine Ablösung.« Sie öffnete die Tür. »Ich muss los.«

»Du hast was vergessen.«

»Was?«

»Na, deine neue Frisur.«

Ellens Auto rollte vom Parkplatz und Nina lehnte sich zurück. Jetzt hatte sie die Ruhe, um über die Geschehnisse nachzudenken und die Gedanken zu sortieren. Sie machte es sich bequem. Um die Bildfetzen vor ihrem inneren Auge einzufangen, hätte sie gerne die Lider geschlossen. Bleib wachsam, rief sie sich zur Ordnung. Du bist hier zur Observation.

Nina sah sich um. Alles war ruhig, keine Menschenseele unterwegs. Nur mal kurz, sagte sie zu sich und schloss die Augen.

Da war wieder die vage Erinnerung, die sie um den Verstand brachte. Im selben Augenblick aber war es verschwunden.

Verdammt! Nina massierte sich den Nacken. Die Schläfen hämmerten und die Fragen wurden drängender. Wie konnte Sarah Daniel töten, wenn sie nicht im Club war? Und was waren Sarahs Worte zu Barbara gewesen, durch deren Erinnerung sich Barbara so plötzlich verändert hatte?

Nina fand keine Antworten. Stattdessen wuchs das flaue Gefühl in der Magengegend. Was fühlte ihr Unterbewusstsein, das der Verstand noch suchte?

Gereizt strich sie sich über die Stirn, das verdammte Grübeln verursachte Kopfschmerzen. Um dem Schmerz zu entfliehen, schloss sie die Lider und atmete tief durch. Da war es wieder! Ein Bild!

»Oh mein Gott!« Nina hielt sich die Hand vor den Mund. Die Erkenntnis traf sie wie ein Pfeil.

Wie konnte sie so dumm sein und das übersehen? Was jetzt? Sie brauchte die Bestätigung.

Sie zog den Zündschlüssel ab, stieg aus und schritt zu Barbaras Haus.

In dem kleinen Kellerbüro des ›White Palace‹ schritt Alexandra auf und ab. Drei Schritte hin, drei Schritte her. Ihr Blick fiel auf die Vorher- und Nachher-Bilder des Clubs an der Wand, wie aus einer ausgebrannten Ruine ein luxuriöses Schmuckstück wurde.

Eddy saß im Bürostuhl und ließ sie nicht aus den Augen. Seine Haltung war gleichzeitig unterwürfig und selbstsicher.

Alexandra blieb stehen. »Für deinen Verrat sollte ich dich feuern.«

»So wie Sarah?« Eddy lehnte sich zurück, lächelte, faltete die Hände vor dem Bauch und streckte die Beine aus. Würde Alexandra die Wanderung wieder aufnehmen, müsste sie darüber steigen.

»Du warst mir immer unsympathisch, Eddy.«

»Aber ich bin ein guter Koch.« Das Lächeln wurde breiter, siegessicher. »Feuer mich und du kannst am Abend selbst in der Küche stehen. Kein Catering liefert so kurzfristig.«

Genau das war das Problem! Sie brauchte ihn. Nicht nur in diesen Tagen. Sondern so lange, bis sie einen Ersatz für ihn gefunden hätte. Ansonsten könnte sie heute Abend schließen – was indiskutabel war, da sie die Einnahmen benötigte. Davon abgesehen, dass jede Schließung auch den Verlust von Gästen zur Folge hatte und den Ruf des Clubs schädigte. Und ein Catering beauftragen, bis ein neuer Koch gefunden wäre, war ebenfalls keine Option. Die Kosten würden bestenfalls den Gewinn auffressen, im schlimmsten Falle würde sie darauflegen.

Aber konnte sie Eddy vertrauen, wenn eine Kündigung über ihm hing?

»Also gut«, rang sie sich schließlich durch. »Du bekommst noch eine Chance. Aber noch einmal so ein Vertrauensbruch, nur ein unentschuldigtes Fernbleiben oder eine nicht glaubwürdige Krankmeldung und du fliegst. Egal, was für Konsequenzen es für mich und den Club hat.«

Nina klingelte.

»Ja?«, meldete sich kurz darauf Barbaras Stimme gedämpft aus der Sprechanlage.

»Hallo Frau Seitz. Hier ist Nina Schätzlein. Könnte ich mal kurz hochkommen?«

Es vergingen einige Sekunden. »Aber nur kurz.« Barbaras Stimme klang eisig.

Der Türöffner summte und Nina betrat den dunklen Hausgang. Sie tastete nach dem Lichtschalter, als bereits die Beleuchtung aufflackerte. Der alte Herr – Herr Hagenauer, wie sich Nina erinnerte – streckte den Kopf aus der geöffneten Tür. »Sie haben auch nie Feierabend.«

»Nein, Herr Hagenauer, Sie aber auch nicht«, antwortete sie.

Er nickte lächelnd. Anscheinend verstand er Ninas Sarkasmus nicht. »Wir sind immer im Dienst«, rief er Nina nach, die bereits die Treppe hinauflief.

Die Wohnungstür von Barbara Seitz war angelehnt. »Frau Seitz?«

»Ich bin im Wohnzimmer.«

Nina betrat die Wohnung und ging in das Wohnzimmer. Barbara Seitz stand am Fenster und sah auf die dunkle Straße hinunter.

»Observieren Sie mich?«, fragte sie ohne den Blick von der Scheibe abzuwenden, in der sich ihr und Ninas Abbild spiegelte.

»Sollten wir?«, stellte Nina lapidar die Gegenfrage.

Barbara zog die Schulter hoch. »Was wollen Sie dann?«

»Etwas überprüfen.« Nina ging zum Schrank mit der Bildergalerie. Das für sie interessante Bild lag immer noch verdeckt da. Sie nahm es und betrachtete die Frau neben Klein-Barbara. Sie war zwanzig Jahre jünger und hatte vollere, weichere Gesichtszüge, aber sie … war es.

»Ich habe es gewusst«, flüsterte Nina und drehte sich um. Zu spät sah sie den herabsausenden Aschenbecher. Der Schlag traf sie seitlich am Kopf. Lichter explodierten, dann wurde alles schwarz.

»Ich grüße Sie, Herr …«

»Keine Namen! Bitte keine Namen!«, unterbrach Schott mit hochrotem Kopf Pfeiffer. »Ich weiß ja nicht, was Sie hier treiben, aber hier bin ich einfach nur der Gustl.«

»Ich bin Peter, der neue Barkeeper«, stellte er sich vor.

»Ich verstehe.« Schott nickte gönnerhaft. »So ein kleines Zubrot zu dem ...« Er stockte und riss die Augen auf. »Ah ... ich verstehe.« Er beugte sich zu Pfeiffer. »Sie können mit mir rechnen.«

Sieglinde Schott drehte sich um und erblickte Pfeiffer. »Sie?« Instinktiv griff sie nach Gustls Hand.

»Das ist Peter, der neue Barkeeper. Ich hab schon viel von ihm gehört, weißt du.« Und zu Pfeiffer meinte er augenzwinkernd. »Nur Gutes natürlich. Und wenn du Unterstützung brauchst, kannst du mit uns rechnen, Peter. Mann. Ist das aufregend.«

»Gut zu wissen, Gustl.«

»Ist Ihre junge Kollegin auch hier?«, flüsterte er.

»Nein, sie hat eine andere Aufgabe.«

Bedauernd breitete er die Hände aus. »Schade.« Dann klopfte er Pfeiffer wohlwollend auf die Schulter. »Ist das alles aufregend«, wiederholte Gustl. Dann nahm er seine Frau beim Arm und führte sie zur Umkleidekabine.

»Ich wünsche euch einen amüsanten Abend.«

Schott hob lässig die Hand. »Den werden wir mit Sicherheit haben«, rief er über die Schulter hinweg.

Nur langsam hob sich der schwarze Vorhang. Verschwommene Umrisse gewannen an Schärfe und Tiefe. Ein Sessel wurde vom hereinfallenden Schein einer Straßenlaterne beleuchtet. Wo war sie? Was war geschehen? Nina lag auf der Seite und hob den Kopf. Ein stechender Schmerz ließ sie stöhnend zurücksinken. Die eigene Stimme hörte sich in ihren Ohren fremd an. Was war das? Sie konnte die Lippen nicht öffnen. Nun spürte sie das Klebeband, das von einem Ohr bis zum anderen über den Mund geklebt war.

Sie wollte sich an die schmerzende Stelle am Kopf greifen. Unmöglich! Sie zerrte, spürte die Arme auf dem Rücken und Metall an Handgelenken. Handschellen!

Die Erinnerung kam mit Wucht: Barbara Seitz' Wohnung, das Foto – der Schlag!

Nina atmete tief durch, soweit es der Knebel zuließ. Wenn nur der pochende Schmerz nicht wäre.

»Mhmp!« Sie rüttelte, doch die Handschließen saßen fest. Sie hob den Kopf und spannte die Muskeln an. Je mehr sie zerrte, desto mehr schnitt der Stahl in die Haut. Resigniert ließ sie den Kopf auf den Teppich sinken. Dann hatte sie eine Idee. Sie rieb die Wange an der rauen Auslegeware und versuchte, das Isolierband zu entfernen. Verdammt! Es fühlte sich an, als klebte es nun fester!

Übelkeit stieg in ihr auf; das Teppichreinigungsmittel zog beißend in die Nase. Sie sah Barbara vor sich, wie sie mit dem Wischmopp sang. Was war nur in Barbara gefahren? Warum riskierte sie es, eine Polizistin niederzuschlagen?

Verzweifelt versuchte Nina ihre Hand durch die Schließe zu zwängen. Unmöglich, sie war zu eng. Jeder Versuch brachte nur Schmerzen.

Dann kam ihr eine neue Idee. Nina umklammerte rücklings das Heizungsrohr und drückte. Mist! Es gab keinen Millimeter nach. Die Erkenntnis traf sie mit Wucht – Sie saß in der Falle. Niemand wusste, wo sie war!

Wimmernd schloss sie die Augen und weinte. Sie hatte sich dümmer benommen als ein Frischling von der Polizeischule. Vom ersten Tag an bekamen sie eingehämmert, immer die Kollegen zu informieren und nichts alleine zu riskieren. Und erst vor ein paar Tagen hatte sie Pfeiffer vor Alleingängen gewarnt. Wem wollte sie also etwas beweisen? Den Kollegen? Pfeiffer? Vater? Nein, die Erkenntnis war hart. Im Endeffekt wollte sie es sich selbst beweisen. Sie wollte den Fall lösen. Sie war süchtig nach Lob und Anerkennung.

Doch sie durfte nicht aufgeben.

»Mhmp!«, versuchte sie, erneut zu schreien. Doch dem Mhmpfen, das sie voller Anstrengung von sich gab, fehlte die Kraft, Wände zu durchdringen. Entmutigt sank sie auf den Boden und überlegte.

Es dauerte nur Sekunden, bis sie registrierte, auf was sie da lag. Ihre Waffe! Ninas Körper drückte auf das Holster – es gab nach! Leer! Auch das noch! Barbara hatte die Waffe an sich genommen! Oh mein Gott! Tränen der Verzweiflung schossen in Ninas Augen. Barbara und eine Waffe! Was, zum Teufel, hatte sie vor? Nina musste schnellstens Pfeiffer informieren! Aber wie?

Blasmusik drang an ihr Ohr. Natürlich! Es gab noch andere Bewohner in diesem Haus! Hoffnung verlieh ihr neue Energie und Nina kniete sich hin. Übelkeit stieg in ihr auf. Sie schloss die Augen und kämpfte dagegen an. Sollte sie erbrechen, würde sie jämmerlich ersticken. Dann richtete sie die Füße zum Heizkörper aus und trat wie ein störrischer Maulesel gegen die Rohre. Nur ein dumpfes Scheppern war das Resultat. Außer dem Gefühl, ihr Kopf würde zerspringen, brachte es nichts. Um sich zu beruhigen, atmete sie wieder langsam ein und aus.

Da die Arme auf dem Rücken gefesselt waren, fehlte der Schwung für einen kraftvollen Tritt. Zudem war sie mit den harten Absätzen abgerutscht. Sie vermisste die ausgetretenen Turnschuhe, mit denen sie bestimmt besseren Halt gefunden hätte.

Verdammt, im Kino sieht alles so einfach aus, dachte sie wütend und ließ sich erschöpft zusammensinken. Nicht aufgeben – überlegen! Was hast du noch für Möglichkeiten?

Wieder hörte Nina Blasmusik mit anschließendem Beifall. Es klang nach einer der Volksmusiksendungen in den öffentlich rechtlichen Programmen. Nun schunkelten die ›Wildecker Herzbuben‹.

Ninas Blick fiel auf die Pumps an den Füßen. Genau! Das könnte klappen.

Unter quälendem Schmerz zog sie den rechten Schuh vom Fuß und hämmerte mit dem harten Absatz auf das in den Boden verschwindende Rohr. Wieder und wieder. Das Scheppern hallte hell durch das Zimmer.

Das musste er hören – er war die einzige Rettung.

43

Am dritten Einsatzabend im ›White Palace‹ gingen Pfeiffer die anfallenden Arbeiten so leicht von der Hand, als hätte er nie etwas anderes getan. Die gewünschten Cocktails konnte er bereits ohne Rezeptbuch mixen und zu seiner Überraschung schmeckten sie. Er wusste, zu welcher Zeit welcher Kontrollgang gemacht werden musste und kannte bereits vereinzelte Gäste mit Namen, die mehr als einmal die Woche kamen. Die freuten sich ihrerseits, ihn wiederzusehen. Er war in einer außergewöhnlichen Familie aufgenommen worden.

Stände nicht die Lösung eines Mordfalles an, hätte Pfeiffer sich wohlgefühlt.

Miriam war zu einer Zigarettenpause verschwunden. Marianne Klein gab Pfeiffer Bescheid, im Speiseraum nach dem Rechten sehen zu wollen. So konnte Pfeiffer nach dem ersten großen Gästeandrang in Ruhe hinter der Theke aufräumen, die Gläser und Flaschen wegstellen und die Spülmaschine anschalten.

»Du machst so ein angespanntes Gesicht; da dachte ich mir, schau doch mal zu dem gutaussehenden Mann rüber. Vielleicht kann ich etwas für ihn tun. Er sieht aus, als bräuchte er etwas Aufmunterung.« Eine Brünette um die Vierzig mit wirren kurzen Haaren stand vor ihm, die braunen Augen lüstern auf seinen Körper gerichtet.

»Und du kannst sie mir geben?« Pfeiffer legte das Handtuch zur Seite.

»Finde es heraus«, flüsterte sie lächelnd.

Das kann ja lustig werden, dachte er. »Wo ist deine Begleitung?«

Die Brünette machte eine weitgreifende Handbewegung. »Braucht eine emanzipierte Frau eine Begleitung in solch einem Club?«

»Aha, und deshalb gönnst du mir das Vergnügen deiner Gegenwart?«

Die Frau ließ ein angenehmes, gurrendes Lachen erklingen. »Du hast es erfasst.« Sie taxierte ihn. »Du siehst nicht nur gut aus, du bist auch noch clever. Eine Kombination, die ich hier nicht oft antreffe.«

»Woran das wohl liegen mag?« Pfeiffer dachte an die zwei Solo-Herren in Schießer-Feinripp und mit billigem Rasierwasser, die er zuvor bedient hatte.

Die Brünette lächelte und zeigte dabei gleichmäßige Zähne. »Ja, es ist manchmal ganz schön platt, was einige Männer uns zumuten. Sie kommen nicht darauf, dass Frauen auch Ansprüche haben.«

Die Brünette war keine Schönheit im eigentlichen Sinne, doch ihre Ausstrahlung und das Lächeln hätten Pfeiffer noch vor einigen Monaten bewogen, die Einladung anzunehmen. Die Frau war heiß und sendete die richtigen Signale. Doch heute rührte sich nichts in ihm. Er schmunzelte über die eigene Entwicklung.

Die Brünette verstand Pfeiffers Lächeln anders.

»Also, wollen wir?« Mit dem Kopf machte sie eine Bewegung hin zur Treppe, die zu den Spielbereichen führte.

Pfeiffer erinnerte sich an Alexandra Kovaceks Rat, als Barkeeper zu arbeiten und auf keinen Fall als Solo-Herr zu agieren. Jetzt verstand er. Bedauern vorgaukelnd, lächelte er die Frau an. »Tut mir echt leid, aber ich bin im Dienst. Ich verliere sonst meinen Job.«

Betrübt verzog sie den Mund. »Das wäre natürlich schade für den Club, du bist eine wahre Bereicherung für uns Damen. Seitdem du da bist, strengen sich die Männer tatsächlich mehr an.«

Wie auf Kommando schlenderte einer der Schießer-Feinripp-Fetischisten die Treppe herunter und sie schüttelte den Kopf.

»Zu dem hat es sich allerdings noch nicht herumgesprochen. Oder – seine Frau daheim soll nicht merken, dass er hierher geht«, flüsterte sie.

Dann wandte sie sich Pfeiffer zu und lachte. »Du weißt trotzdem nicht, was dir entgeht.«

»Oh, ich glaube, ich kann es mir denken. Viel Spaß noch.«

Auf der Suche nach einem anderen Opfer stakste sie auf waffenscheinpflichtigen Absätzen zur Treppe. Der Solo-Herr machte kehrt und folgte ihr.

»Einen Wodka-Cola ohne Wodka, bitte«, riss ihn eine bekannte Stimme aus den Gedanken.

Pfeiffer sah hoch. Er brauchte einen Moment, ehe er Ellen unter der blonden Langhaarperücke erkannte. Das aufgelegte kräftige Make-up veränderte komplett ihren Typ. Nur ihr kleiner Leberfleck war einmalig.

»Ich wollte dich gerade aus den Fängen der Schwarzen Witwe reißen.« Ellen gluckste vergnügt. »Ich heiße übrigens Jennifer.«

»Hallo Jennifer. Du hattest Angst um mich?« Pfeiffers Miene hellte sich auf. »Wie aufmerksam von dir, aber die war harmlos. Sie wollte nur Sex.«

»Unverbesserlich!« Jennifer, alias Ellen, drehte sich wütend von ihm ab. »Na wenigstens hat sie dich aus deiner Depression gerissen.«

»Sah man es mir so sehr an?«

»Ja. Reiß dich mal zusammen. Hat sich bei dir schon was Neues ergeben?«

»Nein, und bei dir?« Pfeiffer goss die Cola ins Glas.

»Fehlanzeige. Ich glaube, wir werden hier komplett verarscht. Egal, ob mein Chatpartner ein Mann oder eine Frau war: Was will er von mir?«

»Ich habe keine Ahnung. Dieses Gefühl, ständig auf der Stelle zu treten. Es gibt zu viele Widersprüche in diesem Fall.« Resigniert kratzte sich Pfeiffer am Kinn.

Ellen nahm sich einen Strohhalm. »Als würde uns jemand an der Nase herumführen.«

»Du sagst es!«

»Aber wie soll das gehen?«

»Lass uns überlegen.« Pfeiffer schenkte sich ein alkoholfreies Weizenbier ein, ging um den Tresen und setzte sich zu Ellen. »Wir suchen laut Überwachungskamera eine Frau, aber nach dem Obduktionsbericht wurde das Opfer betäubt. Das wiederum schließt eine weibliche Verdächtige aus. Es sei denn, sie ist so stark, dass sie ihn hochschleppen konnte. Die Schotts allerdings sagen, sie ist hager.«

»Aber warum hat der Mörder Daniel Kovacek überhaupt betäubt? Er wartete auf eine von ihm bestellte Domina. Warum sollte er dann keinen Grund mehr haben, mit ihr hochzugehen?« Ellen richtete sich auf und kreiste mit den verspannten Schultern.

»Weil sie ihm nicht zusagte? Vielleicht hat er es sich anders überlegt?«

»Oder er wurde erst oben betäubt?« Sie verstummte und lachte über den Gedanken. »Ich weiß, es ist eine dumme Idee.«

Pfeiffer schüttelte den Kopf. »Nein, nein. Die Frage ist nur: Warum?«

Die Wildecker Herzbuben schwenkten die Bäuche zu dem altbeliebten Hit ‚Herzilein'.

Erwin Hagenauer saß in dem höhenverstellbaren Fernsehsessel. Er wippte von den Knien bis zu den Filzpantoffeln im Takt, der die Akteure in wahre Ekstase versetzte. Auf dem faltigen Gesicht lag ein entrücktes Lächeln, das jedem Betrachter signalisierte: Ich bin ganz bei den musikalischen Stars – weckt mich nicht auf! Doch darüber musste er sich keine Gedanken machen, denn weder Hund noch Katze belebten das eintönige Rentnerleben, und es gab somit nichts, was ihn von der Lieblingssendung ablenken konnte.

Während er schwelgte, vernahm er zwischen dem rhythmischen Schlagzeug ein zunehmend störendes unregelmäßiges Klacken, das ihn aus dem Takt brachte.

»Heiliges Glöckle, wer hämmert hier um diese Zeit noch herum! Drehen die hier im Haus denn ganz durch?«

Er beugte sich schwerfällig nach der Fernbedienung und stellte die Lautstärke höher. Eine gewisse Zeit ignorierte er das metallische Pochen, doch dann wurde es energischer.

»Was macht die da oben nur?«, murrte er.

Andi Borg begrüßte die Kastelruther Spatzen als letzte Gäste und verabschiedete sich damit vom jubelnden Publikum.

Erwin Hagenauer stellte den Fernseher stumm und horchte. Doch nun war das Klopfen weg. Kein Laut zu hören. Als wäre das Hämmern nie da gewesen. Er wollte es sich gerade wieder gemütlich machen, da fing es ein weiteres Mal an.

Er fasste an den Heizkörper. »Da brat mir doch einer 'nen Storch, die vibrieren ja«, stellte er fest. Er klopfte dreimal gegen das Heizungsrohr und wartete – Stille.

Plötzlich schepperte es dreimal. Vor Aufregung zitternd klopfte er erst zweimal, und nach einer Pause noch dreimal gegen das Metall. Wie ein Echo kam die Reihenfolge zurück. Sein Unterkiefer klappte nach unten und er starrte den Heizkörper an.

»Heiliges Glöckle«, entfuhr es ihm erneut. »Was passiert da?«

Sein Puls erhöhte den Schlag; vergessen waren die Kastelruther Spatzen. Das hier war eindeutig interessanter – und er musste aufpassen, dass der Herzschrittmacher bei der Aufregung nicht durchschmorte.

Der Rentner nahm die Haustürschlüssel. In Filzpantoffeln schlurfte er mit schweren Schritten in das darüberliegende Stockwerk, um die Ursache zu ergründen. Er war zwar alt – doch diese erregende, innere Unruhe, ließ ihn sich wieder wagemutig und jung fühlen.

44

Alexandra Kovacek stand im Gang zu den Spielwiesen und ordnete die restlichen Handtücher in den Regalen. Der Wäschekorb war erst zu drei Viertel mit benutzten und teilweise sogar mit unbenutzten Handtüchern gefüllt, dennoch hatten Gäste Handtücher daneben geworfen.

Kopfschüttelnd hob Alexandra Kovacek sie auf. Sie verstand manche Besucher nicht, hatte aber weder Lust noch Kraft, sich darüber aufzuregen. Solche Leute gab es, und sie würde es nicht ändern. Leider.

Sie zwang sich, an etwas Schönes zu denken. Der Abend verlief erfolgreich. Eddy hatte sich die Verwarnung vom Nachmittag zu Herzen genommen und sich mit einem einfallsreichen Buffet selbst übertroffen. Der Kommissar unterhielt die Gäste auf eigene, charmante Art, sodass diese ein Loblied auf ihn sangen. Alexandra bedauerte schon das Ende seiner verdeckten Ermittlungen. Nach so einem Mitarbeiter musste sie lange suchen. Vielleicht sollte sie ihm einen Nebenjob anbieten. Auch wenn Alexandra bezweifelte, dass er das Angebot ernstlich in Erwägung ziehen wird. Wie Daniel war Pfeiffer der geborene Geschäftsmann, auch wenn es ihm im Gegensatz zu Daniel nicht bewusst war. Er hatte das richtige Gespür im Umgang mit den Gästen, war unterhaltend, charmant, ein guter Zuhörer, setzte aber auch im richtigen Moment Grenzen und machte klare Ansagen.

Ihre Augen füllten sich mit Tränen. Sie vermisste Daniel. Seine Zärtlichkeiten und Liebkosungen; die Unbeschwertheit. Wenn sie alleine waren, konnte er so herrlich albern sein. Sie spürte noch seine Liebe. Wenn Alexandra die Lider schloss, sah sie Daniel vor sich. So nah, als bräuchte sie nur die Hand nach ihm ausstrecken und könne ihn so wieder an ihre Seite, in ihr Leben ziehen.

Doch sie war von nun an allein und Schmerz und Trauer überrollten sie wie eine riesige Welle. Im Brustkorb krampfte es und nahm ihr die Luft zum Atmen. Wie lange würde es noch wehtun?

Mühsam unterdrückte sie ein Schluchzen und griff nach dem Regal, um nicht zu wanken. Dann erblickte sie Sarah. Alexandra erstarrte.

Die ehemalige Freundin stand drei Meter entfernt und schaute sie mit flehenden Augen an.

»Was willst du hier? Ich hab dir Hausverbot erteilt!«

»Alex bitte, ich möchte …«

»Was du möchtest, interessiert mich nicht. Nicht mehr. Also verschwinde.«

»Alex …«

»Nein, ich will nichts mehr hören! Du hast mich zu lange belogen und betrogen.«

»Es tut mir alles so leid.«

»Das spielt keine Rolle mehr! Geh und verschwinde aus dem Club, aus meinem Leben, am besten noch aus der Gegend! Ich will dich nie wieder sehen.«

An der Bar drängten sich die Gäste, um noch etwas zu trinken, bevor sie erneut nach oben verschwanden. Andere kamen herunter, um den Abend an der Bar ausklingen zu lassen.

Im Gedränge entdeckte Pfeiffer Sarah Lorenz. Mit tränenüberströmtem Gesicht starrte sie in das leere Glas.

»Verdammt«, murmelte er und ging zu Marianne Klein.

»Wieso hast du Sarah Lorenz reingelassen?«, zischte er über die Theke hinweg. »Alex' Anweisung war klar und deutlich.«

Mit zusammengepressten Lippen sah sie zu der zusammengesunkenen Gestalt an der Bar herüber. »Sie wollte sich bei Alex entschuldigen. Sie tat mir so leid.«

»Was hast du dir nur dabei gedacht?«

»Sorry, anscheinend nichts.« Marianne sah betreten nach unten und polierte an einem Glas, bis es zerbrach. Erschrocken überprüfte sie die Finger auf Verletzungen.

»Schon gut, ich regle das«, sagte Pfeiffer mit einem Anflug von schlechtem Gewissen und ging zu Sarah.

»Sie sollten gehen, bevor Alex sie sieht und hinauswerfen lässt. Sie wollen doch sicher auch nicht, dass die Situation vor den Gästen eskaliert, oder?«, sprach er sie an.

»Zu spät. Es ist alles zu spät«, lallte sie, hob das Glas und rief Marianne zu: »Kleine, mach mir noch einen.«

»Es gibt nichts mehr für Sie.« Mit gehobenem Arm stoppte er Marianne und sah Sarah Lorenz verwirrt an. »Was meinen Sie mit ›Es ist alles zu spät‹?«

»Sie erwidert nicht meine Gefühle.«

»Was haben Sie gedacht?«

»Dass sie mich liebt. Alexandra ist alles für mich! Ohne sie will ich nicht leben!«

»Wollten Sie deswegen dafür sorgen, dass Daniel verschwand?«

Sarah lächelte verklärt. »Ich dachte immer, sie liebt Daniel nicht mehr. Aber solange sie mit ihm zusammenlebte, war kein Platz für mich.«

»Und wieso glaubten Sie, Alexandra würde ihn nicht mehr lieben?«

Sarah Lorenz machte eine unkontrollierte Bewegung mit dem Arm und fiel dabei fast von dem Barhocker. Im letzten Moment konnte Pfeiffer zugreifen und einen Sturz vermeiden.

»Wegen des Clubs hier?« Pfeiffer beobachtete, wie sie sich nun an der Theke festklammerte.

Sarah Lorenz schüttelte den Kopf.

»Weil sie swingte?«

Sie nickte. »Und weil er ein Arschloch war und uns dazu zwang, das mit Barbara zu verheimlichen. Das hat Alex kaputtgemacht.«

»Da gebe ich Ihnen recht, dies war keine Heldentat. Aber es war Alex' Entscheidung, zu ihm zu halten. Das hätten Sie erkennen müssen.«

»Sie war von ihm abhängig und hat sich seinen Anweisungen gefügt.«

»Das glaube ich nicht. Ich schätze Frau Kovacek so ein, dass sie durchaus auf eigenen Füßen stehen kann. Doch sie hielt zu ihrem Mann, auch wenn sie nicht mit seiner Entscheidung einverstanden war. Das ist Liebe, Frau Lorenz. Sie haben hier gearbeitet und das Leben mitbekommen, und haben es dennoch nicht verstanden?«

Sarah zog die Schultern hoch. »Ich habe hier so viele kaputte Beziehungen gesehen …«

»Und deshalb haben Sie angenommen, Alexandra Kovacek wäre auch betroffen? Sie haben den Geschäftsstress der beiden falsch gedeutet.« Pfeiffer schüttelte den Kopf. »Natürlich gibt es auch Beziehungen, die etwas kompensieren müssen. Doch bei vielen sehe ich den liebevollen Umgang. Schauen Sie mal die zwei.« Er deutete mit dem Kopf zu den Schotts, die sich gerade mit anderen Paaren unterhielten. »Sehen Sie ihren verliebten Blick?«

Sarah Lorenz nickte mit schmalen Lippen.

»Sie liebt ihn und wird um ihn kämpfen. Er genießt gerade die Aufmerksamkeit der Blonden gegenüber, gleichzeitig streichelt er über den Rücken seiner Frau. Das bedeutet: Mit der anderen flirte ich, mit dir gehe ich nach Hause.«

»Das können Sie daraus ersehen?«

»Ja. Wie konnten Sie Alexandra so nahe sein und sich in ihren Gefühlen so täuschen?«

»Es waren ihre Gesten und Blicke, so zärtlich und vertraut. Es gab keine Geheimnisse zwischen uns ...«

»Und da haben Sie etwas hinein interpretiert, was überhaupt nicht vorhanden war.«

Kopfnicken. »Anscheinend.«

Pfeiffer empfand Mitleid und Abscheu für diese Frau, die aus einer falschen Deutung heraus das Leben so vieler Menschen zerstört hat. Ihr eigenes eingeschlossen.

Er stand auf. »Bevor Sie ihr mit Lügen den Lebensinhalt nehmen, hätten Sie sie einfach nur fragen sollen.«

Weinend ließ Sarah Lorenz den Kopf sinken.

Als Pfeiffer sich von ihr abwandte, stieß er mit einem Paar zusammen.

»Wieso wundert es mich nicht, dich hier zu sehen?« Pfeiffers Blick glitt von Rita auf den Schießer-Feinripp-Typen, in dessen Arm sie sich schmiegte. Das erwartungsfreudige Gesicht des Mannes höhnte: Sie gehört mir! Trotz meiner verwaschenen Unterhose und dem Waschbärbauch!

»Welch freudige Begrüßung«, sagte Rita gelassen.

»Wenn ich mich recht erinnere, hast du noch nie meine freundliche Seite begehrt. Oder soll ich sagen: geschätzt?«

Rita beugte sich zu Pfeiffer und spielte an einem Hemdknopf, während sie ihm ins Ohr flüsterte: »Menschen ändern sich.«

Er schob ihre Hand weg. »Ja, das soll vorkommen. Aber sehr selten.«

»Bist du dir da so sicher?«

»Bei dir schon.«

45

Das anhaltende Schellen an der Wohnungstür riss Nina aus wirren Gedanken. Sie richtete sich auf. »Mhmp!«

»Frau Seitz?«, hörte sie die kratzige Stimme Erwin Hagenauers.

»Mhmp! Mhhhhmp!«

»Machen Sie doch die Tür auf!«

Witzbold, dachte sich Nina und antwortete: »Mhmp!«

»Ist etwas passiert?«

»Mhmp!«

»Sind Sie gefangen?«

»Mhmp!«

»Geknebelt?«

»Mhmp!«

»In Ihrer eigenen Wohnung?« Zweifel klang in der Stimme.

Nina schwieg.

»Frau Kommissarin? Sind Sie das?«

Cleverer Kerl, dachte Nina. »Mhmp! Mhhhmp!«

Sie hätte Freudensprünge gemacht, wäre sie nicht festgebunden gewesen.

»Heiliges Glöckle! Was ist passiert?«

Nina rollte die Augen. Was glaubt er, konnte sie darauf antworten?

»Mhm, was soll ich nur tun? Bin gleich wieder da!«

Minuten verstrichen, die sich für Nina wie Stunden anfühlten. Was machte der alte Herr nur so lange? Dann meldete sich der Rentner wieder. »Sind Sie noch da?«

Nina ließ ernüchtert die Schultern hängen. Irrsinnige Frage. Dachte er, sie wäre ein weiblicher David Copperfield und könne sich an einen anderen Ort zaubern?

»Hallo? Geht es Ihnen gut? Sagen Sie doch was.« Der Rentner klang aufgeregt.

»Mhmp!«

»Gott sei Dank!«, seufzte er erleichtert. »Ich war beim Hausmeister, aber der ist heute Abend nicht da. Da ist mir auch eingefallen, dass er heute nach Würzburg ins Theater geht. Also habe ich ein Stemmeisen mitgebracht.«

»Mhmp!«, Nina war erleichtert.

»Aber ich kann nicht einfach so die Tür von einer Nachbarin aufbrechen. Ich brauche Ihren Auftrag.«

Nina musste ihn später unbedingt nach seinem Beruf fragen.

»Wenn ich die Tür aufbrechen soll, machen Sie dreimal mhmp! Verstanden?«

Irgendwie konnte Nina seinen Absicherungszwang verstehen. »Mhmp! Mhmp! Mhmp!«

Nach dem dritten Laut knirschte es; die Eingangstür knallte gegen die Wand und Hagenauer stürmte in das Wohnzimmer. Bei ihrem Anblick blieb er mit einem Schlag stehen. Der Werkzeugkoffer fiel scheppernd auf den Boden. »Heiliges ... Wer macht denn so was?«

Nina rüttelte an den Handschellen, um ihn aus seiner Erstarrung zu holen.

»Jaja, sofort. Haben Sie die Schlüssel?«

Nina hielt ihm die Seite mit dem leeren Holster hin, wo sie auch die Schlüssel der Handschließe deponiert hatte. Nachdem allerdings die Waffe fehlte, machte sie sich auch keine Hoffnung, den Schlüssel anzufinden.

Trotz Filzpantoffeln war er erstaunlich schnell bei ihr. Vorsichtig griff Hagenauer in die Ledertasche und untersuchte es. »Ohje, und die Waffe fehlt auch?«

»Mhmp!« Nina ertrug jetzt keine Kritik.

Er besah sich Ninas Hände und schüttelte enttäuscht den Kopf. »Ich habe keinen Bolzenschneider.« Er ging zum Werkzeugkoffer und zog eine Zange hervor. »Wenn wir Glück haben, kann ich die Kette durchzwicken.« Er begutachtete die Zange und legte sie zurück. Dann wühlte er zwischen dem Arbeitsgerät. »Wenn, dann geht's nur mit der hier. Die habe ich mir Fünfundfünfzig von meinem ersten Lohn gekauft.« Mit unvermuteter Kraft drückte er auf dem Metall herum. Endlich knackte es und er bog mit der Zange die Glieder auseinander. Wimmernd zog Nina die Arme nach vorne. Es dauerte, bis der Schmerz nachließ und sich die verkrampften Muskeln lösten.

»Das mit dem Klebeband machen Sie am besten selber.« Er verzog das Gesicht, als könne er ihren bevorstehenden Schmerz spüren.

Nina schloss die Augen, kratzte einen Fetzen locker, um es greifen zu können, und riss mit einem Ruck das Klebeband herunter. Schmerz durchfuhr sie, als hätte sie sich die Haut von den Lippen gerissen und Tränen schossen in ihre Augen. Sie japste nach Luft, würgte und übergab sich haarscharf neben den Filzpantoffeln.

Erleichtert und erschöpft saß sie reglos auf dem Boden. »Ich hoffe, ich habe Sie nicht bei etwas Wichtigem gestört?«, japste Nina schließlich, als sie wieder zu Kräften kam.

Hagenauer gluckste vergnügt und reichte ihr ein gefaltetes kariertes Taschentuch. »In meinem Alter gibt es Lücken im Terminplan. Können Sie aufstehen?«

»Ich glaube, ja.«

Nina säuberte den Mund mit dem Tuch und richtete sich steif auf. Spontan umarmte sie den Rentner.

»Sie sind ein Schatz! Danke.« Sie griff nach seinem Arm und sah auf die Uhr. »Ich muss los. Rufen Sie sofort die Polizei an. Polizeioberrat Baumann soll ein Sondereinsatzkommando in den Zeitlinger Club schicken. Er weiß Bescheid. Sagen Sie, die Kollegen sind in Gefahr! Ich fahre voraus.« Sie drängte den verdatterten Mann in den Gang. Aus dem Augenwinkel heraus bemerkte sie etwas auf dem Sofa. Sie ging hinüber. Der graue Plüschkörper vom Teddy Freddy war zerfetzt, die weiße Schaumstoff-Füllung verteilt. Sein Kopf lag auf dem Boden.

Trotz der Kopfschmerzen rannte Nina zum Punto. In der Hosentasche fand sie den Autoschlüssel. Wieso hatte Barbara ihn ihr gelassen? Achtlosigkeit? Das glaubte Nina nicht. Barbara verfolgte einen Plan. Ihr die Schlüssel zu lassen, zeugte von einer neuen Selbstsicherheit bei Barbara.

Mit durchdrehenden Reifen fuhr Nina los. Während der Fahrt wählte sie über die Freisprechanlage Pfeiffers Nummer. Es meldete sich die Mailbox. Das Gleiche bei Ellen. »Verdammt!« Wütend hieb Nina auf das Lenkrad.

Verzweifelt versuchte sie es mit Andis Nummer. Endlich hörte sie ein Freizeichen. Inzwischen hatte sie Zell am Main verlassen und fuhr auf der linken Mainseite nach Zeitlingen.

»Ich bin's Nina ... Nein Andi bleib dran!« Sie haspelte die Worte ohne Punkt und Komma herunter. »ANDI ... ES IST DRINGEND! HÖRST DU?«

Doch Andi schien das Handy abgelegt zu haben.

An einer Ampel nach Marketshöchheim musste Nina halten.

»Was dauert denn so lange, Andi?«, fragte Nina, dann ließ ein seltsames Poltern sie aufhorchen. »Andi? Hallo? ... Andi! ANDI!«

»Mann, schieb ich einen Kohldampf.« Florian Brettin saß auf dem Stuhl im Überwachungswagen und streckte die Beine aus. Mit wehleidigem Gesicht rieb er den Bauch, wo der Magen lautstark knurrte.

Andi zog den Kopfhörer von den Ohren. »Ich habe nicht gewusst, dass es dein erster Einsatz dieser Art ist.« Er biss demonstrativ in einen Apfel, wobei der Saft herausspritzte.

»Ist es auch nicht.« Brettin verstand die Spitze in Andis Antwort sehr wohl. »Die Kinder haben wieder genervt und ich wollte nur noch schnell weg. Jetzt liegt mein Essen wahrscheinlich im Kühlschrank.«

»Dumm gelaufen. Dann vergiss nicht, es morgen mitzunehmen, falls das hier noch weitergeht.«

»Ich hoffe doch nicht. Wir sind morgen bei den Schwiegereltern zum Essen eingeladen. Rouladen. Mhm.« Wie auf Kommando knurrte erneut sein Magen.

In Andis Hosentasche vibrierte das Handy und spielte dabei Bon Jovis ›It's My Life‹

Andi holte es hervor und schaute auf das Display. »Hi, Nina.«

Es klopfte an der Wagentür.

»Warte mal kurz.« Er legte das Handy zur Seite.

Florian Brettin ging zur Schiebetür des Busses. »Wer ist da?«

»Hallo, ihr zwei«, vernahmen sie eine weibliche Stimme. »Macht mal auf, Ellen schickt mich. Ich soll euch Kaffee und etwas Leckeres zum Essen bringen.«

Schlagartig hellte sich Brettins Gesicht auf. »Na, das wird ja mal Zeit, dass ihr auch an uns denkt. Ihr schlagt euch da drinnen die Bäuche voll, und wir können sehen, wie wir hier draußen klarkommen.« Ehe es Andi verhindern konnte, entriegelte Brettin die Tür und zog sie auf.

Doch anstatt einer netten Bedienung, mit einem Tablett und Speisen, bekamen sie eine dunkel gekleidete Person mit schwarzer Maske zu Gesicht. In der behandschuhten Hand hielt sie eine Waffe.

Plop, Plop. Die Betäubungspfeile trafen ins Ziel.

46

Aus einer vagen Eingebung heraus beobachtete Pfeiffer, wie Rita mit dem Feinripp-Typen nach oben ging, und folgte ihr einige Minuten später.

Nun suchte er Ritas Gestalt zwischen den nackten und schwitzenden Körpern und grabschenden Händen. Er eilte von Raum zu Raum, von Nische zu Nische. Doch von Rita war nichts zu sehen. Glaubte er, ihre schwarze Mähne erkannt zu haben, dann stimmte der dazugehörige Körper nicht überein. Wenn er glaubte, ihren schlanken Körper zu erkennen, trug die Person eine andere Frisur.

In einem anderen Zimmer wurden Stimmen laut. Pfeiffer ging hinüber. Ein Mann robbte zu einer Matte. Seine Hände grabschten nach der Frau. »Nein«, sagte ihr Partner und schob die Hände fort. Doch das hielt ihn nicht ab. Seine Finger griffen nach dem Busen. Der Partner packte die Hand und hielt sie fest. »Nein! Verschwinde!«

»Ja, hau ab!«, zischte es von der anderen Seite.

»Verpiss dich! Geh anderen auf den Wecker!«, sagte ein weiterer Mann und ein dritter drohte: »Wer sich nicht benimmt, fliegt!«

Nun merkte der Typ endlich, dass sein Verhalten nicht mehr toleriert wurde.

»Ich habe euern Eintritt bezahlt! Ihr müsst mich ranlassen!«

Ein Vorhang wurde zur Seite geschoben und ein Mann zeigte sich, den Pfeiffer in die Kategorie ›muskelbepackter Kleiderschrank‹ einordnete. »Mach endlich die Fliege oder ich lass jetzt gleich meine Fäuste an dich ran, Freundchen«, grollte er mit einem Gesichtsausdruck, der zeigte, dass die Lunte seiner Geduld inzwischen weit heruntergebrannt war.

Mit rotem Gesicht schob sich der Querulant an Pfeiffer vorbei und verschwand in einem anderen Raum.

Pfeiffer nahm sich vor, Alex später von ihm zu berichten und ihr zu empfehlen, ihm den weiteren Zugang zu dem Club zu verwehren. Gerade im Begriff sich abzuwenden, verharrte Pfeiffer in der Bewegung. In einer Ecke entdeckte er Rita mit dem Schießer-Feinripp-Typen, jetzt ohne Schießer-Feinripp. Sie war tatsächlich mit ihm auf die »Matte« gegangen. Wieso? Der Mann war weder Ritas Typ noch entsprach es ihrem normalen Vorgehen. Zu oft hatte sie ihm gegenüber betont, 0815-Sex zu verabscheuen.

Pfeiffer kam sich wie ein eifersüchtiger Ehemann vor, doch das war nicht das Gefühl, das ihn beherrschte. Nein, er konnte es nicht erklären, aber irgendetwas stimmte nicht.

Rita hatte ihn bemerkt und blickte ihm direkt in die Augen. Lächelte. Es war ein seltsames Lächeln, das er nicht zu deuten wusste.

In diesem Augenblick ging das Licht aus.

Nina trat das Gaspedal ihres Punto bis zum Anschlag durch. Ihr Kopf dröhnte vor Schmerz. Ein Auto nach dem anderen überholte sie, teilweise im schieren Blindflug. »Andi, was ist passiert? Komm schon, melde dich. Andi!«, rief sie immer wieder in die Freisprecheinrichtung. Doch es blieb still, obwohl die Verbindung weiterhin bestand. Was ist geschehen? Warum geht Andi nicht an das Handy?

Das Poltern! Vielleicht ist er gestürzt und hat sich dabei am Kopf verletzt? Aber dann müsste sich Brettin melden. Wo ist sein Kollege? Hatten sie den Überwachungs-Wagen verlassen? Beide?

Erneut verschwamm das Grau des nächtlichen Asphalts im Scheinwerferlicht eines entgegenkommenden Autos. Halbblind kniff Nina die Augen zusammen und fasste sich an den Kopf, doch der Schmerz blieb. Kalter Schweiß brach aus, der Speichelfluss verstärkte sich. Nina schluckte und würgte – auch das noch: Gehirnerschütterung. Nina wurde sich der Gefahr bewusst, in die sie sich selbst und andere brachte, und drosselte das Tempo.

Die gleißenden Lichter eines entgegenkommenden Fahrzeuges jagten ihr feurige Blitze durch den Schädel. Instinktiv riss Nina den Kopf zur Seite. Doch diese schnelle Bewegung war zu viel. Der Schmerz ließ die Neuronen im Hirn kollabieren. Ihr Fuß rutschte vom Gaspedal. Der Punto rollte von der Straße und rumpelte über den Grünstreifen.

Niedrig hängende Äste streiften das Dach. Benommen und unfähig zu reagieren, sah Nina den Graben auf sich zukommen.

Hoffentlich konnte Hagenauer Baumann erreichen, dachte sie noch, dann wurde ihr schwarz vor Augen.

»Bitte behalten Sie die Ruhe. Bleiben Sie, wo sie sind, damit Sie sich nicht verletzen. Es handelt sich nur um ein kleines technisches Problem, das schnell behoben ist.« Mit gefasster Stimme beruhigte Pfeiffer die Gäste. Aus der Hosentasche zog er ein Feuerzeug und ließ die Flamme aufleuchten. Einige der Gäste sahen ihn erwartungsvoll an, andere knutschten unbekümmert weiter.

»Bleiben Sie sitzen, dann kann nichts geschehen. Ich gehe nach unten und versuche, bei der Lösung des Problems zu helfen.« Das Feuerzeug wurde heiß und er ließ den Drücker los. Er fluchte und versuchte es erneut.

Im schwachen Schein der Feuerzeugflamme tastete sich Pfeiffer an der Wand entlang in das Erdgeschoss hinunter. Trotz der Bitte, an Ort und Stelle zu warten, folgten ihm einige Gäste sich an den Händen führend in einer Reihe. Wie der Rattenfänger vom Hameln, ging es Pfeiffer durch den Kopf.

In der Disco angelangt, bot sich ihm ein weiteres seltsames Bild. Die Musik war verstummt und die Gäste drängten sich um die flackernden Kerzen an der Bar.

Marianne und Miriam kamen ihm mit Taschenlampen entgegen. »Da bist du ja, Peter. Du sollst unbedingt zu Alex in den Technikraum kommen.«

Um keine Panik auszulösen, fragte Pfeiffer leise: »Was ist passiert?«

»Das will sie dir selber sagen«, flüsterte Miriam.

Als die Swinger Pfeiffer erblickten, riefen sie wild durcheinander. »Was ist los?« »Ich glaube, ich rieche Rauch!« »Mein Gott, wir müssen sofort raus!«

»Bitte keine Panik! Bestimmt hat nur eine Sicherung ausgelöst. Wartet bitte an der Bar, meine Kolleginnen versorgen euch mit Drinks, während wir den Schaden beheben.«

»Wie schaut's aus?«, fragte Pfeiffer, als er den Raum betrat.

Alexandra Kovacek stand vor dem zweiflügligen Sicherungskasten und schaltete verschiedene Möglichkeiten. »Das darf alles nicht wahr sein!

»Was ist passiert?«

Die Clubbesitzerin drehte sich zu ihm um. »Alles tot! Strom, Lüftung – nichts geht mehr.«

»Ist die Sicherung raus?«

»Nein. Es ist tot. Einfach tot. Schauen Sie, das hier sind die Hauptsicherungen. Die sind okay.« Sie zeigte auf die unterste Reihe mit vier einzeln stehenden Kippschaltern. »Doch die machen auch keinen Mucks mehr.« Alexandra war den Tränen nah. »Was soll ich jetzt machen?«

»Warten Sie mal. Was ist denn das?« Pfeiffer leuchtete auf die betreffenden Stellen. »Da fehlen zwei Schrauben und die hier ist nur notdürftig festgezogen. – Da hat sich eindeutig jemand zu schaffen gemacht.«

»Das ... das wäre ja dann Sabotage«, erfasste Alexandra mit tonloser Stimme die Situation.

»Das sollten wir gegenüber den Gästen nicht äußern. Sonst bricht Panik aus«, mahnte Pfeiffer. Er löste die lockere Schraube und entfernte die Plastikverkleidung. Alle Drähte waren durchtrennt.

»Das ist ja schlimmer, als ich dachte.« Alexandra weinte.

»Wer kann hier rein?«

»Das Personal. Sarah? Aber ihr habe ich alle Schlüssel abgenommen.«

Pfeiffer schüttelte den Kopf. »Sarah sitzt seit einer Ewigkeit an der Bar und ist so betrunken, dass sie fast vom Hocker kippt. Mehling?«

»Eddy ist vor einer Stunde nach Hause gegangen«, bemerkte Alexandra. »Was sollen wir jetzt machen? Ohne Licht ist es für die Leute da draußen zu gefährlich.«

»Sie müssen den Club räumen.«

»Was?«

»Hier ist was im Busch. Sagen Sie Miriam und Marianne, dass sie die Augen offenhalten und mir Bescheid sagen sollen, wenn ihnen etwas auffällt. Wenn die Gäste weg sind, sollen sie sofort nach Hause gehen. – Wissen Sie, wo Ellen ist?«

Alexandra Kovacek schaute ihn aus verängstigten Augen an. »Nein.«

Wo, verdammt noch mal, steckst du?

Auf Alexandras Anweisung hin verteilte Miriam Teelichter auf der Treppe im Gang und im Umkleideraum. Während sich die meisten Gäste zügig ankleideten, rannten andere mit übergeworfenen Jacketts und den Kleiderbündeln unter dem Arm aus dem Club. Pfeiffer hoffte, dass kein Anwohner im Umkreis unter Schlaflosigkeit litt und die mangelhaft bekleideten Gäste bemerkte. Das wäre ein weiterer Skandal, den er Alex gerne ersparen würde.

Viele Swinger reagierten verständnisvoll, andere waren verärgert oder ergingen sich in wilden Spekulationen. Alex und Marianne taten ihr Bestes, um die Wogen zu glätten, und begleiteten sie zum Ausgang.

Pfeiffer bedankte sich bei ihnen. Dann verließen auch sie den Club.

An der Bar fand Pfeiffer noch zwei Personen vor: Sarah Lorenz und Rita Pekarek.

Während Sarah noch immer so dasaß wie bei ihrem Gespräch und die Flaschen anstarrte, nippte Rita ein paar Plätze weiter genüsslich am Inhalt eines Glases. »Magst du auf den Schreck auch was trinken?«

Pfeiffer zuckte mit der Schulter. Was soll's – der Club war geräumt. Er hatte alles abgesucht und niemanden mehr vorgefunden. Selbst Ellen schien nach Hause gegangen zu sein. Ohne ein Wort, was nicht ihrer Art entsprach.

Und dann der Lichtausfall. Was sollte diese ganze Aktion bezwecken?

»Ja, das kann ich jetzt gebrauchen. Ich dachte, du wärst schon gegangen.« Er nahm neben ihr Platz.

»Ich wollte mit dir noch die Ruhe genießen. Komm, lass uns zum Abschied auf die guten Zeiten trinken.« Sie schenkte ihm ein Weizenbier ein und stellte es ihm hin.

»Hast du auf mich gewartet?« Pfeiffer prostete ihr halbherzig zu und trank einen Schluck.

Rita atmete tief ein und sah sich um. »Kerzenschein – seltsam, während unserer Beziehung haben wir das nicht geschafft.«

»Wir hatten keine Beziehung, wir hatten eine Affäre«, meinte Pfeiffer schroff. »Schon vergessen: Du bist verheiratet. Außerdem hast du immer gesagt, dass du auf romantischen Kram keinen Wert legst.«

»Höre ich da Verbitterung?« Sie nahm ihr Glas und stieß an das seine.

»Stimmt es etwa nicht? Dann hast du es mir gegenüber aber gut verborgen.« Nachdem er erneut davon getrunken hatte, stellte er das Glas zurück und rieb sich die Augen. »Hast du gesehen, wann Ellen gegangen ist? Und wo bleibt nur Alex?«

Rita lächelte, aber es erreichte nicht die Augen.

»Ellen ist nicht gegangen. Mach dir lieber Sorgen um dich.«

Seine Nackenhaare richteten sich auf. Ein Warnzeichen – doch es kam zu spät.

»Was …?« Sein Mund wurde plötzlich taub. Er betrachtete das Bier. War der milchige Schleier normal für ein Weizenbier? Hefenschlieren? Er konnte sich nicht erinnern, seine Gedanken waren in Nebelschwaden verborgen und nicht mehr greifbar. Ihm war noch nicht einmal bewusst, dass er keine Antwort erhielt.

Er erhob sich vom Barhocker, rutschte ab und klammerte sich an die Theke. Seine Beine waren bleischwer und versagten ihre Dienste. Alles schwankte. Rita stützte ihn. »Komm, wir suchen deine Kollegin.«

»Dan...ke. Was ... los mi... mir?«, nuschelte er mit tauber Zunge.

»Das fragst du immer noch?«

»Was ... wie?«

»Komm einfach mit.«

Dumpf registrierte er ihre zufriedene Miene, als sie an seinen Kragen griff.

47

Lichtkegel von vorbeirauschenden Autos streiften den Punto, ehe er wieder in der Dunkelheit versank. Angsterfüllt tastete Nina Gesicht und Körper ab. Gebrochen war nichts und blutende Wunden entdeckte sie ebenfalls nicht. Wahrscheinlich kam sie mit Prellungen davon.

Nina machte eine Bestandsaufnahme. Die Scheinwerfer des Punto waren erloschen. Keine Chance, dass ein Fahrer von der Straße aus sie entdeckte. Sie drehte den Schlüssel im Zündschloss. Nur quälendes Gurgeln erklang. Sie musste raus.

Stöhnend richtete sich Nina auf und suchte in ihren Taschen nach dem Handy. Dann fiel ihr ein, dass sie es vor dem Unfall auf den Beifahrersitz abgelegt hatte. Sie tastete den Sitz ab, leer. Im Fußraum? Nichts. Furcht stieg in Nina auf. Hektisch langte sie unter den Sitz. Da. Ihre Fingerspitzen spürten etwas, das sich wie die Lederhülle anfühlte. Aber sie konnte es nicht greifen, da sie mit den Handschellen hängen blieb und nicht tiefer vordrang. Sie stellte den Sitz nach vorne und versuchte es von der Rückseite. Doch egal, wie sie sich streckte, sie bekam es nicht zu packen. Dazu riss sie sich an den scharfen Kanten der Sitzhalterung die malträtierten Handgelenke auf. Nina schlug vor Wut gegen die Lehne.

Dann verschloss sie den Wagen und krabbelte die Böschung hoch. Lichter erschienen als kleine Punkte und wurden schnell größer. Kurzentschlossen stellte sich Nina mitten auf die Straße und winkte.

Die flackernden Kerzen des mannshohen, fünfarmigen Leuchters erhellten den Raum. Ritas Schatten huschten wie Geister an den Wänden entlang.

Es dauerte eine Weile, bis sich der Nebel in Pfeiffers Kopf lichtete, die Gedanken klarer wurden und er seine Situation realisierte. Er konnte seinen Kopf nicht bewegen, denn ein Riemen fixierte seinen Hals. Seine Arme und Beine waren rechts und links am Andreaskreuz festgeschnallt. Wie bei Daniel Kovacek, dachte er entsetzt. Doch im Gegensatz zu ihm trug er noch Hemd und Hose. Sollte ihn das beruhigen?

In dem Käfig links von ihm kauerte Alexandra. Pfeiffer hörte sie wimmern; konnte jedoch in dem diffusen Licht nicht feststellen, ob sie verletzt war.

»Waaas hast du mir ge…geben?«

Wie einen kleinen pausbäckigen Buben kniff Rita ihn in die Wange. »Nur eine abgewandelte Form von K.O.-Tropfen. Ein kleines Geheimrezept. Du sollst ja schließlich merken, was mit dir geschieht.«

»Hast du Da…niel mit dem glei…chen Mittel betäubt?«

Rita kicherte. »Musste ich doch nicht.«

»Aber der toxi…kolo…gische Befund?«, nuschelte er. »Da sta…nd doch Betäub…ungs…mittel.«

Rita schnalzte mit der Zunge. »Peter, Peter, du enttäuschst mich. Glaubst du wirklich, ich hätte dir den richtigen Befund vorgelegt? Ihr Männer seid doch sooo einfältig.«

»*Du* hast die Er…mittlungen *sa…bo…tiert*?«

Rita lachte. »Die Ermittlungen und dich, mein Lieber.«

Minuten später hielt ein Volvo auf dem Parkplatz des ›White Palace‹. »Ist es hier?«, wollte die Fahrerin, eine hagere Frau um die fünfzig, wissen. »Sind Sie sicher?«

Wäre nicht der weiße Prachtbau von Club gewesen, hätte Nina selbst gezweifelt. Der Parkplatz war, abgesehen von einzelnen Fahrzeugen, darunter auch Peters Dienstwagen, leer. Keine Gäste. Kein Baumann. Kein SEK!

Hatte Hagenauer nicht angerufen? War er auf dem Weg zu seiner Wohnung einem Anflug von Alzheimer erlegen?

Bitte nicht, flehte Nina. War das alles nur ein Alptraum, aus dem sie gleich erwachen würde? Sie fasste sich an den Kopf, wo eine respektable Beule wuchs und deren Pochen an den Überfall erinnerte. Nein, das war kein Traum, dazu war der Schmerz zu real.

»Bitte verständigen Sie die Polizei. Womöglich sind Menschen in Gefahr. Sagen Sie, Kriminalkommissarin Nina Schätzlein hätte Sie darum gebeten und die Kollegen sollen sich mit Kriminaloberrat Baumann in Verbindung setzen.«

Nina stieg aus und schwankte zu dem Überwachungswagen. Die Tür stand einen Spaltbreit auf. Ein Umstand, der sie alarmierte. Die Tür musste bei Einsätzen geschlossen sein, das war Fakt. An die Wagenwand gepresst schlich sie näher. Im Inneren war es still. Kurz erwägte Nina, jemand könne im Wagen auf sie lauern. Quatsch, tat sie die Befürchtung ab. Woher sollte dieser ominöse Jemand wissen, dass sie kam? Das war Zeitlingen und nicht Detroit und sie war Nina Schätzlein und kein Bruce Willis. Sie stieß die Schiebetür auf und starrte in ein Inneres mit Technik und blinkenden Lichtern. Dann sah sie zwei Körper auf dem Boden liegen.

»Oh mein Gott – Andi? Florian?«

Nina kletterte stöhnend in den Wagen und tastete bei beiden nach der Halsschlagader. Kräftig und gleichmäßig pochten sie. Dann sah sie die kleinen Pfeile. Die beiden Männer schienen nur betäubt. Was nun? Wer half jetzt ihren Kollegen im Club? Waren Ellen und Peter auf sich gestellt?

Sie riss Andi den Kopfhörer vom Hals und horchte. Nichts. Kein Mucks.

»Wach auf, Andi! Ich brauche dich!« Sie schüttelte ihn und verpasste ihm Ohrfeigen. Doch Andi rührte sich nicht. Sie musste Hilfe rufen. Andis Smartphone, fiel ihr ein. Nina schaute sich um und entdeckte es auf dem Pult neben der Tür. Natürlich – ausgeschaltet und mit entsprechendem Nummerncode gesperrt. Mist! Nina sah auf die Schalter und Knöpfe der Technik. Auf gut Glück drückte sie einige Tasten und legte Schalter um; lauschte am Kopfhörer.

»Hallo? Zentrale? Bitte kommen!«, sprach sie in das Mikro. Weder Rauschen noch Stimmen antworteten. Vielleicht hatte Brettin ein Handy eingesteckt. Sie zögerte. Wie peinlich, wenn der Kollege aufwachen würde und sie gerade die Hand in seiner Hose hätte.

»Sorry, Kollege.« Beherzt langte sie zu, fand aber nur Schlüsselbund, Börse, Dienstausweis und gebrauchte Papiertaschentücher. Das durfte doch nicht wahr sein!

Ihr lief die Zeit davon. Nina war kurz davor, in Tränen auszubrechen. Aber natürlich! Notruf geht auch ohne PIN! Idiotisch, dass sie daran nicht gedacht hatte.

Sie griff nach Andis Handy, drückte Notruf und gab dann die eins eins null ein.

»Kriminalkommissarin Nina Schätzlein, Dienststelle Würzburg. Ich befinde mich in Zeitlingen vor dem White Palace. Die Kollegen im Ü-Wagen wurden betäubt. Zwei weitere Kollegen befinden sich im White Palace und sind möglicherweise in Gefahr.«

»Okay, Kollegin, wir sind informiert. Kollege Baumann ist bereits mit dem SEK unterwegs. Bitte warten Sie auf die Verstärkung.«

»Wieso sind sie noch nicht vor Ort? Sie müssten bereits vor dreißig Minuten informiert worden sein!«

»Nein, gerade eben erst.«

»Das kann nicht sein? Hat kein Herr Hagenauer angerufen?«

»Hagenauer? ... Moment.« Nina hörte ein Tippen. »Doch ... vor siebenundzwanzig Minuten.«

»Und warum sind die Kollegen noch nicht da?«

Für einen Herzschlag schwieg die Kollegin, ehe sie sagte: »Wir hielten es für einen Scherz!«

»Ein Scherz? Sind Sie noch bei Trost?«

»Was denken Sie, wie viele Fake-Anrufe wir bekommen ...«

Fake? Nina schnappte nach Luft.

»Geben Sie durch, dass ich in das Gebäude gehe!«

»Sie kennen die Vorschriften ...«

»Ich pfeif auf die Vorschriften. Kollegen sind in Schwierigkeiten, vielleicht tot. Dank Ihrer Inkompetenz!«

Nina legte auf.

48

Pfeiffer zwang sich, klar zu denken. »Frau Kov... a...cek, ist bei Ih...nen a...lles in Ordnung?«

Rita Pekarek stand am Tisch in der Ecke und goss sich einen Whisky ein. »Bis zuletzt der Gentleman. Dabei müsstest du dir Sorgen um dich machen.«

»Um mich?«

Alexandra Kovacek rappelte sich auf. »Der Kommissar hat doch mit der Sache nicht das Geringste zu tun, lassen Sie ihn frei.«

»Schnauze! Zu dir Miststück, komme ich später.« Rita trat gegen den Käfig.

Verängstigt rutschte Alexandra in die Ecke und zog die Beine an.

»Warum?«, schrie sie verzweifelt. »Der Weigand von der Bürgerinitiative war der Vergewaltiger! Daniel trägt keine Schuld! Warum hast du ihn nur getötet?« Weinend legte sie den Kopf auf die Knie.

Rita schwenkte den Inhalt ihres Glases. »Dein sauberer Daniel war schuld. Er hat Barbara in ihrem Elend und im Dreck alleine gelassen. Ohne Therapie! Ohne Genugtuung und Gerechtigkeit! Er sollte fühlen, wie es ist, wenn man solche Erlebnisse nicht erzählen kann.«

»Und dann hast du beschlos…sen, ihn um…zubringen?« japste Pfeiffer, den der Gurt am Hals drückte.

»Nein, ich wollte ihn nicht umbringen. Ich wollte ihn nur selbst spüren lassen, welchen Schmerz man Barbara zugefügt hatte. Das Schwein hat doch tatsächlich seinen scheißverdammten Club über das Wohl meines Kindes gestellt. Leider wehrte er sich und hat sich dabei selbst stranguliert. Das war keine Absicht. Er sollte nur an dem Schmerz genauso seelisch zerbrechen wie sie.« Sie lehnte sich an der Wand an und schloss die Augen.

Pfeiffer sah, wie ihre Hand flatterte, die das Glas zum Mund führte.

Von neuer Energie erfüllt, öffnete sie die Augen. »Es dauerte Monate, bis mir Barbara davon erzählte. Erst wollte ich Anzeige erstatten. Doch nachdem ich erfuhr, was dein Mann verlangt hat, sollte er am eigenen Leibe spüren, was das Schwein ihr angetan hat. Wenn Barbara gleich in psychiatrische Behandlung gekommen wäre, hätte sie eine Chance gehabt. Aber so … Du hast sie doch gesehen? Sie ist nur noch ein Schatten ihrer selbst. Sie wird niemals mehr wieder lachen oder unbeschwert einen Mann lieben können. Sie wird immer ein Leben in Angst führen.«

»Meine Kol...leginnen waren bei ihr, Barbara geht es jetzt bes...ser. Seit heute ist sie in Behandlung«, röchelte Pfeiffer. Die lähmende Wirkung des Betäubungsmittels ließ bereits nach.

Rita zog die Stirn kraus. »Und das soll reichen?«

»Wir können das Verbrechen nicht rückgängig machen! Natürlich, es wäre besser gewesen, sie hätte gleich Hilfe bekommen. Aber wichtig ist doch, dass Barbara sie jetzt bekommt! Der Täter ist tot, das weiß sie. Jetzt kann sie alles aufarbeiten. Das hier will sie bestimmt nicht!«

»Du hast doch keine Ahnung!«

»Doch! Wenn du weiter Schuld auf dich lädst, dann leidet deine Tochter noch mehr! Barbara wird sich die Schuld daran geben, dein Leben und das unsere zerstört zu haben! Das willst du doch nicht! Oder?«

»Nein.«

Für einen Moment hoffte Pfeiffer, zu Ritas Gewissen vorzudringen. »Dann lass uns frei.«

»Nein.«

»Es geht dir überhaupt nicht um Barbara, sondern um dich! Sonst hättest du ihr einen Therapeuten gesucht, als du von dem Verbrechen an ihr gehört hast. Nein, es geht um dich.« Er atmete durch, um neue Kraft zu schöpfen und hob den Kopf »Du hast nichts mehr zu verlieren, nicht wahr? Wie weit ist der Krebs schon fortgeschritten?«

49

Nina rüttelte an der verschlossenen Haupteingangstür. Hatte Pfeiffer nicht einen Nebeneingang erwähnt? Sie lief um das Gebäude, fand die Tür und wollte sie öffnen. Zugesperrt!

Sie rannte zurück zu dem Überwachungswagen und durchsuchte Handschuhfach und Ablagen. Endlich fand Nina einen Schlüssel mit einem Aufkleber *W.P.*.

›White Palace‹? Vielleicht war das der Schlüssel für den Lieferanteneingang.

Er passte.

Sie betrat das Gebäude und tastete nach dem Lichtschalter. Nichts. Es blieb dunkel. Das Gefühl einer unmittelbaren Gefahr verstärkte sich. Nina wünschte, sie hätte ihre Waffe. Vorsichtig schlich sie durch das spärlich mit Teelichtern ausgeleuchtete Treppenhaus hinauf zur Diskothek. Dort erhellte nur ein großer fünfarmiger Kerzenleuchter einen Teil der Bar. Es wirkte wie die unwirkliche Kulisse eines Endzeit-Filmes, nachdem die Menschheit evakuiert worden war. Wo zum Teufel waren Pfeiffer, Ellen und die anderen?

Nina wollte weitergehen, da sah sie am Rand des flackernden Lichtkreises einen reglosen Körper über der Theke liegen. Wer war das? Sie konnte nicht erkennen, ob es eine Frau oder ein Mann war. Hoffentlich nicht Pfeiffer!

Nina hastet darauf zu, stieß sich an einem Barhocker und trat in zerbrochenes Glas. Sie fluchte.

Mit einem Gefühl der Erleichterung erkannte sie Sarah Lorenz. Ihr Kopf lag neben Erbrochenem. Nina hob den Kopf an. Gott sei Dank, sie atmet. Sarahs Lider flatterten.

»Frau Lorenz, was ist passiert?«

Sarah Lorenz antwortete mit einem unverständlichen Lallen.

»Reißen Sie sich, verdammt noch mal, zusammen«, zischte Nina. »Wo sind meine Kollegen?«

Mit Mühe konzentrierte Sarah Lorenz den Blick auf Nina. Sie öffnete den Mund, setzte zum Sprechen an, schloss ihn und schluckte mehrmals. Endlich krächzte sie: »Oben.« Aus dem Schlucken wurde ein Würgen, dann ergoss sich ein Schwall quer über die Theke. Ihr Kopf sank zurück in die Pfütze.

Angewidert drehte sich Nina weg. Im Halbdunkeln erahnte sie die Treppe und ging darauf zu. Dann erstarrte sie in der Bewegung. Im zuckenden Kerzenlicht sah sie den Schatten einer sich duckenden Person. Wer war das?

»Hallo?«

»Hallo, Frau Schätzlein«, antwortete ihr eine bekannte, kraftlose Stimme.

Ein Arm hob sich, die Faust umschloss den Griff einer Waffe, deren Mündung auf Nina zeigte.

»Hallo Barbara.«

»Du Mistkerl!«

Der Schlag kam ansatzlos und traf Pfeiffer mit solcher Wucht, dass der Riemen an seinem Hals zerrte. Er röchelte, schmeckte Blut und tastete mit der Zunge über die geplatzte Lippe. »Ich habe also recht?«

Schweigend stellte Rita das Glas auf den Tisch in der Ecke neben einem Handtuch ab und kam lächelnd näher. Dicht vor ihm blieb sie stehen. Ihre langen Fingernägel drückten sich in das unbedeckte Fleisch unterhalb der Kuhle des Halsansatzes. Dann fuhren sie tiefer bis zu dem ersten geschlossenen Hemdknopf. Auf der Haut zeichneten sich weiße Kratzer ab, die sich dunkelrot verfärbten.

Pfeiffer kämpfte gegen die Angst an. Noch nie hatte er sich so hilflos gefühlt. Er schluckte, obwohl der Mund trocken war. »Ich habe doch nichts mit dieser Sache zu tun!«

Mit geschürzten Lippen schüttelte Rita den Kopf. »Du hast mich verletzt«, hauchte sie ihm in das Ohr. »Männer sind von Natur aus Schweine. Ihr benutzt Frauen, wie es euch beliebt; und wenn ihr uns über seid, gebt ihr uns einen Tritt in den Hintern. Daniel hat Barbaras Leben weggeworfen und du hast mich entsorgt!«

»Aber...« Der halbherzige Versuch, sich herauszureden, blieb ihm im trockenen Halse stecken. Auf eine gewisse Art hatte Rita recht. Rita war so lange gut genug für ihn gewesen, wie er die Affäre genießen konnte. Als es sich nicht mehr gut anfühlte, trennte er sich von ihr.

»Wenigstens machst du es nicht mit fadenscheinigen Lügen noch schlimmer.« Rita nahm wieder das Glas und trank wie eine Verdurstende.

Pfeiffer versuchte, sein Gesicht abzuwenden, doch der Riemen am Hals verhinderte es. Es kostete ihn alle Kraft, so zu verharren, damit er nicht den Halt verlor und sich strangulierte. Welche Ironie, dass ihm das Vortragen von Ritas Autopsie-Bericht nun das Leben retten konnte. Hätte Rita wie üblich den Bericht verlesen, wären ihm vielleicht diese Details entgangen.

Er schloss die Augen und verlagerte sein Gewicht, damit ihn der Halsriemen nicht auf den Kehlkopf drückte. Aber langsam schmolz die Hoffnung.

Durchhalten, sagte er sich. Du musst durchhalten. Die Kollegen kommen. Die müssen doch merken, dass etwas nicht stimmt.

Andi hört doch jedes Wort über das Mikro an seinem Kragen. Worauf wartete er noch? Warum griff er nicht ein?

Ausfall der Technik? Pfeiffer bezweifelte das. In dem Falle wäre Andi unauffällig in den Club gekommen und hätte Bescheid gegeben.

Nein! Das Bild, wie Rita an seinem Kragen nestelte, erschien. Rita hatte ihm an der Bar das Mikro entfernt!

Scheiße! Er war auf sich gestellt!

Und was hatte Rita bezüglich Ellen gesagt? Was war das nochmal? Schweißperlen sammelten sich auf Pfeiffers Stirn und liefen an der Schläfe hinab. Seine Kraft schwand und erneut verlagerte er das Gewicht. Bildete er sich das nur ein oder gab der Riemen um seinen rechten Knöchel nach? Hoffnung durchfuhr ihn wie hochdosiertes Adrenalin.

Rita sah ihn von der Seite her an und zog eine Augenbraue hoch. »Wurde dir gerade bewusst, dass du keine Hilfe erwarten kannst?«

Pfeiffer rang sich ein Lächeln ab. »Vielleicht. Aber wenn du mich tötest, dann sterbe ich mit dem Gedanken an viele gute Freunde. Du dagegen stirbst einsam.«

»Wo sind meine Kollegen?«, fuhr Nina sie an.

Barbara Seitz saß auf den Stufen und zeigte auf ein großes Bündel unter der Treppe.

»Oh mein Gott!« Nina rannte hin und zog es vor. Es war Ellen. Mit bangen Händen suchte sie nach dem Puls.

»Ihr geht es gut. Sie schläft nur – so wie die Kollegen im Wagen draußen auch.« Barbaras Blick resignierte, die Augen gerötet vom Weinen.

»Und Kommissar Pfeiffer?« Nina richtete sich erleichtert auf.

»Er ist bei ihr.« Mit der Waffe deutete sie den Aufgang hinauf.

»Was hat sie vor?«

Ratlos zog Barbara die Schulter hoch.

»Waren Sie das?« Nina deutete auf Ellen.

»Nein!« Barbara riss die Augen auf. »Ich habe nur dafür gesorgt, dass es im Club dunkel wurde.«

»Und wer hat mich ...?« In Nina rang die empfundene Sympathie für Barbara mit der offensichtlichen Tatsache. Sie wollte nicht glauben, dass Barbara zu so etwas fähig war.

Barbara schüttelte den Kopf. Die wirren Haare klebten an der feuchten Stirn. »Das war sie. Sie hat mich auch gezwungen, Ihre Hände auf den Rücken zu drehen und festzubinden. Ich sollte Ihnen auch vorsorglich den Autoschlüssel abnehmen.«

Nina lächelte. »Danke für den Schlüssel. Ich glaubte an ein Versehen.«

»Nein, bei Mutter gibt es kein Versehen.« Barbara starrte auf Ninas aufgescheuerte Handgelenke mit den geteilten Handschellen. »Wie haben Sie sich so schnell befreit?«

»Das ist eine lange Geschichte.« Nina massierte sich die schmerzenden Stellen und fuhr sich über die Beule am Kopf.

»Haben Sie noch die Schlüssel der Handschließe?«

»Nein, hat sie weggeworfen.«

Vom oberen Stockwerk war Ritas schrilles Lachen zu hören.

»Sie rechnet noch nicht mit Ihnen«, meinte Barbara, den Blick in das Dunkel über sich gerichtet.

Das klingt nicht gut, dachte Nina. Sie wollte hoch, Pfeiffer helfen. Aber vor ihr saß eine Frau mit einer Pistole, deren augenblicklichen Gemütszustand sie nicht einschätzen konnte.

Rede, sagte sie sich. Vielleicht kannst du Barbara zum Aufgeben bewegen oder überrumpeln.

»Wenn Rita Ihre Mutter ist, wieso sagten Sie, sie wäre tot?«

»Sie war für mich gestorben. Sie übergab das Sorgerecht an ihre Eltern und verschwand aus meinem Leben, als ich noch klein war. Aber das ist auch eine lange Geschichte.« Obwohl sie die Arme auf den Oberschenkeln abstützte, wechselte sie die Waffe in die linke Hand und schüttelte die rechte aus. Dann umfasste sie die Waffe mit beiden Händen.

Furcht machte sich in Nina breit. Was konnte sie tun? Warten bis Verstärkung eintraf? Dann war es womöglich zu spät und eine außer Kontrolle geratene Rita hätte Peter schon beseitigt.

Konnte sie an Barbara vorbei und darauf hoffen, dass sie ihr nicht in den Rücken schoss?

Unentschlossen setzte sich Nina neben sie. »Werden Sie Ihrer Mutter jetzt helfen?«

Wortlos drehte Barbara die Waffe in der Hand.

»Schießen Sie auf mich, wenn ich jetzt hinaufgehe?«

Barbaras Hände fingen an zu flattern, über ihre Wangen liefen Tränen.

»Barbara, Sie wurden nur benutzt. Man hat Ihre Verzweiflung ausgenutzt, um Ihre Mutter zu beeinflussen.«

»Meine Mutter weiß nichts davon«, brach sie das Schweigen.

»Was weiß sie nicht?«

»Dass wir von Sarah manipuliert wurden. Wenn sie davon erfährt, wird sie sehr wütend werden. Ich mag mir nicht vorstellen, was sie dann macht.«

»Sie denken, sie wird Sarah auch töten?«

Barbara zog die Schultern hoch.

»Ist Rita bewaffnet?«

»Sie hat die Waffe vom Kommissar. Er dachte wohl, an der Wade würde sie keiner finden.«

»Auch das noch!«, fluchte Nina. »Aber Sie können Ihre Mutter retten, bevor noch mehr passiert.« Nina hielt ihr die Hand hin. »Bitte, geben Sie mir die Waffe«, beschwor Nina sie eindringlich.

Barbara drehte immer noch die Pistole in den zitternden Fingern. Dann sagte sie in die Stille hinein: »Niemand kann meine Mutter retten. Dazu ist es zu spät.« Sie umschloss die Waffe mit beiden Händen und die Finger wurden ruhig.

Nina schloss die Augen. Was meinte sie mit: Es ist zu spät? War Pfeiffer schon ... Nina wurde schwarz vor Augen. Für einen Moment zweifelte sie an sich. Solche Situationen wurden nicht unterrichtet und standen in keinem Lehrbuch. Was nur sollte sie tun?

»Hier«, Barbara hielt ihr die Heckler & Koch hin. »Sie können besser damit umgehen.« Barbara stand auf.

»Was haben Sie vor?«

Entschlossen straffte Barbara die Schultern, zog die Nase hoch und reckte den Hals. »Mutter aufhalten.«

50

Pfeiffer ärgerte sich, dass er seine Gefühle nicht vor Rita verbergen konnte. Gott sei Dank interpretierte sie seine Freude über den gelockerten Gurt falsch. Auch wenn ihn Rita nun für einen Angsthasen hielt, war es ihm tausendmal lieber, als hätte sie den losen Gurt entdeckt.

Er sah zu Alexandra, die apathisch im Käfig kauerte. Hin und wieder hörte er sie wimmern. Was hatte Rita mit ihr vor?

Wieder wechselte Pfeiffer den Stand und fasste nach den Ketten. Das brachte ihm zusätzlichen Halt und minderte den Druck auf die Kehle. Mitten in der Bewegung verharrte er und es durchfuhr ihn heiß und kalt. Was war das? Er hob nochmals das rechte Bein und … er hatte sich nicht getäuscht! Das Gewicht der P7 an seiner Wade fehlte. Shit! Hätte er sie doch lieber im Spind gelassen.

Er wusste nicht, welche Erkenntnis ihm mehr Übelkeit bereitete: Die Tatsache, dass Rita in ihrem wirren Endstadium bewaffnet war, oder dass er von seinen Kollegen hier vor Ort keine Hilfe mehr zu erwarten hatte. Er überlegte, wie lange es dauern würde, bis die Zentrale den abgebrochenen Kontakt registrieren würde. Vielleicht hatten sie es bemerkt und waren bereits auf dem Weg. Eins stand fest, die Zeit war sein Verbündeter. Er musste Rita hinhalten. Solange sie Alexandra Kovacek und ihm kein Leid zufügte, bestand Hoffnung.

Rita ließ den Whisky in ihrem Glas kreisen.

»Eins verstehe ich immer noch nicht«, begann er mit rauer Stimme und riss Rita aus ihren Gedanken. »Dein Rollenspiel. Bei mir warst du devot, hast dich schlagen und benutzen lassen. Gleichzeitig gaukelst du Daniel die Domina vor? Wie bist du wirklich drauf?«

»Ach Peter, streng dich mal an! Das mit uns war doch nur Tarnung. Glaubst du allen Ernstes, ich bin so ausgehungert, dass ich mit dir ein Verhältnis anfangen muss? Es war so anstrengend die Unterwürfige zu spielen, es liegt mir überhaupt nicht. Aber für dich hat es gereicht, du bist darauf reingefallen. Obwohl ich am Montag befürchtete, du hättest mich durchschaut.«

Natürlich – Ritas Überfall am Montagabend im Treppenhaus! Er hatte gespürt, dass etwas nicht stimmte und dennoch war er blind gewesen. Aber wie heißt es so schön: Wenn der Schwanz steht, ist der Verstand im Arsch.

»Deine Miene spricht Bände. Endlich begreifst du. Das alles habe ich gemacht, damit ich dich im Auge behalten, dich lenken konnte. Dich zu beeinflussen war ein Kinderspiel.«

Verdammt! War er dumm gewesen! »Du meinst, die Lüge über die Betäubung des Opfers?«

Sie lächelte ihn fast liebevoll an. »Du hättest dein Gesicht sehen müssen. Es war köstlich.«

»Wir konnten ja nicht wissen, dass wir einen Wolf im Schafspelz in unseren Reihen hatten.«

»Nein, das konntet ihr nicht. Ihr ward euch so sicher, was die Frau auf dem Überwachungsvideo betraf. Da musste ich eingreifen. Ich hatte euch wirklich unterschätzt. Ich dachte, das Video zu löschen reicht aus. Dein IT-Mann war einfach zu gut. Diesen klitzekleinen Fehler musste ich also ausmerzen.

Mit einem elektrisierenden Kribbeln registrierte Pfeiffer die Vergangenheitsform. »Und der Chat mit Ellen? Das warst du auch?«

Sie lachte schrill. »Alles nur Show«, meinte sie dann. »Ich habe euch ganz schön auf Trab gehalten, was?«

»Wann hast du denn mit ihr gechattet? Du warst doch in jener Nacht bei mir ...« Er schloss die Augen und sah Rita im Schlafzimmer, sexy gekleidet vor dem Laptop, um den angeblichen Autopsiebericht für ihn fertigzustellen. »Du hast wirklich an alles gedacht«, gab er widerstrebend zu. Langsam schwand die kleinste Hoffnung. Hatte ihr Plan überhaupt einen Fehler, eine Lücke, die Rettung versprach?

»Ich hoffe doch.« Ihr verzerrtes Gesicht wirkte im flackernden Kerzenlicht noch gespenstischer.

Pfeiffer dachte an Ellen. »Was hast du mit Ellen gemacht? Wo ist sie?«

»Ach, wie süß. Der kleine Peter spielt immer noch den Retter.« Sie lachte. »Deine Ellen nehme ich mir nachher vor. Von ihrem Engelgesicht wird nichts übrigbleiben!«

»Nein!«

»Glaubst du wirklich, mich verlässt ein Kerl ungestraft wegen einer anderen?« Rita trank ihr Glas leer und pfefferte es im Drehen durch die offenstehende Tür. Es zersprang an der Flurwand in mehrere Teile.

»Was willst du von ihr? Du hast doch mich.« Pfeiffer verstand nichts mehr.

»Du sollst fühlen, wie es sich anfühlt, jemanden zu verlieren.«

»Du hast es doch selbst gesagt: Es war nur Berechnung!«

»Vielleicht, vielleicht auch nicht. Wer weiß das schon so genau?«

»Du bist ja irre! Deine Schmerzmittel und der Alkohol bringen dich um den Verstand!«

»Reize mich nicht! *Ich* bestimme, wann Schluss ist!«

»Das ist es also.« Der Riemen drückte auf den Kehlkopf und reizte ihn zum Husten. »Deine Eitelkeit ist verletzt«, keuchte er dann.

Wütend schnaubte Rita. »Das stimmt nicht! Niemals!«

Nina schlich in das Nachbarzimmer. Sie hörte die Angst in Pfeiffers Stimme. Ihr Puls hämmerte in den Schläfen. Konnte sie ihren Chef retten?

Barbara hatte ihr einen kleinen Schlüssel ausgehändigt. Er passte in das Schloss eines Fensters, das Nina zwar am Montag gesehen, aber als Deko-Attrappe eingestuft hatte.

Konnte sie Barbara vertrauen? Immerhin ging es um ihre Mutter. Aber hatte sie eine andere Wahl?

Mit einem unguten Gefühl schloss Nina das Fenster auf …

»Mutter!«

»Wieso bist du hier oben? Du sollst doch unten aufpassen!«

»Mutter, bitte. Der Kommissar kann doch nichts dafür. Hör auf. Lass die beiden gehen, bevor etwas passiert. Das hat doch alles nichts mehr mit mir zu tun! Stell dich. Das mit Daniel war ein Unfall. Du wolltest ihn nicht töten. Die Polizei wird dir glauben.«

»Ach, hör doch auf! Du bist genauso verweichlicht wie die anderen! Wenn du Anzeige erstattet hättest, wäre es nie so weit gekommen. Dein Vergewaltiger wäre gesucht und die Kovaceks wegen Nötigung und Vertuschung einer Straftat verurteilt worden. Du hättest psychologische Betreuung erhalten und wärst nicht ein halbes Jahr im Dreck versunken.«

»Wo warst du eigentlich die letzten Wochen, als es mir so schlecht ging? Du hattest mir Hoffnung gemacht, und bist dann einfach verschwunden! Genau wie damals hast du mich im Stich gelassen.«

»Du weißt genau, wo ich war!« Rita fasste sich wütend an den Bauch und wandte den Blick ab.

»Und nur, weil du stirbst, musst du mein Leben noch verschlimmern?«

»Ich will doch nur Gerechtigkeit für dich!«

»Ich habe dich nicht darum gebeten! Ich bin dir doch egal. Das war ich dir doch schon immer.«

»Das war damals. Heute ist heute.« Rita unterdrückte aufsteigende Tränen.

»Bitte, Mama«, flehte Barbara. »Lass die beiden gehen. Wir wurden alle nur benutzt!«

»Benutzt?«

»Scheiße!« Barbara hielt die Hand vor den Mund.

»Das glaube ich nicht!« Alles Blut wich aus Ritas Gesicht und sie taumelte. Im letzten Moment fand sie an der Wand halt. »Das Weib ist ja noch raffinierter als ich!«

Das Fenster ließ sich ohne Quietschen öffnen. Durch den kleinen Spalt schob Nina den Lauf der entsicherten Waffe und wartete.

Wo hatte Rita die Waffe? Lediglich eine Whiskyflasche auf dem Ecktisch konnte Nina erkennen. Der Rest wurde von Pfeiffers Körper verdeckt.

Pfeiffer wirkte erschöpft. Wo blieben nur Baumann und das SEK?

Plötzlich hörte Nina Schritte.

51

Sarah Lorenz torkelte den Flur entlang. Das zerbrochene Glas knirschte unter ihren Sohlen.

»Waaas is n hiiier passiert?« Sie bückte sich nach den Scherben, verlor das Gleichgewicht, taumelte gegen die Tür, rappelte sich auf und stierte in den SM-Raum. »Hoppla.«

»Frau Lorenz, verschwinden Sie!«, rief Pfeiffer, bevor sie den Raum betrat.

»Wa-um? Hier is doch ne Pa-ty.«

»Weil du nicht eingeladen bist!«

»Daas is jemein.« Sarah folgte der Stimme und entdeckte Alexandra zusammengekauert im Käfig sitzen. »Alex?«

Der Anblick ernüchterte Sarah.

»Verschwinde Sarah! Du bist die Letzte, die ich sehen will.«

»Alex, aber … warum … warum bist du eingesperrt?«

Barbara wollte Sarah aus dem Raum drängen. Doch sie kam nicht dazu. Rita ergriff ihren Arm, zerrte Barbara von Sarah weg und schubste sie gegen die Fenster-Deko.

»Komm hier rüber, stell dich da hin.«

»Aber ...« Barbara drehte sich um und sah unglücklich zum Deko-Fenster. Sie wollte sich seitlich an die Gitterstäbe von Alexandras Käfig lehnen.

»Nicht an den Käfig. Bleib vor dem verdammten Fenster stehen!«

»Mama ...«

Rita ignorierte Barbara. Stattdessen beantwortete sie Sarahs Frage.

»Warum? Alexandra ist genauso schuldig. Hätte sie sich gegen Daniel durchgesetzt, dann hätte Barbara nicht so leiden müssen!« Ritas Hand schoss vor, packte Sarah am Blusenkragen und zerrte sie in den Raum. »Und jetzt zu dir, du Intrigantin! Das alles haben wir dir zu verdanken.«

»Mir? Nein! Ich wollte nur, dass du zur Polizei gehst. Aber du musstest ja eine persönliche Show daraus machen.«

Alexandra zog sich an den Gitterstäben hoch. »Als hättest du Barbaras Interesse im Sinn gehabt. Du warst auf mich scharf. Und Daniel stand dir im Weg! Ich hab es nur nicht gemerkt. Aber hast du allen Ernstes geglaubt, ich hätte ihn verlassen, wenn er wirklich wegen dieser Vertuschung in das Gefängnis hätte gehen müssen? Ich habe ihn geliebt, hörst du! Du hast mir alles genommen, was ich hatte!«

»Das habe ich nicht gewollt!« Sarah schluchzte auf.

Angewidert ließ Rita sie los und Sarah taumelte zurück.

»Das hättest du dir überlegen müssen, bevor du meine Tochter für deine Zwecke benutzt hast. Jetzt ist es zu spät! Ich bin der Dämon, den du geweckt hast!«

Sarah wischte sich die Tränen weg. »Dann schicke ich dich jetzt wieder in die Hölle zurück!«

Aus der Hosentasche zog sie eine Whiskyglas-Scherbe hervor – spitz wie ein Dolch.

»Damit willst du mich töten? Dass ich nicht lache!«

»Wer sagt, dass ich dich töte?«

Rita sah sie fragend an.

»Du lebst ja bereits in der Hölle und stirbst bald. Da lade ich mir doch nicht noch wegen dir Schuld auf.« Sarah hob die Scherbe an und näherte sich Rita. »Barbara, binde den Kommissar los!«

»Nein! Lass die Finger von ihm!« Rita drehte sich zum Tisch um und zog unter dem Handtuch Pfeiffers Dienstwaffe hervor. Abwechselnd richtete sie die Heckler und Koch auf Sarah und ihre Tochter.

»Rita! Leg die Waffe aus der Hand! Mach es nicht noch schlimmer«, schrie Pfeiffer und zerrte an seiner Fußfessel.

»Lass den Fuß drin, sonst schieß ich dir die Eier weg!«

»Das wirst du nicht!«

Rita schwenkte mit der Waffe hinüber zu ihm. »Willst du es drauf anlegen?«

Pfeiffer verharrte.

»Gut so. Und ihr beide tretet zurück!«

Verzweifelt griff Pfeiffer zu einem Trick aus der Mottenkiste, ohne große Hoffnung, dass er funktionieren würde. Doch es war die einzige Chance. Er sah zur Tür und rief: »Hallo Ellen, wo kommst du denn her?«

Rita wirbelte herum und richtete die Waffe auf die Tür. Doch da stand niemand.

Geistesgegenwärtig klammerte sich Pfeiffer an die Armfessel, zog den Fuß aus der Schlinge und trat nach Rita. Die Waffe landete scheppernd auf dem Käfig.

Barbara sah von ihrer Mutter zu Pfeiffer und löste die Fesseln.

»Hör sofort auf!« Rita wollte auf ihre Tochter losgehen, doch Sarah ging dazwischen und bedrohte Rita mit der Scherbe. »Bleib, wo du bist!«

Rita packte die Flasche und schleuderte sie nach Sarah. Reflexartig duckte sich Sarah und die Flasche verfehlte um Haaresbreite ihren Kopf. Rita registrierte den Kerzenleuchter und riss ihn um. Mehrere Kerzen erloschen beim Aufprall, einige kullerten brennend hinaus in den Flur. Rita stolperte über den Leuchter Richtung Tür und verschwand im Flur.

Inzwischen hatte Barbara Pfeiffers linke Hand und den Hals von den Riemen befreit. Barbara löste die Gurte an dem anderen Bein, während er die Fessel an der rechten Hand selbst öffnete. »Schnell! Ich muss ihr nach!«

Doch da stolperte Rita wieder rückwärtsgehend in den Raum, die Hände in die Höhe gereckt.

»Mit dem Gesicht zur Tür!«, kommandierte eine Stimme aus dem Gang.

Gehorsam drehte sich Rita um.

Mit der Waffe in der Hand erschien Nina in der Tür. »Alles gut bei euch?« Sie wirkte erschöpft, aber glücklich.

»Nina! Wo warst du so lange?« Pfeiffer lief zu ihr.

»Ich war etwas verhindert. Hast *du* vielleicht noch deine Handschellen?«

Sonntag, den 29. März

52 | Pfeiffer folgte Kirsten in die Küche und schloss die Tür hinter sich. Alles im Raum war unverändert: Die hellen Einbaumöbel und die lichtblauen Vorhänge gaben dem Zimmer einen frischen, skandinavischen Touch. Über der Tür tickte noch die gleiche Wanduhr und auf dem Kühlschrank stand das Fünfziger-Jahre-Radio, das er auf dem Flohmarkt entdeckt und wieder repariert hatte. Selbst der Geruch war der gleiche: nach selbstgekochtem Essen, viel Liebe und Heiterkeit. Er schluckte und verbannte die wehmütigen Erinnerungen. Sie störten nur, machten ihn sentimental und verletzlich.

An der Spüle blieb er stehen und blickte in den Vorgarten. »Ab sofort stelle ich meine Zahlungen für dich und das Haus ein.«

»Was? Warum? Das kannst du nicht machen. Wie soll ich über die Runden kommen?«

Pfeiffer drehte sich um. Kirstens Unverfrorenheit bestätigte ihn. Der neue Pool – nicht so ein billiges aufgestelltes Plastikding aus dem Baumarkt, sondern eingegraben und verklinkert – war nicht zu übersehen. »Such dir endlich Arbeit.«

»Das kann ich nicht, die Kinder ...«

»Die Kinder sind inzwischen alt genug.«

»Wie soll ich das Haus halten?«

»Frag deinen neuen Lover. Ich habe es satt, wie eine Weihnachtsgans ausgenommen zu werden. Dich interessiert es ja einen Scheiß, wie ich lebe. Du hast kein einziges Mal überlegt, wie ich zurechtkomme. Ich will nicht mehr jeden Cent fünf Mal umdrehen, während du wie die Made im Speck lebst. Ich war lange genug großzügig.«

Kirsten lehnte sich an den Kühlschrank und verschränkte die Arme. »Ich habe keinen Freund!«

»Nein? Willst du mich für dumm verkaufen? Du hättest den Kindern verbieten sollen, von ›Onkel Rainer‹ zu erzählen. Über den riesigen Pool, den er im Garten gebaut hat. Und über eure tollen Urlaube auf Mallorca und Sri Lanka.«

Pfeiffer sah es Kirsten an, wie sie sich ihr Hirn nach einer plausiblen Erklärung zermarterte. Mein Gott, war sie durchschaubar.

»Das war nur eine kurze Affäre, mit dem ist schon lange Schluss!«, behauptete sie; entschlossen um jeden Cent zu kämpfen.

»Und sein Audi vor der Tür?«

»Da wollte er etwas abholen.«

»Jeden Abend? Du bist so eine beschissene Lügnerin.«

Sie setzte zu einer Erwiderung an, aber er warf mit einer wirschen Handbewegung einige Fotos auf den Tisch.

Sie wurde blass. »Du bist widerlich! Hast mich überwacht!«

»Was ist widerlicher? Jemanden, den du angeblich geliebt hast, über den Tisch zu ziehen oder wenn derjenige sich dagegen wehrt? Ich glaube, die Runde geht eindeutig an dich. Du hast mich unterschätzt. Entweder zahlst du mir meinen Anteil vom Haus aus oder wir verkaufen es.«

Geschockt sackte sie auf dem Küchenstuhl zusammen.

»Aber, abe…«

»Nichts aber. Seit fast zwei Jahren kassierst du Geld von zwei Männern, du solltest dich schämen! Selbst eine Hure ist ehrbarer!« Mit den Worten spuckte er seine Verachtung gegenüber der Frau aus, die er einmal geliebt hatte und so gut zu kennen glaubte wie sich selbst. »Ich brauche das Geld. Für die Kinder zahle ich weiterhin meinen Anteil, aber als Goldesel für dich falle ich weg. Das Jugendamt ist bereits informiert.«

Er ging zur Tür und blieb unvermittelt stehen. »Übrigens, am Dienstagnachmittag kommt ein Sachverständiger, der das Haus schätzen wird. Ich weiß, dass du frei hast, sei also da. Ich möchte die Angelegenheit schnellstens abschließen.«

Mit offenem Mund saß Kirsten da und starrte ihn an. Noch nie hatte Pfeiffer seine Ex so sprachlos erlebt.

Auf der Straße atmete er befreit auf. So gut hatte er sich die letzten beiden Jahren nicht gefühlt. Eine große Last war ihm von den Schultern genommen worden. Jetzt konnte er in ein neues Leben starten.

Ellen schloss die Tür auf und schnupperte. Gebratene Zwiebeln und Fleisch, Knoblauch, Kräuter und Tomaten, definierte sie. Gab hatte sie noch nicht bemerkt und hantierte eifrig in der Küche. Auf dem Herd dampfte es aus den Töpfen, der Tisch war liebevoll gedeckt und in der Spüle stapelte sich das Geschirr.

»Hallo Gabriele, wie war dein Wochenende?«

Gabriele drehte sich zu ihr um.

»Hi«, über ihre Miene huschte ein Schatten. »Du hattest recht. Ich musste wieder auf meine Geschwister aufpassen.«

»Das tut mir leid.«

»Ist schon okay.«

Ellen schnupperte. »Du hast für uns gekocht?«

»Ja, Mama. Ich wollte dich überraschen. Und ich wollte was Anständiges essen. Jutta hat für die Zwillinge Hamburger bestellt.« Sie steckte den Zeigefinger in den Mund und simulierte Erbrechen.

Sie sagte Mama, dachte Ellen glücklich. »Das ist aber lieb, meine Kleine.« Lächelnd verwuschelte sie Gabs Haare.

Das Handy brummte. Sie nahm es aus der Tasche und schaute darauf.

»Wer war das? Ein Mann?« Gab reckte neugierig den Kopf, um einen Blick auf das Display zu erhaschen.

Ellen lächelte nur und steckte es ein. »Was gibt es zum Essen?« Sie zwinkerte Gabriele zu. »Was Gesundes?«

»Spaghetti.«

»Was? Schon wieder Nudeln?«

Einige Wochen später

Karin Weigand schaute wieder auf ihre Platzkarte. Wo war nur Reihe Achtzehn, Platz Zwei? Aufgeregt schritt sie die Reihe zwischen den Sitzen entlang. Hier war sie richtig. Wie geräumig alles war. EMIRATES wusste, wovon Passagiere träumten. Oder lag es daran, dass die Araber mehr Geld besaßen?

Sie verstaute das Handgepäck in den Fächern über dem Sitzplatz und setzte sich neben einen finster dreinblickenden Araber. Wie unangenehm, dachte sie pikiert, den langen Flug neben diesem Mann verbringen zu müssen. Doch dann kuschelte sie sich in den geräumigen Sessel und versank in Gedanken.

Zuerst zwei Wochen Urlaub in Tunesien. Dazu hatte sie eine All-Inklusiv-Pauschalreise gebucht. Dann ging es weiter nach Casablanca. Von dort würde sie dann entscheiden, wohin es weitergehen sollte. Sie hatte im Internet recherchiert, welche Länder kein Auslieferungsabkommen mit Deutschland hatten. In einem Bürgerkriegsland wie Syrien oder Iran wollte sie nicht ihr restliches Leben verbringen, aber vielleicht musste sie diese Option auch nicht in Anspruch nehmen. Bisher ermittelte niemand gegen sie. Doch dieser Pfeiffer und seine junge Kollegin waren schlau. Eines Tages könnten sie mit einem Haftbefehl vor der Tür stehen, weil sie etwas übersehen, einen klitzekleinen Fehler gemacht hatte. Oder hatte sie den perfekten Mord verübt? Sie seufzte träumerisch.

Das Flugzeug startete. Mit zunehmender Höhe schrumpfte Deutschland, und damit verschwand ihr altes Leben.

Hoffentlich legte ihr niemand die Reise als Flucht und somit als Schuldbekenntnis aus. Wenn das geschah, konnte sie vielleicht eine Entführung vortäuschen und ganz untertauchen. Jedes Jahr waren Tausende Menschen abgängig und ihr Verbleib wurde nie geklärt. Warum sollte sie nicht auch verschwinden?

Das Haus hatte sie verkauft und war in ein kleines Appartment umgezogen. Jeder in ihrem Umfeld verstand den Wunsch, Erinnerungen zu vermeiden. Das Geld hatte sie vorsorglich auf einem Konto eingezahlt, von dem sie auch vom Ausland aus Zugriff hatte.

Sie spielte mit den blonden Locken, die ihr rundes Gesicht weich umschmeichelten. Den Zopf hatte sie, wie alles andere, hinter sich gelassen.

Das roséfarbene Kostüm und die zarte Bluse waren neu. Rock und Jacke brachten ihre etwas füllige Figur vorteilhaft zur Geltung. Anmutig schlug sie die Beine übereinander und wippte mit den Füßen, die in eleganten Pumps steckten. Sie hatte immer noch schlanke Fesseln, stellte sie fest.

Vielleicht, dachte sie, vielleicht hätte ich mir viel früher solche Sachen leisten sollen. Und vielleicht wäre es dann auch mit Martin besser gelaufen. Nein, revidierte sie sich. Martin war verbittert geworden und hätte immer wieder Gründe gefunden, um zu nörgeln und mich zu demütigen.

Und dann war da noch die Sache mit dem Sex. Sie hielt sich für eine gesunde Frau in den besten Jahren. Natürlich hatte sie Bedürfnisse. Mit ein wenig gutem Willen und Fantasie hätte sie es auch mit Martin ausleben können. Aber seit seiner Impotenz hatte er sie nicht mehr angerührt. Und an einem Arrangement, dass sie ihre Libido mit einem anderen Mann hätte ausleben können, war er nicht interessiert.

Das ist Sünde!, hatte er sie mit tiefrotem Gesicht und angewiderter Miene angeschrien. Sie sei sein Eheweib und kein anderer dürfe sie anrühren. Danach behandelte er sie noch mieser, dieser verlogene scheinheilige Sack!

Dann die Sache mit der Vergewaltigung!

Unwillkürlich schüttelte Karin den Kopf. Wie er das wohl zustande gebracht hatte? Aber er war schuldig, daran zweifelte sie keine Sekunde. Sie hatte es ihm angesehen. Mit so einem Schwein wollte sie nicht mehr zusammenleben.

Es war gut so, wie es war, gestand sie sich ein. Martin war tot und sie genoss eine nie gekannte Freiheit. Aus dem Augenwinkel heraus bemerkte sie den interessierten Blick, mit dem ihr Sitznachbar ihre Beine betrachtete. Die Miene war keinesfalls mehr bedrohlich, sondern eher freundlich-interessiert. Eigentlich sieht er ganz gut und sympathisch aus, stellte Karin fest.

Er bemerkte ihren Blick und lächelte. Dann gab er der Flugbegleiterin ein Zeichen und sagte etwas auf Arabisch. Kurz darauf reichte sie ihm ein Glas Wasser und Karin ein Glas Champagner.

»Darf ich Sie einladen?« Dabei strahlten sie seine braunen Augen an. Er legte die rechte Hand auf die Brust und deutete eine Verbeugung an. »Mein Name ist Jessim Omar Al Asmari.«

Warum nicht, dachte Karin und erwiderte den glutäugigen Blick.

»Karin ...« Sie stockte. Beinahe hätte sie aus Gewohnheit mit dem Ehenamen – dem eines Vergewaltigers – geantwortet. Es war Zeit, ein neues Kapitel im Buch ihres Lebens zu schreiben.

»Karin Göbel«, stellte sie sich mit ihrem Mädchennamen vor.

Das neue Leben konnte beginnen.

Ihr Feedback

Vielen Dank, dass Sie bis hierhin durchgehalten haben. Ich hoffe, dieser Krimi hat Ihnen ein paar spannende Stunden beschert. Ich würde mich sehr über Ihr Feedback freuen – als Rezension in den Online-Shops oder als Eintrag in meinem Gästebuch unter www.alex-s-judge.de

Danksagung

Am Anfang war die Idee, dann kam das Wissen. An meinem Erstling schrieb ich vier Jahre. Eine lange Zeit, doch es hat sich gelohnt, denn mit diesem Bestseller durfte ich meinen Traum erfüllt sehen. In tiefer Dankbarkeit stehe ich allen gegenüber, die mir geholfen haben, diese Vision zu verwirklichen.

Ich danke Anette, die mich in meinen Anfängen begleitet hat. Meinen Probelesern Ulrike, Liane, Bettina, Miriam, Lisa, Andreas und Elke für das gute Feedback, das mich anstachelte, so lange Zeit durchzuhalten.

Dem Schreibforum Orange Cursor und den dortigen Autoren für ihre konstruktive Kritik. Ich habe viel von euch gelernt.

Barbara Hubrich für die fränkische Übersetzung, damit wenigstens eine Person im Buch gscheid red' kann.

Ich danke meinem Lebensgefährten Dieter, meinem Haushalt und meinem Garten, die auf mich lange Zeit verzichten mussten. Fenster – Ich komme!

Und zum Schluss der besten Lektorin aller Zeiten Sheila McLane, für die Geduld und ihr fundiertes Wissen. Ich bin so dankbar, dass du an meiner Seite bist! HollandDesign für dieses wundervolle Buchcover Revival meiner Tödlich-Reihe, Nicole Unseld-Weiand, die mir 2022 auf meinem

Weg begegnete und mein Buch neu korrigierte und Sabine Albrecht von Benisa Werbung für die Einarbeitung der Korrekturen dieser Neuauflage.

Ich danke euch allen!
Alex S. Judge

Unsere Empfehlung zum Hören

gesprochen von Matthias Lühn
1 mp3, Laufzeit 10 Stunden, 54 Minuten
ungekürzte Lesung
ISBN 4251625974146

Nur der Tod gibt dir Vergebung

352 Seiten
ISBN 978-3-932737-87-9
Auch als E-Book erhältlich

»Rache verändert nicht die Vergangenheit, aber vielleicht die Zukunft, die man dann am Ende möglicherweise bereut.« (Pascal Hilgendorf)
In Würzburg erhängen sich kurz hintereinander zwei Männer. Auf den ersten Blick verbindet die beiden Toten nichts. Dennoch decken die Würzburger Kommissare um Peter Pfeiffer und Nina Schätzlein bei den Ermittlungen Ungereimtheiten und Lügen auf. Welches Geheimnis verbindet alle Beteiligten? Was lässt sie beharrlich schweigen, obwohl sie wissen, dass ein Mörder unter ihnen ist und jeder von ihnen der Nächste sein kann?
Aber auch im Privatleben von Peter Pfeiffer und Nina Schätzlein geht es drunter und drüber. Ehe sie sich versieht, muss Nina gegen einen Verdächtigen ermitteln, den sie über alles liebt und achtet. Dabei entdeckt sie nicht nur ein Geheimnis aus der Vergangenheit, sondern riskiert auch noch, vom Fall abgezogen zu werden.
Wie wird sie sich entscheiden?

Der zweite Fall der Tödlich-Reihe verheißt wieder Spannung pur. Denn das Ermittlerteam jagt einen Mörder, dessen Vergebung tödlich endet … und Nina und ihre Kollegen geraten mitten hinein.

Der Tod hat zwei Gesichter

468 Seiten
ISBN 978-3-932737-88-6
Auch als E-Book erhältlich

Hauptkommissar Peter Pfeiffer erbt eine alte Villa vor den Toren Würzburgs. All seine Probleme scheinen damit gelöst.

Doch das Erbe entwickelt sich zu einem Albtraum. Denn jemand versucht hartnäckig, sich Zugang in die Villa zu verschaffen. Dazu geschehen Dinge, die Pfeiffer an seinem Verstand zweifeln lassen.

Als ein Mord geschieht und sein Kollege verdächtigt wird, erkennt Pfeiffer, dass die Falle für ihn bestimmt war.
Noch bevor er seine Familie in Sicherheit bringen kann, stellt ihn der Mörder vor eine Entscheidung über Leben und Tod.